U0569645

"十三五"国家重点出版物出版规划项目

外国小说发展史系列丛书

澳大利亚小说发展史

方 凡 孔 媛 朱炯强————著

浙江工商大学出版社
ZHEJIANG GONGSHANG UNIVERSITY PRESS

·杭州·

图书在版编目(CIP)数据

澳大利亚小说发展史 / 方凡,孔媛,朱炯强著. —
杭州 : 浙江工商大学出版社,2022.10
ISBN 978-7-5178-4804-2

Ⅰ. ①澳… Ⅱ. ①方… ②孔… ③朱… Ⅲ. ①小说史
—研究—澳大利亚 Ⅳ. ①I611.074

中国版本图书馆 CIP 数据核字(2022)第 010163 号

澳大利亚小说发展史
AODALIYA XIAOSHUO FAZHAN SHI
方 凡 孔 媛 朱炯强 著

出 品 人	鲍观明
丛书策划	钟仲南
责任编辑	祝希茜 徐 佳
责任校对	何小玲
封面设计	观止堂_未泯
责任印制	包建辉
出版发行	浙江工商大学出版社
	(杭州市教工路 198 号 邮政编码 310012)
	(E-mail:zjgsupress@163.com)
	(网址:http://www.zjgsupress.com)
	电话:0571 - 88904980,88831806(传真)
排 版	杭州朝曦图文设计有限公司
印 刷	杭州高腾印务有限公司
开 本	710mm×1000mm 1/16
印 张	16.75
字 数	302 千
版 印 次	2022 年 10 月第 1 版 2022 年 10 月第 1 次印刷
书 号	ISBN 978-7-5178-4804-2
定 价	88.00 元

方 凡

作者简介 ——————

　　方凡，1973 年生，安徽绩溪人。2005
年毕业于厦门大学外文系英语语言文学专
业，获文学博士学位，2008 年至 2009 年美
国哈佛大学英文系访问学者，2014 年意大
利都灵大学访问学者，2015 年英国剑桥大
学英文系访问学者，现为浙江大学外国语
言文化与国际交流学院教授、博士生导师，
澳大利亚研究中心主任，浙江省外文学会
秘书长，主要从事英美文学和澳大利亚文
学教学与研究。出版学术专著、文学译著
和教材 20 余部，发表学术论文近 40 篇。
主要有专著《威廉·加斯的元小说理论与
实践》《美国后现代科幻小说》，编著《话
语与和谐文化构建》，译著《同样的祈祷》
《懦夫与野兽》《莎士比亚是谁》等，教
材《电影中的英美文学名著》等，曾获国
家级、省部级和校级多项荣誉奖项。

总　序

陆建德[*]

　　英国小说家简·奥斯丁说过，在小说里，心智最伟大的力量得以显现，"有关人性最透彻深刻的思想，对人性各种形态最精妙的描述，最生动丰富的机智和幽默，通过最恰当的语言向世人传达"。20 世纪以来，小说在文学中的地位比奥斯丁所处的时代更突出，它确实是"一部生活的闪光之书"（戴·赫·劳伦斯语），为一种广义上的道德关怀所照亮。英国批评家弗兰克·克莫德在 20 世纪末指出："即使是在当今的状况下，小说仍然可能是伦理探究的最佳工具。"但是这一说未必适用于中国古代小说。

　　"小说"一词在中文里历史久远，《汉书·艺文志》将"小说家"列为九流十家之末，他们的记录与历史相通，但不同于官方的正史，系"街谈巷语，道听途说者之所造也"。《殷芸小说》据说产生于南北朝时期的梁代，是我国最早以"小说"命名的著作，多为不经之谈。唐传奇的出现带来新气象，如鲁迅在《中国小说史略》中所说："小说亦如诗，至唐代而一变，虽尚不离于搜奇记逸，然叙述宛转，文辞华艳，与六朝之粗陈梗概者较，演进之迹甚明，而尤显者乃在是时则始有意为小说。"

　　但是中国现代小说的产生有特殊的时代背景，离不开外来的影响。我国近现代文学的奠基人和杰出代表，往往也是翻译家。这种现象在世界文学史上是不多见的。晚清之前，传统文人重诗文，小说作为一种文学创作形式，地位不高，

---

　　[*]　陆建德，籍贯浙江海宁，生于杭州。中国社会科学院文学研究所研究员、博士生导师。研究方向为英美文学。曾任中国社会科学院外国文学研究所副所长、党委书记，研究生院外文系系主任、学位委员会副主席和教授委员会执行委员，文学研究所所长，《文学评论》主编、《中国文学年鉴》主编、《外国文学动态》主编（2002—2009）、《外国文学评论》主编（2010）。出版专著有《麻雀啁啾》《破碎思想体系的残编：英美文学与思想史论稿》《思想背后的利益：文化政治评论集》《潜行乌贼》等。

主要是供人消遣的。到了 20 世纪 20 年代中期,小说受重视的程度已不可同日而语。1899 年初《巴黎茶花女遗事》出版,大受读书人欢迎,有严复诗句为证:"可怜一卷《茶花女》,断尽支那游子肠。"1924 年 10 月 9 日,近代文学家、翻译家林纾在京病逝。一个月后,郑振铎在商务印书馆的《小说月报》上发表《林琴南先生》一文,从三方面总结这位福建先贤对中国文坛的贡献。首先,林译小说填平了中西文化之间的深沟,使读者能近距离观察西方社会,"了然地明白了他们的家庭情形,他们的社会的内部的情形,以及他们的国民性。且明白了'中'与'西'原不是两个截然相异的名词"。总之,"他们"与"我们"同样是人。其次,中国读书人以为中国传统文学至高无上,林译小说风行后,方知欧美不仅有物质文明上的成就,欧美作家也可与太史公比肩。最后,小说的翻译创作深受林纾译作影响,文人心目中小说的地位由此改观,自林纾以后,才有以小说家自命的文人。郑振铎这番话实际上暗含了这样一个结论:中国现代小说的发达,有赖于域外小说的引进。鲁迅也是在接触了外国文学之后,才不再相信小说的功能就是消磨时间。他在作于 1933 年春的《我怎么做起小说来》一文中写道:"说到'为什么'做小说罢,我仍抱着十多年前的'启蒙主义',以为必须是'为人生',而且要改良这人生。"

各国小说的演进史背后是不是存在"为人生"或"救世"的动机?这个问题不容易回答。浙江工商大学出版社的"外国小说发展史系列丛书"充分展示了小说发展的多元性和复杂性。丛书共 9 册,主要分国别成书,如法国、英国、美国、俄国(含苏联)、日本、德国、西班牙、澳大利亚和伊朗。西班牙在拉丁美洲有漫长的殖民史,被殖民国家独立后依然使用西班牙语,在文学创作上也是互相影响,因此将西班牙语小说统一处理也是非常合理的。各册执笔者多年浸淫于相关国别、语种文学的研究,卓然成家。丛书的最大特点,就在于此。我以为只有把这9 册小说史比照阅读,才会收到最大的成效。当然,如何把各国小说发展史的故事讲得更好,还有待读者的积极参与。我在阅读书稿的时候,也有很多想法,在此略说一二。首先是如何看待文学中的宗教因素。中国学者也容易忽略文学中隐性的宗教呈现。其次,《美国小说发展史》最后部分(第十二章第八节)介绍的是"华裔小说",反映了中国学者的族裔关怀。国内图书市场和美国文学研究界特别关注华裔作家在美国取得的成就,学术期刊往往也乐意发表相关的论文。其实有的华裔作家完全融入了美国的主流文化,族裔背景对他们而言未必如我们想象中那么重要,美国华裔小说家任碧莲(Gish Jen)来华访问时就对笔者这样说过。最后,美国自从20世纪六七十年代以来,作家队伍中的少数族裔尤其是拉丁美洲人(即所谓的Latinos)越来越多,他们中间不少人还从未进入过我们的视野。我特意提到这一点,是想借此机会追思《美国小说发展史》作者毛信德教授。

再回到克莫德"小说仍然可能是伦理探究的最佳工具"一说。读者在阅读小说的时候总是参与其间的,如果幸运的话,也能收到痛苦的自我反思的功效。能激发读者思考的书总是好书,希望后辈学者多多关注这套丛书,写出比较小说史的大文章来。

2018年6月17日

前　言

　　尽管澳大利亚土著的历史至少可以追溯至5万至4万年前,但其文学传统主要是碎片化的口头文学,包括歌谣、圣歌、神话故事等。直到1788年欧洲人登陆澳大利亚新南威尔士建立殖民地后,文学才开始以文字的形式被记录下来,因此众多的澳大利亚文学史编撰者把1788年视为澳大利亚文学史的开端之年。然而,1788年以后,澳大利亚殖民早期的文学作品主要还是在英国出版,以满足英国国民对澳大利亚的猎奇心理,如:沃特金·坦奇(Watkin Tench)的《植物湾历险记》(*A Narrative of the Expedition to Botany*)和《杰克逊港殖民地的完整记录》(*A Complete Account of the Settlement at Port Jackson*),以及马修·弗林德斯(Matthew Flinders)的《未知的南方大陆之旅》(*A Voyage to Terra Australis*)分别于1789年、1793年和1814年在欧洲出版。在澳大利亚本土出版的小说直到1831年才问世,是由亨利·萨维瑞(Henry Savery)撰写的《昆塔斯·赛文顿》(*Quintus Servinton*),但该书仍不是以澳大利亚见闻为主。在澳大利亚出版,且主要以澳大利亚为创作背景的小说,直到1844年左右才出现,是詹姆斯·图克(James Tucker)的《拉尔夫·拉什雷/流放生活》(*Ralph Rashleigh*, *or*, *The Life of an Exile*)。

　　本书以殖民时期小说诞生为起点,把澳大利亚的小说史分为四个时期,分别为:殖民主义时期、民族主义兴起时期、两次世界大战时期和当代。澳大利亚殖民主义时期的文学主要是模仿英国浪漫主义的文学作品,纪实文学和游记文学蔚然成风。19世纪八九十年代民族主义文学诞生后,具有澳大利亚特色的文学作品才真正登场。虽然澳大利亚小说的起步较晚,早期的发展也比较缓慢,但民族主义文学诞生之后,澳大利亚小说界新人辈出,佳作不断,作家们多次获得各类大奖。1973年帕特里特·怀特(Patrick White)获得诺贝尔文学奖后,澳大利亚文学走向世界。此后,澳大利亚作家多次斩获布克奖、英联邦作家奖等英语世界文学的高等奖项。同时,土著文学也并非全是口头文学。20世纪七八十年代,土著开始使用简单的英语进行创作,因此土著文学中的小说也被编入本书。从整体上看,澳大利亚小说发展史可以说是一部移民小说史,而两次世界大战期间移民的涌入,给澳大利亚小说增味加料,使其更具国际特色。

　　澳大利亚殖民主义时期经历了流放移民的感化、自由牧业的发展和淘金时代,小说主题也从早期对澳大利亚自然、地域风光的描述,到对囚犯和移民艰苦生活、悲惨遭遇以及背井离乡境遇的书写,再到对澳大利亚社会发展等的反思。马库斯·克拉克(Marcus Clarke)的长篇小说《无期徒刑》(*For the Term of His Natural Life*,1884)堪称澳大利亚文学史上的"明珠",讲述了流放犯鲁弗斯·道斯(Rufus Dawes)凄惨的一生。凯瑟琳·海伦·斯彭斯(Catherine Helen Spence)的《克拉拉·莫里森:南澳州淘金时代的故事》(*Clara Morison*:*A Tale of South Australia During the Gold Fever*,1854)以澳大利亚"淘金热"为背景,讲述了女主人公克拉拉在澳大利亚的生活状况。此外,这一时期出现了与历史和时代相符合的文学样式——传奇小说,其故事情节性较强,艺术手法的运用也充满了多样性,多使用夸张和巧合来叙述故事。亨利·金斯利(Henry Kingsley)的《杰弗利·哈姆林的回忆》(*The Recollections of Geoffrey Hamlyn*,1859)和罗尔夫·博尔特沃德(Rolf Boldrewood)的《武装行动》(*Robbery under Arms*,1888)均是这一时期传奇小说的代表。

19世纪80年代,澳大利亚掀起了民族主义运动的风潮。1880年,《公报》(*Bulletin*)杂志创刊,提倡"澳大利亚属于澳大利亚人"(Australia for the Australians),以小说为代表的民族文学打上了独立、平等、民主的时代烙印。民族主义时期的小说以现实主义书写为主,赞扬了丛林工人的美德、伙伴情谊、民族自豪感等。亨利·劳森(Henry Lawson)对丛林生活和城市生活都极为熟悉,因此他不仅创作了大量反映丛林生活、讴歌伙伴情谊的作品,而且创作了一系列以城市生活为背景、揭露资本主义剥削的短篇小说。与劳森齐名的还有约瑟夫·弗菲(Joseph Furphy),弗菲因长篇小说《人生就是如此》(*Such Is Life*,1903)而出名,与劳森一起开创了"劳森—弗菲传统"。斯蒂尔·拉德(Steele Rudd)既描绘了丛林生活的艰苦,又凸显了丛林人乐观开朗的性情。路易斯·斯通(Louis Stone)以撰写反映无赖生活的小说而扬名,如《乔纳》(*Jonah*,1991)、《贝蒂·维希德》(*Betty Wayside*,1915)等。

两次世界大战期间,澳大利亚作家受现实主义文学之父亨利·劳森的影响,坚持现实主义的写作手法。然而,作家们并未对战争本身和城市生活泼洒过多的笔墨,而是依旧从取之不尽、用之不竭的丛林中获取素材,描绘丛林人的生活,沿着现实主义的道路向前发展。随着澳大利亚城市化水平的进一步提高,他们也开始揭露殖民统治下的民族压迫、阶级矛盾、贫富差距、流浪汉处境等社会现状,家世小说、历史小说、流浪汉小说、传奇小说成为这一时期大受欢迎的小说类型。家世小说的代表作用和代表作有迈尔斯·弗兰克林(Miles Franklin)的《我的光辉生涯》(*My Brilliant Career*,1901)、凯瑟琳·普里查德(Katharine Prichard)的《库娜图》(*Coonardo*,1929)、万斯·帕尔默(Vance Palmer)的《通路》(*The Passage*,1930);历史小说主要是埃莉诺·达克(Eleanor Dark)的《永恒的土地》(*The Timeless Land*,1941);流浪汉小说的代表作家和作品是伊芙·兰利(Eve Langley)的《摘豆工》(*The Pea-Pickers*,1942)和普里查德的《哈克斯拜的马戏团》(*Haxby's Circus*,1936)。这些小说相较于劳森等作家们的小说要更为成熟,但因作家刻意追求表面的真实而缺乏实际深度,后来遭到了帕特里克·怀特等作家的猛烈抨击。

第二次世界大战后,澳大利亚文坛涌现出了一大批作家,经济的腾飞也让人们摆脱了节衣缩食的苦闷生活,开始追求精神世界的满足。澳大利亚文学课程的设立、独立出版社和文学杂志的大量出现,推动了澳大利亚本土文艺的繁荣。

首先,帕特里克·怀特以及以伦道夫·斯托(Randolph Stow)、托马斯·基尼利(Thomas Keneally)、哈尔·波特(Hal Porter)、伊丽莎白·哈罗尔(Elizabeth Harrower)、西·阿斯特利(Thea Astley)为代表的怀特派作家打破澳大利亚传统小说中的写实传统,采用意识流、象征主义、神秘主义和心理分析等现代主义的创作手法刻画人物内心,着重表现人物的精神世界和人与人之间关系的异化,使得澳大利亚文学得到空前发展。同时,他们的小说既描写了澳大利亚的社会风貌、生活方式和民族性格,又表现了整个人类所面临的共同问题。

其次,20世纪70年代后,在传统派和怀特派之外涌现出了一部分青年文学家,他们认为怀特派的文学革新不够彻底,提倡彻底摈弃传统,刻意追求完全新颖的叙事艺术,把盛行于美洲的超现实主义、魔幻现实主义和黑色幽默等创作手法运用在自己的创作实践中,反映城市和知识分子的生活场景。这些作家中,最活跃的当数迈克尔·怀尔丁(Michael Wilding)、弗兰克·托马斯·穆尔豪斯(Frank Thomas Moorhouse)和彼得·凯里(Peter Carey)等人,他们被称为"新派作家"。彼得·凯里无疑是他们中最"闪亮的星",被视为最有可能获得诺贝尔文学奖的下一位澳大利亚作家,曾两次获得布克奖,三次获得迈尔斯·弗兰克林奖。

此外,女性小说家也成为撑起澳大利亚文学的中坚力量。一方面,她们以独特的视角和心理书写她们的境遇,探讨女性的社会地位、两性之间的强弱关系、责任和自由等矛盾关系。另一方面,她们在第二次和第三次女性主义浪潮中激荡思想、挑战父权、强调多元、关注差异,以主动的姿态为女性争取权利。朱迪思·赖特(Judith Wright)、伊丽莎白·乔利(Elizabeth Jolley)和海伦·加纳(Helen Garner)都是如今在文坛备受瞩目的女性小说家。

20世纪中后期,澳大利亚土著小说家也开始出现在大众的视野中,他们或讲述土著青年成长道路上的生存困境和无力改变现状的无奈与无助,或书写土著的传统和价值观,表达对土著传统的尊重,或试图促成土著和白人之间的相互理解。这些土著小说家都取得了可观的成就,柯林·约翰逊(Colin Johnson/Mudrooroo Nyoongah)于1965年出版了他的第一部小说《野猫掉下来了》(*Wild*

Cat Falling），阿尔奇·韦勒（Archie Weller）的第一部长篇小说《狗一般的日子》（The Day of the Dog，1984）获得了澳大利亚沃格尔文学奖（The Australian Vogel Literary Award）和西澳大利亚州总理图书奖（Western Australian Premier's Book Awards），金·斯科特（Kim Scott）以小说《心中的明天》（Benang，1999）成为第一个获得迈尔斯·弗兰克林奖的土著作家。

为了与国际社会接轨，澳大利亚联邦政府实施了大规模吸收移民政策和"多元文化政策"，促进了当代移民文学的大繁荣。移民作家记录他们移民到澳大利亚后的生活和感受，呈现他们所经历的文化错位或移民代际隔阂，反映了移民"他者"的心声，如：朱达·沃顿（Judah Waten）、玛丽亚·莱维特（Maria Lewitt）、戴维·马洛夫（David Malouf）等。同时，他们的创作也揭示了澳大利亚与世界各国的文化交流，其小说涉及亚洲国家的文化、欧洲王室风貌和罗马帝国的历史等，如：布赖恩·卡斯特罗（Brian Castro）的《追踪中国》（After China，1992）和《上海舞》（Shanghai Dancing，2003）等在表现华裔的生存困境时糅合了大量中国文化元素，罗德尼·霍尔（Rodney Hall）的《心中的岛屿》（The Island in the Mind，1996）涉及欧洲宫廷生活和殖民活动，考琳·麦卡洛（Colleen McCullough）的"罗马系列"小说涵盖了恺撒大帝称霸的一系列事件，呈现了罗马的风貌和帝国的兴衰。

时至今日，澳大利亚文学的创作体裁和主题更加多样复杂，移民作家和土著作家非常活跃，澳大利亚文学朝着更加多元化的方向发展。在澳大利亚文学蓬勃发展之际，我国国内对澳大利亚文学的译介和研究的成果颇为丰硕，澳大利亚文学史专著也在不断地出版和更新。黄源深教授的《澳大利亚文学史》（1997）影响深远，并多次再版。此外，彭青龙教授的《百年澳大利亚文学批评史》（2019）、朱炯强教授主编的《当代澳大利亚小说选》（2015）、叶胜年教授的《澳大利亚当代小说研究》（1994）等都是澳大利亚文学研究和译介的佳作代表。

本书主要以时间和流派为依据，分四个时期梳理了澳大利亚小说史上的主要作家及其作品。对于那些国际知名的澳大利亚作家，如：帕特里克·怀特、伊丽莎白·哈罗尔、彼得·凯里、考琳·麦卡洛等作家，本书还特别增加了国内外学者的评论。囿于资料收集和篇幅，本书对近年澳大利亚新秀作家并未做过多梳理。朱炯强教授是本书编写的最初设计者，方凡教授是本书的整体设计者和审稿者。高志香、江岸舒、金菲、乐可帆、李珊珊、李雨婷、沈忠良、夏薇、薛倩、俞昕佩（按姓名拼音顺序）为本书编写做了大量的工作。在本书的成书过程中，孔媛和高志香做了大量细致的校对工作，浙江工商大学出版社钟仲南老师和祝希茜老师也提供了非常有价值的意见；此外，在本书的前期编写中，陈大为、张立力和承雯珊等也提供了不少帮助，在此一并表示衷心的感谢。书稿完成之际，内心还是十分惶恐，尽管付出了不少努力，仍十分担心有负重托。但不论如何，希望本书能够给对澳大利亚小说感兴趣的读者和研究者带来一些信息,提供一定的参考。能力有限,不足之处,敬请广大读者批评指教。

方　凡

2020 年 9 月 8 日

目　　录

第三编　两次世界大战时期的小说

第四编　当代小说

第一编 欧洲文明的延伸

——殖民主义时期的小说

第一章　澳大利亚早期社会

　　澳大利亚（Australia），全称为澳大利亚联邦（The Commonwealth of Australia），位于大洋洲的西南部，东濒太平洋，西临印度洋，四面环海，是世界上唯一一个国土覆盖整个大陆的国家。Australia 一词是由拉丁语 terraaustralis（南方的土地）变化而来的，因此"澳大利亚"意即"南方大陆"。1788—1900 年，它曾经是英国的殖民地。1901 年，澳大利亚结束殖民统治，成立联邦政府，迅速发展为一个发达的资本主义国家。作为移民国家，澳大利亚奉行多元文化。

　　一直以来，学界倾向于认为澳大利亚的历史肇始于英国海军上将亚瑟·菲利普押送流放犯至澳大利亚新南威尔士这一年。但随着 20 世纪末澳大利亚土著文化研究的不断推进，澳大利亚土著的历史被追溯到距今 5 万年或 4 万年，澳大利亚土著的祖先由东南亚来此定居。居住在大陆东南方向塔斯马尼亚岛上的土著被称为塔斯马尼亚人。原始的澳大利亚分为众多的部落，不同的部落使用不同的语言。原始澳大利亚人用木、石、骨、贝等制作简单的工具，以采集和狩猎为生，过着原始的生活，与世隔绝。然而，有关土著的历史终究只是粗浅的描述和碎片式的口头故事，并无详细的文字形式记载或相关的文学作品。相比之下，欧洲人到达澳大利亚这片土地后的历史有更为精确的记载。早在 16 世纪，荷兰人率先登陆澳大利亚海岸，因此澳大利亚大陆曾被荷兰人称为新荷兰。随后，英国人、法国人相继而来。1688 年，英国人威廉·丹皮尔（William Dampier）在澳大利亚西北海岸的金湾附近登陆。1770 年，英国海军上将詹姆斯·库克（James Cook）驾驶"奋力号"轮船到达澳大利亚东海岸线，"将其命名为新南威尔士，以英国君主乔治三世的名义宣布拥有该地"[1]。21 世纪的今天再次回顾这段历史时，会引发这样的思考和疑问：澳大利亚殖民地建立之初是有计划的还是即兴所为？是一场混乱还是有序占领？是流放之地还是救赎之地？这些备受争议的话题仍需进一步的探讨和研究。[2] 在当今的澳大利亚，库克的英雄色彩也日渐消退。

　　英国一直往其北美洲的殖民地输送罪犯，独立战争期间及战后数年，英国不

---

　　① 斯图亚特·麦金泰尔：《澳大利亚史》，潘兴明译，东方出版中心，2015 年，第 1 页。
　　② 同上，第 16 页。

再向北美洲输送罪犯,国内监狱便人满为患。1783 年美国宣布独立,英国随之失去了对其进行政治统治和经济盘剥的权力,不得不另寻新的罪犯流放地,于是将目光转向东方。1786 年,英国政府将目光锁定在澳大利亚大陆,并把非洲也列入其备选目标之中,由于当时主管殖民事务的内政大臣悉尼勋爵向内阁提交了《计划要点》,澳大利亚最终被确定为英国的罪犯流放殖民地。[①] 1788 年 1 月 26 日,在英国舰队司令亚瑟·菲利普(Arthur Phillip)的带领下,二百多名海军士兵和七百五十多名流放犯,搭乘十一艘船,在经过近八个月的海上漂泊后,到达悉尼海湾。冉冉升起的英国米字旗,宣告新南威尔士殖民地正式建立,从此开始了一段充满争议的历史:英国的殖民“是一场入侵还是和平占领,是掠夺还是改善,是流放之地还是希望之地,是隔离还是联谊”?[②]

从菲利普宣告新南威尔士殖民地建立到 1901 年 1 月 1 日澳大利亚联邦成立,澳大利亚作为英属殖民地,历经一百多年的融合与发展,形成了独具特色的澳大利亚民族。

第一节　流放移民的感化与改造

菲利普之后,几任新南威尔士总督都由海军军官担任,从某种程度上,这证明了殖民地初期的动荡。英国流放犯主要聚集在沿海地带,最初的饥馑迫使他们常以抢劫或偷窃为生。狩猎和捕鱼是军官们赖以生存的方式,鲸和海豹成为他们对外贸易的主要收入来源。1792 年,第一艘美国商船抵达悉尼,从此拉开了海外贸易的序幕。大量的食物和日常用品随着商船来到这里,用于交换鲸油脂、海豹皮及其他海产品。军人、刑释人员和年轻商人成为这些贸易的主要参与者。1793 年,英国政府允许官员、士兵和刑释人员获得土地的所有权。1801 年,新南威尔士军团的军需主管约翰·麦克阿瑟(John Macarthur)就积聚了一千多英亩(六千多亩)的土地和一千多只绵羊,其农场成为美丽的“英国花园”。[③]

大量土地的扩张造成殖民者和当地土著之间冲突不断,殖民者对土著的掠夺和杀戮时有发生,白人和土著的伤亡也司空见惯。然而,在彼此对立的同时,贸易和交往产生的融合也不容忽略,尽管跨种族婚姻一直被人诟病,却一直存在于社会之中。流放犯原本是被遣送来改过自新的,实际上殖民地的困苦又充满商机的生活使他们陷入更加复杂的状况之中。这种流放制度“既不经济,也在道德感化方面存在缺陷”[④]。换言之,流放犯是一群“冥顽不化之徒”,被迫从事艰

---

① 斯图亚特·麦金泰尔:《澳大利亚史》,潘兴明译,东方出版中心,2015 年,第 26 页。

② 同上,第 16 页。

③ 同上,第 34—35 页。

④ 同上,第 38 页。

苦繁重的体力劳动,受到殖民官员的残酷惩罚,甚至会当众被鞭打致死。另外,他们大多并不是被强制服刑的,而是拥有一定自由,甚至可以打工挣钱。刑满释放后,就成了自由人,成为占当时大多数人口的流放移民(emancipists),并非自由移民(exclusive)。流放犯会因为不满管制而暴动,同时也有机会积累财富。因此对这一时期历史的研究,虽然"试图摆脱对流放犯的偏见,但也都陷入无法厘清的语言和形象混乱之中"①。不过,可以肯定的是,流放犯与那些被新大陆吸引而移居澳大利亚的自由移民不同,自由移民竭力保存着英国传统,而这些流放犯不得不适应殖民地原始荒凉的自然环境,变得乐观而粗放。罗伯特·休斯(Robert Hughes)的《致命海岸》(*The Fatal Shore*)对此进行过详细的描述。

殖民军官之间争权夺利,需要借助宗主国英国的支持,无形之中加快了殖民地的建设和发展。比如,殖民初期,军人出身的拉克伦·麦夸里(Lachlan Macquarie)总督在军官内部纷争最激烈的时刻,受英国政府委派,带领自己的队伍取代失去信任的新南威尔士军团,并且在经济、社会、宗教和文化等方面推出一系列举措,结果这块殖民地以前所未有的速度得以巩固和发展。1817 年,麦夸里在读了马修·弗林德斯(Matthew Flinders)的《南方大陆之行》(*Voyage to Terra Australis*)之后,建议用"澳大利亚"(Australia)取代原来的"新荷兰"这一名称。他重视对土著的驯化和再造,向他们灌输基督教文化。流放移民人数一度迅速增加,麦夸里总督甚至对受过良好教育的流放移民欣赏有加,给予他们参与公职和拥有土地的机会。我们从曾为流放犯的英国诗人迈克尔·罗宾逊(Michael Robinson)的诗歌中,就可窥见一斑。麦夸里对流放移民的支持引发了自由移民的不满,从而遭到英国政府的调查,1822 年被迫辞去总督职位。1824 年,独立报纸《澳大利亚人》(*The Australian*)创立。②

殖民政府和流放犯、自由移民之间的矛盾日渐激烈与复杂,殖民者与土著、自然之间的对立和矛盾也日益扩大。流放犯托马斯·帕尔默(Thomas Palmer)曾这样描述这块土地:"这里当然是一个新的世界和一个新的创造。"③殖民者砍伐森林、过度耕种、捕猎海豹等活动都让这片土地的自然环境遭受了进一步破坏。澳大利亚早期文学几乎处于荒芜状态,仅有的几部小说,内容上也只是反映澳大利亚的地理环境和特有的自然风光,其目的是引起读者的阅读兴趣,吸引人们移居这块新大陆。④

---

① 斯图亚特·麦金泰尔:《澳大利亚史》,潘兴明译,东方出版中心,2015 年,第 38 页。
② 同上,第 46 页。
③ 同上,第 47 页。
④ 黄源深:《评澳大利亚殖民主义时期文学》,《外国文学研究》1987 年第 3 期,第 12—18 页。

第二节　自由移民的牧业发展

早期的殖民地以农业为基础产业,1813 年探险者们对蓝山山脉(Blue Mountains)的征服为澳大利亚牧羊业的发展提供了充分有利的条件。[①] 1819年,受英国政府委派,特立尼达首席法官 J. T. 比格(J. T. Bigge),对新南威尔士进行了调查,和之前主张感化与改造流放犯的麦夸里总督不同,比格主张严管流放犯,让自由移民来发展牧羊业。他的建议得到了自由移民的一致赞同。殖民当局将土地定价出售,导致贫困的流放犯和贫民无能力购买土地,只能依靠出卖劳动力维持生计。虽然流放犯、自由移民、土著、殖民政府之间冲突不断,但不可否认的是,牧羊业得以蓬勃发展,为英国迅猛发展的毛纺织业提供了大量的优质原料,使其生产规模不断扩大,工业的机械化顺势发展,英国的工业革命正是以纺织业机械化为开端的。到 1850 年,澳大利亚的羊毛占据英国市场一半份额,成为维持澳大利亚经济发展的主要产品。

1831—1851 年期间,越来越多的人口移民至澳大利亚。由于自由移民数量的不断增加,牧场主为追求更大的利益,对自然环境和土著栖息地的侵蚀与破坏变本加厉。自由移民对土著家园的殖民掠夺和暴力行为不断加剧。土著反抗白人的暴力也成了不同立场的历史学家们颇有争议的焦点,无论是把"土著的名字刻在纪念碑上",还是认为土著就是"原始和无能的人种"[②],都体现了土著和殖民者之间的势不两立。艾丽莎·弗雷泽(Eliza Fraser)的五十二天历险经历迄今为止都是小说家、艺术家和媒体的素材。同时,流放犯劳动力费用低廉,且受到更严格的监控,惩罚他们的手段也更为严苛。他们遭到的非人道的待遇使得其与殖民军官之间的矛盾不断激化,屠杀和血腥报复频频出现。随着在殖民地出生的新一代的成长,结束流放制度的呼声越来越高,1840 年英国政府决定暂停向新南威尔士流放罪犯,1853 年,流放制度全面结束。但是,英格兰人作为殖民地的统治者,在澳大利亚享有显赫的地位,他们傲慢、势利、张扬跋扈,这激化了他们与其他民族的矛盾和冲突。[③]

流放制度的终止,意味着新大陆实现殖民地自治的可能。殖民地建立了越来越多的家庭,政府对教堂的资助也越来越多,教会活动日渐增多,教派之间的竞争也十分激烈。很多歌谣描述了不同教派的观念,表现流放犯的忏悔,这一时期的宗教在文学作品中也有所体现。由此,流放时期向自由移民时代过渡,殖民

---

①　朱炯强:《当代澳大利亚小说选》,浙江工商大学出版社,2015 年,前言第 1 页。

②　斯图亚特·麦金泰尔:《澳大利亚史》,潘兴明译,东方出版中心,2015 年,第 54—55 页。

③　叶胜年:《多元文化和殖民主义:澳洲移民小说面面观》,上海世界图书出版公司,2013 年。

地也越来越倾向于"获得一种全新的自由和成就,不再只是对旧大陆的模仿"①。随着民族认同感越来越强,一个具有本土特色的移民社会开始蓬勃发展。

第三节　淘金时代

1851 年夏天,爱德华·哈格里夫斯(Edward Hargraves)在新南威尔士的巴瑟斯特发现了金矿。消息一经传出,淘金者纷至沓来,除了英国人、美国人、其他欧洲人、大量的中国人也卷入了这场"淘金热"中。新的矿区不断被发现,澳大利亚大陆各地都出现了"淘金潮"。成千上万的海外移民涌入澳大利亚,导致澳大利亚的人口急剧增长。移民们把大量的金锭运往英国,并从英国进口大量商品,贸易促使澳大利亚的消费能力大大增强。移民们都陷入了一夜暴富的美梦之中。

"淘金潮"使澳大利亚社会发展极为迅速,它不仅引发了人们对财富的贪婪,而且加剧了移民对地方当局管理的不满和抗争。过度的挖掘造成环境的污染,人们的探矿知识和技术也突飞猛进,艺术家们纷纷发出感慨的声音。最重要的是,这块土地的自治需求日渐突出,对独立的要求也日趋强烈。淘金者自发组织起来反抗当局的暴行,这些反抗在很大程度上触发了澳大利亚人内心对独立自由、平等民主的渴望。

19 世纪中叶,按照英国宪政制度,澳大利亚享有自治权,但英国仍然保留相当大的权力,可以否决殖民地的任何法律。然而,随着民主的不断推进,这种制度也慢慢成为殖民地发展的束缚。英国宪章运动的许多拥护者被流放到了澳大利亚,这更是推进了殖民地民主要求的发展。1857 年的墨尔本"土地公约"(land convention)便是对抗殖民地不平等现象的结果。家庭式的田园生活,成为这一时期的理想生活方式。"打破圈地者们的专权,让穷人拥有自己的家"的呼声很高。② 然而,穷人生活依旧艰苦,丛林大盗四起。对内陆地区的探险充满了神秘危险色彩,种族暴力也时有发生,其中也包括中国人遭受的恶劣对待。土著人遭受到的压迫和剥削更是处处可见。

即使如此,不可否认的是,这一时期的澳大利亚抓住历史契机,促进了经济的全方位发展。工业、建筑业和服务业等蓬勃发展,国际贸易也发展迅猛。生产力的快速发展使物质条件极大改善,人民生活水平逐步提高,澳大利亚社会面貌随之发生了巨大变化。与此同时,人们的自我意识也在不断加强,他们希望重建旧世界的公民社会,更想超越旧世界。这里成为信仰自由的良好场所,这对社会

---

① 斯图亚特·麦金泰尔:《澳大利亚史》,潘兴明译,东方出版中心,2015 年,第 76 页。
② 同上,第 89 页。

有较大的影响力,对教育方面也有很多促进作用。博物馆、图书馆、植物园、动物园等文化和休闲场所日渐受到重视。这一切的发展为后来澳大利亚民族主义的兴起奠定了基础。

第二章　移民小说

从流放移民的感化改造到自由移民的牧业发展,再到淘金时代,澳大利亚的发展也充分体现在文化的进步上,其中文学上的表现尤为突出。从早期对澳大利亚自然、地域风光的描述,到对囚犯和移民艰苦生活、悲惨遭遇以及背井离乡境遇的书写,再到对澳大利亚社会发展等的反思,移民小说可以视为澳大利亚移民的历史见证和心路历程。移民小说,主要由流放犯和移民创作,是殖民主义时期文学的主要形式之一。

从根本上说,澳大利亚这一时期的移民小说主要还是偏向于描述和记叙。移民跋山涉水的艰辛经历,新大陆的陌生和凶险,谋生的困苦和折磨,都是移民小说热衷的主题。正是这样贴近生活的描述,吸引了越来越多的读者,引发了他们的共鸣,使他们对这片土地产生了强烈的兴趣和深深的热爱,进而吸引更多移民的到来。这些作品基本上围绕各种社会矛盾展开,突出殖民政府、资产者、流放犯、平民、土著、其他种族移民之间的矛盾,人类发展与自然世界的矛盾,等等,对移民在澳大利亚的惨痛经历,以及流放犯受到的非人待遇也有较多的描写。这一时期的文学创作者既有流放犯,也有自由移民。作家们对早期移民生活的反映,使得人们对澳大利亚大陆有了更深刻的认识。应该说,这一时期的移民文学为后来文学的发展做出了重要贡献:一方面,它们对这个奇异时代进行了刻画,对传奇的历史进行了生动的记录;另一方面也拓展了澳大利亚文学的版图,对后来澳大利亚文学的发展产生了深远的影响。[1]

从创作模式来看,这一时期的作品,基本延续了英国文学的创作模式,尊崇英国文学的艺术形式。换言之,这一时期的澳大利亚移民文学是澳大利亚本土文学形成前的过渡,具有鲜明特色的澳大利亚文学尚未形成,但不可否认的是,在澳大利亚文学史上,它们同样有着不可低估的意义。

殖民主义时期的澳大利亚小说通常分为流放犯小说、丛林土匪小说和移民小说。[2] 前两者以回忆为主,后者则以更吸引眼球的自由移民艰苦创业的生活为题材,成为澳大利亚殖民主义时期小说的重要组成部分,究其原因,应该和那

---

① 黄源深:《澳大利亚文学史》(修订版),上海外语教育出版社,2014 年,第 12 页。
② 陈正发:《殖民时期的澳大利亚移民小说》,《安徽大学学报》2004 年第 5 期,第 53 页。

些原本在英国对未来充满消极心理的绅士有关。他们带着对新世界的美好期待,更希望看到想象中的移民生活,并带着憧憬移民到澳大利亚。如上所述,自由移民推动了牧羊业的发展以及后来"淘金热"的出现,促进了殖民地的飞速发展,在文学上也相应地形成了以移民、殖民地、牧场和土地开拓为题材的小说。

"首先以移民为题材进行创作的是查尔斯·罗克罗夫特(Charles Rowcroft, 1798—1856)。"①罗克罗夫特出生于伦敦,父亲是英国驻秘鲁领事。在英国伊顿公学接受教育后,罗克罗夫特和他的兄弟一起,在 1821 年从英国移居澳大利亚的霍巴特镇(Hobart town),刚开始做过推销员等工作,后来得到一块约二千英亩(一万二千亩)的土地,通过放养牲畜不断积累财富而涉足政坛。1822 年,他被任命为地方治安法官,还成为梵第门地区农业协会委员及梵第门银行的原始股东。不幸的是,他的仕途并不顺利,1825 年他被卷入一场官司,最后几乎一贫如洗。1825 年,得知父亲死讯,他离开梵第门,取道悉尼前往巴西,航程中遇到了相伴一生的爱人并与之完婚。1827 年,罗克罗夫特回到英国,开始在伦敦创办寄宿学校。

罗克罗夫特是一名多产的作家,其代表作是以移民、殖民地开拓为题材的《殖民地的故事》(Tales of the Colonies,1843)。这部小说是澳大利亚第一部移民小说,在长长的序言中,罗克罗夫特解释了在澳大利亚殖民地赚取土地的好处,提倡英国人向澳大利亚移民,以解决在英国面临的困境。在英格兰,维持家庭生存的难度越来越大。当孩子渐渐长大,抚养孩子的难度更大,父母必须找到工作,为孩子的未来拼命工作,殖民地引起了大不列颠所有阶层人们的强烈关注。肥沃的土地,几乎无边无际,无人认领,只等着人类通过劳动来生产所需要的一切。

在殖民地,移民置身一个全新的世界,开始一种崭新的生活。移民们耕种自己的土地,用自己的双手在自己的田地里工作,无论自己还是周围人都不会觉得这是一种堕落。荒野的孤独、无边无际的空间、无休止的寂静、大自然的庄严肃静,似乎意味着自己与伟大的造物主有了更近的接触。站在自己的土地上,感觉这片土地是自己以及孩子们生存的源泉和财富。他不会为了面子或恩惠而被迫去奉承富人或"大人物",而是依靠自己的勤劳和谨慎。他发现,作为一个人,他是有价值的。他的家庭,不再是一个负担,不再是令他恐惧和绝望的主题,而是一种安慰和帮助。他躺下休息,不害怕明天。没有租金,也没有税收,且没有琐事打扰他的梦。他休息后起床,不再为白天的工作和报酬而焦虑不安,而是充满了新的力量和美好的希望,满怀信心地投入他愉快的工作中去。在富饶的土地上,他总能生产出丰富的物质,而大自然从来都不会拒绝将此给予她勤劳的

---

① 陈正发:《殖民时期的澳大利亚移民小说》,《安徽大学学报》2004 年第 5 期,第 53 页。

人们。

　　该小说正是以在一个新国家定居的过程为视角,收集了一系列故事,比如:在定居过程中应采取哪些预防措施,有哪些早期的困难需要克服,勤劳的殖民者所得到的肯定回报,等等。作者还补充道,他可以从作为殖民地治安法官的个人经历中,证明这些故事的准确性。

　　小说向读者讲述的第一个故事源自一位定居者的日记,它用朴实的语言详细描述了殖民者农场是如何从最初开始,日复一日建立起来的,展现了 19 世纪20 年代梵第门岛的黑人、逃犯和白人移民的感伤故事。它讲述了主人公威廉·索恩利(William Thornley)从英国移居到澳大利亚的经历,成功塑造了移民者的形象,并向读者指出:辛勤的劳动和坚韧的毅力是在澳大利亚新大陆发家致富的至关重要的因素。罗克罗夫特跟殖民地早期大多数作家一样,写作目的充满现实性,即通过现实性的描写,让英国本土人民对殖民地有更加深刻的了解,激发他们移民的兴趣。他的作品表现出积极向上的乐观主义,比如描绘创业的乐趣等,这些主题对后来的移民文学产生了较深刻的影响。在他的作品中,有时会有大量篇幅描写惊险事件和场面,比如主人公与土著和丛林强盗之间的激战,在茂密的丛林中迷路,在冒险中受到巨鹰的袭击,两次差点被丛林野火烧死,等等。这一系列紧张的故事情节虽然使作品充满虚构性,却起到了娱乐的作用,颇受读者的喜爱。

　　小说中另一个风趣的人物形象是克雷勃(Crab)。Crab 在英文中的原义是"满腹抱怨、爱发牢骚",克雷勃同样有爱发牢骚的特征。他整天抱怨澳大利亚新大陆的一切,感觉澳大利亚"不及英国",唠叨着要返回英国,但是最终因为各种各样的事务牵绊而未能离开,诸如篱笆没有修好、羊毛没有剪完、成熟的庄稼还没收割完成等。更为有意思的是,克雷勃的"抱怨"实则是从侧面对澳大利亚大陆诱人魅力的渲染:澳大利亚神奇的土地不用施肥也不用细细耕作,庄稼依然长得很好;羊群不用花费很多心思却繁殖迅速;财富积累越来越多,最终钱多得不知怎么去花。从这部作品中不难看出,殖民地各个方面都极具优势。1846 年,罗克罗夫特发表了第二部澳大利亚移民小说《梵第门岛的丛林强盗》(*The Bushranger of Van Diemen's Land*)。Bushranger 是澳大利亚俚语,意思是"歹徒,亡命之徒,逃犯"。这部小说和第一部相比,逊色了很多。该小说讲述了一位落入土著之手的白人妇女,开创性地涉及了一些敏感话题,比如性骚扰及不同种族间的通婚等,从而为以后作家的作品提供了更为丰富、深刻及全面的探索视角。在之后的六年中,他陆续出版了五部小说,但只有《寻找殖民地的移民》(*An Emigrant in Search of a Colony*,1851)是和澳大利亚相关的。1852 年,他被任命为美国辛辛那提的英国领事,在和美国政府产生矛盾后被驱逐。1856 年,他在从纽约回伦敦途中神秘死亡。

另一位重要的移民小说作家是凯瑟琳·海伦·斯彭斯(Catherine Helen Spence,1825—1910)。她于1825年出生于苏格兰,童年时代全家移民至澳大利亚。她当过家庭教师,还创办过学校。1850年,她放弃了教学,转向新闻工作。斯彭斯积极参与社会活动,是一位著名的社会改革家。

斯彭斯的第一部作品《克拉拉·莫里森:南澳大利亚淘金时代的故事》(*Clara Morison*:*A Tale of South Australia During the Gold Fever*,1854)好评如潮,与罗克罗夫特的《殖民地的故事》相比,这部作品显得更为成熟。这两部作品属于同一题材,但小说背景却不相同。《克拉拉·莫里森:南澳大利亚淘金时代的故事》主要讲述了女主人公克拉拉的爱情故事,以及她梦想着成为一名家庭教师,最后却不得不从事女佣工作的经历,同时也描写了自由移民在殖民地的生活状况。这部小说聚焦于对室内生活的刻画,比较忠实于现实描写,因此想象力不够丰富。该小说的主题不同于同时代其他小说的创作主题,如:丛林强盗、儿童走失、与土著之间的激战等画面比较多样的场景。这部作品以澳大利亚"淘金热"时期为背景,同时,这一时期也是澳大利亚的移民高峰期,殖民地由于大量移民的迁入而迅猛发展,所以作品中也有大量殖民地生活的画面。值得一提的是,斯彭斯的作品与其他澳大利亚作家的作品相比,呈现出一种对待澳大利亚这一块移民地的全新态度,认为殖民地并不比宗主国差。这一理念象征着澳大利亚民族主义的萌芽。

与斯彭斯同期的还有另外两位重要的女作家。一位是卡罗琳·阿特金森(Caroline Atkinson,1834—1872),她出版了《移民葛特罗德》(*Gertrude the Emigrant*,1857)和《考万达》(*Cowanda*,1859)两部作品,这两部作品均带有明显的道德说教。另一位是玛丽·维尔达(Mary Vidal,1815—1873),她共有十一部作品问世,其中值得一提的作品是《本格拉》(*Bengala*,1860),它描述了1835—1845年间在新南威尔士偏远牧场中,移民自食其力、开拓土地的艰辛生活。

总的来说,澳大利亚殖民主义时期移民小说的作者大多为英国移民,他们在创作过程中采用的写作模式难免受到英国小说的影响,所以移民小说在某种程度上延续了英国小说的特点。在这些模式中,最受欢迎的是浪漫主义小说、情节剧小说以及流浪汉冒险小说。[①] 移民小说作家采用这种写作方式,即用熟悉的文学模式套上新的殖民地内容,所以作品往往缺乏创造性。同时,在那个时代,移民小说的作家对母国有较大的依赖性,写作时往往带有观念上的偏见,他们往往以旁观者的姿态观察生活,而不是作为当局者参与生活,因此在描写殖民地艰

---

① 陈正发、金昭敏:《澳大利亚殖民主义时期小说面面观》,《淮北煤师院学报》(社会科学版)1989年第4期,第102页。

苦生活的作品时,往往过于理想化与浪漫化,希望以此来吸引更多移民。另外,这一时期的殖民主义文学尚未塑造出典型的澳大利亚人形象。小说中大部分的人物并没有真正融入殖民地的环境,他们来自英国,穿着澳大利亚本土的服饰,外表看上去是当地人的形象,然而骨子里仍然具有英国人高傲、张扬的气质,无法与殖民地的环境完全融合。因此,这一时期作家的作品所呈现的主要是英国人眼中的澳大利亚,具有一定的主观性和片面性。

澳大利亚殖民主义时期的文学所反映的是特殊时期的特殊现象,这一特殊时期所出现的移民形象也是特殊现象的一大表现,这一时期的文学对这些特殊现象的描绘比较准确、忠实,所以人们便将其称为"移民文学",以与后来充满澳大利亚特点的民族文学相区别。

第三章　传奇小说

　　殖民主义时期的后五十年中,殖民地的经济迅速发展,给文学的发展提供了良好契机。由于畜牧业的大力发展和"淘金热"的出现,殖民地的经济越发繁荣,物质条件日益完善。越来越多的移民决定前往澳大利亚定居,同时那个时期的人们基本上脱离了困苦艰难的生活,对殖民地的认识也更加深刻。此时,在文学家长期的探索中,又出现了另一种与历史和时代相符合的文学样式——传奇小说。这种文学样式适用于反映殖民生活,并且后来在澳大利亚深深植根。这种文学样式对于读者来说有强大的吸引力,因为它所讲述的故事情节性较强,艺术手法的运用也充满了多样性,多使用夸张和巧合,作者往往将注意力放在故事的讲述上,而不单纯是人物的描写。传奇小说描绘的通常是澳大利亚早期社会的状况,为后来的作家提供可借鉴的艺术形式,因而传奇小说在澳大利亚文学史上享有重要的地位。这种样式反映出早期澳大利亚的独特现实,正如马克·吐温所说的,"它读来不像历史,而像编造的最美丽的谎言"[①]。在这种独特的历史条件下,殖民主义时代的文学到达了鼎盛时期,涌现出诸多较有影响力的作家。这一时期,三位最著名的小说家是亨利·金斯利(Henry Kingsley,1830—1876)、罗尔夫·博尔特沃德(Rolf Boldrewood,1826—1915)和马库斯·克拉克(Marcus Clarke,1846—1881)。

第一节　亨利·金斯利

　　亨利·金斯利是第一个成功通过小说形式反映澳大利亚早期生活的作家,是澳大利亚传奇小说的鼻祖。[②] 1830年,他出生于英国,是英国著名牧师及作家查尔斯·金斯利(Charles Kingsley)的胞弟。他来自缙绅之家,这一家庭背景对于他后来的创作有较大的影响。在童年时代,他热爱阅读,在父亲的图书室中广泛阅读各种书籍,尤其喜爱狄更斯和萨克雷的作品,对这两位作家怀有崇高的敬

---

　　①　转引自黄源深:《评澳大利亚殖民主义时期文学》,《外国文学研究》1987年第3期,第17页。

　　②　黄源深:《澳大利亚文学史》(修订版),上海外语教育出版社,2014年,第17页。

意。后来,他在德文郡和切尔塞都待过一段时间,这两个地方留下了他童年的印迹,而且成为他后来创作的故事背景。金斯利曾就读于牛津大学,但并未完全沉浸于学术钻研,而是将更多精力投入体育活动,导致学业荒废,未毕业就离开了牛津大学。在他青年时期,澳大利亚出现了"淘金热",金斯利漂洋过海,来到这片殖民地。1853 年,23 岁的金斯利在这片土地上尝试了各种职业,从事过各种工作,但都以失败告终。1858 年,他又回到了英国生活。尽管他也在澳大利亚生活过五年,但在他看来,澳大利亚始终算不上真正的故乡,而英国才是。在这五年之中,他以旁观者的姿态观察着这片土地,始终没有真正融入整个社会环境。所以从他的作品中,可以读出英国人与生俱来的高傲气质,与未完全融入的澳大利亚社会始终保持着一定距离。他的作品更多地着眼于缙绅的生活,对他们的性格、行为举止和生活方式等都进行了细致入微的描写。

金斯利的代表作是《杰弗利·哈姆林的回忆》(*The Recollections of Geoffry Hamlyn*,1859),这本书出版于他回到英国后的第二年,对他的人生意义重大,成为他创作生涯中至关重要的里程碑。这是一部牧场传奇小说,作品中的主人公都是英国人。金斯利用大量的笔墨描写主人公在澳大利亚生活的经历,同时也描写了主人公在英国的生活。小说凭借哈姆林之口,讲述了巴克利少校、布伦特伍德上尉和玛丽·桑顿这三个家庭的故事,他们怀揣着寻觅财富的愿望,移居澳大利亚寻找新的机会。女主人公玛丽·桑顿年轻的时候受到恶棍乔治·霍克的蛊惑,虽然当时父亲极力反对,但她毅然与他私奔。不久之后,乔治便犯罪入狱,玛丽才发现自己已铸成大错。后来,她重新对生活产生希望,同巴克利少校、马尔赫斯医生等人一起来到殖民地,通过经营牧场,过上安逸、舒适的生活。在澳大利亚,优美的风光和朋友们的热情渐渐治愈了玛丽心中的伤痛。但是这种平静的生活没过多久,就受到了被流放到澳大利亚并且成为丛林土匪头目的乔治的破坏,柔弱的玛丽屡次濒临崩溃的边缘。巴克利少校与乔治进行顽强抗争,恶棍乔治最终落网,被判处绞刑。故事以玛丽与等待她多年的表哥汤姆结婚为结局,主人公们衣锦还乡,再一次过上了美好的生活。

金斯利的家庭背景对整部小说的影响很大。与金斯利一样,小说中的主要人物都来自缙绅之家。他们移居澳大利亚之后,仍然带有显贵家庭所具有的优越感,即使环境有所改变,他们也过着英国式的高雅生活。他们的身份都属于上流社会人士,比如巴克利少校是战争中的指挥官,布伦特伍德上尉是退役军人,玛丽的情人斯托克布里奇和小说的叙述者哈姆林都是有一定地位的乡绅,玛丽本人也是牧师的女儿。金斯利通过小说主人公表达出自己对英国故土的热爱,认为英国之外别无他乡,只有英国才是真正的家。再比如,巴克利少校的儿子萨姆虽然在澳大利亚成长,并且过着美好、安逸的生活,但他仍然想回到英国,荣归故里,建设故乡。总的来说,这部小说鲜明地表现了英国贵族移民对殖民地和故里的不同态度,同时也塑造了一批通过自身努力获得成功的移民形象。

小说采用传奇的写作文体,大量运用夸张手法,作者着墨于故事的具体情节,悬念设置环环相扣,对主人公内心世界探求不多,使得小说具有很强的可读性,增强了读者的兴趣。小说的主要人物具有鲜明的理想化、浪漫主义色彩。男主人公们对于爱情忠贞不渝,与邪恶势力不两立,斗争到底;女主人公们年轻貌美,带有贵族气质,受人追捧。

作者还采用夸张手法,运用大量笔墨描写绅士之间的谈吐举止和风雅活动,对于开拓之路的艰辛和苦楚则很少提及,或是将其美化。同时,作者也很自然地避开了对险恶环境的描写,渲染了理想和浪漫的色彩。这部小说反映了当时历史条件下一个典型的社会现象——很大一部分英国绅士阶层企图改变在英国的现状,怀揣着美好的愿景,希望在澳大利亚这块神奇的土地上开拓新生活,发家致富,最终衣锦还乡。

这部小说出版后赢得了很高的赞誉、肯定和好评。小说家马库斯·克拉克称其"空前绝后"①,另一位小说家罗尔夫·博尔特沃德认为它是一部"不朽之作,即使在很久的将来也是最优秀的澳大利亚小说"②。在艺术手法上,它开辟了传奇小说的新领域,为以后的作家提供了更多的启示和借鉴。自此,传奇文学在澳大利亚小说史上便享有一席之地,并且呈现出越来越明显的重要性。

与《杰弗利·哈姆林的回忆》相比,金斯利的其他几部作品则略显逊色。小说《西里尔和伯顿两家人》(*The Hillyars and the Burtons*:*A Story of Two Families*,1865)反映了淘金时代以后的澳大利亚社会。在当时的社会里,人们已经不再单纯关注经济的发展,而是更多地转向对政治权利平等的关注,所以小说对澳大利亚早期的政治制度进行了批判。但是这部小说的情节发展具有较大的巧合,读起来缺乏真实性。另一部小说《穿灰衣服的孩子》(*The Boy in Grey*,1871)涉及的主题是伙伴情谊,讲述了男人之间深厚的兄弟情谊,这一主题在后来澳大利亚现实主义文学奠基人劳森的小说中也有充分体现。③ 这部小说是为那些对父辈所经历的激动人心的场景感兴趣的年轻人所写。它不是个人生活的真实记录,也不是历史。该小说是为和平而作,它让读者不仅看到战争中父亲的伟大,而且告诉读者在家辛苦劳动的母亲和姐妹们与父亲一样伟大。重要的是,战争中无论哪一方,有许多人同样高尚和慷慨。金斯利还著有长篇小说《雷金纳德·赫瑟里吉》(*Reginald Hetherege*,1874)和短篇小说集《旧游重记》(*Tales of Old Travels Re-Narrated*,1869)。1871 年,他发表了《赫蒂和其他短篇小说》

---

① ② 黄源深:《澳大利亚文学史》(修订版),上海外语教育出版社,2014 年,第 15 页。
③ 同上,第 16 页。

（*Hetty and Other Stories*），次年另一部短篇小说集《霍恩比·米尔斯和其他短篇小说》（*Hornby Mills，and Other Stories*）问世。

第二节 罗尔夫·博尔特沃德

罗尔夫·博尔特沃德，原名托马斯·亚历山大·布朗（Thomas Alexander Browne）。博尔特沃德这个名字来源于布朗最喜欢的英国诗人和小说家沃尔特·斯科特（Walter Scott）的诗歌《玛米恩》（*Marmion*，1808）中的诗句。博尔特沃德于 1826 年出生在伦敦的一个海员家庭，是家中的长子。5 岁时跟随父母移居澳大利亚，在澳大利亚接受教育，青年时期便肩负家庭的重任，通过经营农场支撑家庭。40 岁左右，他走上了从政之路，后来担任了地方警长、行政官等官职，但他作为作家的第三个职业生涯却延续了四十多年。晚年，博尔特沃德定居墨尔本，专心从事写作。他创作的初衷是满足英国读者对神秘大陆的好奇心，向他们呈现异域的新奇故事。但是后来，跟随作家金斯利的脚步，博尔特沃德也将笔触伸向传奇小说，更加深入地展现牧场的传奇生活。在他的作品中，大多数主人公也都是移民，所描写的也都是英国移民在澳大利亚发家致富的经历。

《武装行动》（*Robbery under Arms*，1888）是博尔特沃德的代表作，第一次出版以来便深受读者喜爱，分别于 1907 年、1920 年和 1957 年拍摄成电影。1985 年这部小说又被改编成电视连续剧，还一度在澳大利亚和英国的广播中进行连播。

这部小说描写的是澳大利亚丛林地带的传奇故事，主要讲述强盗的生活，充分体现早期澳大利亚社会独特的传奇色彩。小说的开始，讲述者迪克是一名强盗，正在等待处决。紧接着通过迪克的回忆，小说采用第一人称叙述手法，讲述其与父兄三人成为强盗团伙的经历以及迪克的生活和爱情故事，还有他与臭名昭著的斯塔赖特船长的关系。在这部小说中，普通丛林人的形象也进入小说，第一次将神秘的丛林景色展现在读者面前。小说描绘了发生在现实生活中的许多传奇故事，如抢劫银行、拦截邮车等。最后，主人公们遭到官兵伏击，大多数角色在战斗中身亡，迪克被投入监狱，但刑满获释之后，与心爱的姑娘有了美满的结局。作者在作品中表达了对主人公遭遇的同情，通过传奇英雄的身份为这些丛林强盗增添光环。总的来说，虽然这些丛林强盗蔑视权威、反抗政府，但是他们信守诺言、坚持正义、勇于牺牲、带有英雄气概，不再被视为不法之徒，反而被认为是资产阶级文明的牺牲品。作者还试图通过描写主人公为正义而抗争，颂扬他们勇于追求平等的民主主义思想，宣泄心中的不满之情，表达独立平等的愿望，引起早期备受压迫的流放犯的共鸣，唤起读者心中的独立意识。小说受到了广大读者的追捧，反响十分热烈。它最初于《悉尼邮报》（*Sydney Mail*）上连载，读者十分关心这些强盗的命运,每逢下雨遇到报纸投送受阻,甚至会骑马赶到遥远的邮局,询问主人公接下来的命运遭遇。①

《武装行动》是对早期澳大利亚下层人民生活侧面的一个反映。19 世纪下半叶,澳大利亚金矿的数量渐渐趋于穷尽,淘金工人们生活越发艰难,很多人失望地离开澳大利亚,也有部分人成了丛林里的盗贼。《武装行动》便是对这一现实的真实反映,小说中大多数的人物和情节都基于现实中的强盗,如丹尼尔·摩根(Daniel Morgan)、本·霍尔(Ben Hall)、弗兰克·嘉丁纳(Frank Gardiner)、詹姆斯·阿尔平·麦克弗森(James Alpin McPherson)和约翰·吉尔伯特(John Gilbert)的真实事件,使读者在阅读时更有真实的感受,加之作者本人也遭遇过丛林土匪,书中描写也是自己的亲身经历。然而,现实并不完全等同于艺术,这些偷盗者在作者的润色下化身为传奇英雄,作者也为这些角色增添了浪漫主义的光辉。

小说的成功之处还有其他的文学因素。首先,书中人物刻画鲜明,每个人物都有自己独立的个性。澳大利亚著名文学史家 H. M. 格林(H. M. Green)在他编著的《澳大利亚文学史》(*A History of Australian Literature*,1961)中,曾把迪克兄弟称为澳大利亚早期小说中塑造得最成功的澳大利亚人形象。其次,小说的语言艺术非常考究。小说中充满丰富多彩的俚语,叙述口吻比较自然,语言非常朴素,因此充满亲和力,增添了更多情感的色彩,让读者容易对小说产生共鸣。小说中许多形象比喻都来源于澳大利亚典型事物,如"我游起来像只大冠鸭""敏捷如负鼠"等,更加增强了澳大利亚风味。②

《武装行动》虽备受读者欢迎,但并非一部完美之作,也存在一些不足。全书在结构上过于平铺直叙,个别情节过于冗长拖沓,有些人物的叙述显得苍白无力。作者对一些人物的性格描写几乎没有发展,对人物性格的描写大多停留于外部描写,并未充分展现其丰富的内心世界。在某种程度上说明作者缺乏一定的感知力和创造力,对人物内心的细节活动缺乏想象力,使小说还缺乏一定的活力。正像有些评论家说的那样,"他缺乏女作家亨利·汉德尔·理查森(Henry Handel Richardson)那种把事实变成活生生的经历的能力"③。

博尔特沃德是位多产的作家,一共著有十四部小说,主要作品包括《一位殖民主义改革者》(*A Colonial Reformer*,1876)、《丛林中的幼孩》(*Babes in the Bush*,1877)。《丛林中的幼孩》第一次出版时书名为《一位澳大利亚乡绅》(*An*

---

① 黄源深:《评澳大利亚殖民主义时期文学》,《外国文学研究》1987 年第 3 期,第 14 页。

② 陈正发、金昭敏:《澳大利亚殖民主义时期小说面面观》,《淮北煤师院学报》(社会科学版)1989 年第 4 期,第 102 页。

③ *John Barnes*:*Critical Studies of Australian Literature*,Penguin Books Australia,1976,p. 149.

Australian Squire）。该小说表现的幼儿走失主题在 19 世纪下半叶开始大量出现,它如同伙伴情谊一样,是澳大利亚文学经常涉及的主题之一。幼儿走失是一种新的叙事形式,它在澳大利亚文化中起着重要作用,无论是现在还是过去,儿童在灌木丛中丢失的故事深深地植根于澳大利亚的民族意识中。类似的情节存在于欧洲童话故事中,但它更多的是与澳大利亚的真实景观有关,孩子走失也是一个政治故事。澳大利亚人常常认为自己是欧洲的孤儿或被遗弃的儿童,因为他们必须对继承做出回应,并为此付出代价,这种代价既没有理由也没有报酬。类似主题的作品还有《悉尼那边的撒克逊人》(*A Sydney-Side Saxon*,1888)、《永不》(*Nevermore*,1892)、《牧场主的理想——澳大利亚生活故事》(*The Squatter's Dream：A Story of Australian Life*,1890),最后这部小说 1878 年第一次在伦敦出版时名为《浮沉》(*Ups and Downs*),出版后反响平平,于是再版时更名。他的其他小说还有《矿工的权利》(*The Miner's Right*,1890)、《朴素的生活》(*Plain Living：A Bush Idyll*,1898)等。1884 年,自传《旧墨尔本回忆》(*Old Melbourne Memories*)出版,这是一本关于 18 世纪 40 年代的回忆录。1898 年出版了短篇小说集《坎沃斯镇的传奇和其他短篇小说》(*A Romance of Canvas Town and Other Stories*)。

第三节　马库斯·克拉克

马库斯·克拉克出生于伦敦一个普通的律师家庭,是家里的独子。母亲早在他 3 岁时就离开人世,1862 年父亲患上精神病被送入疯人院,一年后去世。克拉克曾在海格学校(Highgate school)接受教育,与英国著名诗人杰拉尔德·曼利·霍普金斯(Gerard Manley Hopkins)是同学。17 岁时他移居澳大利亚墨尔本,在澳大利亚之旅中,他曾给霍普金斯写过一封信,描述他所目睹的日落的情景,这封信很可能是霍普金斯的诗歌《美人鱼的愿景》(*A Vision of the Mermaids*)的部分灵感来源。① 他曾经做过银行职员,后来又去做了牧场里的放牧工。那时的他便热爱文学,尤其喜欢阅读巴尔扎克的小说,但也因此招致牧场主的不满,经常与之发生争执。出于对文学的热爱,他最终选择辞职离开牧场。1867 年,墨尔本《巨人》(*The Argus*)杂志向他发出邀请,希望他能担任戏剧记者一职,他欣然答应。后来,他又选择成为一名自由撰稿人,为《澳大利亚报》(*The Australasian*)撰稿。1869 年,他与一名女演员喜结连理,并育有六子。1881 年,年仅 35 岁的克拉克由于为偿还债务过度操劳而病逝。

《无期徒刑》(*For the Term of His Natural Life*,1884)是马库斯·克拉克

---

① Norman White：*Hopkins：A Literary Biography*,Clarendon,1995,p. 31.

的代表作,是一部以描写流放犯生活为题材的长篇小说。该小说在1874年首次出版时以《寿命》(*His Natural Life*)命名。《澳大利亚杂志》(*The Australian Journal*)曾三次连载了这部长篇小说。值得一提的是,在最后一次发表时,《澳大利亚杂志》对其进行了高度评价,称它为澳大利亚文学中的一颗明珠。1874年,这部小说经过修改、完善之后,正式出版成书,成为澳大利亚人手一本的图书,普及程度如同《圣经》和莎士比亚的作品。后来,这部小说经过多次改版,深受欧美国家人民的喜爱,出版社将其翻译成多国文字,如中、俄、德、荷、瑞典,并改编为剧本,以戏剧的方式呈现。由此,《无期徒刑》奠定了马库斯·克拉克在文学史上的地位。

长篇小说《无期徒刑》讲述的是一个名为鲁弗斯的流放犯的故事。他的一生凄惨而绝望。鲁弗斯是母亲和情夫的私生子,为维护母亲的名誉,他被冤枉成杀死亲生父亲的杀人犯,被从英国流放到澳大利亚,受尽屈辱与摧残。在航行途中,他因揭发其他罪犯的谋反,反被众犯人冤枉为谋反的主谋,结果被判无期徒刑。服刑期间,因无法忍受残酷的劳役,一个人逃到荒滩上面,碰到被困在该处的西尔维亚、她的母亲和上尉弗里尔。鲁弗斯为了将他们救出荒滩,使出浑身解数,甚至宁可牺牲自己。但是弗里尔在脱险后不仅骗取西尔维亚的爱情,而且诬陷鲁弗斯企图逃跑,他再次被判无期徒刑。后来他因为思念深爱的西尔维亚而偷偷来到其住所,结果被当场捉住,第三次被判无期徒刑。鲁弗斯多次含冤受辱,即使身处恶劣环境、遇到恶毒狡诈之人,他仍心怀正义与仁慈。三次被判无期徒刑,他最终在一场暴风雨之中悲惨离世。为了真实反映澳大利亚早期的流放社会,小说除了塑造这位形象鲜活、多灾多难的主人公,还塑造了多个不同形象特点的人物,比如残忍的军官和上司、蒙冤的青年、伪善的教士和顽固不化的罪犯。这些人物复杂的内心活动、真实的细节描写和紧凑生动的情节深深吸引着读者。

在这部小说中,众人所推崇、信仰的法律不但没有铲恶锄奸,反而助纣为虐,失去应有的公平与正义。主人公鲁弗斯心地善良、乐于助人,却蒙受冤屈,锒铛入狱,而那些奸恶之人,虽违法犯纪,却仕途顺利。这些人物的不同境遇,将资产阶级法律的虚伪淋漓尽致地展现了出来。同时,作者虽然非常注重细节描写,却保持中立的态度,不掺杂个人情感与评价,使这些细节更加真实客观。在鲁弗斯和其他几个犯人身上,读者能看到现实生活中犯人的影子,比如犯人之间互相残杀的行为,这些被强调的重点细节,使故事情节极具感染力与吸引力。

这部小说的写作手法与艺术手法受到大众的广泛好评。《无期徒刑》打破殖民前期文学呆板生硬的描述方法,刻画了一群鲜活的人物形象,剖析了人物丰富的心理活动。紧凑严密的情节和多种修辞手法,最大限度地将思想性和艺术性相融合。同时,这部小说兼具浪漫主义和现实主义的特点,将两者有机结合,成为这种文学类型的典型代表。

　　小说通过对流放犯鲁弗斯惨痛遭遇的描写,深刻揭露了资产阶级法律的虚伪本质,也抨击了殖民社会惨无人道的流放制度。作者故世五年后,有人在议会中喟叹:"读了《无期徒刑》以后,没有人再要阅读有关流放制度的历史书了……这位小说家在自己的领域中击败了历史学家。"①

　　除了《无期徒刑》之外,克拉克还著有另外两部长篇小说,一部是《相距甚远》(*Long Odds*,1869),另外一部是《天主教的阴谋》(*The Catholic Conspiracy*,1893)。短篇小说集主要有:《一个年轻国家的传说》(*Old Tales of a Young Country*,1871)、《节日高峰与其他故事》(*Holiday Peak and Other Tales*,1873)、《四层高》(*Four Stories High*,1877)、《少校莫里纽克斯和人声之谜》(*The Mystery of Major Molineux and Human Repetends*,1881)、《耸人听闻的故事》(*Sensational Tales*,1886)等等。

　　殖民主义时期的作家对传奇小说的探索十分深入,对后来的作家产生了极大的影响,并且使得传奇小说这一文学形式在澳大利亚文学史上占有重要地位。

――――――――――

①　黄源深:《评澳大利亚殖民主义时期文学》,《外国文学研究》1987 年第 3 期,第 16 页。

第二编　民族主义兴起时期的小说

第一章　民族主义运动冲击下的澳大利亚

　　1901 年,澳大利亚成立联邦政府,成为英联邦的第一个成员国,实现了澳大利亚人为之奋斗的独立自主。早在 1880 年,J. F. 阿奇博尔德(J. F. Archibald, 1856—1919)在悉尼创办文艺周刊《公报》(*The Bulletin*)时,就大力呼吁提高澳大利亚人的民族意识,开创自己的新文化,强调利用澳大利亚的生活价值来反映现实、从事创作,为澳大利亚文学发展的第二个时期吹响了号角。19 世纪 90 年代,澳大利亚掀起了民族主义运动的风潮,这一时期的文学作品尤其是小说作品,被打上了独立、平等、民主的时代烙印。民族主义文学的产生,得益于 20 世纪初澳大利亚联邦的成立,从而使澳大利亚作为一个国家更多地参与国际事务。作家的民族意识大大增强,杂志也借此机会鼓励公民创作属于澳大利亚的文学。澳大利亚文学摆脱了上层精英的桎梏,开始出现大量的文学新人。而这些文学新人也不负众望,无论是在形式上还是在技巧上都有所突破,形成了独具特色的文学风格。

　　随着澳大利亚经济的发展,特别是畜牧业的飞速发展以及金矿的发现,移民大量涌入,澳大利亚人的民族意识空前高涨,以亨利・劳森(Henry Lawson, 1867—1922)为代表的民族文学迅速崛起。他们以小说为主要表现手段,以澳大利亚人为中心,探索澳大利亚历史与现实之间的关系和意义,创作了众多历史题材作品。这一时期的作品,在现实社会的画面上驰骋笔墨,努力展示那一时代人的精神风貌和乡土人情。这一时期是澳大利亚民族文学的一个高峰时期。[①]

　　民族主义运动为澳大利亚文学的发展提供了丰富的素材和动力,同样文学也从多方面记录和展示了这一时期的社会风情。此时的文学创作培养了大批作家,为下一阶段澳大利亚文学的繁荣,特别是小说的繁荣奠定了基础。这一时期最著名的作家首推亨利・劳森。他所创作的短篇小说和诗歌,从内容到形式,已不再是一般意义上的"乡村叙事诗"。他们笔下的荒原、山丘和丛林完全摆脱了单纯的景观描写,或个人际遇的咏叹,而是沿袭了欧洲传统,采用现实主义的创

---

　　① 朱炯强:《评〈澳大利亚妇女小说史〉》,《西南民族大学学报》(人文社会科学版)2012年第 4 期,第 239 页。

作手法,努力塑造与荒原、山丘、丛林休戚相关的人物形象,描写他们的命运,努力刻画他们在与大自然搏斗时粗犷豪迈的性格,展示他们醉心于开发澳大利亚这片沃土时的决心。劳森以自己的创作实践奠定了澳大利亚民族文学的基础。

这一时期的澳大利亚文学,以民族文学为导向,以现实主义创作手法为基调,视野日益开阔,题材日趋多样,体裁也变得丰富多彩。众多的作家力图以更广阔的生活环境来反映现实,展现人物形象。因此,画面广阔的长篇小说应运而生,在这一历史阶段的后期尤为繁荣。

第二章　《公报》与民族文学

19世纪80年代,澳大利亚完成由移民社会向本民族社会的过渡,民族主义运动蓬勃发展,澳大利亚文学出现了民族主义特色的新面貌。澳大利亚文学民族化进程始于19世纪80年代,持续到20世纪50年代,历时七十余年。1880年,J. F. 阿基博尔德和约翰·海恩斯(John Haynes,1850—1917)在悉尼设置总部,创办《公报》(Bulletin)杂志,1880年1月31日发行第一期。《公报》高举共和主义旗帜,反对英国殖民统治,积极倡导构建独立的澳大利亚民族文化。该杂志关注民族性,形成了由一批宣传激进主义、共和主义和社会主义的作家组成的"公报派",标志着澳大利亚文学民族化进程的开篇。此外,《公报》密切关注国外思潮,以澳大利亚人关注的社会热点作为讨论话题,内容广泛涉及共和制、一人一票制、非宗教教育、司法制度改革、澳大利亚国家性质、国家安全、贵族头衔和土地私有制等。这些话题在社会上引起强烈反响和广泛共鸣,深受读者欢迎。19世纪90年代,《公报》便成为澳大利亚家喻户晓的刊物。

19世纪末20世纪初是澳大利亚民族主义情绪高涨、独立建国愿望最为强烈的时期,加之澳大利亚民族主义杂志《公报》的积极推动,澳大利亚现实主义小说应运而生。从这个意义上说,《公报》的创刊对澳大利亚文学的发展具有划时代的意义。最初澳大利亚文学严重依赖英国文学,在民族主义思想广泛传播之际,澳大利亚文学开始繁荣发展,尤其是A. G. 斯蒂芬斯(A. G. Stephens,1865—1933)担任《公报》编辑之后,积极提倡创作短篇小说和丛林文学,为澳大利亚民族文学事业的发展做出巨大的贡献。

A. G. 斯蒂芬斯是一位观点独到的文学编辑,他对澳大利亚文学批评做出了卓越的贡献。作为一位饱含民族主义激情的文学评论者,他在很长一段时期内被人误解和忽视,甚至被认为胡乱修补专栏作家的作品,然而实践证明,他所提出的修改意见往往很明智并且被作家们采纳。他提携了众多同时代澳大利亚的作家和诗人,向国人推荐了许多同时期的海外文坛作家,并终其一生坚持倡导澳大利亚文学创作的普遍标准,为19世纪末20世纪初的澳大利亚文学指引了明确的方向,即文学创作的民族化。他毕生的努力奠定了他在澳大利亚文学批评史上不可动摇的地位:一位坚毅的澳大利亚民族文学旗手。他在编辑工作中所提出的澳大利亚文学创作标准、对文学经典的认识以及对文学民族化的论述,对

20 世纪初期的澳大利亚具有重大意义。他的文学批评方法是以澳大利亚文学创作民族化为出发点,同时借鉴欧美的文学创作,来考量澳大利亚作家及其作品。他的文学批评更多的是指引澳大利亚文学的发展方向。[①]

澳大利亚是一个远离世界大陆、偏居一方的广袤丛林,其现实主义小说的发展明显晚于世界现实主义文学进程。19 世纪末,澳大利亚兴起的民族主义运动给澳大利亚各个方面造成了重大影响。大批民族主义者大肆鼓吹,希望冲破英国的束缚而独立,他们崇尚澳大利亚民族个性,强调澳大利亚英语的独特性。作为民族运动的喉舌,《公报》在扶植民族主义文学方面做出了重大的贡献。《公报》鼓励本土作家反映地方特色、民族气质,并要求他们运用普通劳动人民的日常用语与地方习语,提倡用口头语言来表现乡村人的生活,从而使得口语词汇登上书面语的殿堂。参与"一战"和"二战"的士兵们在一定程度上提高了民族意识,使得澳大利亚英语更明确了自己的民族风格。[②]

澳大利亚文学经过七八十年的酝酿和孕育,在 19 世纪八九十年代,终于摆脱对英国文学的模仿,形成了具有鲜明澳大利亚特色的民族主义文学。这场民族主义的文学风暴能扩大,《公报》杂志功不可没。它大力培养民族主义文学作家,鼓励和指导他们写作。作家的风格和个性也更加多姿多彩。

---

① 佘军:《A.G. 斯蒂芬斯:澳大利亚文学批评的奠基人》,《苏州大学学报》(哲学社会科学版)2009 年第 4 期,第 89 页。

② 葛俊丽:《论澳大利亚英语的变异现象及其文化因素》,《中国外语》(中英文版)2008 年第 2 期,第 37 页。

第三章　现实主义小说：
澳大利亚的声音

第一节　亨利·劳森

　　亨利·劳森在澳大利亚文学史上的地位,相当于马克·吐温在美国文学史上的地位,两人都是民族现实主义创作的集大成者。劳森是"澳大利亚现实主义文学的鼻祖"①,开创了描写丛林和丛林人的先河。他的文学创作都基于熟悉的人和事,他的短篇小说主要描写澳大利亚早期生活的艰辛和资本主义的压迫,同时也歌颂了丛林人特有的伙伴情谊,真实地反映了丛林的恶劣环境和丛林人的悲惨生活。劳森也是一位成功的诗人,他将爱国主义精神和革命热情都表达在诗歌中,强烈地表达了他反抗压迫、争取民族独立的愿望。同时,他为那个时代发出了民族主义的呼声,"是他那个时代中最有代表性的文学巨匠"②。劳森不仅影响了许多与他同时代的作家,而且还影响了他身后的几代人。其作品近一个世纪来经久不衰,始终拥有大量的读者,被译成中、法、德、俄等多国语言,劳森也因此成为享有世界声誉的文学大家之一。

　　劳森在文学艺术上很有天赋。他生于新南威尔士。母亲是澳大利亚人,在文学上颇有造诣,她充满激情,且不满足于艰苦的丛林生活。她创作诗歌,创办妇女期刊。劳森从小受到文学的熏陶,读过不少狄更斯、莎士比亚、笛福、吐温、塞万提斯以及其他世界著名文学大师的作品,在文学方面涉猎较广。他的父亲是挪威人,为了逃脱宗教统治,来到澳大利亚新南威尔士,渴望在澳大利亚得到一块自由的土地,通过自己的劳动和汗水来谋生。然而,父亲的梦想很快就落空了。丛林里干旱持续、瘟疫流行,即使终日艰辛耕作也颗粒无收,生活毫无保障。由于家境的限制,劳森没有接受过正规教育,仅读过几年小学,就辍学去牧场做工。他16岁随父当建筑工,接着赴悉尼做油漆工、木匠等,过早地挑起了生活的

---

　　①　徐经闫:《略论劳森短篇小说的主题及写作技巧》,《北京邮电大学学报》(社会科学版)2000年第3期,第54页。

　　②　左岩:《亨利·劳森和他的短篇小说》,《解放军外语学院学报》1994年第3期,第76页。

重担。但他始终保持对学习的热情和对文学的热爱:放牧时,他一手执鞭,一手拿书;在悉尼做工时,他白天工作,晚上上夜校读书。他学习勤奋,报考悉尼大学,并在后来的英文与历史考试中都取得了好成绩。

文化程度低并不影响劳森的小说创作,他的小说文字浅显、风格朴素、自然平易。劳森的创作风格简单朴素、贴近生活,初读他的作品,也许并不能看出新颖与高明之处。他的小说没有构思缜密的复杂情节和扣人心弦的故事,没有优美华丽的语言和精彩动人的描写,也不讲述博大深邃的哲理,只是不动声色地用地道的口语,描述普通人的寻常事和世人皆知、浅显明白的人情道理。他的小说形式不拘一格:或是有始有终的完整故事;或是叙述加评论感想,仿佛寓言一般;或是一个寻常场面简单的再现,甚至通篇仅是两个人物间的对话。小说的篇幅长短不一,长的达几十页,短的则仅仅几十行甚至几行。劳森的作品似乎没有任何规矩可言,仅凭借本能与巧合,展现人间的真诚与温暖。他选择最简朴的创作方法和风格,仿佛随意拾起近在手边的素材,因此真实地反映了澳大利亚的实际情况。

劳森的一生饱尝了生活的苦难和艰辛。他的童年时光基本在丛林中度过,没有伙伴,孤独而内向。劳森从小就缺少安全感,父母感情不和,每当争吵时,他总是蜷缩在一旁。为了逃脱,他经常溜到丛林中哭泣直到心碎。缺乏温暖的家庭环境和朝不保夕的艰难生活使得劳森的性格内向而敏感。[①] 遗憾的是,这对性格不合的夫妇经常争吵,最终分道扬镳,给劳森幼小的心灵留下挥之不去的阴影。劳森 9 岁时部分失聪,只得辍学。他的不幸经历加深了他对穷苦者的同情,他的孤独使得他借助文学创作来宣泄内心世界的苦闷。成年后,劳森的生活和童年一样充满了痛苦:婚姻不幸、家庭不和、贫困潦倒、酗酒浇愁、穷困至死。让人惊讶的是,在这种条件下,他创作了大量令人叹服的文学作品,尤其是极具文学欣赏价值的诗歌和小说。[②]

劳森自 20 岁开始给《公报》写小说和诗歌,他的作品很多,一生创作了大约三百篇小说,出版短篇小说集《洋铁罐沸腾的时候》(*While the Billy Boils*,1896)。该短篇小说集共包括五十二篇短篇小说,如《赶牲畜人的妻子》(*The Drover's Wife*,1892)、《丛林里的殡葬人》(*The Bush Undertaker*,1892)等。劳森的故事要么充满幽默感,要么展现对丛林人的同情。在传达丛林人的情感时,劳森直观、忠实的表述使读者真切地感受到他笔下人物在孤独的丛林中哀怨、悲伤的感情。

---

① 张校勤:《试论亨利·劳森的心路历程》,《安徽大学学报》(哲学社会科学版)2002 年第 1 期,第 106 页。

② 左岩:《亨利·劳森和他的短篇小说》,《解放军外语学院学报》1994 年第 3 期,第 77 页。

《丛林里的殡葬人》与《赶牲畜人的妻子》是劳森早期创作的故事。《丛林里的殡葬人》从老人为自己和他心爱的狗准备晚餐开始。饭后,老人拿起一把镐和铲子,来到一座坟墓前。他把骨头挖出来,放进袋子里,然后回家。途经沙漠时,他发现了一具尸体,尸体被强烈的澳大利亚阳光晒干了。经过仔细检查后,老人决定成为死者的朋友,于是把尸体带回家,一路上如同对待朋友一样同尸体说了很多话。当老人回到家以后,他决定为尸体举行一个体面而隆重的葬礼,并且他觉得要说些什么,虽然他不确定尸体生前的宗教信仰,或者其是否有宗教信仰,但老人尽了最大努力。埋葬了他的尸体朋友后,老人站起来,拿起他的工具,走回小屋。小说交代了困苦的丛林生活给以老人为代表的孤苦凄清的丛林人造成的精神创伤,恶劣的丛林环境是导致丛林人心理变态、行为怪异和性格变异的罪魁祸首。

小说集《在路上》(On the Track,1900),包含十九个故事,比较知名的短篇小说《比尔:会腹语的雄鸡》(Bill, the Ventriloquial Rooster,1898)收录其中。该短篇集中的大部分故事已经在报纸和杂志上刊登过,于 1900 年由安格斯和罗伯逊出版社(Angus & Robertson Publishers)以精装本的形式出版。

《越过活动栏杆》(Over the Sliprails,1900)由十六篇短篇小说组成,其中《红土英雄》(The Hero of Redclay)原本是一部长篇小说,但后来被作者缩短,并作为短篇小说收录其中。其他比较有名的短篇小说包括《旅店老板的妻子》(The Shanty-Keeper's Wife)、《他们天黑时等候在码头上》(They Wait on the Wharf in Black)、《格兰德尔兄弟公司的两个孩子》(Two Boys at Grinder Bros)等。不久,安格斯和罗伯逊出版社将这两部短篇小说集合二为一,出版了《在路上和越过活动栏杆》(On the Track, and Over the Sliprails,1900)。

短篇小说集《乔·威尔逊和他的伙伴们》(Joe Wilson and His Mates,1901)共包括二十个故事,其中包括《带炸药的狗》(The Loaded Dog,1901)、《布赖登的大姨子》(Brighten's Sister-in-Law)、《给天竺葵浇一下水》(Water Them Geraniums)等。1904 年该小说集被分成两卷:《乔·威尔逊》(Joe Wilson)和《乔·威尔逊的伙伴们》(Joe Wilson's Mates)。

《带炸药的狗》是劳森最受欢迎的幽默短篇小说之一。它主要讲述了三名金矿矿工戴夫、吉姆、安迪和他们的一只名叫汤米的小猎犬,以及因炸药无人看管而产生的滑稽后果。安迪和戴夫喜欢钓鱼,于是他们想出了一种独特的钓鱼方法,用炸药抓鱼。汤米用嘴叼起炸药筒,在篝火中点燃引线,吓得三个人逃之夭夭。汤米认为这是一个游戏,开玩笑地追赶它那"两条腿的伙伴"。吉姆爬上一棵树,然后掉下矿井,同时安迪躲在一根木头后面,戴夫则跑进当地的酒吧里寻求庇护,那只狗在他后面跑了进来,导致酒吧里的丛林人纷纷逃散。这个故事充分显示了劳森幽默写作的天赋,这部作品也被称为"滑稽的闹剧"①。

除了短篇小说以外,劳森还发表了许多诗歌。在19世纪末20世纪初世纪之交的澳大利亚,由于资本主义的发展,各种社会矛盾不可避免,经济危机的爆发加剧了各阶层之间的矛盾。处于社会底层的人们,如城市贫民、手工业者、丛林工人等的生活更加困难,民族独立的呼声越来越高,民族独立思潮逐渐兴起。劳森的第一首诗《共和国之歌》(A Song of the Republic,1887),正是在这一社会背景下创作出来的。这首诗歌的主旨是响应民族独立的呼声,激励人民奋起反抗宗主国英国的殖民剥削和统治,建立共和国。劳森的第一部诗集《在海阔天空的日子里》(In the Days When the World Was Wide,1896),共包括五十一首诗歌,其中比较著名的诗歌有《街上的面容》(Faces in the Street),这首诗歌描写了殖民统治下劳动人民的凄苦生活和生存状况,同时也表达了劳动人民要求革命的普遍愿望。劳森的作品号召澳大利亚人民共同奋起,携手反抗殖民压迫,建立一个属于自己的独立民族。《牧羊人的民谣》(The Ballad of the Drover)中描述了主人公溺水而亡的悲惨命运,而对此毫不知情的姑娘苦苦等待着情人的归来。《活动栏杆和踢马刺》(The Sliprails and the Spur)以浓重的澳大利亚本土特色和浓郁的乡土气息,描写在夜幕中静静等候男友归来的姑娘。《通俗诗和幽默诗》(Verses Popular and Humorous,1900)是劳森的第二部诗集,收录了诗人早期的一些主要作品。该诗集包括作者的六十六首诗,后来被分成了两卷:《流行诗集》(Popular Verses)和《幽默诗集》(Humorous Verses)。劳森的诗集还包括《当我称王的时候》(When I Was King and Other Verses,1905)、《地平线上的骑手》(The Skyline Riders and Other Verses,1910)、《为了澳大利亚》(For Australia and Other Poems,1913)、《我的军队,啊,我的军队》(My Army,O,My Army! and Other Songs,1915)等。

劳森的作品,不论是小说还是诗歌,都着意刻画工人及其他劳动者形象,以及他们反抗压迫、向往自由的强烈愿望和顽强的生存意志。此外,和马克·吐温一样,他使用澳大利亚本地方言,具有鲜明的澳大利亚特色,被视为"澳大利亚民族文学的奠基人"。②

劳森的诗歌和短篇小说享誉澳大利亚文坛。两者之中,其以短篇小说见长,"雄居澳大利亚短篇小说作家之首"③,他还被誉为"丛林的声音,而丛林是澳大

---

① Henry Lawson:The Penguin Henry Lawson Short Stories:with an introduction by John Barnes,Penguin Books Australia,2009,pp.224-225.

② 徐经闰:《略论劳森短篇小说的主题及写作技巧》,《北京邮电大学学报》(社会科学版),2000年第3期,第54页。

③ 左岩:《亨利·劳森和他的短篇小说》,《解放军外语学院学报》1994年第3期,第77页。

利亚的心脏"①。的确,劳森的短篇小说提供了一个广阔而又富有启发性的视角,是当时澳大利亚社会的真实写照。

"友情一直被澳大利亚人自豪地视为自己国家的民族特征之一"②,指早期英国犯人被流放至澳大利亚大陆,在艰苦的环境中,很自然地产生了一种相互帮助、彼此信赖的关系。"在随后的拓荒岁月中,环境的恶劣、生存的艰辛又使之进一步发展,其内涵也得以丰富深化,进而演变成当今的友情。"③在劳森笔下,这种"友情"经常表现在日常生活中,比如:《给天竺葵浇一下水》中给刚刚搬家过来的新邻居送去一块牛肉,《告诉贝克夫人》(*Telling Mrs. Baker*)中伙伴的真诚和忠实——抛弃自己的伙伴绝不是丛林人的信条。劳森小说中有许多善良、忠心、乐于助人的主人公,友情"不仅仅代表一种限于朋友小圈子中的爱,更是一种拓展至全人类的纯洁无私、亘古永恒、至高无上的爱"④。劳森的作品体现了早期澳大利亚创业者的精神面貌,在他的描述和歌颂中寄托了乌托邦式的理想,被称为"神话"或"传奇"。

短篇小说《把帽子传一传》(*Send Round the Hat*,1907)以客观真实的笔调讴歌了主人公鲍勃这一丛林人形象。他因身高体壮而被邻人亲切地称为"长颈鹿",他还是一个古道热肠的人,只要别人有困难,他都会毫不犹豫地伸出援助之手。当遇到自己一个人无法解决的困难时,他就会将帽子拿下,自己先在帽子里面放上钱,以此鼓励大家齐心协力来帮助有困难的人渡过难关。鲍勃总是能够对任何有需要的人伸出援手。当别人质疑他这样下去最终会身无分文、饿死路边,并且得不到任何回报时,他却说自己不是因为需要别人回报和感谢而去帮助他人。正是在鲍勃的感染下,很多丛林人也加入帮助他人这一行列,有些人尽管自己并不是特别富裕,但是只要看到需要帮助的人,都会想方设法省吃俭用,尽一份自己的绵薄之力。他们曾一起帮助过因为醉酒被马车轧断腿的人,还有生活穷困的孤儿寡母。劳森笔下这一乐善好施的鲜活人物形象,将丛林人的友情阐释得淋漓尽致。

《赶牲畜人的妻子》一直被公认为劳森最负盛名的短篇小说之一。这个故事最早发表在1892年7月23日的《公报》杂志上。他以娴熟的笔法栩栩如生地塑造了一位牧人的妻子形象。她在丈夫长年外出的情况下,默默忍受着孤独的煎熬,操持家务,独自抚养四个年幼的孩子,无助地面对一系列天灾人祸:洪水泛滥、丛林大火、家畜染病、遭遇毒蛇等。一天日落时分,一条蛇出现在房子里面,随即又消失了。孩子们躺在床上,已经睡下,女人和她的狗等着蛇再次出现。天

---

①　Peter Pierce：*The Cambridge History of Australian Literature*，The Cambridge University Press,2009，pp.165-166.

②③④　左岩:《亨利·劳森和他的短篇小说》,《解放军外语学院学报》1994年第3期,第78页。

亮时,蛇再次出现,被女人和狗打死了。女人年轻时也曾经有过许多美好的幻想,但是乡村现实生活的艰辛磨炼了她,使她学会面对生活、忍受孤独、战胜困难。故事真实生动,读来亲切感人,在读者面前形象地展现了一位不畏艰难、富有牺牲精神的牧人之妻的形象。

短篇小说《丛林之火》(*The Bush Fire*)讲述的是以沃尔为代表的占地农和以劳斯为代表的选地农这两个阶层之间的冲突故事。占地农是丛林中最富裕但也最残暴无情的阶层,他们把手中的土地租给选地农,以此来积聚财富。沃尔来自宗主国英国,他自恃出身高贵血统,在丛林人面前摆出一副高傲的姿态,看不起出身卑微的丛林人。他总是不放心劳斯的牛群,派儿子彼利去查看,防止它们偷偷跑到自己的土地上去。生长于丛林的彼利极其厌恶父亲无礼且蛮横的处事行为。作为殖民者的后代,彼利自幼在丛林环境中长大,他更多地接受和习惯了丛林人之间互帮互助的友情,非常反感英国资产阶级的小市民嘴脸。彼利对自己的身份认同曾感到过纠结,在难以抉择的焦虑中,他一头扎进澳大利亚西北丛林,一去就是一两年。沃尔的女儿玛丽也全然没有父辈身上英国殖民者的等级和阶级观念,她不认为欧洲血统就应该是高高在上的,相反,她支持并帮助丛林人勇敢地追求自由平等。她甚至同选地农的儿子鲍勃谈恋爱,完全不顾所谓的"门当户对"。小说最后,面对"叛逆"的儿女,沃尔不得不转变固有的阶级观念和等级思想,最终帮助劳斯扑灭丛林大火。劳森以沃尔的转变和主动提供帮助的行为,意在向读者传达一种超越阶级差异的友情。

劳森不仅对穷乡僻壤、荒郊丛林的生活了如指掌,而且对城市生活也极为熟悉,创作了一系列以城市生活为背景的短篇小说,这是劳森小说的又一个主题所在。这些小说大多以劳森的亲身经历为创作素材,描写那些挣扎在贫困线上的小市民生活,惟妙惟肖地塑造出他们终日为生计而奔波操劳的形象,读来真切感人。比如《格兰德尔兄弟公司的两个孩子》、《吊唁》(*A Visit of Condolence*)、《阿维·阿斯频纳尔的闹钟》(*Arvie Aspinall's Alarm-Clock*)等。虽然关于这一主题的作品为数不多,但劳森却以敏锐的洞察力和细腻的手法,展现了小镇上普通百姓的心态和生活。小说大多以凄苦的童工、束手无策的贫苦母亲和被抛弃街头的孤儿为主人公,描写他们的苦难与不幸,因此这些作品都极富代表性。《阿维·阿斯频纳尔的闹钟》讲述了童工阿维痛苦的生活和悲惨的结局。阿维因为担心上班迟到而被解雇,不得不每天凌晨四点钟就离开家,睡在工厂大门口的地上。后来厂主的女儿知道了此事,这位所谓的"善良的"小姐买了闹钟送给阿维。但是小阿维的担心害怕并没有因为闹钟的存在而消失,他仍然经常从睡梦中惊醒,梦到自己上班迟到。小说最后,阿维年幼的身体不堪重负,劳累过度而悲惨地离开人世。小说不仅尖锐地批判了资本家为了追逐更多的剩余价值,残酷剥削工人,甚至雇用童工的现象,而且深刻揭露了资本主义制度下工人尤其是童工的凄苦生活。

劳森的文笔简洁、幽默。他的短篇小说笔触自然流畅、简洁利索，故事跃然纸上；他的文章字里行间虽充满着幽默，却隐隐弥漫着一种哀婉忧郁的情调，形成自己独特的写作风格。①

"劳森在澳大利亚文坛上的先驱和泰斗地位"②是不容置疑的。他创立的文学传统，在澳大利亚文学史上有着极其重要而深远的影响。"劳森传统"影响了一大批澳大利亚作家。他们都选取普通人作为主人公，都着眼于农村、牧场和小镇生活，写作风格简单朴实、亲切自然。由此可见劳森的影响之大、其作品流传之广，也奠定了劳森在澳大利亚文坛的常青地位。

第二节　约瑟夫·弗菲

约瑟夫·弗菲(Joseph Furphy,1843—1912)与劳森是同一时期的、最有影响且创作成就最大的作家。他们的作品都基于现实事件，对澳大利亚现实主义文学的发展有很大影响，"19世纪90年代追求新民主的澳大利亚在弗菲的作品中得到充分的体现，其表现方式别具一格"③。

弗菲是个地道的草根作家，自幼家境贫寒，没接受过正规的教育。他出生于维多利亚州的一个园艺监督工家庭，父母都是爱尔兰移民。贫寒的家庭使弗菲很小就懂事，小小年纪便帮父母干活，长大后弗菲做过各种各样的工作，比如鞋匠、玉米商、干草商、淘金工、赶车工和铸造工等，而他始终勤奋好学，酷爱读书，尤其喜爱莎士比亚戏剧和《圣经》。长达七八年的赶车生活对他的文学创作有深远的影响，他戏称自己是"半个丛林人、半个书呆子"，因为他常常一边跟随满载货物的牛车奔驰于墨累河两岸利弗里那平原，一边随身携带一本《圣经》和一部莎士比亚文集，途中休息时便聚精会神阅读，直至能背诵。长途跋涉开阔了他的视野，不仅使他熟知这一地带的一草一木，而且让他结交了各类丛林朋友，如枕木工、赶牲畜人、伐木工、分站牧场工、独居的丛林人等。这些经历以及熟悉的人物和景物都为他日后的创作提供了源源不断的素材。1883年的持续干旱，夺走了他赖以为生的牲畜和马匹。他只好终止赶车生计，到兄弟开设的农业机械厂谋生。同时，他突然产生写长篇小说的念头。他利用所有业余时间，将之前多年的赶车生活、经历、所见所闻写进他的成名作《人生就是如此》(Such Is Life,1903)之中。这部小说历时十年之久完成，几

---

①② 左岩：《亨利·劳森和他的短篇小说》，《解放军外语学院学报》1994年第3期，第79页。

③　H. M. Green：*A History of Australian Literature*，Augus & Robertson Publishers，1961，p. 661.

经修改,终于在 1903 年,即弗菲 60 岁时出版。

弗菲反对作家在作品中歪曲事实的描写,他的代表作《人生就是如此》不仅刻画了丛林生活的真实样貌,而且力求丛林细节描写的准确性。这部小说以日记的形式描述了丛林地区恶劣的生存环境、生活图景和劳动人民谋生的艰难与无奈,尤其是由于没有地表水,一大片丛林土地无人造访。面对如此艰难的生存困境,丛林人不得不用"人生就是如此"的感慨进行自我宽慰和解嘲,但是他们并未被生活的困苦、丛林的困境以及种种预想不到的困难吓倒,而是积极调整自己的心态,以乐观豁达的心情坦然地面对丛林中的每一天。

丛林人日复一日地终年劳作,他们每天带着"希望"忙碌,最终收获的却是"失望"。小说中的人物没有钱,在接下来的日子里也看不到希望。小说还采用大量的讽刺叙事来揭露社会的不公,以此来表现丛林人对殖民压迫和社会不公的反抗与追求自由的决心,具有明显的民主精神。从这一点来看,《人生就是如此》具有深刻的社会价值和意义,它深刻地揭露了丛林人如何在求生存的过程中不得不面临的来自大自然和社会的双重压迫。

作为工人出身的小说家和诗人,弗菲深奥、高雅、充满哲理与典故的文风,与劳森朴素平易的风格形成了鲜明的对比。弗菲在世时默默无闻,一生只有三部小说作品——《人生就是如此》、《里格比的罗曼史》(*Rigby's Romance*,1921)和《波恩地区与澳洲鹤》(*The Buln Buln and the Brolga*,1946),后两部作品其实也源自《人生就是如此》中的场景,影响度并不高。此外,他还有一部诗集——《约瑟夫·弗菲诗集》(*The Poems of Joseph Furphy*,1916)。

和劳森朴素平易的风格相比,弗菲的文风深奥而富有哲理,他的作品生活气息浓郁,语言幽默诙谐。《人生就是如此》中,叙述者柯林斯是个小公务员。他之前的身份是一个丛林放牛人,亲身体会丛林的真实生活并得以窥见丛林的全貌。柯林斯因而下意识里把自己看作丛林的一分子,能够从丛林人的角度思考看待问题并认同丛林文化。柯林斯在丛林中看到一个死去的丛林伙伴,"那个伙伴身体已冷,但临终痛苦的挣扎还隐约可以想象。他不只是死于饥渴,还有劳累以及希望的破灭"[①]。死亡无处不在。弗菲寥寥数笔就将丛林人活在世上的困苦和命如草芥的悲惨展现在读者面前。丛林人一生都在与丛林抗争,食不果腹、终年劳作、毫无希望。但丛林人不顾抗争的艰辛,也不管结果的成败,简单的一句"人生就是如此"就超脱地将丛林人内心的无奈、烦恼一带而过,也让他们将世间的一切荣辱看破,丛林人正是依靠豁达的心胸和淡泊的心境从容地面对丛林生活带给他们的一切。

在小说中,弗菲着重论述了丛林中占地农、选地农、丛林工人三个阶层之间

---

① Joseph Furphy:*Such is Life*,The Text Publishing Company,2014,p.99.

的不公平现象。残酷的占地农对毫无地位的丛林工人进行无情的压迫和剥削，以达到掠夺其财富的目的。官场内的黑暗现象和随处可见的关系网，比如任人唯亲、裙带关系和任意的公务员任免制度，都真实而生动地展现在读者面前。《人生就是如此》故事信息千头万绪，焦点人物很少，没有传统小说中统一的中心故事和完整的情节。"小说以时间切分章节，但叙事时序被打破，叙事线条出现断裂，并非像传统小说中按事件的自然时序进行。"[1]全书共七章，每章的标题就是时间、地点和主要事件或人物，是典型的日记体裁。除第一章和第七章外，其他章节讲述的基本上是每月9日一天所发生的事。日记体小说不像其他类型小说那样紧凑严密，但在《人生就是如此》中，明暗两条线索将小说各章内容连接起来："明线是柯林斯在利弗里那平原一带的游历，依据叙事规范，连接具有强制性；暗线是阿尔夫的爱情故事，贯穿小说的始末。"[2]

以汤普森和库珀为首的赶牛人，侥幸逃脱牛群却被扣押。柯林斯不计前嫌救了阿尔夫，帮他找回了失散的牛群，阿尔夫虽恶贯满盈，但也开始了良心的忏悔。玛丽不幸迷失在丛林而死；诺西其实就是女扮男装的莫莉；这些看似断裂的情节散布在七个章节，貌似每章都有个不同的故事，实则暗线密布。故事中人物的出现都和柯林斯的感知有关，也和阿尔夫与莫莉的爱情有关。"作为叙述者，柯林斯既是忠实的，又是不可靠的，他本应有的权威性被自我解构。"[3]

这部小说在叙事上一个很独特的方面是经验性和回顾性两个视角的并存。"一般来说，日记体的小说大都采用经验性视角，记载当时的所见所闻，只有在回忆录小说中才会出现两个视角。"[4]但《人生就是如此》将日记的内容进行扩展，回顾性视角负责对事件进行评述反思，经验性视角则负责叙述事件本身。无论哪个视角，都不是全面的。这反而增强了读者的参与性，读者可在阅读过程中寻找蛛丝马迹，找出情节的连贯和故事的结尾。《人生就是如此》确立了弗菲在澳大利亚文学史上的地位，使其成为民族主义文学运动中一名不可小觑的作家。

《里格比的罗曼史》是在《人生就是如此》第五章内容的基础上经修订和扩充而成的一部小说，全书由三十九个章节组成。讲述者柯林斯正在从伊丘卡前往尤林加的路上，履行一份清理牛群的合同。柯林斯希望见到他的老朋友里格比却意外地碰到里格比以前的恋人凯特。凯特一直对里格比念念不忘，并深爱着他。于是她离开美国来到澳大利亚寻找里格比。两人最终取得了联系，约定时间见面。但是里格比由于与朋友去钓鱼，忘记了自己与凯特的约定。《里格比的罗曼史》包含了一系列的奇闻轶事，以不同的风格来讲述政治、伦理、宗教和法

①②　刘俊梅：《传统叙事的解构——〈人生如此〉中的叙事特征》，《世界文学评论》2013年第2期，第146页。

③　同上，第145页。

④　同上，第147页。

律。在某种程度上,所有事情的关键都在于失败的爱情。

弗菲晚年表露了对小说《里格比的罗曼史》的偏爱。在改版过程中,弗菲改变了小说的叙事,并从《人生就是如此》中挖掘了更多的细节。尽管《里格比的罗曼史》是一部独立的作品,却仍然保留了与《人生就是如此》原著的许多关联。

《波恩地区与澳洲鹤》是在《人生就是如此》第二章内容的基础上经修订和扩充而成的一部小说。故事发生在伊丘卡镇,讲述者柯林斯正等着会见公司的一位代表。在等待代表来的时候,柯林斯遇到了一位儿时的朋友,即爱撒谎的弗雷德。汤姆还遇到了赤脚的鲍勃。三个人以及弗雷德的妻子一起度过了一个晚上。两位朋友讲述了一些奇闻轶事。鲍勃讲述了在边境与土著发生暴力冲突的故事。弗雷德的故事越来越离谱,但是鲍勃认为那就是事实。小说用回忆的方式写成。故事将现实的虚构或虚构的现实进行组合,就像一个人对现实的感知。

弗菲极力渴望摆脱当时殖民地小说的束缚和现实主义小说的桎梏,他厌倦了小说中绅士与淑女的爱情故事和淘金故事,认为模式化的人物和落入俗套的故事情节比较老套。因此,弗菲不仅从内容上突破了传统,而且从形式上摒弃了维多利亚时代现实主义小说的传统创作方法。"他和劳森共同代表了澳大利亚文学的一个巅峰,开创了民族现实主义文学传统,为民族文学的发展做出了重大的贡献。"[①]

第三节　斯蒂尔·拉德

斯蒂尔·拉德(Steele Rudd, 1868—1935)原名阿瑟·霍伊·戴维斯(Arthur Hoey Davis),因酷爱英国散文家理查德·斯蒂尔(Richard Steele)的作品而取其同名,并加上 Rudder(舵)一字的缩写 Rudd 构成笔名。拉德的父亲从英国威尔士移民澳大利亚,曾做过勘测员、邮递员和铁匠,后开垦荒地种植,扎根农村。由于创业艰难,尽管拉德一家人终年忙碌,还是经常食不果腹。拉德成长在这样清贫的家庭环境中,他没有接受过正规的学校教育,且教育背景和亨利·劳森一样相当贫乏,基本靠自学。他不到 12 岁时就独立谋生,陆续做过剪羊毛工、骑马牧民、牧场帮手等,直到 1903 年才专注于写作。拉德精力过人、善于言辞,他作品中展现出的活力与他本人的个性不无关系。1903 年,拉德创办了《拉德杂志》(*Rudd's Magazine*),从此笔耕不辍。

---

① 刘俊梅:《传统叙事的解构——〈人生如此〉中的叙事特征》,《世界文学评论》2013 年第 2 期,第 144 页。

他的小说很大程度上都是根据早年的经历写成。拉德一生共创作了二十四部作品,包括十一部长篇小说和十三部短篇小说,他的声望主要建立在充满乡村生活气息的短篇小说上。主要作品有《在我们的选地上》(*On Our Selection*,1899)、《我们的新选地》(*Our New Selection*,1903)、《桑迪的选地》(*Sandy's Selection*,1903)和《重返选地》(*Back at Our Selection*,1906)等。拉德众多作品中,小说《在我们的选地上》最为成功,它先被改编成连环漫画出版,1912年被改编成剧本上演,成为卖座好剧,1932年改编的电影也备受好评。在拉德笔下,丛林中艰辛困顿却食不果腹的生活、在选地上定居过程中种种意想不到的困难,都成了幽默的场景。"他借助夸张的手法,大肆渲染生活中那些滑稽可笑的真实细节,制造了强烈的喜剧效果,因此,他被认为是澳大利亚第一个幽默作家。"[①]虽然拉德创作的作品题材与劳森极其接近,但是两人的风格却迥然不同:劳森笔下的丛林环境给人以阴郁悲观色彩,偏重生活中的悲剧;拉德则刻意描画丛林生活中的愁苦,在艰难的处境中营造幽默,以此来掩盖生活的悲剧,凸显出丛林人乐观开朗的性格。拉德"为澳大利亚创作带来了丰硕的礼物:诚实的笑声,内中隐含着先驱者的苦斗和悲哀"[②]。

《在我们的选地上》中的主要人物在澳大利亚几乎家喻户晓。小说描写了选地农拉德率领家人在一个穷僻的地区垦荒耕种、艰辛创业的故事。尽管辛勤开垦、努力劳作,拉德一家还是终日面临着缺钱投资、工具简陋、食物匮乏、生活无着落的困顿局面。拉德一家开荒谋生的经历,真实地再现了早期移民丛林垦荒的艰辛,但作者在艰辛中加入幽默的元素,体现了丛林人的乐观,歌颂了丛林人在与环境抗争中的感人事迹。"欢快表面的背后总是不幸,但轻松和希望软化了困境。"[③]

《在我们的选地上》着墨最多、形象最丰满的老爹脾气暴躁,发起火来动辄大打出手,干出令人忍俊不禁的事,沦为笑柄,孩子们既爱笑话他,又畏惧他。但他性格坚毅,对待生活充满希望,讲求实惠且很有头脑,有时颇有远见。老爹带领儿子们奋斗若干年后,境况大有好转。到了后期他终于开始雇工,扩大生产规模,在选地上站稳脚跟。老爹这一形象本是一个充满个性又招人喜爱的人物,为作品增添了幽默色彩。可是作者在后半部作品中把老爹的戏剧性色彩发挥到了极致,甚至在《桑迪的选地》和《重返选地》中,老爹已沦为一个经常酩酊大醉、脾气乖僻、无故挨揍而暴跳如雷的小丑,变成了一个脱离现实、形象扭曲的虚构人物。《在我们的选地上》塑造了一系列经典的澳大利亚农民形象。他们身上具有

---

① 张加生:《澳大利亚丛林现实主义小说研究》,南京大学出版社,2017年,第11页。

② Graeme Smith:*Australia's Writer*,Nelson,1980,p.86.

③ 黄源深:《澳大利亚文学史》(修订版),上海外语教育出版社,2014年,第86页。

勤劳、朴实、豁达、乐天达观、大大咧咧等共同特征,但是具体到每一个单独的人物,他们又个性鲜明,栩栩如生,角色性格跃然纸上,让人印象深刻。

与塑造老爹这一人物形象不同,拉德好像并无意着重刻画母亲这一角色。她是一个贤妻良母,如同大多数母亲一样心地善良,十分疼爱自己的孩子,甚至到了溺爱的程度。对于像丹这样游手好闲的浪荡子,她也不会如老爹那般严厉管教。母亲始终默默地站在老爹背后,她的性格看似柔弱,但是当老爹遇事焦虑、无奈、悲观绝望时,她是老爹的精神支柱、坚强的后盾和支持者,她给老爹以安慰和鼓励,让老爹重拾希望,使这个家庭的生活得以继续下去。

戴夫是一个不爱说话,热爱劳动,效法老爹每天起早贪黑像牛马一般拼命干活的孝子,是老爹的得力助手。年少时他性格平和,为人老实,但是长大后,他不再事事顺从火暴性格的老爹,对于父亲的专制和打骂,他开始用自己的方式进行反抗。乔是小说中一个比较滑稽的人物,他与戴夫完全不同,为人幽默,办事不靠谱,做出很多令人啼笑皆非的事情,让读者忍俊不禁。丹是一个浪子,好逸恶劳,不肯在家吃苦受累,跑到外面打工,但是懒散成性、游手好闲的他最终一事无成。

这是一组典型的澳大利亚早期定居者的形象,被作者拉德用血缘纽带联结组成“社会的细胞”即家庭来进行描写,不但成为艺术典型,而且再现了创业时期的社会风貌,笔墨集中而俭省。总体而言,《在我们的选地上》是民族主义小说的代表之作,其对丛林人在选地上艰难生活的客观描述,为读者展示了饱满、不畏艰险的丛林人形象。

小说没有贯穿首尾的情节,各个章节都是一幅幅可以独立的速写,各自描绘生活中的一件或几件小事,并不构成故事。但书中的主要人物反复出现、前后连贯,人物形象通过他们在各个事件中的表现而变得圆满。拉德运用粗线条塑造人物,仅用寥寥几笔勾画出人物的主要特点,并反复加以强调。比如对老爹的刻画中没有细致的外貌描写,读者甚至不知他到底是胖是瘦,但他火暴的脾气、随时打骂孩子的习惯,甚至他的口头禅,都使得他的个性非常突出,不会让读者混淆。拉德还采用漫画和闹剧的形式来刻画人物,把人物的某一特征和在某个事件中的表现,夸大到变形的程度,使其显得荒唐可笑,从而产生闹剧的效果。这一方面有助于人物的刻画,另一方面则被作者用来淡化现实生活中的悲哀,使当时的读者即使身处逆境也能增强继续生活下去的勇气。

《老爹的命运》(Dad's Fortune,1899)是拉德的短篇佳作。它也是一个令人伤心的故事,讲述了老爹本来打算借一些钱来租种土地,并购买母牛,靠其繁殖来赚钱以过上好日子,结果却落得血本无归,一贫如洗的下场。

在拉德的小说中,对狗的叙述占据了重要的一席之地。由于丛林环境的恶劣、丛林生活的孤寂,狗成为丛林人生活中不可或缺的真诚、率直和忠实的伙伴,小说《三只狗》(*Three Dogs*)中,作者真实地展现丛林人生活的艰难困苦,突出了狗在选地农生活中的重要作用和地位。小说讲述了老爹家原来有一只狗死掉了。他们恰巧捡了一只流浪狗,但是这只狗却偷吃鸡蛋,于是老爹将其赶出家门。就在此时,狡猾奸诈的默里根知晓了此事,就将自己聪明伶俐的狗卖给老爹。当老爹一家人给小狗喂东西、洗澡时,默里根的哨声响起,小狗听到后,冲出房子朝外面跑去,原来默里根对这只狗进行过专门的训练,只要听到哨声,它就会回到原来主人的身边。老爹一家直到此时才知道上当受骗,但为时晚矣。

《三只狗》这篇故事中,作者想要表达的远非字面意思所表达的那样简单,小说通过老爹一家养狗的过程深刻揭示了丛林人生活的困难、艰辛和不易。丛林人胸怀梦想来到穷僻的地方艰苦创业,建立家园,但是丛林回报给他们的却是火灾、干旱、洪涝造成的荒年。《老爹的命运》中,资本借贷导致丛林人血本无归、倾家荡产。《在我们的选地上》中,虽然大家都起早贪黑地干活,但生活仍旧清苦,甚至难以糊口,好不容易盼来个好年景,粮食丰收却导致价格低廉,日子依旧艰难。无论是旱灾、洪涝、大火,还是丰收之年,丛林人的生活年复一年困难地重复着。即便如此,拉德在描写老爹悲惨的生活境遇时,仍采用一种不同于劳森的创作手法,用幽默诙谐调侃这种悲惨境遇,他笔下乐观、开朗、坚强、豁达的人物备受读者喜爱。"这一人物是澳大利亚民族的先锋。"[1]

拉德的其他几部作品都不如《在我们的选地上》和《我们的新选地》成功,但是他的作品却像劳森的作品一样,再现了选地上的真实生活条件,具有鲜明的澳大利亚特色,因此成为民族主义文学的重要组成部分,为广大读者所喜爱。

第四节　路易斯·斯通

路易斯·斯通(Louis Stone,1871—1935)出生于英国,16 岁时随父母移居澳大利亚。他从悉尼大学肄业后,长期从事教育工作,执教于悉尼的多所学校。斯通以撰写反映无赖生活的小说而名扬澳大利亚文学史,他的长篇小说有《乔纳》(*Jonah*,1911)和《贝蒂·维希德》(*Betty Wayside*,1915),还有精心创作的七部剧本,可惜未能出版。

斯通在 40 岁的时候才出版了小说代表作《乔纳》。1982 年,该小说被澳大利亚广播委员会(The Australian Broadcasting Commission)改编为电视连续剧。这本书成功地描绘了新兴资本家的发迹,同时也展示了城市贫民的生活状态。小说的主人公乔纳成长在一个艰苦贫穷的工人阶级环境中,自幼被父母抛弃,没有家庭,而且身体有残疾,他独自谋生,象征着澳大利亚早期移民的艰难生

---

[1]　张加生:《澳大利亚丛林现实主义小说研究》,南京大学出版社,2017 年,第 25 页。

活。乔纳的发迹史,便是澳大利亚资本主义萌芽和发展的代表。小说充分展现了澳大利亚城市底层人民的生活,塑造了多个性格各异的角色人物,尤其塑造了追名逐利、诡计多端却胆略超群的新兴资产阶级的经典形象,勾画出澳大利亚早期资本主义发展的侧影。斯通将《乔纳》的故事背景设置在悉尼的贫民窟,主人公乔纳就居住于此。他本是个居无定所、寻衅滋事的当地街头痞子,与一个洗衣妇的女儿艾达同居,致使她未婚便生下儿子,但他拒绝承认,直到有一天,他发现孩子一个人在家里哭泣,这个平时鲁莽好斗的人在那一刻却动了恻隐之心,看着这个鲜活的小生命,他满腔柔情,其实这正是艾达母亲雅布斯莱太太故意"演戏"给他看的。对于乔纳来说,这是一个转折点,因为他现在找到了人生的目标,他决定与艾达结婚,为妻子、儿子和岳母创造更舒适的生活,承担起对儿子的责任。成婚之后他筹集资金开了一家皮靴店,通过降低售价等手段与同行竞争,最终斗垮了其他多家鞋靴店,不断扩大生意规模,对乔纳来说,人生并非一帆风顺,但他终于成为吃喝不愁的富商。该小说是对 20 世纪初城市历史发展轨迹的真实写照。

乔纳是作品的主人公,也是作者着力刻画的人物。他是一个有着多重性格的复杂的人物。首先他是由贫民窟的无赖到暴发户的典型代表。他自幼被双亲遗弃,感受不到家人的关爱,尝遍人间冷暖,看透世态炎凉,这也造就了他的狡猾、凶残、心狠的"痞性",但他并非凉薄、无情之人,所以乔纳身上有其"善"的一面:当他看到自己的儿子也将同自己一样被遗弃,不能生活在完整的家庭中时,他改变了主意,虽然明明知道艾达并非他心目中理想的伴侣,仍决定与艾达结婚;当得知妻子酗酒失足身亡并非意外,而是心如蛇蝎的家庭教师克莱拉唆使其酗酒,故意将艾达置于死地时,他深感内疚,毅然决然地将克莱拉抛弃。他鲁莽好斗,经常聚众闹事,却运筹帷幄,有勇有谋,最终白手起家。他在商场叱咤风云,战无不胜,凭借自己的才干和手段,将对手挤垮,迫使其店铺倒闭,最终站在社会的顶端。在生活中他是一个彻头彻尾的失败者:与克莱拉暧昧不清的关系间接导致妻子酗酒失足摔死。他放荡不羁,却并未将传统道德完全抛于脑后。他对待对手凶残无情,但当面对可爱的儿子时又满腔柔情。也正是乔纳性格中看似相互矛盾的方面,使这一人物形象更加真实和立体。

小说中给读者留下深刻印象的是乔纳的岳母雅布斯莱太太。她是卡迪根街上的一位贫民妇人,主要靠给人洗衣、熨衣贴补家用,生活十分拮据。但她却是一位善良、乐善好施、富有同情心的好人。她利用乔纳对儿子的难以割舍,促成女儿艾达与乔纳的婚事。当乔纳筹集资金准备开皮靴店,四处借钱的时候,她毫不犹豫地雪中送炭,把多年的积蓄全部交给他。她不贪图安逸和荣华富贵,当乔纳发家致富之后,她婉拒了女婿让她享清福的好意,依旧过着原来清贫的生活。除了至亲,对于邻人,她也乐于相助,经常救济比自己更贫困的人家,虽然有时候她心知肚明这些接济给别人的钱并非用来贴补家用或治病救人。这样的一个好人却没有应得的好报,她好心收养的孤女卷走她全部家当,导致她心脏病突发猝死。她身上具有的乐天达观、热情豪爽的性格是早期澳大利亚丛林人的友情特色。

斯通在小说中还大量运用对比的手法,将小说中的人物鲜明、生动地展现给读者。首先是两个家庭的对比。同是无赖的丘克和苹姬两人"不吵不相识",结为夫妻,从此丘克改邪归正,夫妻两人经营一家商店,虽然事业平平,但夫妻互敬互爱,夫唱妇随,生活美满。乔纳虽然事业做得风生水起,家庭生活却是不幸的,妻子酗酒身亡,情人工于心计。其次是乔纳身边艾达和克莱拉两个女人的对比。艾达外貌丑陋、邋遢任性、懒散成性。克莱拉年轻貌美、谈吐文雅、举止优雅,两人形成鲜明的美丑对比。然而艾达宽宏大量、心思单纯,克莱拉却处心积虑、心狠手辣,两人同时形成善恶相照的对比。小说通过对比,突出了人物之间的反差,使得两人的形象更加丰富饱满,栩栩如生,跃然纸上。

《乔纳》通过小说主人公发迹的过程,揭示了早期澳大利亚资产阶级发家的特点。乔纳出身低微贫贱、无所依靠,只身闯荡社会,仅凭胆识和谋略参与激烈的生存竞争,击败对手而一夜暴富。乔纳的发家之路在澳大利亚当时的社会历史环境中具有典型性。许多来自英国的穷苦移民或刑满释放的劳改犯,都是在国内生活困难、走投无路而被迫定居澳大利亚,成为澳大利亚的早期发迹者。虽然他们没有经济基础、社会地位低下,但他们顽强坚韧、精明狡猾、敢于冒险,白手起家,凭借手段和才干,一步步登上社会阶级金字塔的顶端。

主人公乔纳本身就是早期澳大利亚的一个象征,他的人生经历可以被看作澳大利亚早期历史发展的缩影。他自幼被父母抛弃街头,象征着澳大利亚早期的开拓者流放犯被母国放逐到南半球这片贫穷、偏僻荒凉而且人迹罕至的苦寒之地,陷入开拓澳大利亚大陆屈辱而痛苦的境地。令乔纳耿耿于怀的遗弃感无疑是早期沦落者鲜明的心灵写照。而乔纳在残酷的现实社会单打独斗,象征着移民和流放犯孤立无援的处境和与险峻荒芜的自然环境抗争的艰辛。他的最终发迹和社会地位的全然改变,象征着澳大利亚历史发展的新阶段——在战胜大自然后,资本主义原始资本得以积累,殖民主义时代日趋衰落,澳大利亚自此屹立于世界民族之林。因此,《乔纳》这部小说的意义,不仅在于成功塑造了一个典型的资产阶级早期发迹者形象,更圆满地展现了澳大利亚早期历史发展的沿革,真实地表现了心灵受挫却意志顽强的先驱者们艰巨的奋斗史和拼搏精神,还原了一代澳大利亚人生活的历史风貌。

《乔纳》强烈的现实主义色彩也体现在其创作特点上。斯通非常注重小说细节的真实性,力求客观地把生活中各个片段和现象如实展现给读者,而非对现象做出主观评价和判断。为了再现真实生活,斯通一方面选择记叙自己亲身经历过的事情,比如,他曾经在卡迪根街上居住多年,亲眼看见过类似的戏剧性场面,所以才有了书中的戏剧性描写;另一方面,他总是为了小说中必要的场景去设法了解自己没有经历过的事情,比如,他一连几个月的周六夜晚都去帕迪斯市场,力求近距离感受和观察社会,并做详细记录,写成后再反复核对修改,争取做到分毫不差。因为创作时往往字斟句酌、落笔谨慎,斯通的语言并不流畅易读,但不可否认的是,他的文字高度凝练,饱含幽默。《乔纳》在结构上有时也缺乏完整性,众多人物的描述衔接也有欠缺,总有厚此薄彼之嫌,但这一切都不能掩盖《乔纳》的光芒。

斯通只写了两部小说,1915 年出版的另一部小说《贝蒂·维希德》远不如《乔纳》成功。它主要讲述了下层人民的婚姻以及人与人之间的关系。故事发生的地点是悉尼的雷德风地区,距离小说《乔纳》的故事背景不远。小说的主人公贝蒂是小提琴制作商和修理工彼得的女儿,她才华横溢,喜欢学习钢琴。贝蒂最初爱上了一个能说会道的男人,却发现他已经结婚,于是毅然决然地离开。后来她又喜欢上一位年轻的非常有干劲的作曲家沃尔特,却也经历了起起伏伏,他们历经种种误解、渴望和犹豫不决,分分合合后,最终走到一起。

《贝蒂·维希德》还展现了 20 世纪初澳大利亚人的日常生活,比如贝蒂去城里吃午饭,和沃尔特一起在世纪公园(Centennial Park)散步,整理帕丁顿(Paddington)的房子;去蓝山短途旅行;贝蒂在贾林斯大厦(Jarlings Building)上音乐课,而沃尔特在悉尼街头的一个小乐队里演奏;等等。

第三编　两次世界大战时期的小说

第一章　战火中的澳大利亚民族意识

在 19 世纪末 20 世纪初,澳大利亚民族情绪普遍高涨,澳大利亚文学作品表现出强烈的民族主义特色。澳大利亚文学评论家纳蒂·帕尔默(Nettie Palmer)曾说:"世纪之交的澳大利亚主要作家的共性是都有一种'民族意识'。此时的澳大利亚不再是无足轻重的殖民地,不再是大不列颠怀抱里像百慕大和斐济岛那样可有可无的殖民地,澳大利亚就是澳大利亚。当然澳大利亚民族真正是什么样子,意味着什么,最重要的还在于作家们去发现。"①以劳森和弗菲为代表的小说家为澳大利亚文学开辟了一片属于自己民族的新天地。

两次世界大战期间,澳大利亚的城市化水平得到进一步提高,与此同时,澳大利亚人也面临着动荡不安的战局和经济大萧条所带来的生活压力。置身于这样的大环境下,作家们并未对战争本身和城市生活泼洒过多的笔墨,而是依旧从取之不尽用之不竭的丛林中获取素材,描绘丛林人的生活,沿着现实主义的道路向前发展。19 世纪 90 年代的丛林小说,主要刻画丛林人艰苦奋斗和自强不息的精神,展现蓬勃向上的民族斗志。20 世纪,随着资本主义的范围进一步扩大,澳大利亚日益融入资本主义的殖民体系中。因此,在作家们创作的丛林小说中,除了展现丛林人生活的艰辛和坚强的品格外,还刻画了殖民统治下的民族压迫、阶级矛盾和贫富差距等社会现状。

这一时期的家世小说颇受大众喜欢,究其原因,有可能是"原始形态的旧时代刚刚结束,人们经过了一段反思以后,急于要把那段艰苦的奋斗史记录下来,一方面告慰早逝的先行者,另一方面则要使它成为新时代前进的动力"②。家世小说的代表人物迈尔斯·弗兰克林(Miles Franklin,1879—1954)所创作的《我的光辉生涯》(*My Brilliant Career*,1901)是一部十分优秀的作品,描绘了丛林人和牧场主的奋斗故事,刻画了一位大胆追求人格独立和自由生活的女性形象。历史小说和流浪汉小说也占据举足轻重的地位,代表人物分别是埃莉诺·达克(Eleanor Bark,1901—1985)和伊芙·兰利(Eve Langley,1904—1974)。

亨利·汉德尔·理查森(Henry Handel Richardson 1870—1946)是这一时

---

① Nettie Palmer:*Modern Australian Literature 1900 -1923* ,Lothian,1924,p. 1.
② 黄源深、彭青龙:《澳大利亚文学简史》,上海外语教育出版社,2006 年,第 129 页。

期声望最高的非主流文学家,她创作的长篇巨著《理查德·麦昂尼的命运》(*The Fortunes of Richard Mahoney*,1930)讲述了一位澳大利亚移民无法适应当地环境、在社会竞争中失败的故事。其他代表作家有诺曼·林赛(Norman Lindsay,1879—1969)、切斯特·科布(Chester Cobb,1899—1943)和克里斯蒂娜·斯特德(Christina Stead,1902—1983)等。他们借鉴欧美现代主义的写作手法,试图纠正"狭隘的澳大利亚化"[①]。这种大胆尝试的创新写作手法被文学评论家所赏识,丰富了澳大利亚文学的表现手法,为后来怀特小说创作提供了新思路。

---

① 黄源深:《澳大利亚文学史》(修订版),上海外语教育出版社,2014年,第130页。

第二章　现实主义主流小说

"现实主义"（Réalisme）一词最早出现在欧洲，首次"被正式使用是在 1826 年的法国"①。现实主义文学主要指"19 世纪被经典化的小说及其相关艺术"②，这派作家主张"研究现实"，对日常生活中的事物进行如实描述。

澳大利亚现实主义小说，晚于欧洲现实主义小说，大致形成于 19 世纪 90 年代的民族主义时期。描述澳大利亚丛林地区生活和文化风貌的丛林小说逐渐兴起，成为澳大利亚现实主义小说的一个重要文学流派。澳大利亚民族主义杂志《公报》，对 19 世纪末 20 世纪初现实主义小说的发展起到了很大的推动作用。《公报》杂志创始人阿基布尔德"偏爱于现实主义形式的艺术和文章"③，主张"文学应该是推动社会民主进程的有力工具，作品都应致力于'现实主义'"④。在劳森现实主义创作宣言的引领下，澳大利亚现实主义文学在 19 世纪 80 年代末开始繁荣。

两次世界大战期间，澳大利亚主流文学依然沿着 19 世纪 90 年代所开创的民族主义道路向前发展，坚持现实主义的写作手法。此时，澳大利亚的城市化水平有了很大提高，与此同时，战争和经济危机的阴影挥之不去。但奇怪的是，大多数作家并未将这些内容写入自己的作品之中，而是依旧乐此不疲地描绘着丛林生活，刻画对象主要是澳大利亚农村。正如麦克拉伦所说，"尽管这一时期澳大利亚已经是世界上城市化比较发达的地区，但几乎没有城市生活题材的小说，丛林书写依然占据主导地位"⑤。不过，与上一阶段重点刻画丛林人谋生的艰辛不同，这一时期的作品开始触及资本主义生产方式，着重描写丛林人对自由生活

---

① Rachel Bowlby："Forward"，In Matthew Beaumont，ed.：*A Concise Companion to Realism*，Wiley-Blackwell，2010.

② Matthew Beaumont：*A Concise Companion to Realism*，Wiley-Blackwell，2010，p. 2.

③ Christopher Lee：*City Bushman*：*Henry Lawson and Australian Imagination*，Fremantle Arts Centre Press，2004，p. 22.

④ Doug Jarvis："The Development of An Egalitarian Poetics in the Bulletin 1880—1890"，*Australian Literature Studies*，1981，10(1)，p. 30.

⑤ John McLaren："Colonial Mythmakers：The Development of Realism Tradition in Australian Literature"，*Westerly*，1980，25(2)，p. 43.

和独立人格的追求。

长篇小说是这一时期的主导。究其原因,主要有以下三个方面:第一,经济发展推动了教育的普及,大众文化水平进一步提高,客观上促进了长篇小说的兴起和发展;第二,自19世纪90年代以来,澳大利亚两家极具影响力的报纸《公报》和《悉尼晨报》(Sydney Gazette)大力提倡长篇小说,并用奖励的方式激发作家的创作热情;第三,澳大利亚在"一战"后引起了英美国家广大读者的兴趣,长篇小说有助于这些读者更好地了解澳大利亚的丛林文化和风土人情。在海外读者人数日益增长的背景下,澳大利亚本土许多出版商加大了对长篇小说的投资,一定程度上推动了长篇小说的发展。

这一时期的主流小说仍受现实主义文学之父亨利·劳森的影响,"作家们的视野更为开阔,不仅继续创作反映丛林的作品,而且还把写作的触角伸向城镇、沿海、矿山、土著地区,甚至到处流浪的马戏团"①。创作形式也更为多样化,有家世小说、历史小说、流浪汉小说、传奇小说等。家世小说的代表作家和代表作有迈尔斯·弗兰克林的《我的光辉生涯》、《自鸣得意》(All That Swagger,1936)和《我的经历破产了》(My Career Goes Bung,1946),凯瑟琳·普理查德(Katherine Prichard,1884—1969)的《库娜图》(Coonardo,1929),万斯·帕尔默(Vance Palmer,1885—1959)的《通路》(The Passage,1930)和泽维尔·赫伯特(Xavier Herbert,1901—1984)的《卡普里康尼亚》(Capricornia,1938)。历史小说主要是埃莉诺·达克(Eleanor Dark,1901—1985)的《永恒的土地》(The Timeless Land,1941)。流浪汉小说的代表作家和作品是伊芙·兰利(Eve Langley,1904—1974)的《摘豆工》(The Pea-Pickers,1942)。

从写作技巧上来说,这些小说有一些共通之处:现实主义依旧是作家所采用的主要表现手法,如实展现丛林人的生活和奋斗经历;作家主要通过动作和对话来刻画人物,追求真实性;对人物行动的描述要多于对心理活动的描述。这一时期的小说,相较于劳森等作家们的小说要更为成熟,但这些小说刻意追求表面的真实而缺乏实际深度,因而遭到了后来的作家的猛烈抨击。

---

① 黄源深、彭青龙:《澳大利亚文学简史》,上海外语教育出版社,2006年,第71页。

第一节 埃莉诺·达克

埃莉诺·达克出生于澳大利亚悉尼,在家中排行老二。父亲是位激进的政治家,喜爱文学,出版过几部诗歌和小说。家里的政治氛围和父亲的文学素养对达克走上写作生涯产生了极大的影响。达克热衷于观察来家中拜访父亲的客人,之后她把这些人物写进了自己的小说中。达克曾经在雷德兰女子学院(The Redlands College for Girls)学习,完成学业后,由于数学不及格,她无法进入大学继续深造。在学会打字后,她担任了秘书一职。1922 年,年仅 21 岁的达克嫁给了埃里克·佩顿·达克博士(Dr. Eric Payten Dark,1889—1987)。他是一名医生,也是新南威尔士左翼工党的活跃成员、一名坚定的社会主义者。他撰写有关政治和医学的书籍、文章和小册子。婚后他们住在新南威尔士州的卡通巴(Katoomba),在那里,达克完成了八部小说的创作,还有短篇小说和文章。在父亲和丈夫的影响下,达克认真研究过马克思和弗洛伊德的著作,因此,她的作品善于从社会学和精神分析学的视角切入,较多地采用心理分析的方法,通过人物的内心独白来展露人物丰富、复杂的内心世界。

埃莉诺·达克最著名的作品是历史小说《永恒的土地》,它和《时代的风暴》(Storm of Time,1948)、《畅通无阻》(No Barrier,1953)共同构成达克的"历史三部曲",其中《永恒的土地》最负盛名。达克因为这部小说成为澳大利亚首屈一指的作家。

20 世纪 50 年代,达克在昆士兰州的蒙特维尔(Montville)买下一个农场,在那里度过了七年的光阴,并且完成了她最后一部作品《兰登纳巷》(Lantana Lane,1959)的创作。这部小说文笔轻松,是基于她在农场生活的亲身经历所写。兰登纳是澳大利亚一种浓密的、最不受控制的热带杂草。太平洋沿岸的内陆,是菠萝种植园区,这里的兰登纳生长得极其茂盛。这里的兰登纳巷小型农耕社区农民,不断地与杂草做斗争。他们虽然宣称农耕意味着苦役、苦难、贫穷、单调、破产和灾难,但他们都紧紧地、心甘情愿地与土地结合在一起,因此,自然而然地与兰登纳紧密地结合在一起。从伊莎贝尔姑妈,到独眼的笑翠鸟,小巷的每一个居民都为自己对社区生活的迷人和诙谐的描绘做出了不可估量的贡献。

《兰登纳巷》看似是一部简单的漫画集,描绘了生活在昆士兰后街区的古怪的澳大利亚农村人的生活画面。他们大多是退休人员。达克将他们描述为过时的(或资本化的)人,他们拥有农场,所有的人都住一条通往某个小镇的小路两旁。这个小镇叫迪利比尔。实际上小说和农业无关,而是关乎人、生存以及对标准和规范的背离。

达克文笔优美,似乎有点说教风格,她用温和、幽默的笔调来描写所有古怪的人物,这种幽默来自她对人类的真正感情,绝不是对其不幸的嘲笑,即使是对那些愚蠢、迷信或浮浅的人物,达克也没有表现出任何刻薄之情。小说中的人物都是普通人,但不是傻瓜。他们对变幻莫测的天气十分敏感,对"异常"年代的火灾和洪水持哲学态度,在灾难面前有韧性,对彼此宽容,不吝时间与金钱。他们互帮互助,组成了一个奇妙的共同体。

小说也不乏达克对政治的敏感。20世纪50年代核战争的威胁,甚至渗透到小说中的故事发生地,即阳光海岸腹地。小说对环境的担忧也无处不在,对农业杀虫剂所造成的环境污染做出了可怕的预测。

达克于1921年开始用笔名帕特西亚·奥莱恩(Patricia O'Rane 或 P. O'R)在杂志上发表短篇故事和散文。1923年她完成第一部小说《渐露端倪》(*Slow Dawning*,1932)的创作,但直到1932年才将其出版。达克认为《克里斯托弗的序曲》(*Prelude to Christopher*,1934)才是她第一部真正意义上的小说。该小说虽然荣获澳大利亚文学协会小说金奖(The ALS Gold Medal),但是一开始并未获得广泛的赞誉。达克在谈到这本书时曾说"毫无疑问,这本书是不祥之物",意指她当时找不到出版社发行此书。①

达克的其他小说还包括《返回库拉米》(*Return to Coolami*,1936)、《红日横空》(*Sun Across the Sky*,1937)、《航道》(*Waterway*,1938)和《小伙伴》(*The Little Company*,1945)。晚年的达克,饱受多种疾病折磨,于1985年与世长辞。

小说《克里斯托弗的序曲》的故事情节是非线性的叙述,亨顿博士在一次车祸中受伤,随后,读者便被引入他的妻子琳达分裂的意识之中。故事从这里开始变得越来越戏剧化,他的妻子挣扎在希望与顾虑之间,逐渐感受到了日常生活中暗藏的恐怖感觉。

琳达的丈夫亨顿是优生学家。他是一名理想主义者,他的信条是常态和世界的理性秩序。琳达家族中有几位成员患有遗传性的精神疾病,但她并未将此事告诉丈夫。后来亨顿还是发现了这个秘密,他跟琳达说她不能生孩子。如果知道她的家庭里有精神错乱的遗传病,一个女人是否应该生孩子?这是琳达一直纠结的问题,也是小说主题要讨论的。该小说对优生主义人口管理和退化遗传进行了延伸讨论。几年后,当她的丈夫暂时失去了理智时,琳达感觉到了那些预示着疯狂的杀人冲动的到来。《克里斯托弗的序曲》以强烈的文学艺术叙述了四天的危机。故事回忆了琳达对亨顿博士爱的幸福,也有对未来恐惧的想象,面对那种恐惧的未来即使强者也不得不退缩。克里斯托弗,这个未出世的孩子,他出生的前奏曲是用情感的力量讲述的。

---

① Modjeska Drusilla:"'A Hoodoo on That Book': The Publishing Misfortunes of an Eleanor Dark Novel", *Southerly*,1997,57(2), pp. 73-96.

　　达克在书中运用了意识流的写作手法，因此时间的发展给读者奇怪的感觉，虽然小说由四天的四个部分组成，但是实际上涵盖的时间远非如此。她的经纪人曾直言不讳地说，这本书难以理解，并让她重新修改，但达克对之不予理睬。小说最终得以出版，并获得了文学界的赏识和青睐。

　　《返回库拉米》的故事背景设定在 20 世纪 30 年代，讲述的是从悉尼跨越蓝山，到一个名为库拉米的乡村的为期两天的汽车之旅。对于每一位游客来说，它变成了一次反思之旅：苏珊和布雷特刚刚走入一段似乎前途渺茫的婚姻，他们苦苦思索，试图找寻让他们走到一起的理由，尝试对促使他们结合的事件进行理解。同时，苏珊的父母在琢磨着他们三十七年的婚姻生活，想知道他们年轻人到底在渴望什么。一路上，他们对自己和彼此都有了新认识。

　　小说《红日横空》以一个渔村为背景，讲述了一天之中发生的故事。主人公卡瓦纳赫，以澳大利亚诗人克里斯托弗·布伦南（Christopher Brennan）为原型。小说将医生及其未生育的"冷酷"妻子的性健康作为社区的健康来衡量。《航道》写于 20 世纪 30 年代所盛行的现代主义小说和她的"历史三部曲"之间。该小说将女性角色的母性知识与它所代表的城市社区的健康联系起来。而《小伙伴》则揭露了在战争和经济危机的压力下，主人公的宫外孕是使社会和家庭关系破裂的表现。

　　《永恒的土地》是达克"历史三部曲"中的第一部，是一本有关政治和历史的小说，采用英国人和澳大利亚土著的叙述视角。1788 年 1 月 26 日这天，两名土著看到一艘大船停泊在悉尼港，英国总督亚瑟·菲利普率领第一批殖民者，航行万里来到土著繁衍生息的土地。经过长时间的海上航行，食品物资已大量耗损，在荒凉陌生的澳大利亚大陆上寻找食物十分艰难。充当苦力的流放犯缺乏捕猎技术，他们难以忍受超负荷的体力劳动和残酷的体罚，纷纷逃进丛林干起强盗的勾当。此外，土著对外来者的入侵产生了敌意和对抗的情绪。在内外交迫的局势下，菲利普总督制定了严苛的法律，严惩违法的流放犯。与此同时，他对土著采取"和解"政策，俘虏土著班尼朗，并教给他白人的礼仪，使其充当调停人，缓解与土著之间的矛盾。从表面上看，班尼朗已经被白人同化，但他们在精神和文化认同上，依然存在着无法逾越的鸿沟。班尼朗所代表的土著生活形态，与菲利普所代表的白人现代生活形态在本质上是不相容的，从深层的角度看，这是土著文明与欧洲殖民主义文明之间的冲突与对抗。在殖民者来到这片"永恒的土地"之前，土著过着淳朴安静的自然生活；在他们踏上这片土地之后，土著原有的生活方式遭到改变，被迫卷入欧洲人的文明中。

　　从创作上看，达克这部历史小说将史料与自己丰富的创造力巧妙结合。小说中所反映的历史事件有据可循，比如说，菲利普率领将士与流放犯登上澳大利亚大陆后遇到的困难以及他们如何应付局面等都有历史记载，达克甚至引用了菲利普本人的日记。她将各种细节再现给读者,既栩栩如生,又生动有趣。通过如此绘声绘色的描写,小说中的人物显得有血有肉,富有鲜活的生命力。在这部历史小说《永恒的土地》中,她大胆刻画人物的内心活动,通过人物内心独白和心理分析展示人物的精神世界,这正是达克小说创作的独具匠心之处。

《时代的风暴》是达克"历史三部曲"中的第二部。小说始于1799年的悉尼湾,也就是亚瑟·菲利普总督离开定居地三年之后,约翰·亨特(John Hunter)、菲利普·吉德利·金(Philip Gidley King)和威廉·布莱(William Bligh)三位执政总督相继执政,见证了澳大利亚1799—1808年的历史。1799年,在欧洲殖民者定居十一年后,定居地不断扩大。殖民地政府也变得愈加复杂。罪犯和政府之间、土著和欧洲人之间的关系日益紧张。由于洪水和干旱等自然灾害的破坏,人们终年辛苦劳作仍无法自给自足,被判犯有政治罪的爱尔兰叛乱分子的涌入,增加了殖民地问题的复杂性,新南威尔士军团(The New South Wales Corps)和历任总督之间围绕朗姆酒贸易的争斗仍在持续。

曼尼翁家族在这片土地上定居下来,但曼尼翁的儿子帕特里克和迈尔斯只打算暂时居住在新南威尔士,他们迟早会返回"家"中。虽然小说集较多地刻画了虚构的来自欧洲的曼尼翁家族和普伦蒂斯,以及真实的威廉·布莱(William Bligh)、约翰·麦克阿瑟(John Macarthur)和塞缪尔·马斯登(Samuel Marsden)等历史人物,但是达克仍在历史背景下为她的角色注入了新生命,聚焦于殖民地的阶级分化和权力斗争,无情地揭露了田园式福利资本主义和赤裸裸的扩张垄断资本主义之间的宿怨。

《畅通无阻》是达克"历史三部曲"中的最后一部。1810年,麦夸里总督的到来开启了这部小说的序幕,虚构的人物成为小说的中心。曼尼翁家族的故事还在继续。定居地继续扩大,有一些年轻人梦想穿越蓝山,到另一边寻找适合定居的土地。小说中有大量描写攀越蓝山的画面。定居地的不断扩大给殖民政府带来了更多的挑战,在有效管理上更加困难,而且使更多的土著流离失所。每个人都在寻找属于自己的港湾。当然,并不是所有的角色都能找到幸福。达克的"历史三部曲"详细描绘了澳大利亚殖民历史善恶交织的微妙画面。

第二节　迈尔斯·弗兰克林

迈尔斯·弗兰克林出生于新南威尔士的一个牧场主家庭,自幼在丛林地区长大。她16岁时开始文学创作,第一部小说《我的光辉生涯》于1901年在英国发表,一经发表就轰动了澳大利亚文坛。她先后在美国、英国辗转,从事妇女和慈善事业。1932年,53岁的弗兰克林重回澳大利亚定居。她于1954年去世,享年75岁。

弗兰克林一生著有十七部著作,其中十二部为小说。她用笔名"宾宾的布伦特"(Brent of Bin Bin)发表了六部,分别为《乡下》(*Up the Country*,1928)、《十条河奔流着》(*Ten Creeks Run*,1930)、《返回布尔布尔》(*Back to Bool Bool*,1931)、《醒前》(*Prelude to Waking*,1950)、《白鹦鹉》(*Cockatoos*,1954)、《盖恩盖恩的绅士们》(*Gentlemen at Gyang Gyang*,1956)。这六部小说属于牧场家世小说,主要讲述从 19 世纪 30 年代到第二次世界大战期间的牧场生活,小说将故事背景设置在新南威尔士州的乡村地区。

弗兰克林根据祖母讲过的那些家庭在澳大利亚定居的故事,创作了小说《乡下》。该小说以新南威尔士州东南部的雪河乡村(Snowy River Country)为背景,讲述了 19 世纪 40 年代末到 50 年代中期,马泽尔、普尔和布伦南家族以及他们的邻居的故事,旨在刻画人与人之间的关系,特别是人物之间的爱情纠葛。作为一个开拓性的女权主义者,作者集笔力于坚强的女性,尤其是女族长马泽尔夫人身上,她对邻居们十分慷慨。弗兰克林还详细地描述了孩子们的成长、精心安排的求爱和婚姻等许多动人的细节,以娴熟的手法向读者展示了一幅富有情趣的社会风俗画。

《十条河奔流着》并不是《乡下》的直接续写,但它也涉及新南威尔士的马兰比季河(Murrumbidgee)地区,以及马泽尔、普尔、斯坦顿、希利和米尔福德家族的第二代和第三代,他们也是小说《乡下》中的主要人物。小说中的时间一直持续到 19 世纪 90 年代中期。

《返回布尔布尔》的背景再次被设置为澳大利亚东南部的新南威尔士的莫纳罗的马兰比季河地区,时间是 20 世纪 20 年代末。小说讲述了挣扎着逃离澳大利亚生活的一代艺术家和作家普尔、马泽尔、希利、布伦南家族的几名成员正返回澳大利亚,他们对澳大利亚和欧洲的生活差异进行了评述,满怀希望地以为在澳大利亚可以找寻到传统,但是"一战"时期的澳大利亚同样让他们的希望破灭,耳目所及,往昔熟悉的一切似乎都已经不复存在。小说由此无情地揭露了美国对澳大利亚的文化入侵,表达了对传统价值观丢失和毁灭的痛惜哀叹。文学评论家纳蒂·帕尔默指出:"在宾宾的布伦特的最初作品《乡下》和《十条河奔流着》中,拓荒者在原始状态下与自然做斗争。在新书《返回布尔布尔》中,澳大利亚人正在与人类生产和发展带来的自然灾害做斗争,还有广阔的灌木丛和疯长的杂草。因此,这本书与其说是莫纳罗和布尔布尔小镇的田园诗画,不如说是一幅'肥母鸡和荨麻'的曝光,正是它们阻碍着澳大利亚的发展。"[①]

《醒前》这部小说不再将背景聚焦于澳大利亚,而是设置在英国、法国和美

---

① Nettie Palmer: "Brent of Bin Bin: Contemporary Australia", *The Telegraph*, 1932-03-12,p6.

国。在第一次世界大战后不久,奈杰尔讲述了梅林和她来自澳大利亚的父亲和兄弟的故事。《白鹦鹉》讲述了 16 岁的伊格内斯想离开农耕社区去追求喜欢的歌唱事业,还涉及青少年躁动的青春、远大的抱负、梦想破灭的故事。

《自鸣得意》(*All That Swagger*,1936)是弗兰克林除了《我的光辉生涯》外,最受文学批评家青睐的作品,被誉为澳大利亚最优秀的小说之一,涵盖了从 19 世纪 30 年代起的一百年。那个时期,年轻的男人和女人选择离开他们欧洲的家,来到他们梦寐以求的澳大利亚空荡的土地上谋生。小说的主人公是 18 岁的新教徒达尼,一名大学教师的儿子。他说服女友——19 岁的约翰娜,和他一起私奔到澳大利亚。他错误地认为,像他这样愿意努力建设国家的年轻人可以获得免费的土地补助。幸运的是,一位已经很富有的地主乔治乘坐同一艘船返回澳大利亚,他将他们置于自己的羽翼之下,并给达尼提供工作。达尼和约翰娜在新南威尔士南部高地定居。这是一部内容丰富的小说,描述了达尼历经艰难困苦、恶劣的生活条件和种种危险,实现了发家致富的愿望,最后长眠在异乡的土地上。《悉尼先驱晨报》(*The Sydney Morning Herald*)对这本书给出了高度的评价:"她的成就的广度和高度值得祝贺,她创作了一部正直的作品,人物不是巨人或萨蒂尔(Satyrs),而是可爱的人类,闪烁着激情的理想主义永不熄灭的火焰,以及对澳大利亚土地和灵魂的欢欣鼓舞的奉献。"[1]

弗兰克林的作品根植于澳大利亚牧场生活,体现出浓郁的地方特色,同时也流露出她本人的民族主义思想。她的丛林家世小说描写地主和农场主艰苦奋斗和发家致富的经历,客观忠实地记录了他们的生活历程。弗兰克林也是一位女权主义者,她旅居海外、身为职业女权主义者的经历,为其小说创作提供了灵感和思路,作品深刻体现出女权主义的思想,她笔下的女主人公大都聪明伶俐,不安于现状,有强烈的反抗意识,勇敢追求独立自由的生活。

《我的光辉生涯》于 1901 年出版。值得注意的是,这部小说最初由英国的布莱克伍德(Blackwood)出版社发行,而非由澳大利亚的出版社发行。在论及原因时,《公报》杂志主编 A. G. 斯蒂芬斯写道:"这本书能引起当地读者兴趣的人群面太狭小。"[2]此书一经推出,便备受好评,斯蒂芬斯在 1903 年的书评中如是说道,"这是第一部澳大利亚小说","作者用澳大利亚人的思维,述说澳大利亚的语言,吐露澳大利亚人的思想,完全站在澳大利亚的视角看待事物"。[3] 被盛誉为澳大利亚现实主义文学奠基人的亨利·劳森大肆称赞道:"这本书忠实于澳大

① "Miles Franklin's Triumph", *The Sydney Morning Herald*,1936-12-24,p. 3.

② Qtd in Susan Sheridan, "My Brilliant Career", The Career of the "Career". Australian Literary Studies,2002,p. 330.

③ Ibid. ,p. 331.

利亚——是我所读过的书中最真实的一本。"①这部弗兰克林于 16 岁时"兴之所至,在几星期之内"洋洋洒洒、信笔写成的小说获得如此之高的评价,由此可见她过人的文学才华。

在《我的光辉生涯》中,故事发生的时代背景是 19 世纪末,地点是澳大利亚丛林和牧场。小说中的主人公西比拉·梅尔文,成长在巍巍桉树、淙淙溪流的山沟中,父亲理查德经营着三个牧场,总面积近二十万英亩。之后考虑到事业经营和才能施展,父亲将全家迁到波索姆谷,在那儿购置了一个一千英亩的小牧场。对于西比拉来说,新牧场过于狭小,而且波索姆谷的生活缺乏生气,度日如年的苦闷日子让西比拉不堪忍受。父亲经营惨淡,想靠风险投资发家致富,结果却在买卖牲口的生意中落得个濒临破产的境地,家道因此中落,他成日借酒浇愁,成了酒的奴隶,之后性情大变,对家中之事不闻不问。西比拉过着百无聊赖的生活,她渴望从事艺术活动,靠写作打发时间,希望撰写出堪称巨著的小说,有朝一日跻身澳大利亚小说家的行列。有一天,她收到外祖母博希厄的来信,外祖母想让西比拉上她那儿住上一段时间。这让西比拉喜出望外,这下她终于可以离开波索姆谷,重回故土卡特加了。在卡特加,她得到海伦姨妈和外祖母的悉心照顾,还被弗兰克·霍登和埃弗雷德·格雷追求。但西比拉对未来的财产继承人霍登的求婚嗤之以鼻,恶语相加,并断言自己绝不嫁他或他那样的人。潇洒的文学艺术界绅士格雷向西比拉提出求婚的请求,她也对此无动于衷。西比拉所深爱的第一个也是最后一个情人是高大英俊、寡言少语、温柔体贴的牧场主哈罗德·比彻姆。在比彻姆破产时,她并未狠心将其抛弃,而是选择留在他身边,默默支持他。在比彻姆处理债务问题期间,西比拉为缓解家庭经济压力,被迫前往位于巴尼山隘的姆斯瓦特家当家庭教师。姆斯瓦特一家邋里邋遢、脏乱不堪,但姆斯瓦特夫妇为人友善,对西比拉也颇为照顾,但她还是日夜盼望着能回到卡特加,回到外祖母的身边。最终,西比拉回到了波索姆谷,比彻姆的财产也失而复得,但就在比彻姆再次向她求婚时,西比拉却出人意外地断然拒绝了,认为他现在已不再需要她。

弗兰克林塑造的西比拉这一人物形象,有着强烈的反叛意识,尤为突出的是西比拉对传统婚姻的抵制和抗拒。她直言道:"要我看,嫁人,即使嫁给世上最好的人,也是降格的事情。"这是西比拉在弗兰克·霍登求婚时愤怒之下说出的话。她厌恶以金钱为基础的爱情和婚姻,因而当外祖母好心相劝时,她丝毫不为所动,对霍登步步紧逼的表白也断然拒绝。哈罗德·比彻姆作为西比拉唯一深爱的男人,最后也遭到了她的回绝。她在写给哈罗德的信中这样说道:"我爱你甚

---

① 迈尔斯·弗兰克林:《我的光辉生涯》,黄源深译,上海译文出版社,2007 年,第 1 页。

过于爱任何我所见过的男人,但是我从来不想嫁人。"①西比拉自始至终都坚持不嫁人的想法,她深知"世界是为男人而建造的",而自己仅仅是一个"难看、贫穷、无用、微不足道"的女人。"表面上,婚姻使男女物理空间的距离拉近,实际上却是他们在空间上,最声势浩大的一次重新划分和疏离:女性被拘囿于家庭这个私人空间,男性则可以在公共空间和家庭领域中自由来去。"②西比拉在自己的妈妈露西、海伦姨妈以及姆斯瓦特太太身上看到了婚姻对她们造成的禁锢。西比拉的妈妈露西,育有包括西比拉在内的八个孩子,她操持家务,听凭她丈夫居家迁移的安排,最后在家庭破产时,艰难维持着一家的生计。当丈夫每天自由出入酒馆,靠酒精麻痹自我,而对全家大大小小事务撒手不管时,露西从早忙到晚,任劳任怨,承担着巨大的家庭重担。西比拉看在眼里,认为"女人不过是男人无能为力的工具——环境的动物"罢了。她回望母亲的过去,不无忧伤地慨叹道:"啊,母亲! 我可以回顾十九年的生涯,看到她一度完全是位贤淑女子,但是洗洗涮涮、缝缝补补、家境的贫穷、丈夫对她的忽视以及非娇弱的肩膀所能承受的重负,把她原有的优雅秉性一扫而光。"婚姻,这个在母亲看来的女人最好的归宿,如今却将她束缚在家庭的狭小空间内,让她成了男性的附庸。海伦姨妈也是婚姻和男人的牺牲品。这位优雅漂亮的女人遭到了丈夫无情的抛弃,她的一生就此被毁,她受尽了自己信赖的意中人无情的凌辱。况且,女人与丈夫离婚,世人必定认为是妻子的过错。显然,在当时所处的父权社会,女人的地位相当卑微,她们与丈夫之间的关系通过婚姻这个媒介得以维系,但家庭生活真正的主导者乃是男人,而女人一旦被迫离婚,将会被无情地贴上"不守妇道""行为不检点"等标签,遭受世人的冷眼旁观和横加指责。姆斯瓦特太太更是一个被家庭生活扭曲了的人物,她邋邋遢遢、衣衫褴褛,脖子是西比拉所见过的最不干净的。西比拉曾说:"我厌恶肮脏的体力活,因为我就是讨厌它……要是我不得不一辈子干这玩意儿,而我又命里注定要长寿,那我照样会像现在这样讨厌它。"因此,当西比拉看到如此这般肮脏不堪的家庭环境时,她便觉得"自己无法在这儿生活下去了"。更让西比拉难以接受的是思想素质上的天壤之别,西比拉对文化艺术如饥似渴,而姆斯瓦特太太没有文化,她和她身边的孩子所发出的声音在西比拉看来是如此刺耳粗俗,"发出的声音越响他们就越喜欢"。姆斯瓦特太太文化知识的缺乏,加之当时所处的环境——巴尼山隘交通闭塞,而姆斯瓦特家的房子"阴凄凄犹如监狱"——她注定被囚禁在家庭空间中,生过十二个孩子,成天在家中不知疲倦地劳作和带小孩,遵守"女子无才便是德"的妇道。但这对于个性张扬、受

---

① 迈尔斯·弗兰克林:《我的光辉生涯》,黄源深译,上海译文出版社,2007 年,第 272 页。

② 叶胜年:《殖民主义批评:澳大利亚小说的历史文化印记》,上海外语教育出版社,2013 年,第 220 页。

过良好教育的西比拉来说是完全不可行的,她不愿陷入婚姻这个可怕的羁绊,不愿过不公平的生活,因此打定主意永远不结婚。

西比拉反复无常、歇斯底里的性格被刻画得尤为真实和具有表现力。她倔强而鲜明的个性自小就得以形成,在成长过程中由于对自我相貌的认知、家族变迁和生活环境的影响,而变得越来越极端,有时近乎一种疯狂的状态。

西比拉自小在山沟中长大,丛林生活赋予了她放荡不羁的个性。在父母眼中,她是个假小子,而她自己也觉得天不怕地不怕,遇到坏蛋的挑衅,她会勇敢地用那"二英尺六英寸的矮胖、威严之躯"与对方对峙。她在文学中汲取营养,用知识充实自己,但她深知一个无法改变的事实,那就是自己相貌丑陋。在谈及容貌和修养时,她说:"姑娘呀,姑娘!……千万不要名声在外,让人知道你聪明。这会使你在婚姻的竞争中败绩,它就像传说你得了麻风病一样见效。所以,要是你的智力出众,尤其是你才华横溢的话,劝你收敛锋芒,约束思想,尽力装出愚钝的样子——这是唯一的良策。"西比拉对自己的长相持有一种尖酸刻薄的态度。在当时那个年代,女人只要年轻貌美,拥有漂亮的面孔和迷人的身材就能俘获男人的心,知识涵养反而是要不得的累赘。当霍登直言西比拉的相貌令其大失所望时,她满心厌恶此人,发誓绝对不会嫁给他。即便当海伦姨妈用良方暂且压制住了西比拉的自卑心理,第二天早上,她照着镜子恶狠狠地对自己说道:"呸,你这个讨厌的东西!……你是世上最乏味的人,又讨厌又不好的小东西,身上的一切都令人厌恶。这就是你的写照。"可以说,西比拉的自卑是她不愿接受比彻姆求婚的部分原因,尤其当她觉得比彻姆喜欢上了比自己漂亮得多的亲妹妹格蒂时,她更是觉得自己配不上他,觉得自己是个丑陋的废物,这种相形见绌感让自尊心极强的西比拉认识到了两人之间的鸿沟,也造成西比拉一再拒绝比彻姆的求婚。

每况愈下的家庭状况和生活环境的变化,致使西比拉的性格喜怒无常。家道中落和父亲一蹶不振的现实,迫使母亲露西挑起了家庭的重担,疲惫不堪的劳作和巨大的经济负担使她变得暴躁和易怒。而身为家中长女的西比拉懒散和无所事事的样子自然成了母亲生气的对象。母亲希望她能找份工作减轻家里负担,但西比拉不愿干那些又脏又累的活,两人的关系愈演愈僵,最后爆发了一场言辞激烈的争吵。西比拉愤懑地说道:"哼,世界上没有一个女人会容忍你在家待上一天,你是一个十足的女魔鬼。"但她心里明白,"母亲是一个好女人——一个很好的女人——而我,我想也不是那么罪孽深重的人,可我们就是合不到一块去"。西比拉很清楚母亲所承受的压力,但是一旦与母亲进行对话或是书信往来,几乎总是针尖对麦芒,互不退让。西比拉在姆斯瓦特家时,她反复写信给母亲,希望母亲同意她回到卡特加,但每次都被无情回绝,即便外祖母尝试从中调和,也依旧无法改变母亲的心意。她被痛苦的情绪支配,哭得浑身抽动起来。在姆斯瓦特家当家庭教师的日子苦闷不堪,她难以忍受肮脏凌乱的环境和缺乏管教的孩子,但最让她深受身心折磨的是死气沉沉的单调生活。她晚上时常做噩梦,又哭又笑,医生说她精神上出现了崩溃。巴尼山隘限制了西比拉的活动空间,同时也严重约束了她的精神空间。她努力熬过一日又一日,但当自己的天性再也承受不了环境的摧残时,她彻底崩溃了。当她终于可以离开巴尼山隘和姆斯瓦特一家时,她恢复了正常的精神状态。

西比拉强硬的性格也体现在她对男性身体接触的反抗上。文中提到了两处,接触的对象分别是霍登和比彻姆。第一次,霍登向西比拉求婚时抓住了她的手,西比拉狠狠地捶了他的鼻子,威胁他说要他的命。第二次,当比彻姆想俯身吻她时,她盛怒之下,甩起鞭子,使足力气朝他的脸打去,这一鞭"打着了他的鼻子和左脸颊,打蒙了左眼,在太阳穴上开了一个口子,鲜血淌下了脸颊,染红了他的白色上衣"。在通过性别和身体构建的权力场中,西比拉作为女性相对是弱势的一方,但她通过反抗的方式来行使自己的权利,向两位男性传递"她的身体不可侵犯"这一重要信息,也印证了"身体既为人的生存前提,又构成了人的存在界限"①。

弗兰克林笔下的西比拉是个有着独立人格、敢于冲破婚姻的枷锁、追求自由生活的女性,体现了弗兰克林的女权主义思想,具有明显的进步性。在传统古朴的丛林社会,女性秉承爱情和婚姻至上的观念,相信女人最好的归宿便是嫁个好人家。英国女作家简·奥斯汀认为,有钱的男人都想娶位太太。这是从男人的角度说的。从女人的角度出发,同样适用,女人都想嫁一位有钱的男人。走过近一个世纪,来到 19 世纪末的澳大利亚,主流的思想观念依然是谈婚论嫁,而且女人都想嫁有钱的男人。但西比拉是一位反传统的人物,她性格倔强刚强,相貌丑陋的她虽然渴望爱情,但最终还是放弃了自己深爱的男人。在她看来,婚姻并不是女人最好的归宿,她在自己的母亲、姨妈和姆斯瓦特太太身上看到了婚姻给她们带来的不幸,这几位受婚姻和家庭束缚的女人任劳任怨,安于现状,没有一丝反抗的态度,每天过着单调乏味的生活。但西比拉不同,她接受文化教育和艺术熏陶,有理想和追求,渴望从事艺术行业,希望有朝一日能在文化界声名远扬。家人对她的能力给予无情的否定,但西比拉知道,只要有机会,她就能大显身手,成就一番事业。她试图摆脱套在自己身上的传统婚姻观,努力追求一个"光辉生涯",实现自我价值。

在《我的光辉生涯》中,西比拉被刻画得极具厚实感,丰富细腻的感情世界和张扬豪放的个性,将她精神世界的空虚、与环境和男人的抗争表现得淋漓尽致,是澳大利亚文学中极具特色的女性人物。她是时代的叛逆者,却走在时代的前

---

① 王炳钧:《意志与躯体的抗衡游戏——论阿尔弗雷德·德布林的〈舞者与躯体〉》,《外国文学》2006 年第 2 期。

头，为 19 世纪的澳大利亚女青年开辟出一条自由独立的道路。在这部被誉为"第一部澳大利亚小说"的作品中，西比拉谱写出了一曲属于她自己的人生之歌，也留下了 19 世纪 90 年代澳大利亚社会的时代印记。[①]

第三节　伊芙·兰利

伊芙·兰利于 1904 年出生于新南威尔士州的福布斯（Forbes），是家中的长女。20 世纪 20 年代，兰利和她妹妹在乡下当劳动短工，她的第一部小说《摘豆工》就是根据她的亲身经历创作而成的。1932 年，她和妹妹一起跟随自己的母亲前往新西兰，在奥克兰担任文字校对员。1937 年，她嫁给了 22 岁的艺术生希拉里·克拉克（Hilary Clark），育有一个女儿和两个儿子。1942 年，她的丈夫将她送到奥克兰精神病院，后来妹妹对其悉心照顾。晚年的兰利，在蓝山卡通巴丛林中的一个小木屋里，过着几乎与世隔绝的生活，性格也越发古怪。她身着男士服装，头戴一顶遮阳帽，腰上总是挂着一把刀，[②]以至于"让人痛心的是，相比于她的创作能力，有时人们对她本人怪异的举止所发表的评论更多"[③]。她生命中的最后几年，是独自一人在蓝山度过的，去世大约三个星期后才被人发现。

兰利最初以作家的身份成名是在 20 世纪 30 年代，当时她定期在杂志上发表诗歌。"她在 30 年代末的新西兰文学圈是一位前途无量的诗人。"[④]回到澳大利亚后，她继续在《公报》等杂志上发表诗作和短篇故事。虽然兰利一生笔耕不辍，但她只发表了两部小说《摘豆工》和《皮草帽》（White Topee，1954），其他十部未出版小说的手稿收藏于米歇尔图书馆（Mitchell Library）。《摘豆工》被描述为一本"充满幻想的自传性小说，以第一人称叙述了两位年轻女子史蒂夫和布鲁，在吉普斯兰（Gippsland）乡下农场寻求刺激、爱情和诗意的冒险故事"[⑤]。

在写作风格上，兰利将她的写作过程比喻为"文学刺绣"，将自己看成是一位

---

① 沈忠良：《西比拉的爱情收场：冲破婚姻的束缚》，《浙江万里学院学报》2017 年第 3 期。

② William H. Wilde, Joy Hooton, Barry Andrews：*The Oxford Comanion to Australian Literature* 2 nd, Oxford University Press,1994.

③ Dale Spender：*Writing A New World：Two Centuries of Australian Women Writers*, Pandora,1988.

④ Aorewa Mcleod："Alternative Eves", *Hecate*, 1999,25(2),pp.164-179.

⑤ Debra Alelaide：*Australian Women Writers：a Bibliography Guide*, Pandora,1988.

"一直不停、没完没了地诉说和刺绣一场浪漫幻想"[①]的人。《摘豆工》《皮草帽》以及其他未发表的作品如《荒凉的澳大利亚》(*Wild Australia*)和《维多利亚人》(*The Victorians*),重构了她自己的故事,并与19世纪80年代丛林男人和女人的故事糅合在一起。在兰利的创作中,记忆和土地交织,她从每一处不同的景致中都能捡拾新的想法。

在《摘豆工》中,伊芙和她的妹妹茉恩一开始与母亲一起生活在悉尼。但由于家庭经济的压力,姐妹俩不想成为母亲的负担,于是决定去吉普斯兰的田野当帮工。伊芙和茉恩女扮男装,改名换姓为史蒂夫和布鲁之后,朝着丛林地带出发了。伊芙进行此次旅行的原因,远不止经济压力那么简单,她渴望"变成一个男人",而吉普斯兰能让她的这个美梦成真。然而,伊芙的外表依然是一副女人相,一下子就能被那些从她身边经过的人识破。她一直郁郁寡欢,因为她不知疲倦地追求着不可能实现的幻想。她不仅想变成一个男人,而且要变成一个特别有阳刚之气的男人。她坚信最阳刚的男人住在丛林之中,因此她觉得必须走进丛林才能变得像他们那样。

这部流浪汉小说,讲述了女主人公在冒险过程中所遇到的奇特遭遇,描绘了澳大利亚经济大萧条下的农场生活,小说中的人物是穷苦的农民和移民者。阶级矛盾、经济纠纷和种族争端频繁发生,但小说中最主要的矛盾存在于性别之中。女主人公伊芙穿着男性的衣服,和移民工一起劳作,伪装后的她能在男人的领域——澳大利亚丛林中自由穿行。兰利笔下所描写的伊芙,对于性别身份的困惑正是小说的主要关注点。同时,这部小说中所描绘的青春气息和年轻人的蓬勃朝气,给人一种清新明快的感觉,因而深受读者的喜爱。

1954年出版的小说《皮草帽》以维多利亚州的吉普斯兰为背景,这是一个田园诗般的地方,不同民族的人们和谐地在这片土地上生活、工作。这部小说是作者早期著作《摘豆工》的续篇,但是作品的艺术价值比不上她的第一部小说。

[①] Kate Makowiecka: "'One Long Tumultuous Inky Shout': Reconsidering Eve Langley", *Antipodes*, 2002, 16(2), pp. 181-182.

第三章 现代主义流派小说

第一节 亨利·汉德尔·理查森

亨利·汉德尔·理查森(1870—1946),原名埃塞尔·弗洛伦斯·林赛·理查森(Ethel Florence Lindesay Richardson),出生于墨尔本的一个爱尔兰医生家庭。父亲因投资破产而精神失常,在理查森 9 岁时离开人世。母亲玛丽出身名门望族。理查森童年的时候,曾多次搬家,先后居住在维多利亚州的奇尔顿区(Chiltern)、昆斯克利夫区(Queenscliff)、科罗伊特区(Koroit)和马尔登区(Maldon)等地。其中理查森童年时代在奇尔顿区的旧居,现已被英国国民托管组织列为保护遗产,赋予其"湖畔美景"的名字,并向游客开放。

父亲去世后,理查森全家离开马尔登,来到曼尔顿,并在当地的基督教长老会女子书院寄宿读书。理查森具有独特的艺术与音乐天赋,在校期间艺术与音乐成绩也十分突出。她的母亲于是决定带她到德国,去莱比锡公立音乐学校继续深造。她的第一部小说《莫里斯·格斯特》(*Maurice Guest*,1908)就是以莱比锡音乐学校为背景和素材创作的。在莱比锡,理查森不但开始了自己的写作生涯,而且结识了她的人生伴侣——约翰·乔治·罗伯特森(John George Robertson)。罗伯特森是斯特拉斯堡大学的一名德国文学教师。两人都钟爱文学,一拍即合,并于 1895 年结为夫妻。1903 年因理查森的工作需要,夫妇两人移居英国。她的丈夫于 1933 年死于癌症,她在英国度过晚年。十三年后,理查森也因和丈夫同样的病症离开人世。后人按照她的遗愿将她和丈夫的骨灰一并撒入大海之中。

理查森一生出版的书籍并不算多,但是每一部著作都是她呕心沥血之作,耗时极长。她著有四部长篇小说,分别是《莫里斯·格斯特》、《获得智慧》(*The Getting of Wisdom*,1910)、《理查德·麦昂尼的命运》(*The Fortunes of Richard Mahoney*)三部曲和《小科希玛》(*The Young Cosima*,1939),还有一部短篇小说集《童年的结束及其他小说》(*The End of a Childhood and Other Stories*,1934)以及一本未完成的回忆录《当我年轻的时候》(*Myself When Young*,1948)。其中她一生中最重要、最杰出的作品非《理查德·麦昂尼的命运》莫属。它由《幸福的澳大利亚》(*Australia Felix*,1917)、《回家》(*The Way Home*,1925)和《最后的归宿》(*Ultima Thule*,1929)三部小说集合而成。这部作品一出版便受到了一致的好评和赞扬,理查森也因此获得了 1939 年诺贝尔文学奖的提名。

创作历时十一年的《莫里斯·格斯特》是理查森的处女作。它是一部具有伟大传统的现实主义小说。故事发生在 19 世纪 90 年代的莱比锡,当时这座城市是一个音乐中心,年轻的英国人莫里斯放弃学校的教书工作而来此学习钢琴。莫里斯步入了音乐系学生繁忙的日常生活:上课、练习和考试,应付邋遢的女房东,面对说教的音乐老师、朋友以及同伴们的热恋和失恋,吃着难以下咽的饭菜。无论是才华横溢者,或是资质平庸者,他们都为音乐和艺术的伟大而奋斗着。马德琳是莫里斯最好的朋友,她曾是伦敦附近一所大学的教师,致力于音乐教育,尤其是钢琴。在马德琳的建议下,莫里斯开始了他的钢琴学习,并成为施瓦兹的学生。澳大利亚年轻女子路易莎也是施瓦兹的学生,当莫里斯第一次上音乐课见到她时,就被她的美貌迷住,无可救药地爱上了她,他的生活和命运也因此彻底地改变。此时路易莎的灵魂、身体和心灵却完完全全地属于另外一个男人,她正同小提琴家希尔斯基相恋,莫里斯不得不陷入单相思的境地。后来希尔斯基将路易莎狠心抛弃,于是莫里斯得以有机会向她表露爱意。路易莎是一个生活在新世界中的新女性。黑色的长发和迷人的眼睛只是她漂亮的外表。路易莎的本质是一个情场高手,善于抓住男人的心,使他们心甘情愿地拜倒在自己的石榴裙下。莫里斯对爱情的极度执着意味着他必须拥有路易莎,他别无选择,这就是他的悲剧所在。在他们的相处过程中,心怀浪漫主义情怀的莫里斯越来越清楚,他与多情的路易莎不可能白头偕老,于是打算放弃这段没有未来的感情。路易莎想方设法魅惑他,将他玩弄于股掌之上。但是路易莎最后还是无情地抛弃了他,同希尔斯基结了婚。莫里斯一时难以接受,悔恨绝望之下开枪自杀。可怜的莫里斯最终成为爱情的牺牲品,更是一个彻头彻尾的失败者。他的悲剧结局与他自身的性格不无关系:他对爱情的执念、他的善妒以及他的犹疑一步步把自己逼上绝境,将自己的事业、爱情和性命白白葬送。

理查森在《莫里斯·格斯特》一书中用含蓄的措辞,来迎合当时敏感的时代。同性恋、变态虐恋等在小说中都有体现,这是一部关于友谊、嫉妒和爱情纠葛的小说。除此之外,作者还如实地描述了当时莱比锡的艺术氛围与状况:德国作曲家巴赫 1723 年至 1750 年在莱比锡工作;歌剧家兼作曲家理查德·瓦格纳 1813年在莱比锡出生;舒曼接受费利克斯·门德尔松邀请,积极参与莱比锡音乐活动,后者在 1843 年建立了德国第一个音乐学院;1886 年 6 月至 1888 年 5 月,马勒在莱比锡剧院担任第二指挥,他还在那里完成了自己的第一交响曲。作者真实地描述了那座城市浓重迷人的音乐氛围。从某种意义上说,理查森把她的小说描绘成一部管弦乐作品，一个关于音乐和音乐家的辉煌故事。在小说中，莱比锡通过蜿蜒的街道穿行于教堂和音乐厅、咖啡馆和餐馆、练习室和学生宿舍，所有这些地方都充满了音乐。作为一名音乐专业的学生，理查森对有关音乐题材的写作谙熟于心，加之亲身体验过所要表现的生活，因此将书中五彩斑斓的音乐世界描述得形象生动。

《获得智慧》是理查森以自己从 13 岁到 17 岁在维多利亚州墨尔本的长老会女子学院的寄宿生活经历为素材和基础而创作的。1978 年，该小说被改编成同名电影搬上荧屏。它讲述了朴实善良的小女孩劳拉在寄宿学校中发生的故事。劳拉是一个乡村女孩，做律师的父亲早逝，留下母亲一个人靠做刺绣养活整个家庭。她是一名想象力丰富、思想活跃、个性鲜明的女孩，她喜欢阅读，也喜欢自己编浪漫的故事讲给弟弟妹妹听。她既骄傲又敏感，她的母亲发现她越发叛逆，在她 12 岁时，就把她送到墨尔本的寄宿学校。学校里的大多数女孩来自富裕的家庭，而像劳拉这样出身背景的女孩很早就学会了不透露自己的真实情况，以免被嘲笑。但在寄宿学校中，她发现她做的一切事情似乎都是错的，无论做什么事情都不能被人理解，更没有人愿意和她做朋友。她明白了若想要不招惹任何麻烦，安心过日子，就要在行动和思想上和主流保持一致。这使她不得不压抑自己的个性，摒弃她原来的做事方法去迎合这里的一切。她开始变得小心谨慎，控制自己的情绪，收敛自己的行为。她终于在这所学校获得了人生经验，获得了在这个社会生存所需的"智慧"。

劳拉在意同龄人对自己的评判，渴望"融入"周围的大环境中，对自己的家庭感到尴尬：认为母亲的工作是丢脸的，还有一种通过贬低他人来"抬高"自己的愿望。学校里的女生和老师都不觉得自己是自私和粗野的。所以，就连一开始那么年轻、坚强和富有理想主义的劳拉，最后也不得不屈服。

小说的结尾，劳拉经历了一种形式上的救赎，她说服自己，考试作弊实际上是上帝的旨意，尽管她知道这样做是错误的，但她还是逃脱了惩罚。这是一个自欺欺人的好例子。最后，当劳拉离开学校的时候，她极度渴望奔跑，她在公园中迅速消失了。她终于自由了：摆脱了学校种种令人窒息的限制和其他女生冷酷无情的漠视。

相较于第一部小说《莫里斯·格斯特》的阴暗沉郁，《获得智慧》虽然也描写到主人公的痛苦、迷茫甚至无望颓废，但整体而言，尤其是小说的结尾，读起来相对轻松，理查森称其为"一本轻松愉悦的小书"。这部小说通过对女主人公寄宿学校生活的叙述，揭示这一年龄段女孩的内心世界和成长烦恼，以及外界因素对其产生的重要影响。《获得智慧》将真实的环境与虚拟的情节完美结合，讽刺中透露出一丝喜感。

《小科希玛》是理查森的最后一部长篇小说。它是一部不寻常的作品，因为小说中没有"虚构的"人物。故事中的角色的确生活在现实生活中,包括理查德·瓦格纳(Richard Wagner)、汉斯·布罗(Hans von Bülow)、弗朗兹·李斯特(Franz Liszt)以及他的女儿科希玛(Cosima)。他们走遍了柏林、慕尼黑和魏玛的音乐圈。伟大的作曲家、钢琴家李斯特的女儿科希玛,自然而然地熟悉这个圈子,同这些人交往密切。父亲的学生布罗才华横溢,因为仰慕其音乐才华,科希玛20岁的时候嫁给他,并在事业上不遗余力地帮他,但布罗并未全身心地投入自己从事的艺术事业中去,致使本该美满的婚姻出现危机。后来,科希玛与瓦格纳熟识之后,逐渐被他的才华和温柔所吸引,加之婚姻的不幸福,她便离开自己的家庭与瓦格纳结婚。

理查森小说基于朱利叶斯·卡普(Julius Kapp)1922年写的有关瓦格纳的传记中有关这一事件的描述,这本传记曾一度遭到质疑。现代历史学家认为汉斯·布罗从一开始就知道此事。小说最后,科希玛离开家重新开始生活。无论如何,应该说这是一个令人满意的结局,它重新讲述了音乐世界最著名的爱情故事。理查森查阅了大量有关瓦格纳的书籍,以及当时音乐界的资料,以至于这部作品几乎成了事实的堆砌,大大影响了其本身艺术水平。

短篇小说集《童年的结束及其他小说》出版于1934年,内中包括十五个短篇小说,讲述发生在德国的故事,故事背景是理查森熟悉的、年轻时求学的地方。总体而言,这部短篇集中的大多数作品远不如长篇小说那样精彩出色。

理查森的回忆录《当我年轻的时候》讲述了她的童年和青春的故事。丈夫去世后,她几乎完成了一本有关她在澳大利亚年轻时期以及她在莱比锡幸福婚姻的头几年生活的自传。有些细节在她丈夫的笔记和日记中也有所补充。

《理查德·麦昂尼的命运》是评论家和作家公认的杰作,代表着理查森所取得的最高成就。至少在故事情节上面,它以理查森的父母沃尔特·林赛·理查森(Walter Lindesay Richardson)和玛丽·贝利(Mary Bailey)的生活为基础,但是这部三部曲不是一部传记。因为前两部销量不高,出版商最初不愿出版第三部,在理查森丈夫的极力游说下,第三部才得以问世。出乎意料的是,它一经出版,便被誉为一部伟大的小说,并于1929年获得澳大利亚文学协会金奖。它讲述的是主人公麦昂尼,自1852年来到澳大利亚之后,不断奋斗、成功但最终失败的故事。他为妻子和后来的家庭付出了巨大的代价,他试图不断地改变周围的环境却不改变自己。他的选择体现了人类共同的困境。

《幸福的澳大利亚》是《理查德·麦昂尼的命运》三部曲的第一部,也是最冗长的一部,超过一千页,而且故事进展缓慢。其英文题目 Australia Felix 的含义是,探险家托马斯·米切尔少校(Major Thomas Mitchell)在1836年第三次远征时,对他在墨累河(Murray River)和维多利亚州南海岸之间发现的茂密平原的命名,其中包括后来成为巴拉腊特(Ballarat)地区的地方。该小说以19世纪中期澳大利亚的巴拉腊特为背景,包括序言和四个部分。它主要讲述了麦昂尼从爱丁堡大学医学系毕业后,听闻澳大利亚金矿的黄金极易获得,便心怀美好梦想,在 1852 年,同自己的好朋友珀迪一起顺应当时淘金潮流从英国移居澳大利亚。当他来到淘金工地时,发现自己无法适应繁重的体力劳动,并且这里也并不像传说中所描述的那样遍地是黄金。加之麦昂尼自幼形成的保守的贵族偏见,使他自认为在淘金工人中与众不同,他的教养和风度更使他自命不凡,这种优越感和他的清高孤傲使他难以融入普通淘金工人的行列,他认为他们都是一些没有文化、更无修养的野蛮人,他的种种屈尊俯就的态度致使很多人都不喜欢他。为了维持生计,他不得不一次次地搬迁,另谋出路。在一次意外中,他偶然运用在大学所学的医术挽救了自己妻子的生命,从此便踏上了从医的道路。虽然他在这里事业初成,蒸蒸日上,日子也过得越来越美好,但他越成功就越渴望回到英国,他一直想永远从澳大利亚的土地上解脱出来,因为迫切的思乡之情总是萦绕在他的心头。于是他最终决定放弃这里的一切,卖掉房子来支付旅行费用,踏上重回英国的道路。

三部曲中的第二部《回家》包括序言和三个部分,讲述了他重返英国之后,不但没有感受到家乡的温暖、受到别人的尊敬,而且还处处遭到白眼、不信任和排挤。在失望、愤怒与无奈等各种情绪交杂下,他不得不重新回到澳大利亚。在这里,他因为金矿投资成功而获得了巨额的财富。没过多久,在富足悠闲的生活之余,他又想起了拒自己于千里之外的祖国,于是不顾家人反对,将自己的全部财产托付给他人打理,又一次义无反顾地回到了英国。不料,理财人却携带他的财产连夜逃跑,麦昂尼听到消息后火速回到澳大利亚,却为时已晚,此时的他已经一无所有。

第三部《最后的归宿》由三个部分组成,其英文题目 *Ultima Thule* 是一个中世纪的地理术语,意指"已知世界的边界"(borders of the known world)之外的一个遥远的地方。麦昂尼将他在墨尔本的房子以此命名,但该房子在第二部小说《回家》中被麦昂尼卖掉。49 岁的麦昂尼破产后身无分文,不得不从零开始,重新开始他的生活。他重操旧业,虽然操劳奔波,但他在墨尔本的业务并没有起色。最后麦昂尼越来越无法摆脱沉重的精神压力,一切都使他心力交瘁,他不堪重负,精神失常,最终悲惨地死去。值得一提的是,这一部小说,部分是以他年轻的儿子喀菲的观点来写的,讲述了他的情感与行为是如何因为四处碰壁和令他感到羞愧的父亲而形成的。

这三部曲以 19 世纪经济发展迅速,全民为政治独立和民主政府而努力的澳大利亚殖民地为背景。这是一部关于致富的小说,关于失败的小说,也是关于殖民地的小说。这三部曲采用了编年体的形式,按照时间的顺序,为我们讲述了主人公麦昂尼艰难曲折的人生历程。小说的内容由于与三部曲的标题相互矛盾,而更具讽刺意味。《幸福的澳大利亚》中，虽然他经济方面十分宽裕富足，但是在精神层面却饱受煎熬，并没有获得真正的幸福。《回家》中，虽然他自身回到了祖国的怀抱，但他并没有获得家乡的认同，被无情地歧视和排挤。《最后的归宿》中，虽然他在澳大利亚积累了巨大的财富，足以让他轻松悠闲地度过晚年，但是在各方面的精神压迫下，他精神失常，等待他的最后归宿竟然是自己的坟墓。内容看似是关于财富创造、事业奋斗的物质方面的追求，实则是关于人类一生中，精神上的追求和残酷的现实之间的矛盾写照。

虽然理查森是澳大利亚人，但她的作品中鲜有澳大利亚文学的特征和印记。当然这和她长期居住在欧洲、受到欧洲文学熏陶有直接的关系。正是因为她的作品中缺少澳大利亚典型元素，所以才更加丰富了澳大利亚文学形式，不拘束于牧场、丛林、荒原等具有民族特色的主题，为之后作家的创作提供一定的借鉴。

理查森集精力和笔墨于人物形象的塑造与刻画。她关注人物的精神状态及内心世界。她十分擅长探究笔下人物的行为、心理和思想，用详细精准的话语将人物形象呈现在我们的面前。正因为如此，在阅读理查森的作品的时候，读者往往会对书中的人物形象有深刻的印象。

理查森的创作注重客观现实和史料。比如：她根据自己在莱比锡学习音乐的经历，创作出了《莫里斯·格斯特》；凭借对父亲的印象和记忆，创作出了《理查德·麦昂尼的命运》。她在自己的传记《当我年轻的时候》中承认，书中的主人公麦昂尼医生的原型就是自己的父亲。同时为了准确描写麦昂尼病情恶化的情节，她特意查阅了相关的心理学及医学书籍；她以自己在墨尔本女子寄宿学校的生活为素材，写出了《获得智慧》；她在翻阅了七十余本书之后才写出了我们现在所看到的《小科希玛》。由此可见，理查森为重现背景和精心布局付出了极大努力。但由于过度关注现实以及对现实的依赖，理查森在小说创作的过程中不免会受到很大的约束和限制。缺乏想象力、语言死板不灵活、结构松散、逻辑性不强等都是她的作品常被诟病的地方。

理查森的作品以悲剧居多。小说主人公的结局不是自杀就是惨死，不是发生巨大变故就是进精神病院，不是丧失斗志就是丧失本性，不是道德扭曲就是抛弃责任。文中她常将人物设定在复杂的环境中，将目光放在失败者身上。同时给予笔下人物自主选择的权利和强烈的自我意识，使他们虽然身陷困境中，却依然能够按照自己的思想做出选择，为自己的行为承担责任，接受发生在自己身上的不幸与灾难。

理查森对女性有深深的依恋，她在第二部小说《获得智慧》中将这种青春时期少女情窦初开的情意与萌动描写得淋漓尽致。在她的母亲去世之后，她又无可救药地疯狂迷恋上了意大利女演员埃莉诺拉。在她丈夫去世的时候，她的女性朋友奥嘉弥补了她痛失丈夫的空白。同时，她与她的妹妹莉莉安——一名女权主义狂热拥护者,一生都致力于女性的权益解放。她的作品多以平凡普通的女性,如小女孩、未婚母亲、寡妇和老妇人等作为主人公。理查森通过对女性人物形象的塑造和刻画,将女性意识的觉醒这一主题贯串于她的多数作品之中,揭露了男性对女性的压迫以及女性不附属于男性而独立存在这一事实。理查森从女性的角度出发,在突破传统的束缚、向父权文化质疑和挑战方面,具有一定的历史性意义。

第二节　诺曼·林赛

诺曼·林赛的祖先最早生活在苏格兰西南部的埃尔郡。他生于维多利亚州的克雷西克(Creswick),并在那里长大。这个美丽的乡村小镇,有着淳朴宁静、未经雕琢的自然风光和淳朴天然的风土人情。这些在他的作品中都有体现。父亲亚历山大·林赛(Alexander Lindsay),是爱尔兰伦敦德里郡的一名外科医生,母亲生于传教士家庭。林赛家中有十个兄弟姐妹,他排行第五。因为血小板异常,林赛在户外活动时总会起严重的皮疹,所以在他6岁之前,母亲一直限制他在户外活动,要求他在家中长期休养。为了打发无聊的时间,林赛经常临摹杂志中的插画,也参照家中实物进行练习。他的哥哥莱昂内尔(Lionel)酷爱绘画,为杂志画插图。一次偶然的机会,林赛也加入哥哥的绘画事业中。后来凭借自己的努力成为该刊的画家。

除绘画外,林赛还酷爱读书,涉猎的范围很广,拉伯雷、狄更斯等作家的作品都是他的最爱。后来,他阅读了尼采(Nietzsche)的《反对瓦格纳》(*Nietzsche Contra Wagner*,1889)和《敌基督者》(*The Anti-Christ*,1895)两本著作。从此,尼采的思想在林赛的生活及艺术哲学理念中占有绝对主导地位,他也更加排斥基督教和清教思想。

1899年,林赛在朋友帮助下,创立了《漫步者》(*Ramber*)这本漫画周刊。遗憾的是《漫步者》在出版了几期之后,效果并不是十分理想。1900年,林赛与凯瑟琳·帕金森(Catherine Parkinson)在墨尔本相识并结为夫妻。他们一共育有三个孩子。不幸的是,这段婚姻并未持续很久,他们于1918年离婚。

1901年,林赛来到悉尼后在绘画上取得了不小的成绩,也因此收入颇丰。1907年林赛与合伙人创办了月刊《单枪匹马》(*The Lone Hand*),经常为此刊作画,并尝试写文章。他也通过这本刊物向外界传达自己为澳大利亚独立文化而奋斗的决心。1913年,他的第一部小说《跻身于放荡艺术家中的一个牧师》(*A Curate in Bohemia*)出版。它讲述了一个年轻的、不墨守成规的牧师热衷于艺术、女人和啤酒,经常同一群墨尔本艺术家在一起,讨论艺术的本质。小说中林赛的绘画随处可见,给读者以铺天盖地的感觉,将人物和自然风光勾勒出具体的形态。该小说可以被解读为一幅青年生活百态图,或是 19 世纪末 20 世纪初墨尔本的怀旧画卷。

20 世纪 20 年代,林赛在绘画和写作方面产量颇丰,他的画作大受欢迎,但他的两部小说因大胆触及公众避讳的性问题,遭到澳大利亚政府的禁止发行。一部是 1930 年在伦敦出版的小说《雷德希布》(*Redheap*),这本书一直到 1958 年才得以解禁;另外一部是《小心翼翼的情场老手》(*The Cautious Amorist*, 1932)。但林赛的创作热情并未因此而破灭,1933 年,他的小说《星期六》(*Saturdee*)和《客厅中的锅子》(*Pan in the Parlour*)问世。

《雷德希布》讲述了 19 世纪 90 年代,发生在澳大利亚维多利亚州一个乡村小镇的生活故事。主人公罗伯特,一个 19 岁的男子,与酒吧老板的女儿和隔壁教区牧师的女儿同时恋爱。为了防止他陷入不道德的境地,从而连累家人,母亲安排班达兹先生任其家庭教师。班达兹先生是一位戒酒学校的老师。这一安排很快被证明是适得其反的,班达兹先生没过多久就和他的年轻学生打成一片,一起喝啤酒,在皇家酒店追求肥胖的酒吧女招待。派珀父亲是一名服装商,满脑子都是量尺寸。哥哥亨利希望有一天能接管生意。姐姐赫蒂在家里盛气凌人、专横跋扈。妹妹艾瑟尔安安静静,利用她的羞怯来掩饰她对镇上的年轻男人的各种诱惑。还有派珀的爷爷给整个家族创造了财富,却在自己年老昏聩之时,受到了家庭其他成员的鄙视。作者刻画了现实生活中形形色色的人物,他们与当时社会的种种限制做着抗争。作者通过塑造一群骚动不安的年轻男女和虚伪的成年人,意在具体而生动地展现 20 世纪初由维多利亚时代拘谨的道德观向现代开放意识的过渡。小说以讽刺幽默之笔调刻画了放荡不羁、粗野好事的年轻一代,他们标新立异,不遵守所谓传统规训,极具破坏性,毫不掩饰内心的原始冲动,尤其厌恶对两性关系的压抑。1930 年,该小说因大胆触及了公众一直避讳的性问题,故此成为澳大利亚第一部被禁止发行的小说。

《小心翼翼的情场老手》以米诺卡邮轮的失事开始,美丽、性感、迷人的萨迪发现自己在一艘敞篷船上,船上还有愤世嫉俗的记者詹姆斯,多愁善感的牧师弗莱彻、精力充沛的石匠帕特里克。他们漂流到一个荒岛上,于是不得不开始一种最原始的新生活。短暂的一段时间里,在"伊甸园"中,他们一切安好,安然无事,但是,当每个男人都逐渐意识到萨迪的魅力时,他们之间产生了不可调和的矛盾。萨迪如何处理与三位男士的关系是这本浮夸俏皮而具有挑衅性的小说的主题。

1945 年,林赛推出了《斐济来的表亲》(*The Cousin from Fiji*)。这部小说被认为是设计创作最为精心的小说。两年之后,《中途》(*Halfway to Anywhere*,1947)出版。之后林赛开始了文学创作,并陆续发表《懒人的涂鸦》(*The Scribblings of an Idle Mind*,1966)和《房间和房子》(*Rooms and Houses*,

1968）。1969 年,林赛在画完他最后一张画作后便与世长辞。1970 年,他的自传《我的面具》(*My Mask*)出版。除此之外,林赛还著有两部儿童小说:《神奇的布丁》(*The Magic Pudding*,1918) 和《飞天公路》(*The Flyaway Highway*,1936）。

《斐济来的表亲》讲述了 19 世纪 90 年代,18 岁的埃拉在斐济度过了童年,返回到巴拉腊特家中的故事。小说中作者对巴拉腊特 19 世纪 90 年代生活的描述如此真实,以至于读者几乎可以闻到灰尘和家具抛光的味道。

《合法年龄》(*Age Of Consent*,1938)是一部令人愉快的精彩小说,它最早于1938 年在澳大利亚出版,但直到 1962 年才得以解禁。它讲述的是一位害羞的画家和一位可爱、成熟的模特之间的故事。艺术家在创作过程中,意图找到自己的缪斯。47 岁的布拉德利是澳大利亚一位生活潦倒的艺术家。他非但不是什么天才,而且腼腆、笨拙。然而,他却是一个善良和诚实之人,所以命运也会以有趣的方式帮助他。他是一个孤独的人,和他的狗埃德蒙为伴,从一个小镇走到另一个城镇,沿途画着不同的风景。有一次,当他们走到一个新的城镇,画风景画的时候,他恰巧遇到了一个年轻的女人科拉,他便把她的身影画在画布上,使其成为画中的风景,结果出乎意料,艺术家认为这幅画极好。他也由此受到启发,画出了更多的人物画。科拉鼓励他尝试新的技巧和主题,让他的艺术重新焕发活力。

1972 年,作为澳大利亚广播公司诺曼·林赛音乐节的一部分,林赛的五部小说被改编为电视节目,除了《跻身于放荡艺术家中的一个牧师》《雷德希布》《斐济来的表亲》《中途》之外,还有《去尘还是上光》(*Dust or Polish*,1950)。《去尘还是上光》是一个非同寻常、极具娱乐性的故事,倾注了作者极大的热情和活力。它与林赛之前的童年和青春期小说完全不同,情节更复杂。该小说以悉尼为背景,主要讲述了合唱队演员丽塔厌倦了舞台生活,在悉尼郊区的帕丁顿从事二手家具生意的故事。她努力学习贸易知识,与对手争权夺利,也得到了朋友的支持。《悉尼先驱晨报》对此小说赞不绝口:"诺曼·林赛的最新小说是一部生动、充满活力的作品,散发着一位成熟的思想家的智慧和敏锐的观察力,以及艺术家的写作技巧。人物形象鲜明,叙事流畅,小说中充满了对艺术、生活、礼仪以及道德敏锐且深思熟虑的评论,当然,二手家具和那个时期家具业务也为该小说提供了一个有趣的背景。"[①]

《神奇的布丁》是一部儿童读物,更是澳大利亚儿童文学的经典,在澳大利亚儿童文学史上占有极其重要的地位。故事以澳大利亚为背景,人类与拟人化动物混杂在一起。它讲述了一个神奇的布丁,由三个小朋友共同拥有,他们必须保

---

① "New Fiction." *The Sydney Morning Herald*,1950-07-15.

护它免遭布丁贼的霸占和伤害。这本书分四个"部分",配有作者所绘的美丽、精致的插图和富有喜剧色彩的诗歌,既有押韵的故事,也有人物情绪或行为的描述。视觉效果和文字形象的完美结合以及遥相呼应,使这部小说备受成人和孩子们的喜爱,堪称澳大利亚的《爱丽斯梦游仙境记》。

因为想要去看看世界,考拉邦伊普只拿着一根手杖就出发了。大约在午餐时间,他感到有点饿,遇到了水手比尔和正在吃布丁的企鹅山姆。布丁是一种神奇的布丁,不管你吃了多少,它总会重新变成一整块布丁。布丁名叫艾伯特,胳膊和腿都很瘦,脾气暴躁。他唯一的乐趣就是被吃掉,比尔和山姆邀请邦伊普和他们一起吃午饭。然后他们一起上路,比尔向邦伊普解释,他和山姆如何在冰山上与一名船上的厨师一同遇难,在那里厨师制作了他们现在拥有的布丁。

后来,他们遇到了布丁盗贼,即一只负鼠和一只袋熊。比尔和山姆勇敢地捍卫他们的布丁,而邦伊普掩护了布丁艾伯特,使盗贼无法抓走布丁。那天晚上,比尔和山姆坐在火堆旁,艾伯特特意感谢邦伊普的鼎力相助,并邀请他加入他们,成为布丁物主贵族协会的一员。第二天晚些时候,通过一些深思熟虑的诡计,布丁盗贼成功地抓住了布丁。比尔和山姆既沮丧又愤怒,陷入绝望之中,邦伊普让他们振作起来,并着手拯救布丁。在追踪布丁盗贼的过程中,他们几经波折最终找到了布丁盗贼的巢穴。邦伊普聪明地诱使强盗落入陷阱,最终他们救出了布丁。

过了一段时间,布丁盗贼试图贿赂三个小朋友,他们带着礼物,把礼物放进袋子里,对小朋友说,如果他们愿意看看袋子里的东西,就会把礼物送给他们。当小朋友看向袋子里面的时候,盗贼把袋子罩在他们头上,并将他们绑了起来,小朋友失去了防御能力,这时布丁盗贼拿起布丁跑掉了。园丁本杰明救了小朋友们。这个袋子是布丁盗贼从他的马厩里偷来的,于是他和三个小朋友一起报复布丁盗贼。邦伊普设计诱使布丁盗贼进入另一个陷阱,盗贼又被打了一顿,布丁又一次得救了。

第二天,旅行者们来到了小镇托洛拉洛,小镇上有人自称是布丁家族真正的主人,他们身穿西服,头戴高帽,设计引诱布丁他们。其实这些人就是布丁盗贼,他们又一次试图得到布丁。随后的战斗惊动了市长和当地懦弱的警察。市长下令逮捕了布丁,布丁被带到法庭上,法官对布丁垂涎三尺,哪顾得上判案。为了解决问题,邦伊普建议他们自己审理这个案子。比尔成为起诉人,布丁盗贼被指控企图盗取布丁和盗窃本杰明的袋子。然而,诉讼进行得并不顺利,邦伊普灵机一动,说布丁有毒。一直在吃布丁的法官突然疯了,袭击了招待员、布丁窃贼、市长和警察。

事实上,艾伯特从来没有被下毒,布丁的主人利用混乱的机会成功撤退。经历过这一系列的冒险之后,他们决定定居下来,而不是继续他们的旅行。他们在本杰明的园中造了一座树屋,安顿下来过着安逸的生活。

诺曼·林赛是杰出的作家,也是一名技艺高超的钢笔画师、雕刻师、水彩画家和船只模型家。他一直坚信艺术家对社会的价值。他以澳大利亚式的特点与风俗,成功地雕刻出自己的人生。

第三节 克里斯蒂娜·斯特德

克里斯蒂娜·斯特德出生于澳大利亚新南威尔士州。父亲大卫·斯特德(David Stead)是一名自然科学家,晚上临睡时都会给她讲关于自然科学的故事,因此斯特德自幼就对自然科学产生浓厚的兴趣和好奇心。斯特德是家中的独生女,集万千宠爱于一身。但不幸的是,母亲在她出生后第二年去世了,此后,斯特德和父亲便与她的姑姑和表妹生活在一起。1907 年她的父亲再婚,斯特德来到了新家贝克斯利(Bexley)。

斯特德从小就对文学产生浓厚的兴趣,大量阅读莎士比亚、弥尔顿、莫泊桑等著名作家的作品。她先后在悉尼女子高中(Sydney Girls' High School)和悉尼师范学院(Sydney Teachers' College)接受教育,毕业后,斯特德怀揣离开澳大利亚去欧洲的梦想,开始为攒足路费而努力工作。1928 年,她实现自己的梦想,来到英国,并遇到后来的丈夫威廉·布莱克(William Blake)。布莱克才华横溢,在写作上给斯特德极大的鼓励。1929 年两人一同来到巴黎,之后五年,斯特德一直在巴黎法国银行担任秘书。其间,她开始第一部小说《悉尼的七个穷人》(*Seven Poor Men of Sydney*,1934)的创作。1930 年,斯特德在参加萨尔茨堡节日后,深有感触,写下了《萨尔茨堡的故事》(*The Salzburg Tales*,1934)。这两部作品都在伦敦获得不错的成绩和好评。1936 年,斯特德在西班牙出版了她的第三部作品《美人与泼妇》(*The Beauties and Furies*,1936)。两年之后,斯特德又根据自己在银行工作的经历,出版了她的又一巨作《各国之家》(*House of All Nations*,1938)。1937—1947 年间,夫妇两人定居美国。《莱蒂·福克斯:她的幸运》(*Letty Fox:Her Luck*,1946)、《饮茶小叙》(*A Little Tea,A Little Chat*,1948)和《养狗的人》(*The People with the Dogs*,1952)这三部作品都反映了她在美国生活的经历。1947 年,两人再次回到英国,斯特德开始《小旅馆》(*The Little Hotel*,1973)的创作。与此同时,她多次到纽卡斯尔进行实地考察,为她的又一新作《佃农的英国》(*Cotter's England*,1967)搜集材料。当时夫妇两人在英国的条件比较艰苦,斯特德也竭尽所能,除出版书籍之外,也从事法语书籍翻译工作。1974 年,斯特德重返澳大利亚定居,并在同年获得了帕特里克·怀特(Patrick White)文学奖。1988 年澳大利亚政府为了纪念斯特德以及她的文学成就,特别设立了克里斯蒂娜·斯特德小说奖。

《悉尼的七个穷人》是斯特德的第一部小说。它主要讲述了 20 世纪初期,居住在悉尼港口地区最底层的七个穷人的生活。这七位主人公是穷困潦倒的青年叛逆者。迈克尔向心爱的女孩求婚被拒后,又经历第一次世界大战的身心摧残,痛苦不堪,选择跳崖结束自己的一生。他的妹妹凯瑟琳在父亲的掌控下,被当成物品随意交易。最后,凯瑟琳在经历了两次失败的爱情后,精神失常,在精神病院度过余生。布朗特身患残疾,终日闷闷不乐,悲观厌世,将自己封闭起来。温特是一位图书管理员,具有极强的共产主义意识,最后却遭人利用算计,替人背了黑锅,被捕入狱。乔博林是一家印刷厂的老板,由于不善经营、能力不足而陷入经济危机并欠下高额的债务,最终一贫如洗。班瑞琪是一个犹太人,乔博林工厂的工人,他只身来到美国,吃尽苦头,只为能够成为一名美国公民。七个人中,六个人的结局都相当悲惨。只有迈克尔的堂兄约翰夫的结局算是悲剧中的喜剧。他虽像布朗特一样身有残疾,但他积极调整自己的心态,以平常心面对一切。在复杂的社会中,他坚持自己为人处世的原则,最后找到属于自己的幸福。

该小说没有传统意义上一以贯之的情节,没有中心主人公,人物之间也没有很多紧密或者直接的关系。但他们具有某些相同的特征,都生活在同一时代,处在同样的环境中。通过从不同的角度比较七个人,斯特德成功构建并展现出同一时代同一地域的不同特征和现状,深刻揭露出 20 世纪的社会混乱以及人间百态。随着故事情节的发展,斯特德也不断升华自己的想象,给读者以感官和精神上的刺激,激起读者继续阅读的愿望。这部小说以壮观的场面和完整的故事情节,向读者展示了大萧条时期悉尼人不同的经历和生活,是 20 世纪早期经济动荡和焦虑不安的澳大利亚社会的真实写照。

《美人与泼妇》以 1934 年巴黎为背景,描绘了一座魂牵梦萦却又令人烦恼的城市。小说主要讲述了年轻的埃尔维拉嫁给了值得信赖但乏味无趣的保罗。后来她在伦敦抛弃了丈夫,跑到巴黎去见她的情人奥利弗。他是一个社会主义专业的学生,对政治很感兴趣,是一个与她丈夫完全不同的人。也正是这种不同,使得埃尔维拉与奥利弗的结合成为必然。

小说《各国之家》基于作者和她丈夫工作的银行环境,描绘了 20 世纪 30 年代初期巴黎一家银行的内部运作。银行里充斥着一群心怀鬼胎的阴险的人物。贝迪隆兄弟银行的老板朱尔斯就是一个很好的例证,他的客户、竞争对手和雇员都想知道他是如何赚钱的。很多人认为真正的权力在他的得力助手米歇尔——一个社会党人的手上。其实,朱尔斯赚钱的真正手段是:他不惜一切代价实现自己唯一的目标,即尽可能多地赚钱。小说主要是一本关于金钱的小说,字里行间充斥着金融计划与人们的投机活动。

《热爱孩子的男人》(*The Man Who loved Children*,1940)是斯特德的代表作,在国际上具有一定的影响力。有评论家甚至认为这部作品可以与《罪与罚》

和《安娜·卡列尼娜》相媲美，有"澳大利亚的《尤利西斯》"之称，可见这部作品地位之高。然而它在刚刚问世之时并未受到关注，1965 年再版时受到学界关注，一时名声大噪，并成功挤进《时代周刊》(*Time*)评选的 1923 年至 2005 年百篇最优秀的英文小说之列。斯特德也因这部小说在澳大利亚文学史上奠定了自己的地位。

该小说以斯特德青年时期在澳大利亚的生活经历为创作素材，具有一定的自传性质。它主要讲述在一个矛盾重重的美国家庭中所发生的一系列故事。主人公山姆是政府官员，个性张扬，高傲自负。他十分喜爱孩子，但是经常教条式地教育孩子，向孩子灌输自己的思想。妻子亨妮是娇生惯养的大家闺秀，婚后十分厌倦繁重的家务，因此经常抱怨。由于性格不合，经济拮据，夫妻两人经常吵架，甚至大打出手。大女儿露易从小生活在这样的环境中，心灵受到了极大的伤害。最后她无法忍受这个家庭，设计下药毒杀自己的父母。母亲故意将毒药喝下悲惨死去。当她把事情原委告诉父亲时，山姆完全不相信女儿所说的一切。他认为经他调教的孩子，绝不可能做出如此大逆不道之事，一口认定妻子的死亡纯属意外。见她的父亲无动于衷，没有丝毫改变，露易愤而出走。一个本来完整的家庭就这样彻底瓦解了。山姆这个角色很大程度上是以斯特德自己的父亲、自然科学家大卫·斯特德(David Stead)为原型创作的。《热爱孩子的男人》最初将背景设定在悉尼，但由于语言上的细微差别，显得有点无法让人信服，作者把背景改成华盛顿郊区，以适合美国的读者。

山姆是一个极度自恋的人，他以自己轻浮、异想天开的想象创造了这个世界。他也是一个自相矛盾的人，他拥护兄弟情谊，具有怜悯之心，崇尚爱国主义和科学，但又认为自己是一个无神论者。一方面，他对文学一无所知，但他却经常提到神话人物，他对语言的滑稽运用具有高度的创造性，创造了即兴的韵律。他给每个人都起了绰号，经常与孩子们嬉戏玩闹。他称他的双胞胎为"双子座"，称他的女儿为"小郁闷的罗洛"，称自己为"小山姆"或"勇敢的山姆"，等等。他生活节俭、烟酒不沾，对妻子也很忠诚。但就是这样一个"好父亲""好丈夫"的形象，却无法博得妻子的欢心、孩子们的亲近。他自认为身材魁梧，并不是因为他真的身材高大、肌肉发达，而是因为他自认为自己的形象比他周围人认为的要高大；他顽固专横、自以为是，家里的一切都要以他的意志为转移，他的说辞、理论都是完美正确的；对于妻子，他不体谅，更不关心，却常常对她颐指气使，这种大男子主义无疑挫伤了妻子的自尊心，使她感觉不到丈夫的尊重，体会不到丈夫的温柔体贴。山姆一家的悲剧，从本质上说，和山姆自身性格的强势和霸道息息相关。

妻子亨妮出生在一个富裕的家庭，从小养尊处优使她形成了懒散、任性的性格。她从原来优裕的原生家庭一下子步入婚姻中，既无思想准备，在生活习惯上也无改变的打算,原本就不富裕的小家庭,因为她的挥霍,生活更加捉襟见肘,最终导致债台高筑。婚后的生活是怀孕生子及永远忙不完的繁重家务。而山姆不理解她,不体谅她,更不帮她分担生活的重担,反而一味地要求她按照自己的模式和意愿来生活。她倔强任性的性格使她忍无可忍,更不愿意妥协,夫妻两人争吵不断,使整个家庭陷入剑拔弩张的紧张氛围中。面对毫无幸福希望的家庭生活,她与另外一个男人建立了情人关系。对孩子而言,她不是一个合格的母亲,也没有尽到教育子女的责任。于丈夫而言,她也不是一个贤惠的妻子。亨妮是以大男子主义为核心的现代婚姻的牺牲品,是一个彻头彻尾的悲剧人物。

《热爱孩子的男人》准确地描绘了家庭生活的气氛。诚然,这是一个高度失调、缺乏同情和爱、混乱而矛盾重重的家庭。从这个意义上说,它可看作一部家庭小说的上乘之作。这部小说结构严谨,斯特德采用大量的细节描写和人与人之间的对话,刻画出人物鲜明的性格和丰富的内心世界。作者以女性独特的敏感与细心,将山姆一家的生活淋漓尽致地展现在我们面前,揭露出现代社会的家庭与婚姻危机。整部小说充满压抑的氛围,看似平静的背后隐藏着更猛烈的暴风雨。

《仅仅为了爱》(For Love Alone,1945)以20世纪30年代的悉尼和伦敦为背景,讲述了特丽莎追求理想爱情的曲折故事。她是一个独立、富有想象力的年轻女孩,喜爱阅读爱情小说的她只知道一个信条:"你应该爱。"(Thou shalt love)她在一个大城市工作,在自己徒劳的生活之外寻找成就感和满足感。她节衣缩食凑足路费,跟随心爱的乔纳森来到伦敦。他是一个自私自利、教她拉丁语的穷导师。特丽莎在他的冷漠、轻蔑和苛刻面前坚守着这份爱,她坚信爱就是永远的付出,不求哪怕一点点的回报。来到伦敦后,她遇见了热情洋溢、古道热肠的老板詹姆斯,才逐渐认清乔纳森的薄情、自私和浮浅。觉醒后的特丽莎离开乔纳森,与对自己悉心照料、真诚相待的詹姆斯相爱结婚。特丽莎从寻找爱情的曲折历程中,终于明白爱情的真正含义,它不是一厢情愿的付出,而是真心相待的两个人之间精神层面的相互欣赏、尊重、平等以及生活中的相互扶持、彼此照顾。詹姆斯的热情、真诚和爱使特丽莎在感情上逐渐成熟,由青春期所崇尚的理想浪漫的爱情,转向现实的生活。这才是爱情的真谛和至高境界。

《莱蒂·福克斯:她的幸运》是斯特德的第六部小说。该小说是斯特德在纽约生活了七年后写的一部长篇。

斯特德打破了她以往典型的叙事风格,采用第一人称的写法,小说的主人公、叙述者莱蒂是一个人类行为的敏锐观察者,但她的看法和反应在很多情况下是浪漫的、保守的和女权主义的。

小说以女主人公莱蒂的心理活动为开端:"去年春天一个炎热的夜晚,我等着爱人打来电话,结果徒劳无功,那天下午我和他吵了一架,情绪极其低落、忧郁,于是我从第五大道一家旅馆的孤零零的房间里冲了出来,冲到村子的街道上,心里很难受。我的第一个想法是,无论如何,找人陪我度过这个晚上。"①莱蒂接着讲述了她早年生活中疯狂的马戏团,讲述了她闷闷不乐的母亲、缺席的父亲和两个令人难以忍受的姐妹,讲述了工作和娱乐、性和男人,以及对一段持久关系的无止境的追求。

尽管"经济萧条"和"二战"等重大政治事件为该小说提供了背景,但读者会发现,这部小说致力于人物的心理发展。斯特德将莱蒂刻画成一位超级喜剧人物。莱蒂通过她不同寻常的家庭以及她与男人之间无数不成功的关系慢慢成长。小说以莱蒂拒绝性侵犯、赞成婚姻的稳定结束。

莱蒂决定嫁给她的朋友比尔,被文学评论家解读为"接受了当时支配中产阶级男女关系的性经济学"②。然而,这并不意味着斯特德缺乏女权主义视角。莱蒂选择结婚生子,因为她和斯特德的许多女性角色一样,厌倦周旋于各种男人中。《莱蒂·福克斯:她的幸运》中虚构的女性意识到了男性资本主义文化支配着她们的行为。莱蒂是"无情的背叛者",她借用并捍卫压制性的权力意识形态,利用他人来实现她的目标。③

《饮茶小叙》(A Little Tea, a Little Chat,1948)讲述中年男子罗伯特在纽约的生活。对他而言,生活就是一场游戏,游戏的规则由他自己制定。他唯一的爱好是:追求、诱惑、征服后再背叛女人。他总是试图用"一杯茶,一段闲聊"寻找一个个新面孔、一个个新的电话号码,虽然罗伯特从他的阴谋"游戏"中获得了某种刺激,但他几乎没有得到任何乐趣,直到他遇到芭芭拉。芭芭拉是一个金发、漂亮但又放荡的女人,两人是真正的棋逢对手。《饮茶小叙》讽刺了男女之间无法抗拒的性欲望,隐晦地折射了 20 世纪美国的物质主义。

《养狗的人》讲述了第二次世界大战结束后,爱德华回到纽约的家,心满意足地在这个充满爱的家庭里安顿下来。宠溺他的姑姑、古怪的叔叔和许多堂兄弟姐妹都是享受安逸、慵懒的旧派自由人士。人在如此舒适安逸的环境中越久,好像越难摆脱。爱德华需要一种全新的独立的爱,他遇见了女演员莉迪亚,并同她结婚。最后他打破家庭生活的束缚,证明自己是一个充满激情的人,迎来一个光明的新未来。

《佃农的英国》以战后英国为背景,斯特德花费了十五年的时间才将此小说完成。该小说延续了斯特德第一部小说的创作意图,撰写"无名小卒的生活"④。内莉是小说的主人公,她是一名社会主义记者。她的丈夫乔治是一名工会会员,

---

① Christina Stead: *Letty Fox*: *Her Luck*, *with an Introduction by Tim Parks*, New York Review of Books,2001,p. 1.

② Susan Sheridan: *Christian Stead*, Harvester Wheatsheaf,1988.

③ Angela Carter: *Unhappy Families*, London Review of Books,1982.

④ Chris Williams, *Christina Stead*: *A Life of Letters*, Mc Phee Gribble,1989:186.

刚在国外找到一份工作,为国际劳工组织效劳。他们都想改变自己的国家,改变身边的人,却只是空想,没能付诸行动。

小说展现给读者的是沮丧的生活,内莉被描述为卡夫卡式的人物。内莉的理念是:如果你不忏悔,就必须自杀。自杀本身就是一种忏悔;不自杀是一种可怕的忏悔。小说中所有的人物都被这种或那种方式困住,有一种凄凉和绝望的感觉。小说提到了乱伦、自杀、同性恋、风流韵事、阶级以及贫穷。内莉沉溺于茶、威士忌和香烟,读者有时会体验到内莉的内心独白近似意识流。奇怪而引人入胜的故事,是对阶级、政治、欲望、爱情以及性的局限的探索。

《小旅馆》中的邦纳德夫人是瑞士一家三星级旅店老板,她古怪且好打听别人的故事,知道客人的许多秘密,这些秘密客人们甚至不会告诉他们的朋友、家人或律师。第二次世界大战后,客人们来自欧洲各地,从他们的国家或他们自己个人或政治恐惧中,抑或从受伤的灵魂中逃离出来,寻求庇护。比如来自比利时的两位客人冒充表亲,一位医生的妻子确信她的丈夫正试图慢慢地毒死她,而克拉拉是一位渴求权力的工作人员。根据斯特德住在欧洲旅馆的经历,小旅馆是个信息的聚集地,读者从中可以窥见陌生人以及他们近在咫尺的欲望、谎言和恐惧。

《赫伯特小姐:一个古板的妻子》(*Miss Herbert：The Suburban Wife*,1970)这部小说讲述了埃莉诺的生活。她是一个漂亮的女人,身材高挑,金发碧眼,热爱运动。作为一名刚毕业的年轻大学生,她在伦敦自由自在享受着激情,与每一个她遇到的男人同居。与此同时,她又非常传统,重视自尊,渴望成为妻子和母亲。她30岁时结婚生子,不料,傲慢的丈夫离她而去。她在文学生活中找到了一些慰藉,有了新的爱人、新的朋友,但她从来不了解自己。埃莉诺的生活被她自己的自欺欺人左右着,她的生活是20世纪20年代到50年代英国生活的有力隐喻。

《萨尔茨堡的故事》是一部独特的短篇小说集,小说丰富的想象和所涉及人物的范围,可以说是对乔叟的佳作《坎特伯雷故事》的模仿,一群陌生人去萨尔茨堡音乐节看歌剧,决定讲故事来打发时间。它由四十多个故事构成,分为三部分:第一部分"序曲"描述了萨尔茨堡八月的节日盛况;第二部分"人物"讲述了来观看表演的观众的故事;在第三部分"尾声"中,客人们每天都聚集在一起讲故事。

斯特德的角色远不如乔叟的角色多样化和有趣,部分受限于她的叙事框架设置。斯特德的角色都是那些可能参加音乐节的中产阶级人物,尽管她对细节有敏锐的观察力,但没有一位像巴斯妇这样伟大的人物能脱颖而出。"银行家"会冒险把一半的财产抛在一边,在飞机上倒立,告诉世上任何一个人都会下地狱,他嘲笑王子,把税务员扔出家门,但他因为害怕牙医的椅子而忍受着严重的牙痛,他深信自己的运气取决于他和他遇到的数字、事件、人和奇怪的事情。他的总会计师被迫在六周内戴同样的领带,他的司机不得不在雨天、冰雹天或阳光灿烂的时候带着同样的雨伞。再比如"老太婆"戴着一条长长的金链、一副长柄眼镜,以及一项用缎子、羽毛、稻草和薄纱制成的昂贵帽子。没有人能想象出,有那么一堆过时的不时髦的材料是用来制造她的帽子的。由此可以看出,文中的人物有足够有趣的怪癖,使他们有趣,而又不太做作。

斯特德一生大部分时间都在国外度过,是一位名副其实的"飞散作家"。丰富的海外阅历使她的作品并不局限于澳大利亚民族特色的文学,其作品在创作手法和内容上不断地借鉴欧美文学,具有一定的国际化影响。她的作品想象力丰富,创作范围广泛,涉及社会各个阶层的不同人物,是现代城市生活的缩影。

首先,斯特德十分擅长使用同义词,运用多种不同的词语来表达相同的事物,使作品的细节描写更加突出,真实性更加强烈。同时,她善于运用具有澳大利亚特色的英语词汇,甚至还有一些自创词汇,为小说增添很多亮点。其次,她经常使用散漫的结构,不设定中心主人公,而是以多位人物的行动来推动故事情节的发展。这种不连贯、不统一的框架却带来不一样的效果。再次,她注重人物性格的刻画,通过大量的细节描写、人物对话及心理描写来反映人物的内心世界。因此,有评论家认为她的作品与乔伊斯的作品有相似之处。

第四节 万斯·帕尔默

万斯·帕尔默生于昆士兰州的班德堡(Bundaberg)。帕尔默少年时期曾在昆士兰州多所学校接受教育,擅长板球和橄榄球。帕尔默16岁退学,来到澳大利亚东部的布里斯班(Brisbane),从事医生秘书工作。在此期间,他在艺术学院的图书馆阅读了大量契诃夫、屠格涅夫、福楼拜、巴尔扎克以及莫泊桑的作品。受父亲以及《公报》编辑 A. G. 斯蒂芬斯的影响,他开始尝试文学创作,并开始向斯蒂尔·拉德主编的杂志投稿。拉德在各个方面给予了帕尔默很大的帮助,并于1905年发表帕尔默的《澳大利亚民族艺术》(*An Australian National Art*)一文。次年,帕尔默来到英国。1907年他经由俄罗斯和日本回到了家乡。他重回母校布里斯班文法学校,并在这里任教一年。1909年他来到墨尔本,加入维多利亚社会党(Victorian Socialist Party)。同年,他到昆士兰州西北部的一个牧场做教师和书籍管理员。这些丰富的阅历为他此后的事业打下了坚实的基础。

帕尔默在1910年再度离开澳大利亚,在英国和法国居住了五年,帕尔默时刻牢记自己是一名澳大利亚人,1915年从英国回到了澳大利亚。他的第一卷故事集《人类与诗歌世界、先驱》(*The World of Men*, *and Poetry*, *Forerunners*)于1915年在英国出版。

在墨尔本,帕尔默重版约瑟夫·弗菲的《人生就是如此》,以期引起大众对民族主义文学的关注。此时,工人运动在澳大利亚如火如荼地进行,帕尔默从中看到了新的希望,感受到民族感情越来越深,民族身份认同感越来越强。他义无反顾加入了澳大利亚部队,为战争贡献出一己之力。在军队中,他深深体会到了军队中的兄弟情,经常歌颂军队生活。参军期间,帕尔默曾在法国、英国和爱尔兰逗留,于1919年11月终止服役,返回墨尔本。

他的第二卷诗集是《露营》(*The Camp*,1920)。这卷诗集中包括他最著名的诗歌《畅想索姆河的农民》(*The Farmer Remembers the Somme*,1920)。为了养家糊口,帕尔默写了大量的故事以及小说。有时他会使用笔名瑞恩·戴利(Rann Daly)来署名。1920—1923年,他频繁地为《澳大利亚人》杂志写稿,也曾多次点评国外发生的大型事件。这使他的政治觉悟有了很大的提高,他曾公开称澳大利亚的民主主义。那些富有的布料商也是他笔下经常抨击的对象。

1919年,当帕尔默与搭档为创建澳大利亚民族戏剧做准备时,正逢一家公司打算上演话剧,正好缺少剧作家和专业的演员。帕尔默为其提供了《黑马等其他戏剧》(*The Black Horse and Other Plays*,1924)、《囚犯的国家》(*Prisoner's Country*,1960)、《向明天致意》(*Hail Tomorrow*,1947)和《克里斯汀》(*Christine*,1930)等作品。

帕尔默一直致力于创作,生活并不富裕,到1927年的时候,夫妻俩生活一度拮据。后来妻子找到一份新工作,家中的收入有所增多,帕尔默得以把更多的精力集中在写作上。他的小说《人是通人情的》(*Men Are Human*,1930)和《通路》分别获得由《公报》杂志主办的小说大奖赛的三等奖和一等奖,奖金高达四百英镑,这一笔收入很大程度上改善了帕尔默一家人的生活质量。之后的十年,帕尔默进入了他的高产阶段,出版了三部小说和三本小说集。

《人是通人情的》(*Men Are Human*,1930)是描写20世纪20年代牧场生活的小说,此时的牧场暗藏种种危机,已无昔日田园牧歌式的平静。它讲述了主人公博依德结束长达十年的军旅生活,重新回到父亲罗杰经营的牧场。父亲的专断、对牧场生活的生疏,使他无法适应牧场的生活。他虽然爱慕儿时的玩伴巴巴拉,希望两人可以结合,天长地久地生活在一起,但是与女仆乔茜之间剪不断理还乱的情感纠葛,引起乔茜爱慕者比利的忌妒与憎恨。比利下定决心铲除情敌博依德,于是设下圈套使他死于混乱的牛群践踏之中。痛失爱子的父亲,也选择离开牧场,远离这个伤心之地。

小说中牧场主父亲这一形象塑造得极为成功。他虽然年过花甲,却如同年轻人一样精力充沛。他白手起家、勤劳朴实,从早到晚一直在牧场干活,将牧场打理得井井有条;他个性极强,甚至唯我独尊,从不容许别人质疑他的决定,牧场的工人在他的管理下也都服服帖帖。他生活的全部目的就是同恶劣的自然环境和社会环境相抗争,通过自我的努力奋斗发家致富,父亲是他同时代中发迹的资产者的典型代表。

小说《通路》以昆士兰州海岸的一个小渔村为背景,在田园诗般的亚热带昆士兰,卡洛韦一家人在那里找到了自己的生计。安娜是这个家庭的女主人,她希望为孩子们提供一个比捕鱼更美好的生活。卢是她的大儿子,自从他父亲鲍伯被鲨鱼咬死后,他就成了家里的顶梁柱,担负起养家糊口的重任。多年来,卢和他的邻居一直以捕鱼为生。渔村的宁静,因房地产开发商维克的到来而破坏,他对城市扩张有着无止境的渴望,世外桃源般的小镇面临着城镇化的威胁。《通路》触及了当今紧迫的问题:城市与乡村、脆弱环境与现代发展的对立,新世界的诱惑和家庭的纽带。当地人已经成为自然环境的一部分,就像红树林或天鹅一样。

小说着重刻画了青年卢和休吉两个性格鲜明的人物形象。卢性格沉稳可靠、思想保守、安逸于现有的生活,而休吉聪明灵活、野心勃勃、不满足于平静的生活。不同的性格决定了两个青年人不同的生活态度和最终的命运。卢脚踏实地地与渔船为伴,过着日出而作日落而息的恬静平淡但却安定的日子;急于成功、不安于现状的休吉冒险参加汽车比赛,终酿车祸,捡回一条命,后来经营企业,不吸取之前的教训,弄虚作假,最终难逃失败的命运。休吉的人生如昙花一现,虽有美丽时刻但终不长久;而卢却如生命力顽强的小草,将根深深扎入土地之中汲取力量,因此他可以在家庭和渔村面临现代商业社会的挑战而濒临瓦解的关键时刻力挽狂澜,拯救家庭和家园于危难之时。小说通过人物之间的对比,揭露了当时人们在继续发扬传统还是寻求变化之间的矛盾心理。"一战"后,现代资本主义已经渗透到偏远的乡镇。这个故事从几个不同的角度讲述,以便让读者对每一个角色都有一个明晰的了解。他们是真实、有生命的人。

1930 年,帕尔默到英国和美国短期逗留,寻找灵感,为自己的作品寻找提升的空间。由于陷入写作僵局,帕尔默只能暂时将自己的写作重点转移到澳大利亚历史上,努力追求澳大利亚精神和探究"澳大利亚梦"。1937 年他重新整理并发表了约瑟夫·弗菲的《人生就是如此》。这一举动激起了很多评论家的反响也让这一时代的人们重新认识弗菲。20 世纪 30 年代,帕尔默开始在澳大利亚广播委员会从事书籍评论工作。后来,帕尔默来到劳工和工业部,主要负责写宣传文章来鼓舞士气。1942 年,他成为英联邦文学基金顾问委员会的一名成员,1947 年到 1953 年担任委员会的主席。

1948 年,帕尔默的小说《富矿》(Golconda,1948)问世。这部小说是以 E.G. 西奥多(E.G. Theodore)的生平为素材创作的"矿场生活"三部曲中的第一部,另外两部分别是《播种期》(Seedtime,1957)和《大亨》(The Big Fellow,1959)。

《大亨》是帕尔默的最后一部小说,它赢得了 1959 年的迈尔斯·弗兰克林奖。这部小说延续了昆士兰州政治家梅西的故事。他在"矿场生活"三部曲的第二部《播种期》中,处于政治生涯的早期阶段。而到了第三部曲《大亨》时,他则处于权力和成就的巅峰阶段。50 岁的梅西是一位精明而有经验的政治家,他即将接替现任总理沃德尔的职位。很显然,梅西的雄心壮志已经实现,他的愿望得到了满足:他拥有首相职位、美满的婚姻、两个聪明可爱的孩子。然而,他的内心深处却充满了不满和模糊的愿望。在围绕一家老矿业企业的政治风暴的背景下,梅西的挫折感很快就被雕塑家奈达的生活唤醒了,她在"富矿"矿区的早期生活中,和他有过一段情愫。他觉得和她在一起可以找到充实的生活,这种生活与同妻子基蒂在一起时完全不同。

和他那个时代的大多数澳大利亚人一样,帕尔默认为《公报》是最适合出版短篇小说的地方,因为它在 19 世纪末有着持久的声誉。帕尔默一直想成为一名伟大的小说家,他的短篇小说成就瞩目,备受读者欢迎。主要短篇小说集《男人的世界》(*The World of Men*,1915)是帕尔默早期作品,包括二十部短篇。该小说集顾名思义表现了男性的意志力和坚韧性。它是一部半自传体素描选集,其中《父子》(*Father and Son*)讲的是一个混血的牧民,《哪个国王麾下?》(*Under Which King?*)描述遗传冲突,《伟大的战争》(*The Great War*)关乎解决冲突,《漫长的道路》(*The Long Road*)讲的是牲畜贩子的事。

1931 年 10 月,斯坦利保罗公司(Stanley Paul & Co.)在伦敦出版了帕尔默的《各自的生活》(*Separate Lives*,1931)。它"既是一个如此完整的澳大利亚,又是一件如此完美的艺术品"①。小说集的内容主要有人物素描、"一战"描写和牧场生活。作者将厨师、剪羊毛工、烟草商等人物作为刻画的重点,通过对不同人物的塑造表现澳大利亚的"友情"主题。其中《厨师的伙伴》(*The Cook's Mate*)讲述了一位善良的厨师,不但没有瞧不起有盗窃习惯的伙伴,反而尽心尽力地帮助他,赞颂了澳大利亚早期的时代精神;《烟草》(*Tobacco*)讲一个年轻人不顾暴风雨骑马去帮助朋友拿回忘记的烟草的故事,这也是一个反映友情的佳篇。

《大海和三齿稃》(*Sea and Spinifex*,1934)共包括十八篇短篇小说,主要反映矿区的生活,值得注意的是,有九篇涉及儿童心理。其中尤为精彩的一篇是《彩虹鸟》(*The Rainbow Bird*)。它讲述了一个女孩爱上美丽的彩虹鸟,后来彩虹鸟被人打死了,女孩心目中美的象征随之毁灭。小说最后,女孩梦到打死彩虹鸟的人,也死在彩虹鸟死去的地方。

《任鸟儿飞翔》(*Let the Birds Fly*,1955)共收录十五篇小说,在这部短篇小说集中也有反映儿童心理的小说。该短篇小说集正如标题所言,是对沉闷压抑

① Barnard Eldershaw:*Plaque with Laurel*,*Essays*,*Reviews* & *Correspondence*,University of Queensland Press,1995.

现实的逃脱,对自由的向往,但始终无法摆脱无力感。比如小说《爱为何物》(*What Is Love?*)中,性格开朗、内心狂野的女主人公玛丽娜,由于长期生活在移民之中,每天受到道德教条的熏陶,个人的反叛在强大的道德力量面前显得微不足道,被淹没于无形之中。《乔茜》(*Josie*)主要讲述儿童对死亡的认知和观点。

除却长篇小说、短篇小说和诗集之外,帕尔默还写过一些文艺批评著作,比如《民族画像》(*National Portraits*,1940)、《A. G. 斯蒂芬斯的生平和著作》(*A. G. Stenphens:His Life and Work*,1941)、《弗兰克·威尔莫特》(*Frank Wilmot*,1942)以及《九十年代的传奇》(*The Legend of the Nineties*,1954)等。通过这些著作,帕尔默进一步探索了澳大利亚文学的性质和特点,有利于读者更加了解澳大利亚的社会、历史、文化和生活,为澳大利亚更好地发展其独具特色的民族文学做出了不可磨灭的贡献。

帕尔默的小说有一定的深度,但是缺少活力和紧迫感。他的角色设定都与他的人生经历息息相关,反映了澳大利亚民族精神。遗憾的是,他对澳大利亚生活的诠释以及对澳大利亚的独特见解却没有受到足够重视。他的小说带有浓厚的田园意蕴,注重描写地方特色,强调人与自然的关系。

帕尔默平时总是穿着一身整洁干净的运动服,里面通常搭配一件蓝色的衬衫,领口处扎着蝴蝶结。他挂着一根拐杖,嘴里含着一只卷曲的烟斗。他的嗓音十分浑厚和安静,他永远保持着微笑,永远那样彬彬有礼。他的沉着冷静和亲近友好与生俱来。他身体中有巨大的能量,给人一种超然脱俗的印象。

1959 年 7 月 15 日,就在墨尔本大学授予他荣誉博士学位和小说《大亨》发行的前一天,帕尔默在家中与世长辞,享年 74 岁。

第五节 凯瑟琳·普里查德

凯瑟琳·普里查德出生于斐济群岛(Fiji)的莱武卡(Levuka)。她是家中最小的孩子。父亲汤姆·亨利·普里查德(Tom Henry Prichard)是《斐济时代》(*Fiji Time*)的主编,后来父亲因失业而患上忧郁症,病情不断恶化,家人决定离开斐济去墨尔本。普里查德的家庭条件十分困难,一家人的生活只靠母亲做针线活来维持。普里查德继承了父亲的文学天赋,并且酷爱阅读,广泛涉猎各种图书,为其成为一位学识渊博的作家奠定了基础。1902 年,她通过努力通过了大学入学考试,并且获得了南墨尔本学院(South Melbourne Collage)的半额奖学金。但是因为家庭的经济、母亲的疾病以及家人一致优先考虑哥哥的学业(她的哥哥当时准备读医)等,她最终失去了读大学的机会。后来,普里查德在新南威尔士、维多利亚等地当过家庭教师。

1908 年,普里查德来到英国,成为《先驱》(*The Pioneers*)杂志负责英法区域的自由撰稿记者。通过采访,她认识了社会各阶层的人物,这些人物也给她留下了深刻的印象。1915 年,普里查德凭借处女作《先驱者》(The Pioneers,1915)获得了澳大利亚赛区的大奖。该小说是她根据自己做家庭教师的经历而创作的。这次成功给她带来了一笔丰厚的奖金,同时也给她带来了一定的知名度。随后的《黑蛋白石》(Black Opal,1921)和《干活的阉牛》(Working Bullocks,1926)等作品稳固了普里查德在澳大利亚文学中的地位。1929 年,普里查德最著名的小说《库娜图》(Coonardoo)出版。

在创作的同时,普里查德也涉足政治活动,她大量阅读马克思、恩格斯、列宁的书籍,是澳大利亚共产党的创始人及主要成员之一。她致力于组织失业工人,成立了左翼妇女团体。在 20 世纪 30 年代,她支持西班牙共和国和其他左翼事业。她与其他共产主义作家如弗兰克·哈代(Frank Hardy)和朱达·瓦顿(Judah Waten)有不同意见,她在自己的作品中折射自己的政治思想,怀有豪情壮志,同时也发表一些政治性的文章。1919 年,普里查德与社会主义者、曾获得过维多利亚十字勋章的上校霍果·罗斯(Hugo Throssell)结婚。婚后,夫妇两人回到珀斯(Perth),搬到西澳大利亚的格林蒙特(Greenmount)。1922 年,他们的独生子里克出生,后来成为一名外交官和作家。1933 年,当普里查德来到俄罗斯为她的新作《真实的俄罗斯》(The Real Russia,1934)取材时,她的丈夫因大萧条期间生意失败加之战后所患的忧郁症而自杀身亡。当时普里查德即将出版她的另一部小说《熟悉的陌生人》(Intimate Strangers,1937)。小说本是以主人公布莱克自杀为结局,但由于不想被读者认为这个结局设定是受自己丈夫之死的影响,普里查德决定修改小说的结局,并将其出版的时间推迟到 1937 年。原小说自杀惨剧被修改为欢喜大结局和对社会主义的积极向往。

普里查德随后又出版了《哈克斯拜的马戏团》(Haxby's Circus,1930)以及反映 20 世纪 40 年代淘金热的金矿三部曲:《咆哮的九十年代》(The Roaring Nineties,1946)、《金色的里程》(Golden Miles,1948)和《带翅膀的种子》(Winged Seeds,1950)。其中《咆哮的九十年代》描述了 19 世纪 90 年代西澳大利亚金矿关于友谊和爱情的故事。坚定的萨利不畏艰难险阻,勇敢面对生活。《金色的里程》以 1914—1927 年的西澳大利亚金矿为背景,讲述了萨利和她的家人的故事。萨利经营着一家寄宿公司,小儿子还在上学,她的丈夫和一个儿子经营企业,还有一个儿子在矿井里工作。《带翅膀的种子》这部小说再次以西澳大利亚的金矿为背景,时间是 1936 年,萨利的孙子们在土地上谋生。但 20 世纪30 年代的大萧条给他们带来了沉重的打击。"二战"爆发,孩子们奔赴欧洲战场。金矿三部曲描述了西澳大利亚金矿区从 19 世纪 90 年代的"淘金热"到"二战"结束之间五十多年的历史,讲述了祖孙三代人的生活,赞美了矿工之间互帮互助的友情,刻画了声势浩大、如火如荼的淘金盛况,以及从最初手工淘金发展到大规模机器开采的过程。文中穿插了黄金失盗、惊悚的谋杀、矿工的集体闹事等扑朔迷离的事件。金矿三部曲可以说是一部气势磅礴的淘金史,也是一部规模宏大的工业发展史。

《库娜图》是普里查德的代表作。1929年,小说一经出版就受到了很大的关注,引起了很大的反响。《库娜图》是普里查德根据自己历经九个月的牧场生活为素材创作的作品。白人作家往往会戴着有色眼镜,带有强烈主观色彩去观察土著文化。所以她坚信只有土著作家才能够写出一部真正关于土著人的小说。她带着强烈的社会责任心,抱着平等客观的态度,亲自深入了解这一特有人群。

小说以澳大利亚与世隔绝的韦塔利巴牧场为背景,讲述了女主人公库娜图的悲惨人生。小说中,普里查德同时描写了两个世界:一个是偏僻的牧场世界,一个是土著黑人部落的世界。女主人公库娜图,是一名在贝西夫人的牧场工作的土著女性。她朝气蓬勃,聪明智慧,大方美丽,并承担着部落母亲、牧场工人和管家的三大重任。贝西夫人十分喜爱库娜图,用心栽培她,并希望以后库娜图可以协助并照顾自己的儿子瓦特。瓦特与库娜图从小一起长大,两小无猜,青梅竹马,有着深厚的情谊。瓦特随后在外地学习先进文化和思想,同时也了解身为白种人的优越感。当瓦特学习结业并回到牧场的时候,他便接替母亲成了牧场的新主人。虽然瓦特与库娜图情投意合,互相爱慕,但由于身份和种族的差异,他们注定是没有结果的。瓦特娶了白人姑娘莫莉,库娜图也嫁给了土著小伙。虽然两人各自成婚,拥有自己的家庭,但并未阻绝两人对彼此的爱意。库娜图仍然在背后默默守护瓦特,把牧场打理得井井有条;但是瓦特出于白人的优越感,一直将自己的感情深深埋在心中。一次偶然的冲动之下,两人发生了关系,并生下了韦尼。妻子莫莉因无法忍受牧场的恶劣气候,以及丈夫和库娜图之间的爱情而愤然离开牧场。此后不久,库娜图的丈夫也因病去世。为保护库娜图免受另外一位牧场主萨姆的纠缠,瓦特娶其为妻,但由于种族观念作祟,他们始终没有同房。库娜图在萨姆的暴力威胁下失身,瓦特知道后大发雷霆,将库娜图驱逐出牧场。小说的最后,库娜图四处流浪,悲惨死去;牧场因失去了库娜图的管理而很快衰败;瓦特也因失去了自己的爱人和得力助手而精神崩溃,远走他乡。

普里查德通过这样的悲剧结局意在表明,如果白人没有给予黑人足够的尊敬和重视,那么毁灭的不仅仅是黑人,最终也会反噬他们自身。小说对土著女主人公不公平的遭遇和悲惨结局的描写,揭露了白人种族歧视的卑劣行径,表达作者对种族歧视的不满与抵制。

这部小说具有重大的历史和政治意义。就历史意义而言,这是第一部全面刻画澳大利亚土著民族的澳大利亚小说。文中详细地描绘了他们的生活,完整地塑造了他们的形象,反映了他们的物质与精神现状,将最真实的土著黑人呈现在读者面前,使我们了解了土著生活的另一种独特风情,缩短了与土著之间的距离。同时这部小说对整个澳大利亚社会有很深的政治影响,在一定程度上改变甚至修正了白人之前对土著民族的陈旧观念与看法。另外,土著文化这一新鲜素材对澳大利亚文学也有很大的影响,很多作家也跃跃欲试,更多关于土著民族生活的小说因此产生。

《先驱者》出版后,在 1916 年和 1926 年两次被改编成电影上映。它讲述了一对来自威尔士和苏格兰的夫妇玛丽和斯蒂芬以自由移民的身份长途跋涉来到澳大利亚的故事。在塔斯马尼亚,他们在精心挑选的一百英亩土地上最终定居下来。他们是第一批在这片土地上定居的人,必须共同完成所有的工作:清理土地,为自己和牲畜建造居所。唐纳德如同这片大陆上的早期定居者一样,勤劳能干,依靠自己的双手在这片广袤的大地上建立起自己的家园。这是一个复杂的故事,内中充满了牛群、逃犯、丛林大火和先驱者的艰苦工作。故事情节节奏明快,字里行间充满着紧张,书中的每个人几乎都隐藏着不为人知的秘密。

《黑蛋白石》是普里查德在新南威尔士州内陆的莱特宁岭(Lightning Ridge)度过一段时间后写成的,据说新南威尔士是世界上的黑蛋白石之都。小说的背景便设置在莱特宁岭。故事以索菲母亲的葬礼开始,以另一个葬礼结束。索菲的母亲去世时,她还只是一个小女孩,她的父亲保罗是个无用之人,所以是迈克尔负责照顾他们两个人,他曾向索菲的母亲保证,他将阻止她的父亲保罗把苏菲从社区中带走。迈克尔是一个安静的老人,多年来一直是镇上德高望重的人。他是这个小镇的道德晴雨表,所以当他从一个小偷手中拿走保罗的蛋白石时,他的良心受到谴责,因为他没有理由不立刻把它们归还给其合法主人。当迈克尔代表这个小镇行使道德权威的时候,心中一直不安。

蛋白石具有所有神奇和美丽的宝石的魔力,是澳大利亚的象征。在幽默、勇气、激情和友情中,岭上的人都遵循荣誉和友谊的原则,这些原则让他们成为诚实的人,他们不能容忍任何人违反这些准则。

岭上的矿工们以他们自己的方式面对生活:做自己的主人,每个人都是他们工作过的矿场的主人翁。他们承诺绝不会让局外人来接管这些业务,把他们变成钱的奴隶。他们相信一个人有权过着自由的生活,而不只是为了把钱放进富人的口袋里。他们同甘共苦,同心协力,团结一致,与试图用大机器代替手工生产的美国投资者做斗争。

《干活的阉牛》写于“一战”之后,戏剧化地描述了澳大利亚西南部伐木工人和赶车人艰难困苦的生活,以及他们身体和情感上的创伤。小说的主人公雷德是伐木工人的典型。他从小在森林中长大,对马和阉牛的驯养自有一套方法。他参加过第一次世界大战,非同寻常的人生经历造就了他不畏艰险、刚毅顽强的个性。他的性格体现在一系列的壮举之中:一贫如洗之后从零开始、与洪水搏击、装运巨木等。雷德永不服输、坚强勇敢的性格,正是澳大利亚早期创业者与自然、社会环境抗争的真实写照。

小说中的很多情节类似于人物传记,但它在很大程度上是一部关于战后恢复正常生活面临的挑战的小说。当雷德正在前线打仗的时候,他的兄弟把他的阉牛队卖给了屠夫,独自侵吞了所有的钱财,战后归来的他必须重新开始他的生活。这与普里查德的丈夫霍果的处境如出一辙。他从前线归来,农场处于负债状态。

雷德和德布的相识缘于一起木材事故。死者是德布的兄弟克里斯,他恰巧也是雷德最好的朋友和搭档。普里查德和丈夫相识也是因为各自的兄弟在战争中牺牲。德布另外一个可怜的兄弟比利在小说结尾处的一次磨坊事故中死去。他的意外之死是由恶劣的工作条件造成的。德布的母亲玛丽是激进分子,支持木材工人的罢工。

《哈克斯拜的马戏团》讲述了哈克斯拜和他的杂技团——杂技演员、柔术师、走钢丝者、小丑和野兽,从本迪戈到纳拉布赖进行巡回演出的故事。除了马戏团的聚光灯和表面魅力之外,表演者的真实的甚至是悲惨的生活被曝光了:他们的希望和梦想、成功和失败以及道路上艰苦的生活都被公之于众。丹的生活遵循"表演必须继续"的格言,即使他的女儿吉娜遭遇了可怕的事故,也许再也不能骑马了,但是,马戏团小丑罗卡向她展示了如何将自己的责任转化为艺术,赞扬了内心的勇敢精神。

普里查德的作品中,蕴含着大量现代澳大利亚的元素,比如澳大利亚和平、女性和土著黑人。她通过自己的作品展现自己的政治理想,带有比较强烈的政治色彩。她信奉共产主义,注重客观事实,所以,她的描写也是对澳大利亚社会客观事实的忠实反映,具有强烈的现实主义特征。她扎根社会,用她独特的视角成功地塑造了澳大利亚各阶层人民的形象,向我们展现了最真实的澳大利亚社会,突破澳大利亚文学中脸谱化的形象,引发了社会的思考和反省,进而反映自己的社会主义思想。她的重点不仅是爱情、家庭等多数女性作家的关注点,而且聚焦于社会,将社会与其他小说元素有机地结合起来,比如澳大利亚女性的经济和社会地位、土著女人在社会中的不利地位等。为了更好地了解自己所描写的对象最真实的一面,她经常体验生活,与所描写的对象进行直接接触。为了创作《库娜图》,她亲自去澳大利亚西北部的牧场体验生活。她也曾跟随澳大利亚维斯马戏团巡回演出,最远随团到过新加坡和马来西亚,最后通过大量的资料整理,完成了小说《哈克斯拜的马戏团》。

普里查德善于为平淡无奇的事物赋予独特的象征性意义,将自然与人物、事物融为一体,使她的描写更加生动形象,透露出更多充满诗意和浪漫气息的自然元素。在《库娜图》中,库娜图坐在灌木丛中,放声歌唱,歌颂大自然,与周围自然景观融为一体。这样的描写反映了土著人民与自然的亲密关系,恰当、巧妙地反映了土著人民的生活状态。普里查德的作品是现实主义和民族主义的历史奠基石,也在澳大利亚现实文学中占有举足轻重的地位。

第六节　弗兰克·戴维森

弗兰克·戴维森(Frank Davison,1893—1970),原名弗雷德里克·道格拉斯(Fredrick Douglas),出生在维多利亚州的霍索恩(Hawthorn)。他是家中的长子。父亲是一名印刷工,后来自己开了一家印刷厂,1897—1899 年间,曾负责澳大利亚土著协会的杂志《前进,澳大利亚》(Advance Australia)的编辑与出版工作。他是白澳政策和大英帝国的狂热拥护者,同时,他也是一名积极分子,对国家以及私有企业的发展有其独到的见解。小戴维森在加登韦尔(Gardenvale)长大,在公立学校接受教育。1905 年,他离开学校,下乡从事农业劳动。1909年,戴维森一家来到美国,父亲将他送到芝加哥的一家印刷厂当学徒。1914 年,他又来到加勒比,从事货船方面的工作。1936 年,他回忆起这段往事,并发表了回忆录《加勒比插曲》(Caribbean Interlude,1936)。第一次世界大战爆发后,戴维森从加拿大来到了英国,应征入伍。他首先来到了西部战线,三年后被调到赫特福德郡团(Hertfordshire Regiment),一年后重新回到了英国。当他在奥尔德肖特(Aldershot)大型军事训练中心接受训练的时候,与艾格尼丝(Agnes)相识相爱,并于 1915 年在英国登记结婚,后育有一儿一女。

1919 年,戴维森携全家来到澳大利亚。他本想凭借自己"一战"退役军人的身份在昆士兰获得一块土地,结果出乎意料,申请失败,他只好来到悉尼,帮助父亲打理房地产事业。他是广告部的经理,全权负责《澳大利亚人》(The Australian)一刊的编辑与出版。与此同时,戴维森也在《澳大利亚邮政》(Australian Post)上发表一些诗歌和短篇小说。他自幼深受父亲影响,所以他的作品大多反映了他父亲的观点。

受 20 世纪 30 年代经济危机的影响,父亲的房地产事业也化作泡沫,戴维森不得不另寻谋生的出路。他重新整理并修订了之前为《澳大利亚人》所撰写的两套小说,改编成两部小说《怕见人》(Man-Shy,1931)和《永远是早晨》(Forever Morning,1931)。为了宣传自己的小说,他甚至挨家挨户去推销。1932 年,小说《怕见人》获得了澳大利亚文学社会最佳小说的金奖。这部小说的成功,使戴维森开始认真考虑当一名职业作家。该小说副标题为"人与牲口的故事",它讲述了一头小母牛,向往自由自在的生活,于是逃离主人的束缚,与野牛为伍。但随着现代化的发展,大量土地被圈,留给野牛的生存空间越来越狭小,它们随时面临着被猎杀的危险。

他以弗兰克·多尔比(Frank Dalby)为名,发表了大量的戏剧和小说。遗憾的是，这些作品多数并未受到重视，或者没有被出版。在这一阶段，他唯一一部比较有意义的作品就是《贝尔谢巴战役的威尔斯：澳大利亚轻骑兵的史诗》(*The Wells of Beersheba: an Epic of the Australian Light Horse*, 1933)。这部作品以 1917 年 10 月 31 日在巴勒斯坦爆发的贝尔谢巴战役为背景，讲述了"一战"中澳大利亚和新西兰的乘车步兵与土耳其的卫戍军队之间的激烈交锋。文中将骑兵与群马完美组合，重现了战争惊心动魄的场面，大力赞扬澳大利亚骑士的英雄壮举。

由于写作事业的不顺利，戴维森的生活条件十分艰苦。偶尔有一些临时工作，他也会去做，也会领取国家的失业救济基金。直到后来他成为《公告》一刊的常驻评论家的时候，戴维森一家的生活才算有了保障。1934 年，他萌生了与一伙澳大利亚业余博物者同行前往昆士兰，并根据这次旅行写一部旅游志的想法。到了昆士兰，除了那里的美景，一些自然问题，如土地侵蚀和森林乱砍滥伐等人类对自然所做出的破坏成为戴维森关注的焦点，他意识到自己先前所倡导的那种所谓的创业家精神，是澳大利亚环境污染的罪魁祸首。这一发现使戴维森深受打击。回到悉尼后，他在游记《蓝色海岸的大篷车》(*Blue Coast Caravan*, 1935)中，严厉地批评了澳大利亚的国家发展政策。之后，戴维森的短篇小说创作道路顺利。但他并不满足于此，而是以更加尖锐的目光来看待澳大利亚社会。《不毛之地》(*The Wasteland*, 1935)与《黑人的孩子》(*Children of the Dark People*, 1936)，都是他对自己先前的作品《蓝色海岸的大篷车》所描写景象的延续和回应。

戴维森的政治觉悟日渐觉醒。他在澳大利亚作家左翼团契中表现得十分活跃，并与玛乔里·巴纳德(Marjorie Barnard)和芙洛拉·埃尔德肖(Flora Eldershaw)结下了深厚的友谊。他们经常举办沙龙，谈论政治大事和文学。文学界称他们三人为"三巨头"。戴维森在有关文学、政治审查、澳大利亚文学的完整性、和平政策、公民自由权等问题上多次公开表明自己的立场。这一阶段他最突出的贡献莫过于反法西斯宣传手册《当自由仍在》(*While Freedom Lives*)。他之后发表的短篇小说集《工厂中的女人》(*The Woman at the Mill*, 1940)中很多故事都集中反映了民主价值这一观念。

20 世纪 30 年代中期，戴维森与艾格尼丝的婚姻走到了尽头。他与悉尼社会和文学圈中的多名女士关系不清，其中和玛乔里·巴纳德的关系最亲密。他们曾是旧识，"二战"进一步地拉近了他们之间的距离。1939 年，戴维森成为英联邦文学基金团体的一员。1943 年他再一次来到了墨尔本，并于 1946 年发表作品《尘埃》(*Dusty*, 1946)。这部作品获得阿格斯(Argus)小说奖的第一名，并为戴维森赢得一笔数目可观的奖金。他用这笔奖金买了一块地。1951 年，戴维森辞职，还乡种田。他的最后一部小说是《白棘刺树》(*The White Thorntree*,

1968)。该小说问世后引起了很大的争议,评论家对这部作品的评价褒贬不一。戴维森于 1970 年 5 月 24 日在墨尔本的格林斯博罗(Greensborough)去世。

《怕见人》的副标题是"人与牲口的故事"(A Story of Men and Cattle)。小说以昆士兰的牛群为背景,讲述了人类与牲口之间相互影响的故事。人与动物之间缺乏基本的信任,动物不愿再依附人类,而是奔向自由自在的自然。小说围绕一只小母牛展开,它不喜欢主人对它的束缚和各种管制,于是逃离"舒适"的牛舍,去寻找它向往的自由,成为野牛中的一员。但随着资本主义的不断发展,农业现代化应运而生,为了适应现代机械化的生产,政府规定土地要用铁丝网圈起来。随着越来越多的土地被圈,野牛和出逃的家牛的生存空间不断缩小,被捕杀的概率就越来越大。小说围绕这个主题,探讨了这些牲口的命运和对大自然的向往。

游记《蓝色海岸的大篷车》描述了一次简单而美妙的旅行,也可以称之为冒险。这篇游记使读者有幸了解到 20 世纪 30 年代,沿着昆士兰海岸从布里斯班(Brisbane)到凯恩斯(Cairns)蜿蜒而行的布鲁斯高速公路旅行的状况。他们一路穿越了克兰巴赫山脉(The Krambach Ranges)、玛丽河(The Mary River)、土著定居点(Aboriginal Settlements),穿越了丛林、洪水。游记还描述了他们在珊瑚岛上的日子。

《黑人的孩子》的背景设置在白人到来的前几天。小说讲述了土著儿童杰克杰瑞和尼米特贝尔的故事。两个孩子迷了路,在丛林中游荡,在他们安全回家之前经历了许多奇妙的事情。他们被一个名叫阿达米纳比的巫医追赶,与灌木丛中的善良精灵成为朋友。作者在序言中这样说道,虽然坏人已不存在,但是灌木丛中的精灵和桉树爷爷仍然和我们在一起。在河边、小溪边或山腰上还能找到老邦伊普先生,他依旧在履行他的使命:照料灌木丛中的野生动物和围场上的野兽,向鸟儿们展示他们绿色的藏身之处,并把雨云引到地球干涸的地方。

戴维森的作品中,《尘埃》堪称他的代表作。它主要讲述了杂交狗"尘埃"的遭遇。"尘埃"由野狗和家养狗杂交所生,自幼在农夫汤姆家里长大,并接受正规训练,成为一只牧羊狗。但"尘埃"身上始终同时存在野性和调教后的文明品性,两者不可调和,相互冲突。白天的时候,"尘埃"忠于职守,看家护院,并且照看羊群;但是一到晚上,它兽性的一面便表现出来,袭击羊群并将其咬死。小说极富象征意义,通过杂交狗"尘埃"来影射现实中人类野性与文明的两面性,同时揭露出暗藏在文明外表下的无处不在的野性,犹如定时炸弹,随时可引爆,带给人类无穷的灾难。

第四编　当代小说

第一章 跨入现代社会的澳大利亚

第二次世界大战期间,人口仅七百二十余万的澳大利亚竟共动员了近十万人志愿参战,其中伤亡九万五千五百六十七人,损失惨重。除了北部城市达尔文(Darwin)曾遭到日军轰炸,派往欧亚非洲的志愿军伤亡众多,一些沿海船只被击沉、击伤外,澳大利亚本土没有遭到敌军登陆造成的直接重创,因而年轻的澳大利亚经历战争的洗礼后,举国上下都产生了深远的变化。

战争推动了澳大利亚的工业化进程,促进了实体经济大发展。"二战"期间,澳大利亚建立了各大工业部门。战后,相当一部分有较强生产能力的工业企业转产民用商品,遵循市场需求创新生产技术,改善配套设施,增加就业人数。

战争集中强化了联邦政府的权力和实力,同时削弱了州政府的权力。"二战"时期,为提高对敌作战的协同效率,议会授予了联邦政府众多新权力,联邦政府趁此机会收回了州政府征收所得税的权力,进行国有化改制,扩大了调解劳资纠纷的权限。战后,联邦政府牢牢抓住了全国的财政大权和经济控制能力。

战争促使澳大利亚实行新的移民政策。19世纪90年代的民族主义运动形成了一种强烈的民族自尊心和独立意识,但这种意识根基不深,摇摆不定,不断受到挑战并发生变化。两次大战期间,澳大利亚士兵和普通民众既表现出了勇敢坚韧的斗争精神,也暴露了胆大妄为的缺陷,"白澳政策"进一步强化了这些英国移民后代的自大和傲慢。不过澳大利亚人深切地认识到地广人稀的不利之处,而且自然的人口增长率远不能满足国防和生产上的需求,因而澳大利亚政府选择从国外引进移民。

为此,"二战"后,为了摆脱一个半世纪以来的孤立状态,加强各国之间的思想文化交流,更好地融入国际社会,也为了跟上生产力的迅猛发展,增加劳动力以保持经济强劲和较高的生活水平,更为了吸纳充足兵员,建立国家军队增强国防力量以保卫国家安全,澳大利亚联邦政府实施了大规模吸收移民政策和多元文化政策,并于1945年增设了移民部。澳大利亚政府与许多欧洲大陆国家政府和国际难民组织签订了一系列资助移民来澳的协定,由澳大利亚支付旅费,每年接纳一万二千名难民。值得注意的是,因为"白澳政策",这一时期的移民基本上以欧洲白人为主。

大量欧洲难民和欧亚非移民的到来颠覆了"二战"前以英国后裔为主的人口

结构,这不仅带来了人口红利,改变了澳大利亚人的饮食习惯、生活方式、思想和文化,而且一时间激化了"谁是澳大利亚人、谁不是澳大利亚人"的身份问题。1973 年"白澳政策"的废止和 1975 年《反种族歧视法》的出台,以法律形式打破了陈旧的单一民族至上传统,确立了种族平等地位,进一步推动了社会的开放与多元。这项新的移民政策是联邦政府在战后对澳大利亚未来进行规划的例证。

虽然英国在两次战争中都是战胜国,但战争阻断了大部分贸易和投资,帝国昔日的繁荣一去不复返。元气大伤的英国已经无法为其他英联邦国家,特别是远在亚太地区的澳大利亚提供安全庇护。澳大利亚作为英国在太平洋地区最大的前哨基地,在战争中遭受的损失也是极其惨重的。20 世纪 30 年代,英国遭受严重的经济危机,对英国市场有着高度依赖的澳大利亚难免受到牵连,工农业遭到重大打击。

随着苏联与美国的冷战对抗升级,以及许多社会主义国家的相继建立,澳大利亚政府意识到只有立刻跟随拥有庞大军事力量的美国,才能够得到其保护,维持现有的政治体制,并从中谋利,保证经济繁荣。澳大利亚政府认为,"在东亚和太平洋一旦发生战争,美国的支援对保卫澳大利亚是不可缺少的"①。于是一方面,澳大利亚延续"二战"中形成的澳美友好关系,外交政策也受到美国的影响和制约。1951 年,澳大利亚与美国和新西兰签署了《澳新美安全条约》(*Australia, New Zealand and the United States Pacific Security Treaty*),形成没有英国参与的新军事同盟。澳大利亚不仅紧跟美国参与朝鲜战争和越南战争,而且在中华人民共和国成立后,也没有仿效英国迅速承认新中国,而是等到尼克松访华后才与中国正式建交。另一方面,澳大利亚将外交工作重心转向亚太地区的安全和发展。澳大利亚政府认为冷战格局中,亚洲共产主义是对国家安全最大的威胁。因此,它对外和新西兰、美国及泰国、马来半岛等东南亚多国签署遏制共产主义扩张的条约,对内加强意识形态的宣传排查工作。为了加强与东南亚国家的关系,澳大利亚提议富国出资帮助东南亚国家,本国提供政府奖助金,资助东南亚和南亚国家的留学生、学者到澳深造,与此同时加强经贸联系。

在国际事务方面,澳大利亚积极参与联合国和其他各项重大国际问题,意图提高本国的国际地位,维护国家利益。"二战"后期,盟国领导人多次会晤,讨论结束战争和处理战后事务的问题,但澳大利亚均没在会议成员国之列。因此,战后,澳大利亚改变了孤立主义传统。澳大利亚签署了《联合国家宣言》,奉行充分就业政策和不干涉成员国内政的原则。1984 年,澳大利亚人伊瓦特(Herbert Vere Evatt,1894—1965)还当选为联合国大会主席,他相信白人统治其他种族

---

① 戈登·格林伍德:《澳大利亚政治社会史》,北京编译社译,商务印书馆,1960 年,第 513 页。

的时代已经不复存在,要采取一切措施阻止流血冲突,还促使荷兰通过谈判于1949年承认印度尼西亚独立。澳大利亚以其不同于美国、英国及其他英联邦国家的声音,首次在国际舞台上充分展示了其独立的外交政策立场,使澳大利亚的国际声望得到明显提高。

四面环海的澳大利亚借助现代交通和通信工具的改善,改变了与世隔绝的状态,加强了国际交流。经济的腾飞也让大部分民众摆脱了节衣缩食的苦闷生活,开始追求精神世界的满足,从而扩大了澳大利亚文学艺术的受众。越来越多的澳大利亚普通公民担负得起出国旅游的费用,这使他们越发认识到本国文艺与欧洲地区的差距及其发展的重要性。澳大利亚文学课程的设立、独立出版社和文学杂志的大量出现,推动了澳大利亚本土文艺的繁荣。

第二章　现实主义派小说

第一节　马丁·博伊德

马丁·博伊德（Martin Boyd，1893—1972）出生于澳大利亚著名的艺术世家，他的家族中出了多位画家、雕塑家和建筑师。博伊德的父亲和母亲分别来自维多利亚州的两个显贵家族。1893 年，博伊德父母在欧洲旅游期间生下他。在博伊德 13 岁时，他和家人搬到了位于墨尔本东部山脚下的亚拉峡谷的一处新农场，在那里度过了一生当中最幸福快乐的时光。

从墨尔本的语法学校毕业后，博伊德没能考上大学，他便开始接受神职方面的培训，想成为一名神职人员，但随后他逐渐对宗教失去了兴趣，觉得自己也缺乏这一方面的才能，于是他去了墨尔本的一家建筑设计公司当学徒。"一战"爆发后，博伊德的学徒生涯被迫中断，他到了英国并加入了英国军队。博伊德在战场上目睹了战争的残酷、同伴的牺牲，对战争深恶痛绝。大战结束之后，博伊德回到了澳大利亚。1921 年，他再次抵达英国，开始从事写作，并在英国定居。1925 年，博伊德的第一部长篇小说《爱神》（Love Gods）问世。1928 年，博伊德的小说《蒙特福特一家》（The Montforts）出版，他也于同年获得了澳大利亚文学奖。1946 年，博伊德的代表作《露辛达·布雷福特》（Lucinda Brayford）出版，他开始受到英美批评界的关注。在写作事业获得一定成功后，博伊德于 1948 年回到墨尔本，但此时他发现自己已经不能适应墨尔本人的乡土观念。由于健康状况等多方面的原因，博伊德在澳大利亚生活了仅仅三年后便再次返回伦敦，从此再也没有回过澳大利亚。博伊德先后在伦敦、剑桥和布列塔尼等地生活与写作，最后他被罗马惬意、无拘无束的生活所吸引，正式定居在罗马，并在那里度过了一生中的最后时光。在罗马，博伊德笔耕不辍，完成了"兰顿四部曲"（Lanton Tetralogy），包括《卡纸皇冠》（The Cardboard Crown，1952）、《一个坎坷的年轻人》（A Difficult Young Man，1955）、《爱的爆发》（Outbreak of Love，1957）和《当乌鸫歌唱的时候》（When Blackbirds Sing，1962）。1965 年，博伊德开始撰写自传《喜悦的日子》（Day of My Delight，1965）。博伊德是一位多产作家，他的其他作品还有《春天的丑闻》（Scandal of the Spring，1934）、《晨境中的修女》

（*Nuns in Jeopardy*,1940)、《如此乐趣》（*Such Pleasure*,1949)等小说。总的来说,博伊德在澳大利亚生活了二十多年,在英国生活了三十多年,在意大利生活了十多年,后于1972年在意大利去世。他多样的生活经历和丰富的人生阅历为他的写作提供了独特的"国际视角"和丰富的"原材料"。

博伊德有着鲜明的艺术观点,并且他始终坚守自己的艺术原则。他认为,"艺术的功能在于强化生命的本质和提供浓缩的画面","一部小说的价值在于富有人性的内容"。[①] 换言之,博伊德十分注重对现实的描绘、对生命本质的探索和对人性的刻画。因此,他不赞成王尔德"为艺术而艺术"的主张,认为丑陋和堕落不应该成为艺术和文学创作的素材。博伊德在"一战"期间的经历、他往返于澳大利亚和欧洲的旅行以及他在两种迥异的环境中生活的体验为他的创作提供了主要依据。他认为作家必须描绘自己熟悉的生活,对自己所描述的事物有深刻的了解。正如歌德擅长将现实生活的描写与奔放的想象融为一体,博伊德也是如此。他以家世小说见长,他的作品大多选自自己熟悉的上流社会生活,通过书写上流社会家族的兴衰沉浮,反映时代的变迁。

博伊德的创作态度十分严谨,他只描写自己熟悉的生活和事件,尤其注重细节的真实和可靠性。因此,他的小说无论是对故乡澳大利亚的描写,还是对英国、意大利等欧洲国家的描绘都十分准确、忠实和贴切,这是博伊德小说的一个鲜明特色。由于深受英国小说家爱·摩·福斯特(E. M Forster)的影响,博伊德作品带有浓郁的喜剧氛围,作者善于用轻松幽默的笔触反映现实世界中的各种矛盾和痛苦,并用简洁生动、平易流畅的语言让读者在嬉笑声中思考人生、反思人性。

《露辛达·布雷福特》是博伊德的代表作,自问世以来好评如潮,位居澳大利亚文学经典小说之列,该小说还被认为是继亨利·汉德尔·理查森的名著《理查森·麦昂尼的命运》之后澳大利亚最优秀的小说之一。小说的故事开始于19世纪中期的英国,威廉和查普曼都是剑桥的学生,由于种种机缘,两个年轻人都来到了澳大利亚。在澳大利亚,威廉娶了一位富裕的牧场主之女为妻,后来继承了岳父的遗产。查普曼在教会工作。后来,威廉的儿子弗雷德与查普曼的女儿朱莉娅相爱、结婚,并生下了女儿,即小说的主人公露辛达。

露辛达在澳大利亚度过了她一生中最快乐的少女时代。长大后露辛达美丽优雅,气质不俗。情窦初开的露辛达与比她大14岁的建筑师托尼互生情愫,然而两个人的恋情遭到了露辛达势利虚荣的母亲朱莉娅的坚决反对。对于母亲拆散自己和托尼、利用托尼的行径,露辛达表现得十分懦弱,她没有表现出任何不满和反抗的情绪。后来在朱莉娅的安排和极力撮合下,露辛达嫁给了贵族青年

---

① 　黄源深:《澳大利亚文学史》,上海外语教育出版社,1997年,第285页。

雨果,两人离开澳大利亚来到了英国。然而,雨果不过是一个徒有其表、虚伪自私、朝三暮四、赌博成性、挥霍无度的伪君子。露辛达在追随雨果远离故土、来到异国他乡后,很快就陷入了情感困惑和婚姻危机,对婚姻十分失望。随后,她成了雨果的朋友帕特的情人,并将自己的感情寄托在了帕特身上。

当露辛达准备结束和雨果的不幸婚姻,与帕特开始新生活的时候,雨果从第一次世界大战的战场上归来,身负重伤、卧床不起,很需要人的照顾。无奈之下,露辛达只得继续维持和雨果的婚姻关系。雨果去世后,露辛达终于重获自由,可是这时她却发现,帕特已经移情别恋,弃她而去,于是露辛达再次陷入痛苦和失望的深渊。婚姻和情感的不幸,使露辛达从一个无忧无虑、性格懦弱的天真少女走向成熟。露辛达对婚姻和爱情不再渴望,而是把自己的全部希望都寄托在了儿子斯蒂芬身上,把斯蒂芬抚养成人。

斯蒂芬是露辛达和雨果唯一的孩子,出生于澳大利亚。斯蒂芬天生性格懦弱,从小在父爱缺失的环境中长大。斯蒂芬在感情上接连遭受挫折和打击,最后爱上了表妹希瑟,并和她结了婚。可是,希瑟是一个唯利是图的女人,当她发现斯蒂芬满足不了自己的虚荣和欲望时,便很快投向了他人的怀抱。再次遭受爱情挫败的斯蒂芬对生活失去了信心。"二战"爆发后,斯蒂芬由于拒绝服兵役而银铛入狱,在狱中受到极大摧残,最终郁郁而亡。随着斯蒂芬的去世,这个曾经显赫一时的布雷福特家族也走向了衰亡。

《露辛达·布雷福特》是描绘 19 世纪中叶到"二战"结束期间恢宏历史的画卷,它通过对露辛达及其一家四代人命运的描写,反映了处于特定社会历史环境中的英国和澳大利亚社会的历史变迁。露辛达曲折的成长历程令人唏嘘,但她饱经磨砺后的成熟过程又令人振奋。

《蒙特福特一家》是一部模仿约翰·高尔斯华绥(John Galsworthy)的叙述方式写成的家世小说,博伊德以自己母亲家族的历史为素材,描写了蒙特福特家族从 19 世纪 50 年代到"一战"结束期间五代人的生活。尽管小说描写了在殖民地时期英国贵族来到澳大利亚拓荒创业并在新土地上扎根的经历和生活,但博伊特的重点并不在于勾画早期拓荒时的艰辛,而在于艺术地再现并深入挖掘英国贵族们在根植于澳大利亚领土后精神上的困惑与痛苦。他们不断往返于英国与澳大利亚之间,但无论是在英国还是在澳大利亚,他们都处于一种无所适从的尴尬和矛盾之中,这使他们的精神和情感始终在两地之间徘徊,找不到归宿。

"兰顿四部曲"以"一战"之前的墨尔本为背景,描写了兰顿家族几代人的命运,反映了处于历史变革时期的正在衰亡的贵族阶级的生活。英国的生活方式和澳大利亚的新生活之间的差别与冲突使小说中的人物始终处于一种紧张和不安之中。这一系列的小说带有自传的性质,作者既是叙述者,又是其中的人物,小说中的人物刻画十分生动,情节流畅自然。

第二节　艾伦·马歇尔

　　艾伦·马歇尔(Alan Marshall,1902—1984)是劳森派现实主义的主要代表作家之一,也是一位个性独特的乡土作家。1902 年,艾伦·马歇尔出生在位于维多利亚州西区的一个小镇上,他父亲经营的杂货铺里。6 岁的时候,马歇尔不幸患上了小儿麻痹症,双腿几乎完全瘫痪。尽管身体有残疾,但马歇尔的父母十分注重培养他的独立精神,因而马歇尔从小就非常独立。马歇尔并未怨天尤人,而是以强大的意志和坚强的毅力学会了游泳、打猎、骑马等各种运动,还考上了会计学校,这对于他家乡的那些健康孩子来说也都是一个不小的挑战。

　　从会计学校毕业之后,马歇尔尝试过许多工作。1923 年,他开始认真尝试写作。1931 年开始,马歇尔陆续发表了一些短篇小说,获得多个文学奖项。“二战”期间,马歇尔克服重重困难,奔波于乡间,为前线士兵传送家书,同时为写作搜集素材。在战争期间,他每周都为墨尔本、悉尼、布里斯班和奥克兰的报纸与杂志撰写文章。“二战”结束后,他的一些小说陆续问世。1954 年,艾伦·马歇尔首次获得英联邦文学奖(Commonwealth Literary Fund)。此后,艾伦·马歇尔开始创作以自己的童年经历为依据的自传体小说《我能跳过水坑》(*I Can Jump Puddles*),这部小说于 1955 年出版。1956 年,英国和美国的出版社同时出版了《我能跳过水坑》。从 1958 年开始,这部小说被译成了多国文字,并在苏联、中国、瑞士、德国、立陶宛、罗马尼亚、爱沙尼亚、匈牙利、比利时、加拿大、南非和法国等地畅销一时。1976 年,马歇尔的朋友哈里·马克思(Harry Marks)为他撰写的传记《我能跳过海洋》(*I can Jump Oceans*)出版。

　　艾伦·马歇尔给澳大利亚人留下的最深刻的印象就是他手执拐杖、坐在轮椅上与残疾顽强抗争的情形。尽管艾伦·马歇尔接连遭受身体和生活上的打击,但他从未丧失对生活的信念,一次又一次精神饱满地重新活跃在人生的大舞台上。为了深入观察生活,搜集写作素材,马歇尔常常驱车奔波于各个城市之间,他还曾经到苏联、美国、中国等国家访问,开展文化交流活动。艾伦·马歇尔热爱生活,不屈不挠,克服了生活中的种种困难,以惊人的毅力完成了十八部著作,为澳大利亚人民留下了宝贵的文学和精神财富,堪称励志的典范。

　　艾伦·马歇尔的主要作品有自传体小说三部曲《我能跳过水坑》、《这是青草》(*This Is the Grass*,1962)、《在我的心坎里》(*In Mine Own Heart*,1963),短篇小说集《乔,给我们讲讲火鸡的故事》(*Tell Us about the Turkey,Jo*,1946)、《安迪好吗?》(*How's Andy Going?*,1956)、《短篇小说集》(*Short Stories*,1973)、《铁砧上的锤子》(*Hammers over the Anvil*,1975)、《四套星期日礼服》(*Four Sunday Suits*,1975)和《艾伦·马歇尔短篇小说全集》(*Complete Stories of*

Alan Marshall,1977)等。

艾伦·马歇尔写作现实主义风格的小说,但他并不拘泥于对事实的描述,而是注重追求艺术的真实。马歇尔时常强调他的自传都是经过巧妙处理写成的,他曾经说,他将自己能回忆起来的 15 岁以前经历过的有意义的事情都记了下来,使它们有条不紊地展现出一个残疾孩子如何在明智的父母的训练和帮助下学着过正常人的生活。他善于运用身边的素材,充分体现了作家在创作过程中的主观能动性。马歇尔将自己的一生视作被一块块平坦无奇的平原分隔开的一座座山峰,这些山峰代表和象征着他一生中的一个个光辉灿烂的短暂时刻,而他则着力于带领读者饶有兴趣地从一座山峰攀向另一座山峰。艾伦·马歇尔的小说生活气息浓郁,他善于用简洁朴实的语言描绘澳大利亚的独特风貌和风土人情,用高度逼真的细节描写和刻画个性十足的人物形象。他的作品注重人的美德,歌颂人的毅力和勇气,给人一种鼓舞人心的力量,具有强烈的艺术感染力,在澳大利亚文坛上独树一帜。

艾伦·马歇尔的自传体小说《我能跳过水坑》是他的代表作,也是他最成功的作品。这部小说以作者的亲身经历为蓝本,描写了一个残疾孩子如何克服生活中的各种磨难,最终成为生活强者的故事。故事的主人公艾伦幼年时患小儿麻痹症致使腿部肌肉萎缩,只能依靠拐杖行走。然而,小艾伦执意要像一个真正的男子汉一样生活,于是他走上了与残疾的身体和弱小的内心抗争的生活道路。在医院接受治疗时,他强忍住剧痛,没有大哭大闹,令医生们无比惊讶。在家里,父母并没有因为他的疾病而给予他"特殊"的照顾,艾伦和其他健全的孩子一样需要自理生活。为了锻炼小艾伦,父亲还给他分配任务,让他负责给家里的小动物喂食、打扫笼子。在学校里,小艾伦拄着拐杖,和其他同学一起做游戏,参加跑步比赛,甚至他还和恃强凌弱的孩子打架。放学后,他去登山、钓鱼、捉野兔,和所有的健全的孩子一样尽情享受着童年的欢乐。无论遇到什么样的困难,小艾伦从不灰心丧气,也绝不将自己视为需要照顾的弱者,他始终对自己充满自信,勇往直前。后来,艾伦考上了墨尔本的一所会计学校,他将拄着拐杖迎来新生活。

艾伦·马歇尔成功塑造了一个热爱生活、自信乐观、勇敢坚毅的少年形象,这是一个使人过目难忘、个性鲜明的人物形象。与此同时,在小说中作者还精心描绘了澳大利亚独有的乡村风光和风土人情,以及辛勤的澳大利亚人在与大自然的搏斗中形成的豪爽、朴实、乐观、坚毅的独特性格。小说的语言风趣活泼,有许多带着稚气的孩子间的对话,情节风趣幽默,将孩子的纯真无邪、丰富多彩的儿童世界描写得生趣盎然。《我能跳过水坑》是一部励志的经典之作。

第三节　戴尔·斯蒂芬斯

戴尔·斯蒂芬斯(Dal Stivens,1911—1997)出生于新南威尔士州的一个银行职员家庭,曾在巴克学院(Barker College)求学。1928 年,斯蒂芬斯在银行工作,其间陆续发表一些短篇小说。1936 年,戴尔·斯蒂芬斯出版了第一部短篇小说集《流浪汉及其他故事集》(*The Tramp and Other Stories*)。不久之后,斯蒂芬斯辞掉了银行的工作,成为自由撰稿人。1944—1949 年,斯蒂芬斯在澳大利亚政府的新闻部任职,负责澳大利亚专栏的编辑工作。1950 年,斯蒂芬斯从澳大利亚驻伦敦新闻处辞职后回到澳大利亚,开始专心写作。1963 年,澳大利亚作家协会成立,斯蒂芬斯担任主席。斯蒂芬斯关注时事与政治,反对战争,呼吁环境保护,因而他的部分作品带有明显的政治倾向。他学识渊博,兴趣广泛,还是一个业余的博物学者。1970 年,戴尔·斯蒂芬斯获得了迈尔斯·弗兰克林奖的最佳小说奖。1981 年,斯蒂芬斯因其在小说上的成就获得了帕特里克·怀特奖。1994 年,斯蒂芬斯被授予新南威尔士州总理文学奖(NSW Premier's Literary Awards)的特别贡献奖。1997 年 6 月,斯蒂芬斯在悉尼去世。

戴尔·斯蒂芬斯的主要作品有:短篇小说集《流浪汉及其他故事集》《亨利叔叔求婚记》(*The Courtship of Uncle Henry*,1946)、《赌鬼及其他故事集》(*The Gambling Ghost and Other Tales*,1953)、《"桉树"比尔》(*Ironbark Bill*,1955)、《博学的老鼠和其他故事集》(*The Scholarly Mouse and Other Tales*,1957)、《短篇小说选》(*Selected Stories:1936—1968*,1969)、《独角兽及其他故事集》(*The Unicorn and Other Tales*,1976)、《吉米·布洛克特》(*Jimmy Brocket*,1951)、《大拱门》(*The Wide Arch*,1946)、《三人成虎》(*Three Persons Make a Tiger*,1968)、《空气马》(*A Horse of Air*,1970)。另外,斯蒂芬斯还著有儿童文学作品《丛林强盗》(*The Bushranger*,1978)。

戴尔·斯蒂芬斯善于使用幽默、夸张的手法,讲述曲折离奇的故事。他认为,作家不能因循守旧,要更新自己的风格,因此,戴尔·斯蒂芬斯的创作生涯大致可分为三个不同的阶段,每一个阶段的写作风格和创作手法都有所不同。在第一个阶段,戴尔·斯蒂芬斯主要采取传统的现实主义写作手法,以经济大萧条为大背景,描写了处于时代旋涡之中的普通人生活的艰辛和理想的破灭。斯蒂芬斯在这一时期的代表作有短篇小说集《流浪汉及其他故事集》,作者通过对普通人物的刻画反映了处于特定历史时期的澳大利亚的社会现实。在这些小说中,作者借鉴了美国小说中常见的心理刻画和白描手法,给澳大利亚小说注入了一股新鲜的力量。

在 20 世纪四五十年代,斯蒂芬斯进入写作生涯的第二个阶段,在这一时期他创作了一些离奇怪诞的故事和动物寓言。斯蒂芬斯认为,离奇故事、幻想和寓言之间并不存在鸿沟。于是他开始尝试寓言体小说。在他看来,好的小说应当促进读者的思考,他也试图通过离奇的故事情节和极度夸张的表现手法,反映一个扭曲变形的现实世界,从而引发读者对现实的反思和对人性的深刻思考。斯蒂芬斯这一时期的代表作有《赌鬼及其他故事集》《"桉树"比尔》以及《博学的老鼠和其他故事集》等。在这些小说中,斯蒂芬斯逐渐形成了自己独特的夸张风格,他独特的风格和丰富的想象力,总能给人留下深刻的印象,同时也促使读者反思现实社会。在这一时期,除了离奇故事和寓言之外,斯蒂芬斯还创作了一些颇具影响力的现实主义小说,如短篇小说《胡椒树》(*The Pepper Tree*,1949)。

在第三个创作阶段,斯蒂芬斯的作品主要体现了朦胧含混的特点,比较类似于现代主义作家的作品。在这一时期,斯蒂芬斯认为作品的含义不应该像商业小说那样写得明明白白、通俗易懂,而应让读者驰骋"想象",尽情"思考"。为此,他舍弃了原来的直白的表现手法,采用新的风格来写作。斯蒂芬斯这一时期的代表作品是长篇小说《空气马》,这也是斯蒂芬斯自己最满意的一部作品,受到了许多评论家的高度赞扬,还获得了迈尔斯·弗兰克林奖的最佳小说奖。小说标题中的"马"和被澳大利亚土著称为"夜鹦鹉"(night parrot)的一种鸟有关,马刚刚被引进澳大利亚的土地时,它们飞奔的动作被认为与一种濒临灭绝的鹦鹉非常相近。小说的情节是围绕着哈里的胡言乱语展开的,哈里利用自己的财富和他在精英阶层的影响组织了一支队伍,用于寻找那种珍稀的鸟类。小说中也涉及反对征兵、反核战争、反对越南战争等政治问题。此外,斯蒂芬斯还在小说里流露出他对澳大利亚主流社会的强烈不满,主要体现为他运用小人物和蠢材来传达讽刺意味。他还呼吁开放澳大利亚大陆的中心发展工业。在写作手法上,这部小说糅合了幻想和超现实主义,营造了一个真实和虚幻交织的亦真亦幻的世界。

第四节　弗兰克·哈代

弗兰克·哈代(Frank Hardy,1917—1994)生于维多利亚州。由于家里孩子众多,他13岁便辍学步入社会。他曾经从事过摘果工、养路工、海员、漫画工等多种职业。1939年,哈代加入共产党,随后成为现实主义作家团体的成员。1943年,哈代参军,主要参与军队内部报纸和杂志的编辑工作。1946年,哈代转业去了墨尔本从事新闻记者的工作,并开始搜集墨尔本的富翁约翰·雷恩(John Wren)的发迹史,准备当作自己的写作素材。1950年,小说《不光荣的权力》(*Power Without Glory*)以私人印刷的方式出版,这部反映墨尔本政坛腐败的敏感题材小说引起了轩然大波。主人公原型约翰·雷恩的妻子以"诽谤罪"将哈代告上法庭。一些作家自发组织了"哈代辩护委员会",为哈代奔走呼吁,在近一年的斡旋和斗争下,哈代终于被宣布无罪释放。经过这一风波,《不光荣的权力》成了人们争相购买的热销书,并被译成多国文字在海外出版。

除了《不光荣的权力》之外,哈代的其他长篇小说还有《四足彩票》(*The Four-Legged Lottery*,1958)、《艰难之路》(*The Hard Way*,1961)、《富尔加拉的流浪者》(*The Outcasts of Foolgarah*,1971)、《死者无数》(*But the Dead Are Many*,1975)、《谁射杀了乔治·柯克兰》(*Who Shot George Kirkland*,1980)、《奥斯卡·奥斯瓦尔德的妄想》(*The Obsession of Oscar Oswald*,1983)、《败者能胜》(*The Loser Now Will Be Later to Win*,1985)等。在长篇小说的写作上,哈代深受美国作家西奥多·德莱塞(Theodore Dreiser,1871—1945)的影响,他的长篇小说多取材于真实的现实生活,反映现代社会穷人的生存困境和知识分子的精神危机,并严厉抨击社会中的不公正现象。除了长篇小说以外,哈代还著有短篇小说集《来自本森谷的传说》(*Legends from Benson's Valley*,1963)。在短篇小说的创作上,哈代受到亨利·劳森的影响,他的短篇小说结构精巧、语言简洁,并带有浓郁的地方色彩。

哈代比较善于用照相式的自然主义手法,通过大量真实而准确的细节的堆砌,来反映严肃的现实问题。哈代与戴尔·斯蒂芬斯的创作理念大不相同,哈代始终坚持现实主义创作方法,他十分反对把作品写得晦涩难懂。

《不光荣的权力》是哈代最有名的作品。事实上,这部小说可以说是一个政治斗争的产物,创作的目的是让一个天主教商人约翰·雷恩名誉扫地,因为他被认为积极参与并推动了一个激进的反对共产主义的天主教组织的"反共"活动。维多利亚州的共产党领导人和其他党员一致同意,将小说作为武器对抗雷恩。于是哈代以极大的热情开展了搜集材料的工作,并开始进行写作。小说的出版被看作是澳大利亚共产党的一次伟大的政治胜利。尽管这部小说政治倾向明显,但它仍然是一部反映澳大利亚时代风貌和社会生活的巨著。

小说以20世纪40年代的墨尔本为背景,讲述了穷苦出身的主人公约翰通过各种不光彩的卑鄙手段发迹的过程。约翰出生在墨尔本郊区一个贫困的工人家庭,精明大胆、敢于冒险的约翰利用赛鸽挣来的本钱,以茶馆为掩护开设了一家地下赌场,迅速聚敛了大量财富,并在精明强干的律师戴维的帮助下,巧妙地逃避了法律的制裁。很快,约翰的生意就扩展到采矿、旅店、商场、工厂以及社会生活的其他方面。为了攫取财富、除掉竞争对手,约翰不择手段、不惜代价、冷酷无情,相继策划了三次谋杀。他利用金钱贿赂、拉拢政界的各方力量,以金钱与权势交织成一张势力强大的网,在这张大网的庇护之下约翰变得更加肆无忌惮、丧心病狂,很快就成为墨尔本首屈一指并有着巨大影响力的头面人物。在勾画约翰发迹历程的同时,哈代也描写了他的家庭生活。约翰的妻子和别人私通,儿子酗酒最后自杀。他的两个女儿,一个执意嫁给德国人,最后惨死在纳粹的集中营里,另一个性格叛逆,加入了共产党,并在与父亲冰释前嫌之前死去。家庭生活的不幸和约翰事业上的飞黄腾达形成了巨大的反差。晚年的约翰患上了严重的神经症,他终日疑神疑鬼,生怕自己被人谋害,身边带着手枪才能稍稍安心。约翰深知自己罪孽深重,害怕自己死后受到惩罚,于是他成为一名教徒,虔诚地向上帝忏悔,并在恐惧与恍惚之中等待死亡。

《不光荣的权力》问世之后受到了评论界褒贬不一的评价,有评论家认为它堪称一部史诗,具有较大的历史意义,而有一些评论家则认为这只是文献式的纪实文字,没有什么意义和久远的文学价值。从客观的角度来说,这部小说展示了一幅第二次世界大战之后澳大利亚社会生活的真实画卷,小说中关于征兵制度的争论,关于犯罪活动和政治阴谋的刻画,都为澳大利亚文学增添了多样的色彩。小说中的众多人物都有真实生活中的原型,这些人物形象真实丰满、极具活力,是一组典型的澳大利亚人的群像。尽管《不光荣的权力》具有强烈的政治色彩,政治倾向明显,但是从另一个角度来说,这恰恰是对澳大利亚特定的历史时期意识形态领域的反映和呈现,这也是文学价值的一种体现。因此,弗兰克·哈代为澳大利亚文学做出了独特的贡献。

第五节 约翰·莫里森

约翰·莫里森(John Morrison,1904—1998)出生于英国东北部的一个工人家庭。1923 年,年仅 19 岁的莫里森只身来到澳大利亚。为了谋生,莫里森从事过许多工作。起初,他在新南威尔士的一家绵羊牧场工作。20 世纪 30 年代,莫里森在墨尔本的码头当工人,这一工作持续了十年。在当码头工人期间,莫里森加入了共产党。离开码头之后,莫里森一直从事园艺工作,直到 1963 年以后,他才成为全职作家,出版书评,从事新闻报道的工作。在以园艺工作为生期间,莫里森就像当今大城市里的多数上班族一样,每天长途跋涉于住所和位于墨尔本郊区的工作地之间。在乘坐交通工具的过程中,莫里森深入观察到了澳大利亚丰富多彩的大千世界,也接触到了社会各行各业中形形色色的人。丰富的人生阅历和多样坎坷的生活经历为莫里森日后的创作提供了可靠生动的素材。40 年代初,莫里森开始尝试创作短篇小说。1947 年以后,莫里森的小说逐渐得到认可,并多次获得澳大利亚联邦政府的文学奖。五六十年代是莫里森写作生涯的黄金时期。因写作手法和政治观点上的相似,莫里森与艾伦·马歇尔等人结下了深厚的友谊。莫里森后来加入了"现实主义作家小组"(Realist Writers Group),并发表了两部长篇小说、四部短篇小说集和一部杂文集。1963 年,约翰·莫里森获得了澳大利亚文学社团金奖(Australian Literature Society),1986 年获得了帕特里克·怀特文学奖,1989 年因在文学上的贡献被授予澳大利亚勋章。

约翰·莫里森的作品主要有长篇小说《蔓延的城市》(*The Creeping City*, 1949)、《停泊港》(*Port of Call*,1950),短篇小说集《海员属于船》(*Sailors Belong Ships*,1947)、《黑色货物》(*Black Cargo*,1955)、《二十三:短篇小说集》(*Twenty-Three : Stories*,1962)、《约翰·莫里森短篇小说选》(*John Morrison, Selected Stories*,1972)、《北风》(*North Wind*,1982)、《码头故事集》(*Stories of the Waterfront*,1984)、《如此自由》(*This Freedom*,1985)、《约翰·莫里森最佳短篇小说选》(*The Best Stories of John Morrison*,1988)等。此外,莫里森还著有杂文集《选择澳大利亚》(*Australian by Choice*,1973)、《快乐的勇士》(*The Happy Warrior*,1987)。

莫里森的小说呈现了澳大利亚广阔的生活画面,他凭借自己细致的观察和细腻生动的笔法,展现了澳大利亚的牧场、码头、园林等多个真实的生活场景,同时也忠实地描绘了从上流社会到下层社会各个阶层的普通澳大利亚人的生活。在莫里森的小说里,有两个经常出现的主题:一个是由心理和外部环境造成的孤独感,另外一个是人在某方面的欲望带来的破坏力量。莫里森始终强调,艺术家的任务是要从感情上打动读者,他主张采用朴实明了的写作风格,反对现代派作家将读者带入意象和象征的迷宫的做法。莫里森的小说结构简单,布局直率自然,然而也绝非单调枯燥、缺少新意,故事里常常蕴含着丰富而深刻的人生启示,发人深思。比如,短篇小说《过境旅客》(*Transit Passenger*)讲述了一男一女两个旅客在旅途中不期而遇,在相知、相爱之后最终结合在一起的故事。这两个旅客有着十分相似的人生经历:他们都失去了自己的伴侣,儿女们远走高飞,年过半百的他们正体会着生活的落寞和凄凉。恰好在这个时候,两个人邂逅了,他们惊喜地发现,对方和自己有很多共同点,对很多事情也都所见相同,于是惺惺相惜的两个人走到了一起。小说将人生比作旅途,在旅程中,那些有着共同爱好的人才能同行。莫里森的小说也常常含有道德和伦理上的寓意,但作者并不进行道德说教,也不会把自己的道德观和伦理观念强加给读者,而是通过故事情节的自然发展、人物的刻画以及人物之间的关系,让读者自己去体察和领悟。

约翰·莫里森的文学成就主要体现在短篇小说上,他的短篇小说代表了 20 世纪 50 年代澳大利亚传统短篇小说创作的最高水平。[①] 莫里森创作的许多独具特色的短篇小说,如《先驱者》(*The Pioneer*)、《皮吉河上的人》(*The Man on the "Bidgee"*)、《茅塞顿开》(*I Opens Your Eyes*)、《如此自由》、《鲜花之战》(*The Battle of the Flowers*)、《科林伍德的黑夜》(*Black Night in Collingword*)等,都深受读者的青睐,为澳大利亚现实主义小说的文学地位贡献了力量。

---

① 黄源深:《澳大利亚文学史》,上海外语教育出版社,1997 年,第 378—381 页。

第三章　怀特及怀特派作家

第一节　帕特里克·怀特

帕特里克·怀特（Patrick White）于 1912 年出生于英国伦敦，半岁时回到澳大利亚。13 岁时，怀特被送到英国去读中学，17 岁时回到澳大利亚。20 岁时，怀特再次回到英国，在剑桥大学主修历史专业，很快转专业到现代语言。怀特在剑桥学习期间比较快乐，结交了很多朋友，四处游历，深受英国作家的影响。怀特最开始创作诗歌，后面改为写小说，并于 1939 年完成了他的第一部长篇小说《幸福谷》（*Happy Alley*）。他将该小说带到美国出版后，很快又投入到第二部小说《生者与死者》（*The Living and the Dead*，1941）的创作中。"二战"爆发后，怀特去英国参战，在此期间，他对之前的创作进行了反思，认为这些成就"微不足道"，接着创作了他的第一部戏剧《火腿葬礼》（*The Ham Funeral*，1961）和他的第三部小说《姨妈的故事》（*The Aunt's Story*，1948）。1948 年怀特回到了澳大利亚。

作为澳大利亚最负盛誉的小说家，怀特一生创作了大量作品，主要以长篇小说为主，共十二部，包括：《幸福谷》《生者与死者》《姨妈的故事》《人类之树》（*The Tree of Man*，1955）、《沃斯》（*Voss*，1957）、《战车上的乘客》（*Riders in the Chariot*，1961）、《坚实的曼陀罗》（*The Solid Mandala*，1966）、《活体解剖者》（*The Vivisector*，1970）、《风暴眼》（*The Eye of Storm*，1973）、《树叶圈》（*The Fringe of Leaves*，1976）、《特莱庞的爱情》（*The Twyborn Affair*，1979）、《百感交集》（*Memoirs of Many in One*，1986）。此外，他的创作还包括三部短篇小说集——《烧伤者》（*The Burnt Ones*，1964）、《白鹦鹉》（*The Cockatoos*，1974）、《三则令人不安的故事》（*Three Uneasy Pieces*，1987），八部戏剧——《火腿葬礼》《沙特帕利拉的季节》（*The Season at Sarsaparilla*，1962）、《一个快乐的人》（*A Cheery Soul*，1963）、《秃山之夜》（*Night on Bald Mountain*，1964）、《大玩具》（*Big Toys*，1978）、《夜潜者》（*The Night Prowler*，1978）、《地下森林》（*The Netherwood*，1983）、《信号工》（*Signal Drier*，1983），一部自传《镜中瑕疵——我的自画像》（*Flaws in the Glass：A Self-Portrait*，1981）。怀特的作品大多以澳

大利亚社会为背景,反映了澳大利亚的生活方式,但其写作风格和艺术手法与传统的澳大利亚作家大相径庭,不论在遣词造句上还是在结构布局上都独具一格,其原因主要是怀特受到了英美现代主义小说家的影响,打破了澳大利亚传统小说中的写实传统,采用意识流、象征主义、神秘主义和心理分析等现代主义的创作手法刻画人物内心,着重表现人物的精神世界和人与人关系的异化。他的作品既描写了澳大利亚的社会风俗、生活方式和民族性格,也表现了整个人类所面临的问题。① 1973 年怀特获得了诺贝尔文学奖,他用奖金建立了基金以纪念和援助澳大利亚的作家。他还为土著学生提供奖学金,为新南威尔士的艺术馆捐赠艺术品。

怀特深受英国作家乔伊斯、伍尔夫和劳伦斯的风格和技巧的影响,作品不以情节取胜,而以人物的塑造、心理的刻画和灵魂的剖析见长。他笔下的人物往往是一些性格孤僻、行为乖张,与现实格格不入,为社会所抛弃的人。怀特似乎认为自己最易于在这些穷途末路、无依无靠的人身上发掘出他所向往的人性,从而刻意表现人世间的敌视。在怀特笔下,人都是恶的,社会总是充满了敌意和仇恨。②

《沃斯》是怀特的早期作品,描写了 19 世纪时主人公沃斯带领一队人马到澳大利亚中部地区探险却遭受失败的故事。沃斯结识了富商邦纳的侄女劳拉并受到了邦纳的资助,在人们的欢呼鼓舞中踏上未知的征程。沃斯的探险队成员有鸟类学家、诗人、侍从、畜牧场主、流放犯和两个土著。中部地区环境恶劣,沃斯受伤,诗人自杀,沃斯也被土著队友杰基所杀,探险历程以失败而告终。沃斯历险活动的双重意义:一方面,是与恶劣的自然环境斗争,反映了早期澳大利亚拓荒者不畏艰难、勇往直前的开拓精神;另一方面显示了探险过程中肉体所经历的磨砺映射了心灵上的磨砺。中部地区象征着人深处的无意识层,对中部地区的探索实则是对人类心理和精神层面的探索。

在土著和白人移民共存的社会,土著的形象在澳大利亚文学中反复出现。然而,19 世纪的澳大利亚作家对土著的刻画也是不尽准确的,只是基于前人对土著的认识把土著刻画为或暴力,或高尚,或他者化的角色。到了 20 世纪,土著还是作为一个主题中心贯穿于怀特的小说中。③ 以《沃斯》为例,探险队里面的两个土著杜格尔德和杰基,是探险队内部潜在的危险,虽然发挥了一定的作用,

---

① 筱宝:《百年诺贝尔获奖人物全传——文学卷(下)》,吉林摄影出版社,2002 年,第 517—518 页。

② 朱炯强:《剖析灵魂的手术刀——从〈风暴眼〉看怀特的写作特色》,《外国文学研究》1986 年第 1 期,第 44 页。

③ John Scheckter: *The Australian Novel 1830—1980: A Thematic Introduction*, Peter Lang Publishing, p. 20.

却不能被信任。小说中土著与白人在文化和知识方面的确相差甚远,比如:双方对蜥蜴的理解和对劳拉给沃斯信件的态度的差异。土著杰基最终杀害了沃斯。《沃斯》在刻画土著方面既继承了前人对土著的刻画模式,也有了推进。可以说,这是一部较好反映土著和白人关系的作品。

《沃斯》是怀特的代表作,理解了这部小说无疑能够加深对怀特其他作品的理解。怀特在该小说中使用"澳大利亚内陆地区的自然风光隐喻人们认识自身极限和社会现实……自然风光因此象征了探索的旅程以及探索本身"[①]。在怀特众多的小说中,不仅仅是《沃斯》,《姨妈的故事》《树人》和《树叶圈》同样发挥了自然风光的隐喻意义来探究人生的意义。也正因为怀特小说显著的自然景观特色,评论家从生态美学的角度对他的作品进行解读,探讨其作品呈现出的人与自然的关系以及自然风光与人心灵的关系。

《生者与死者》背景为 20 世纪 30 年代的伦敦,再现了无足轻重的人物在生活的边缘犹豫不决,或者陷入困境,冒着风险艰难生存的境遇。小说所反映出来的是生存艰难,死亡却易如反掌;这个时代无疑更适合死者,而非生者。小说的主要人物是斯坦迪什一家,压抑的母亲凯瑟琳、聪明的儿子埃利奥特和叛逆的女儿伊登三人之间的关系在小说中始终是分离的,在一个迅速变化的世界中,每个人都在私下寻找着目标。本就无足轻重的他们,在战争到来之时更显得渺小。擅长刻画人物内心的怀特着墨于对他们内心沉寂的描绘。小说以伦敦维多利亚车站开篇。埃利奥特向他的妹妹伊登告别后,回到一座空荡荡的房子里,陷入回忆之中。在第二章中,时间回到几十年前,母亲凯瑟琳嫁给了威利,育有一儿一女即埃利奥特和伊登。后来由于威利的不忠,两人分居。之后凯瑟琳追求年轻的美国音乐家沃利。当沃利对凯瑟琳失去兴趣时,他就断绝了与她的关系。埃利奥特从剑桥大学毕业后成为一名专业作家,沉浸在写作之中,很少同人来往。埃利奥特从来不允许自己和家人或外面的女人有深度的交往。伊登是一名书店服务员,受到左翼思想的影响。伊登的第一个情人是一个已婚男子,他抛弃了伊登去海外工作。伊登流产的秘密使她与家人的关系更为疏远。她与左派乔的第二段恋情也因乔在西班牙内战中牺牲而告终。

《姨妈的故事》是怀特的第三部作品。它讲述了姨妈西奥多拉寻找人生意义和价值,追寻生活真谛的故事。开篇部分描述了童年时候的西奥多拉姨妈"与众不同"、敏感、很难相处,在澳大利亚的牧场中长大。西奥多拉的父亲没把心思放在家里,母亲对西奥多拉也很冷淡。西奥多拉在一个女人连枪都不碰的时代就是一个很好的射手,她看穿了其他人的手段和诡计。她很孤独,因为周围的人都

---

① Carolyn Bliss:*Patrick White's Fiction:The Paradox of Fortune Failure*,Palgrave Macmillan,1986,p. 4.

不理解她。在她母亲去世后,她从传统的束缚中解脱出来,离开澳大利亚前往法国,住在一家破旧的旅馆里,碰到一群疯疯癫癫、浑浑噩噩的旅客。他们整天无所事事,做着白日梦。其中有被驱逐出境的将军,有被父母冷落离家出走的年轻女孩,还有幻想着女儿取得封号的母亲。后来这家旅店失火,西奥多拉又踏上前往美国的路途,在那里,她的精神处于崩溃的边缘。在幻觉之中,她遇到了一个名叫霍尔斯蒂斯的人,获得了新的感悟。西奥多拉的追求可以说是怀特的追求,反映了怀特对待人生的态度。然而在世风日下、腐朽没落的资本主义社会中,他不可能找到人生的真谛,只能在黑暗中探索,见不到光明,陷入迷惘和消极悲观之中。正是由于这种悲观情绪,他作品中的主要人物才会与社会格格不入。

《姨妈的故事》中姨妈在小说结尾的顿悟,是怀特作品中反复出现的。怀特作为现代主义大师,其《风暴眼》可以说是现代主义风格的又一力作。小说最主要的特色是意识流,"以人物纷繁复杂的主观感受为主,关注人物跳跃的、无规律的心理活动,通过挖掘人物的潜意识来反映人物复杂的心理现实和纷繁复杂的现实世界"①。小说围绕伊丽莎白在风烛残年之际躺在病床上发生的事展开叙述,以梦境交代了她年轻时候的骄奢淫逸。当她把儿子巴兹尔(Basil)和女儿多罗西(Dorothg)召回床边时,他们却在谋划着争夺财产。伊丽莎白出身贫苦,聪明漂亮,结婚后过上了富裕的生活,却成为一个极端利己主义者,陷入无穷无尽的欲望深渊,精神上极其孤独。她的女儿和儿子与她相比有过之而无不及:女儿多罗西远嫁法国,受到婆家和丈夫的冷落后离婚回家,却还预谋骗取母亲的财产。儿子在英国发展演艺事业,成名后又惨遭失败,于是回澳大利亚,与妹妹争夺财产。

怀特在这三个人物身上穷尽自私与丑恶的样态,但他"不是为了暴露而暴露,他在描写人的非理性欲望和混乱的同时,他希望世界能够少一些罪恶,人人能够找回自我,恢复真正的人性"②。小说取名为"风暴眼",可诠释为:"在风暴眼中,人摆脱了纷繁的社会,与大自然融为一体,人性得到了净化。风暴眼的这个比喻表达了他(怀特)始终认定的一种观念:人只有经历大苦大难,才能大彻大悟,才能达到至乐至福的境界。"③伊丽莎白历尽沧桑、卧病在床时获得的大彻大悟就是"否定了自我"④。

以上四部小说都有一个共同点,即主人公差不多都经历了很大程度上的失败。正如评论家卡罗琳·布里斯(Carolyn Bliss)在其专著《帕特里克·怀特的小说:幸运的失败的悖论》(*Patrick White's Fiction：The Paradox of Fortune*

---

①　邓瑶:《认知诗学视角下意识流小说的心理空间网络体系特征——以小说〈风暴眼〉为例》,《重庆工商大学学报》(社会科学版)2019 年第 1 期,第 109 页。

②③④　朱炯强:《剖析灵魂的手术刀——从〈风暴眼〉看怀特的写作特色》,《外国文学研究》1986 年第 1 期,第 46 页。

Failure)中,把怀特作品的主题归纳为对失败的书写,认为"失败这个主题深深扎根于澳大利亚人的生活经历,主要表现为在环境中痛苦和惨败的经历"①。这种失败最初源于澳大利亚恶劣的环境,而随着澳大利亚社会的发展和进步,自然环境的阻碍被克服,但人在现代冷漠的社会中经历的挣扎和失败仍是澳大利亚文学中反复出现的主题。

《镜中瑕疵——我的自画像》是怀特的自传,着墨于他矛盾重重的内心世界。《镜中瑕疵——我的自画像》由三个部分组成。第一部分叙述了他早年与家庭、朋友的关系以及自己的创作道路,充满了对未来不确定的疑问;第二部分叙述了他在希腊的旅行以及对那里的感情;第三部分记录了怀特当前的生活片段。三个部分体现了怀特的生活轨迹和对生活的感悟。

《特莱庞的爱情》发表于 1979 年。小说讲述了性别含混的主人公埃迪的故事。小说分为三个部分,第一部分交代了埃迪的身世——他出身律师家庭,在这一部分中,他取名尤特夏,以女性的形象出现。25 岁的尤特夏嫁给了年迈的希腊商人安吉洛斯,两个人逗留在法国的一个小镇上。安吉洛斯一直沉浸在对过去生活的回忆中,不能自拔,尤特夏只不过是他第一任妻子的替身。尤特夏也不甘于委身这个老家伙,跳海自杀未遂。恰巧这时戈尔桑夫妇——尤特夏家的朋友,也来到这个小镇。戈尔桑夫人琼有同性恋倾向,被尤特夏吸引,尤特夏认出了琼是自己妈妈的同性恋伙伴,担心自己的身份被戳穿,于是匆忙逃离小镇。安吉洛斯猝死在租住的房子里,由此导致这桩貌合神离的婚姻结束。② 小说第二部分中,主人公将自己命名为埃迪,是男性身份。埃迪中尉从第一次世界大战的战场上回到澳大利亚与父母相聚。他是特莱庞夫妇的独生子,战前在订婚仪式上失踪。回家之后的埃迪仍无法与父母建立和谐融洽的关系,于是再次逃离。他来到一个牧场做牧羊工,暂时安顿下来。他本打算在一个男人的世界里重新捡拾起那丢失的男子气概,但很快牧场主的妻子玛西娅便把他视为情人,牧场主像对待儿子那样待他,管家觉得他如女儿一样细心,而牧场经理则因为他的到来勾起了自己的同性恋倾向。众人的喜爱使埃迪十分厌恶自己,也更加揭示了他性别的含混性,即他对男女两性都具有吸引力。由此,埃迪内在的性别身份并没有因为外在装束的改变而发生本质的变化,他仍在两性之间徘徊。所以他再次逃离。小说第三部分中,尤特夏变成了伊迪斯女士,在伦敦经营一家高级妓院。她"极端厌恶自己,厌恶整个人类,再也不愿意沾上男女之事,更不敢奢望爱情那

---

① Carolyn Bliss: *Patrick White's Fiction: The Paradox of Fortune Failure*, Palgrave Macmillan,1986,P. 4.

② 徐凯:《作为隐喻的性别含混——论帕特里克·怀特的〈特莱庞的爱情〉》,《当代外国文学》2005 年第 2 期,第 72 页。

伟大的矛盾体了"①。格雷文纳爵士是妓院的资助人,一直深爱着她。伊迪斯虽然心知肚明,但还是想方设法拒绝这份感情,担心自己的真实身份把纯真的爱情破坏。"二战"爆发后,两人最后一次见面时,伊迪斯才豁然明白,无论自己是谁,是男性还是女性,格雷文纳都爱她。这时,获知父亲去世,母亲希望与自己团聚,并接受女性身份的自己,伊迪斯想象着母"女"团聚以后和谐相处的情形。虽然伊迪斯最终被母亲和格雷文纳身边的人认可,然而,她却在去接母亲的途中被空袭伦敦的炮火袭击,母亲所住的旅馆也被炸毁。

《特莱庞的爱情》这部小说的结构比较松散,三个部分之间的关系不太紧密,相互之间缺乏有机联系。小说的时间跨度长达三十多年,即从第一次世界大战前夕起,到第二次世界大战伦敦遭到闪电式轰炸止。小说中的三个部分的故事发生地也在不断变化,从第一次世界大战前的法国里维埃拉(French Riviera)的一座别墅,到战争时期澳大利亚雪山边上的一个牧场,最后到第二次世界大战前的伦敦。主人公的身份也在发生变化,从第一部分中的有钱人的妻子,到第二部分中的牧场工,再到第三部分中的妓院老板。无论哪种场景、性别或身份都是主人公寻找出路的不断尝试和不懈努力。

从某种意义上说,《特莱庞的爱情》这部小说可被视作怀特的精神自传。作者自身的生活经历与小说中的主人公埃迪有很多相似之处。怀特和书中的埃迪都有在世界大战中服役的经历,都有到欧洲游历的经历。在第一部分,25 岁的尤特夏与 68 岁的安吉洛斯——一个可以做她父亲的人——之间的性关系,反映的不仅是两人的同性恋心理,在更深层次上还是尤特夏的恋父情结。在第二部分,埃迪恋上了牧场主的妻子玛西娅,她的年龄与埃迪的母亲相当,这层关系暗示出他的恋母情结。恋父情结与恋母情结在一个人身上的集中体现,本身就暴露了自身的性别暧昧性。怀特相信,"正是主人公埃迪母亲的强悍和父亲的怯懦造就了主人公的性别含混和同性恋倾向"②。

和怀特的许多小说一样,该小说主要关注的也是身份。同时怀特也关注对景观和社会习俗的批判剖析。1979 年,《特莱庞的爱情》被列入布克奖入围名单,但应作者的要求被除名。在 1973 年获诺贝尔文学奖后,怀特拒绝所有的文学奖项,以便为更年轻、更有价值的作家的作品提供获奖机会。

《百感交集》是怀特的最后一部长篇小说,于 1986 年出版。这部小说是他以希腊老妇人亚历克斯·赞纳封·德米建·格雷(Alex Xenophon Demirjian Gray)之名所作,怀特"编辑"而成。该小说讲述了亚历克斯的故事。亚历克斯

---

① Patrick White: *The Twyborn Affair*, Viking, 1979, p. 311.

② 徐凯:《作为隐喻的性别含混——论帕特里克·怀特的〈特莱庞的爱情〉》,《当代外国文学》2005 年第 2 期,第 74 页。

和女儿希尔达一起生活。亚历克斯有着多重性格,她四处游荡,想象力丰富,把自己幻想的生活记录下来,以逃避现实的束缚。她通过万花筒般不断变化的现实来看待生活。怀特说,这些都是回忆录,没有亚历克斯·格雷这样的人,她只存在于作家的想象之中。

《空中花园》(*The Hanging Garden*,2012)是怀特未完成的一部作品,这本书最初计划包括三个部分,怀特完成了小说的第一部分。经过他的传记作者戴维·玛尔(David Marr)等人的不懈努力,终于在2012年得以出版。小说讲述的是艾琳和吉尔伯特,两个13岁左右的孩子,作为难民来到悉尼生活的故事。由于战争,两个孩子都失去了双亲。艾琳的父亲作为一名共产主义者在希腊监狱被处死,而吉尔伯特的母亲在英国去世。他们在战争中所受的伤害,渐渐地在静谧的“空中花园”里恢复。小说结尾,盟军在欧洲战场取得胜利,两个孩子面临新的抉择。

由于在创作手法上与写实主义的差异,怀特的小说是公认的晦涩难懂,就连他本人也这么认为。他曾在写给自己朋友的信里面说:“我是一个过时的作家,几乎没有人能读懂。如果他们读懂我了,大多数可能并没有理解我所说的。”①最初怀特作品的接受度并不是非常高,对他作品的非议是故事性不强。因为他着眼的不是曲折的情节,而是人物的塑造和内心世界的剖析。对此,他在早几年回答英国广播公司记者提问时,曾说过:“对我来说,人物是至关重要的,情节我不在乎。”②20世纪60年代,随着澳大利亚各个大学英语系的扩建,澳大利亚文学研究开始繁荣,怀特小说的研究也才得以快速成为研究的热点。研究怀特的作品,既有助于我们进一步了解西方的现代派艺术,也有助于借鉴这位语言大师的创作手法,同时观察澳大利亚文学的发展轨迹。

怀特对澳大利亚文学的贡献更体现于他对后辈的影响,以伦道夫·斯托(Randolp Stow,1935—2010)、托马斯·基尼利(Thomas Keneally,1935—)和哈尔·波特(Hal Porter,1911—1983)为代表的作家因为在创作手法、风格和内容方面与怀特作品的共通性而被归为怀特派作家。在他们的传承和持续高产中,澳大利亚文学现代主义风格得到充分发挥。

---

① John Barnes:On Reading and Re-reading Patrick White,*The Cambridge Quarterly*,2014,43(3),p.212.

② 朱炯强:《花间掠影》,浙江教育出版社,2006年,第242页。

第二节　伦道夫·斯托

伦道夫·斯托于 1935 年出生于西澳大利亚的格拉德顿（Geraldton），从小酷爱文学，迅速成名。1979 年，斯托获得了帕特里克·怀特文学奖，该奖项的设立是为了奖励对澳大利亚文学做出卓越贡献的作家。斯托 21 岁就开始出版小说，23 岁已出版了三部小说。其作品包括《鬼影幢幢的土地》（*A Haunted Land*，1956）、《旁观者》（*The Bystander*，1957）、《归宿》（*To the Islands*，1958）、《图木林》（*Tourmaline*，1963）、《午夜——一个狂野的殖民地男孩的故事》（*Midnite：The Story of a Wild Colonial Boy*，1967）、《来访者》（*Visitant*，1979）、《初出茅庐的女子》（*The Girl Green As Elder Flower*，1980）、《地狱的边缘》（*The Suburbs of Hell*，1984）。此外，斯托热爱诗歌，尤其喜欢英国浪漫主义诗人和苏格兰民谣诗人的诗，也模仿创作了一系列诗歌，收录在诗集《第一幕》（*Act One*，1957）、《前驱》（*Outrider*，1962）、《虚假的沉静》（*The Counterfeit Silence*，1969）里。

斯托的生活经历很丰富，踏足多个国家和地区。早在 1958 年完成小说《归宿》后，他在悉尼大学学了一年的人类学和语言学，1959 年又去新几内亚待了不到一年的时间，并学习了比加基里维纳语言。1960 年他去了英国，1961 年回到西澳大利亚，在康拉德大学取得硕士学位。1962 年，斯托在英国的利兹大学担任讲师，教授英语文学史。1963 年去了马耳他，1964 年去了美国，在美国斯托待了十三个月左右，除了四个州，斯托走遍了美国。随后他又在墨西哥待了五个月，完成了自传体小说《海上旋转木马》（*The Merry-Go-Round in the Sea*，1965）。从斯托的经历可以看出，斯托大多时候旅居国外，且多部作品在国外创作。然而，这并不影响他作品中体现澳大利亚的特色。斯托作品"短小、情感丰富、让人回味无穷。他作品中的人物说着方言，事件都具有象征意义，情节中充斥着善与恶的挣扎，强与弱的较量以及上一代和下一代的精神追寻"[1]。

《鬼影幢幢的土地》是斯托的第一部长篇小说。当被问到小说的创作灵感时，斯托坦言其"故事情节源自格拉德顿附近农村的故事，且故事都发生过。这本书是这些故事的合集"[2]。该小说刻画了 1914 年前夕马林小镇残忍而刻薄的鳏夫农场主安德鲁和儿女们的故事。安德鲁的女儿阿德拉德自始至终都是孝女的形象，哪怕最终安德鲁的其他子女都离开了他，阿德拉德也还继续陪着他留在

---

　　① Ray Willbanks："Keys to the Suburbs of Hell：A Study of Randolph Stow's Novel"，*Journal of Commonwealth Literature*，1987，22(1)，p. 47-48.

　　② John Beston："An Interview with Randolph Stow"，*World Literature Written in English*，1975，14(1)，p. 223.

马林。安德鲁的另外一个女儿安娜,长相很好却患有结核,在一次游泳的时候受一个土著男孩的引诱而失去贞洁。安德鲁还有三个儿子,他终其一生都在干涉他们的生活。儿子尼古拉斯很有艺术天赋,安德鲁却阻止他搞音乐,看到尼古拉斯画了一幅全家福漫画也暴跳如雷。儿子马丁与邻居简热恋的时候,安德鲁也恶意地告诉简的母亲。简的母亲为避免与他们马桂瑞家族扯上关系,带着女儿搬去了爱尔兰。随后,安德鲁告诉马丁他们家族有疯病的基因。接二连三的打击使得马丁一蹶不振,成为酒鬼。儿子帕特里克一生同样过得糟糕又悲惨,在妹妹安娜出事后他杀了那个土著男孩,承受着心灵上的折磨。安德鲁刺激他虐待管家的白痴儿子汤米,使得他和表妹简之间的感情不复存在,还教唆他酗酒,最终误杀了他。从安德鲁对儿子们的控制中可以看出他的恶棍形象,他在儿子们心中的形象其实也是邪恶的。在尼古拉斯的漫画中,他就被画成了一条毒蛇。有评论家认为,无论是从艺术手法上看,还是从道德层面上看,斯托都认为安德鲁是不道德的。①

在《鬼影幢幢的土地》发表后,斯托继续其中的一些话题和人物,为此创作了他的第二本小说《旁观者》。正如标题所示,这部小说中引入了旁观者和局外人的话题,女主人公黛安娜在陌生的欧洲长大,拒绝了房东的弱智儿子的求婚,与邻居帕特里克结婚。婚后,黛安娜发现帕特里克是一个无比贪婪和冷漠的人,但同时彼此间的骄傲又使得他们不能和解,最终他们的婚姻付之东流。讽刺的是,帕特里克甚至羡慕房东的弱智儿子恺撒:"很少人能够像恺撒一样……我不介意成为恺撒这样的人。他很简单,而我们都疯了。"②在刻画人性方面,《旁观者》无疑揭露出了人性的贪婪和残忍。

斯托的第一部长篇小说就奠定了他创作的主题和写作技巧,而评论界从一开始就认为他的作品中有其前辈帕特里克·怀特的特色,尤其是对人性和人心灵历程的书写。事实上,斯托的作品基本上都是关于澳大利亚人的,作品中潜藏着生命、历史和犯罪感,这样的特色使得斯托被贴上怀特派小说家的标签。斯托的第三部长篇小说《地狱的边缘》继续了类似的关于罪和生命的话题,但其结构更加紧凑,人物数量更少。小说主要讲述了一个在教区工作的 67 岁的老人赫里奥特的赎罪经历。赫里奥特认为自私的土著黑人雷克斯杀害了自己的养女,所以用石头回击雷克斯并误以为自己杀死了雷克斯,便失去了信仰,决心离开教区,开始了去往大海上的一座小岛的旅程。这段旅程既是他的朝圣之旅,也是他的赎罪之旅。临走之时,教区的一个土著黑人贾斯丁执意与他同行,两人在旅程

---

① O. N. Burgess:"The Novels of Randolph Stow", *The Australian Quarterly*,1965,37(1),76.

② Willbanks Ray:"Keys to the Suburbs of Hell:A Study of Randocph Stow's Novel."*Journal of Commonwealth Literature*,1987,22(1),p.47.

中遇到了一群经历特殊的人,其中包括杀人犯,还有疯子。这些人似乎是为了引导赫里奥特找寻自我而来。在与他们对话后,赫里奥特不断地忏悔、反思,最终原谅了雷克斯,也明白了当初自己对雷克斯行凶是出于对自己养女的爱,而不是仇恨,他心中的悔恨也因此逐渐消弭了。赫里奥特最终不再逃避,他勇敢地承认并面对自己犯下的罪。在那个荒岛上,赫里奥特找到了一种归属感和平静感。

评论界一致认为,赫里奥特的转变是正面的,且实现了肉体上和心灵上的成长。整部小说在题材上属于成长小说的范畴。在成长小说的分类和命名上,德语中描述成长小说的词 Bildungsroman 侧重于主人公的经验和感悟,侧重于人格的塑造,赫里奥特的成长和旅程继承了西方经典小说《奥德赛》《尤利西斯》《一个青年艺术家的画像》等呈现的模式——主人公在肉体的磨砺中顿悟,逐渐走向精神的成熟,并找到了精神和情感的归宿。在主人公的个人成长历程中,有学者指出赫里奥特的人格上最令人瞩目的是他"认识到自己的弱点、谦卑和人生的不确定"[①]。正是因为赫里奥特承认自己的弱点,他才能不断成长。此外,在他成长的过程中,原谅至关重要。

斯托另外一本不容忽视的小说是《图木林》,关注度不如《归宿》,但比《归宿》更复杂、难懂。《图木林》中同样表达了斯托对人生与变数、罪恶与虔诚的思考。但与前面的小说相比,在这本小说中,他在展示个性的同时,把更多的笔墨放在社区生活的刻画上,题材更加丰富。在一个废弃的采矿小镇,卡车司机从外面救回来了一个叫迈克尔的人,迈克尔之后自称为基督一般的救世主,并让小镇的居民视自己为他们神秘的拯救者。小镇居民对迈克尔的崇拜让小镇居民重新团结在一起,然而好景不长,当迈克尔无法为小镇找到水源之时,他自诩的"神力"在人们心中崩散了。加上这时候原本掌管着小镇的科斯特雷尔回来了,他重新掌管了小镇,迈克尔只能离去。小说明显具有怀特派小说家的特色,迈克尔的救世主形象、他的名字的来源、看护他的两名女子——玛丽和德博拉的名字等,都充满了象征性。

从斯托的几部代表性小说可以看出,斯托是一个典型的宿命论者。在他看来,人"要么咎由自取,要么拯救自己。事情的确分好坏,但补救方法在人自己手中"[②]。斯托在 20 世纪 80 年代创作的小说同样充满象征和神秘性。1984 年出版的《地狱的边缘》叙述了一个神秘的杀人犯及九个直接或间接受害者的经历。中年水手哈利在晚上去酒吧的路上遇到一个 12 岁的男孩,这个男孩告诉哈利他看到了一个戴兜帽的可怕的人。在安慰了小男孩后,哈利继续前往酒吧,遇到了

---

① O. N. Burgess. "The Novels of Randolph Stow." *The Australian Quarterly*,1965,37(1):p. P77.

② Geoffrey Dutton:*The Literature of Australia*,Penguin,1964,p. 140.

几个朋友,他们在接下去的情节中均遇害。他的朋友保罗是第一个受害者,上年纪的伊娜是第二个受害者,普莱克中校是第三个,他们都死于枪击,头部被射穿。保罗的弟弟葛瑞格疯了,出租车司机萨姆自杀了,家庭主妇琳达·维尔也中弹但活了下来,哈利自己溺水而亡,萨达顿被弗兰克·维尔枪杀,而弗兰克被毒死。这些受害人的居住环境、外貌特征、话语等都具有很明显的象征意义。他们都把家称作"血腥的地狱",并过着不尽如人意的生活。有学者甚至对比了小镇的环境和但丁《炼狱篇》中地狱的环境,从而升华了这部作品的深度。

在斯托众多的作品中,他个人尤其喜欢儿童文学作品《午夜——一个狂野的殖民地男孩的故事》,用他自己的话来说,《午夜——一个狂野的殖民地男孩的故事》"结构简单,以维多利亚时期文学结构对抗其早期作品中的电影结构。以一条故事线贯穿始终,并带有自传性色彩"①。当然,斯托的这部文学作品并不仅仅是写给儿童看的。与他的小说《鬼影幢幢的土地》类似,《午夜——一个狂野的殖民地男孩的故事》这部小说也是属于故事重述,"其故事情节源自儿时读过的书,不记得是谁重述,但在我这里通过对记忆进行加工而重构而成"②。显然,在斯托看来,童年的记忆对他后面的创作发挥了重要作用。

在斯托的创作中,声音和音乐也占据了一席之地。斯托对神话和民俗文化有过深入研究,包括澳大利亚土著传说、英国民俗神话、苏格兰歌曲等,这些文化都反映在他的作品中。斯托还是一个键盘手,对音乐很了解,平时听各种各样的音乐。音乐是他生活的一部分,音乐也是他小说的一部分。怀特把音乐视作他创作的催化剂,认为音乐是他小说结构的一部分。例如:记录巴尔托克的小提琴演奏会帮助他为《沃斯》这部小说设定了一个合适的结局。斯托的第一部小说《鬼影幢幢的土地》的背景设定为一片喧嚣的大地,充斥着老磨坊和鹦鹉的嘈杂声,甚至大树都在微风中叹息、啜泣。其中马桂瑞的儿子尼古拉斯很有艺术天赋,希望离开家去学习音乐,成为一名钢琴家。在斯托的小说《归宿》中,也有许多描写音乐的场景,比如土著妇女浑厚的歌声、在弹奏着的吉他,还有乐声悠悠的仪式现场。《地狱的边缘》中也有大量的声音描写,且整部小说从结构上看也是"室内歌剧(Chamber Opera)"的结构。此外,斯托的另一部小说《图木林》也是以一首歌作为结尾。音乐在斯托的小说中,不仅仅是被描述的对象,还充当了叙事的一部分。

近年来,国内学者在研究斯托作品时,认为中国的道家思想对其作品产生了很大影响。从斯托的生平可以看出,斯托作品中传达出的中国文化主要是受到他身边人的影响。斯托的祖父是一名虔诚的佛教徒,对于斯托东方神秘哲学思

---

①② John Beston, "An Interview with Randolph Stow." *World Literature Written in English*, 1975, 14(1), p.226.

想的认知影响很大。成年后,斯托对中国文化和中国古代思想产生兴趣,他对老子的《道德经》细心研读多年,发现了其中深奥的玄学思想,并专门模仿《道德经》赋诗十二首,取名为"图木林之约——《道德经》主题之变异"。此外,在中学学习期间,斯托有许多来自新加坡和马来西亚的同学,这些同学让他接触到了中国作家林语堂的作品,斯托遂被其作品中的道家思想深深吸引。林语堂的《吾国吾民》讲的就是中国人的生活和思想,而《孔子的智慧》和《老子的智慧》着重向西方介绍儒道思想。① 这些机缘使得斯托作品中散发着显而易见的道家思想。《归宿》中的赫里奥特的赎罪之旅既体现了斯托内心对西方宗教和哲学的认识,可以看作是一次基督教的朝圣之旅,又与东方哲学有着密切的联系,是一场通过自我反省、自我剖析而大彻大悟、自我救赎并由此获得内心安宁的旅行。这正是中国古代道家思想所倡导的道法自然的深意。②

　　斯托作品中的中国文化和思想是其作品中的一大特色,但斯托也不是唯一一位加入中国元素的澳大利亚作家。其实,当代澳大利亚文学中,越来越多的作家把注意力转移到了东方,主要是东方的文化,特别是古老而悠久的中国文化。这一观点可以把由澳大利亚著名作家、《澳大利亚短篇小说》杂志主编布鲁斯·帕斯科(Bruce Pascoe)为《花间掠影》所作的序言作为佐证:"盎格鲁—欧洲的政治、文化影响将仍然伴随着我们;莎士比亚的戏剧将仍然摆在我们的书桌上,莫奈和凡·高的绘画将仍然摆在我们的墙上,贝多芬和莫扎特的乐曲将仍然萦绕在我们耳际;然而,我们将渐渐把我国看作东方国家。"③澳大利亚越来越多的作家、学者都在关注东方文化。

第三节　托马斯·基尼利

　　托马斯·基尼利是澳大利亚著名小说家、剧作家和散文家。他生于新南威尔士州北部小镇的一个天主教家庭,曾在圣·帕特里克学院接受教育。基尼利于1960—1964年间担任悉尼一所高中的教师,1968—1970年间在新英格兰大学教授戏剧。除了国内他曾去过世界多地,游历过英国、美国等,并且在1987年访问了埃塞俄比亚,直接接触了战争。在神学院接受教育、游历各国、直面战争的种种经历都为他的小说创作奠定了一定的基础。1985年,基尼利在加州大学尔湾分校担任访问学者。1991—1995年间,他担任加州大学尔湾分校的访问写

---

　　① 　徐显静:《伦道夫·斯托道家思想的侨易解读》,《江苏师范大学学报》(哲学社会科学版)2015年第2期,第39—43页。

　　② 　于金红:《道家思想对伦道夫·斯托文学创作的影响研究》,《戏剧之家》2019年第25期,第231页。

　　③ 　朱炯强:《花间掠影》,浙江教育出版社,2006年,第89页。

作教授。

基尼利是澳大利亚最多产的当代作家之一,迄今为止已经出版了三十余部小说,另外还有戏剧、回忆录、论文集等。他的主要作品包括《惠顿某地》(*The Place at Whitton*,1964)、《惧怕》[*The Fear*,1965,后更名为《战线》(*By the Line*,1989)]、《招来云雀和英雄》(*Bring Larks and Heroes*,1967)、《三呼帕拉斯勒特》(*Three Cheers for the Paracelete*,1968)、《幸存者》(*The Survivor*,1969)、《孝女》(*A Dutiful Daughter*,1971)、《吉米·布莱克史密斯的战歌》(*The Chant of Jimmie Blacksmith*,1972)、《罗斯姐姐,红色的血》(*Blood Red*,*Sister Rose*,1974)、《来自森林的传闻》(*Gossip from the Forest*,1975)、《炼狱的季节》(*Season in Purgatory*,1976)、《奥罗拉的牺牲品》(*A Victim of the Aurora*,1978)、《旅客》(*Passenger*,1979)、《南派》(*Confederates*,1979)、《次等王国》(*The Cut-Rate Kingdom*,1980)、《辛德勒的方舟》(*Schidler's Ark*,1982)、《一件家庭蠢事》(*A Family Madness*,1985)、《剧作者》(*The Playmaker*,1987)、《文雅之举》(*Act of Grace*,1988)、《向着阿斯马拉》(*Towards Asmara*,1989)、《参谋长》(*Chief of Staff*,1991)、《飞行英雄阶层》(*Flying Hero Class*,1991)、《内海的女人》(*Woman of the Inner Sea*,1993)、《杰科》(*Jacko*,1993)、《河滨小镇》(*A River Tour*,1995)、《贝特尼之书》(*Bettany's Book*,2000)、《澳洲天使》(*An Angel in Australia*,2000)、《暴君的小说》(*The Tyran's Novel*,2003)、《遗孀与她的英雄》(*The Widow and Her Hero*,2007)、《人民的列车》(*The People's Train*,2009)、《火星的女儿》(*The Daughters of Mars*,2012)、《耻辱与俘虏》(*Shame and the Captives*,2014)、《拿破仑最后的岛屿》(*Napoleon's Last Island*,2015)、《神父的罪行》(*Crimes of the Father*,2016)。此外,他还著有回忆录《本地丛林孩子》(*Homebush Boy*:*A Memoir*,1995),纪实文学作品《澳大利亚人——从起源到尤里卡》(*Australians*:*Origins to Eureka*,2008)和《澳大利亚人——从尤里卡到淘金人》(*Australians*:*Eureka to Diggers*,2011),以及论文集《我们的共和国》(*Our Republic*,1993)等。他的小说曾多次获奖,《招来云雀和英雄》和《三呼帕拉斯勒特》分别获1967年和1968年迈尔斯·弗兰克林文学奖,《辛德勒的方舟》获得布克奖,最负盛誉,被广泛认为是其最成功的一部小说。

《惠顿某地》是一部侦探推理小说,也是基尼利的第一部小说,小说以一所神学院为背景,以一名非专业劳工和一名学术教师被谋杀为开端,讲述了一连串血腥的谋杀故事,探究了该神学院天主教牧师及其受训对象的精神世界,充满了恐怖与暴力。次年发表的《惧怕》以一个信奉天主教的男孩丹尼为主人公,该小说在1989年重新出版时更名为《战线》。这部小说触及了青少年的内心世界,刻画了主人公的迷惘,探讨了"二战"和宗教的恐惧和影响。

《招来云雀和英雄》是基尼利较为重要的作品之一,它在1967年获得了迈尔斯·弗兰克林文学奖。小说聚焦于实行流放制度的早期殖民地社会,以 18 世纪90 年代末的南太平洋一个地点不明的英国劳改殖民地(Penal Colony)为背景,刻画了一个古老的敌对世界。① 主人公费利姆是爱尔兰海军陆战队的下士,在流放地负责监管犯人。他曾经誓死效忠君王,但是在殖民地的所见所闻,让他逐渐怀疑以前的信仰。他誓死维护的公平与正义下,掩盖着龌龊的暴行和腐败,愤怒、贪婪、懒惰、暴食、欲望、嫉妒和骄傲,都以某种方式存在着。小说通过刻画主人公激烈的思想斗争,揭示了人与社会不可调和的矛盾。

1968 年出版的《三呼帕拉斯勒特》同样获得了该年度的迈尔斯·弗兰克林文学奖。小说主人公詹姆斯海外求学归来在澳大利亚一所神学院任教,他"年轻气盛、思想反叛,在堕胎、出版审查、教皇权威、教会内部腐败、教会与商业的勾结等敏感问题上,都持有激进的观点,布道时常常语出惊人;又有强烈的正义感,敢于向实力强大的地产开发商们发起挑战"②。小说以调侃的口吻,讽刺了澳大利亚的天主教教义。

《幸存者》在 1972 年由澳大利亚广播公司改编成电视剧。故事中主人公亚历克在一次南极探险活动中,抛弃了探险队队长斯蒂芬,成为幸存者,可是年迈的他每次回顾这段往事时,都会产生负罪感和无法消除的忏悔心理。

《孝女》与作者之前的风格大相径庭,它是一部光怪陆离的荒诞小说,充满了奇思妙想。小说围绕着格洛弗一家展开,主人公是 12 岁的小女孩芭芭拉,她第一次来月经时,父母忽然变成了牛,芭芭拉一时难以接受,但也不知所措,后来她安排父母住到牛棚,并决定好好孝顺他们。哥哥达米安在上大学,于是芭芭拉不得不挑起家庭的重担,负责农场和照顾父母。达米安在圣诞节回来的时候,与芭芭拉发生了性关系。而她的父亲时不时地在田野里走来走去,寻找他所中意的母牛,并与一头漂亮的小母牛发生了关系。她的母亲指责芭芭拉不请医生来为他们治病,让他们一直生活在痛苦之中。当小说中每个人的破坏力达到最高点时,芭芭拉被迫做出最后的牺牲——结束自己的生命。小说采用极其荒诞的形式,揭示了社会的荒诞性,充斥着死亡、暴力和赤裸裸的性和性关系。

《吉米·布莱克史密斯的战歌》是基尼利的又一力作,于 1972 年获得布克奖提名,1978 年被改编成电影。这部小说是以 1900 年发生在新南威尔士州的一起凶杀案为基础创作的。吉米是白人与土著所生的混血儿,聪明能干、见多识广。在白人传教士的影响下,他发愤图强,成了卫理公会的基督徒,即使这样他仍无法改变自己作为一个黑人的屈辱地位。后来他如愿以偿地娶了一个白人姑娘为妻,但这个女孩在嫁给他之前就已经怀了别人的孩子。由于肤色的关系,吉

---

① 张卫红:《采访托马斯·基尼利》,《外国文学》1994 年第 6 期,第 8 页。

② 托马斯·基尼利:《三呼圣灵》,周小进译,上海译文出版社,2010 年,第 281 页。

米的处境并没有因为他的努力、隐忍而有所改善,他依然四处碰壁、任白人凌辱,不但自己辛辛苦苦工作挣来的工钱遭到无礼的克扣,而且来探望自己的舅舅和弟弟也遭到无情的驱逐。他最终忍无可忍,杀死雇主的妻子和挑拨离间的家庭女教师,走上亡命天涯的不归路。小说最后以吉米被捕,并处以极刑的悲剧结束。小说充斥着暴力、血腥、杀戮与死亡的沉重话题,深刻揭露了白人对土著的压迫、剥削和歧视,体现了对澳大利亚白人与土著种族冲突这一重要主题的反思。

《罗斯姐姐,红色的血》是一部历史小说。故事以圣女贞德的故事为题材,基尼利在其中加注了自己的情节,再现了 15 世纪欧洲的恐怖、血腥和神秘行为。《来自森林的传闻》中基尼利对 1918 年 11 月第一次世界大战结束时签订停战协定的谈判进行了虚构的介绍。《炼狱的季节》以第二次世界大战期间亚得里亚海的一个小岛为背景,以年轻的英国外科医生大卫为主人公,描绘了南斯拉夫(现塞尔维亚、黑山)的抵抗运动。《次等王国》讲述了 20 世纪 40 年代澳大利亚总理约翰尼与英国将军之妻的爱情纠葛、工党内部的权力之争和矛盾,以及美国与澳大利亚之间的纠纷,等等。通过一系列个人情感和国家权益的角逐,讽刺了澳大利亚在其他国家,尤其是世界强国美国面前的次等地位,反映了澳大利亚处于世界边缘的小国地位。

基尼利最著名、最成功的作品当数 1982 年发表的《辛德勒的方舟》。它取材于大屠杀幸存者波德克·菲佛伯格的真实事件,后被导演史蒂芬·斯皮尔伯格改编成电影《辛德勒的名单》(*Schindler's List*),并获得了 1994 年奥斯卡最佳影片奖。小说讲述了白手起家的企业家辛德勒的故事。他是一名纳粹党员,在"二战"期间,利用自己放荡不羁的假象,掩盖并最终完成了伟大的使命——将一千五百名犹太人从波兰和德国的集中营中解救出来,免遭纳粹的种族屠杀。小说成功塑造了辛德勒有血有肉的普通人形象,兼有凡人的美德和缺陷,使之深入人心。他沉迷酒色,起初还是一个奸商,但就是这样一个花天酒地、放浪形骸的人不愿意与纳粹沆瀣一气;他对那些犹太难民怀有深切的同情,并且拼尽全力去挽救他们的生命。正是这样一个平凡普通之人却冒着生命危险、倾力相助,做出非凡壮举。两者之间的强烈反差彰显出了人性的伟大,使之感人肺腑。

《剧作者》同样是一部历史小说,它再现了澳大利亚历史上第一个剧本上演的经过。《向着阿斯马拉》讲述了 20 世纪 80 年代末厄立特里亚为摆脱埃塞俄比亚,争取独立而展开激烈斗争的故事。《文雅之举》是基尼利以笔名威廉·科伊尔(William Coyle)出版的一部小说。小说背景设置在"二战"期间和战后,讲述了澳大利亚悉尼玫瑰湾一对来自天主教家庭的姐弟的故事,触及战争与信念的话题。《飞行英雄阶层》讲述了巴勒斯坦恐怖主义者劫持了一架在纽约和法兰克福之间飞行的客机的故事。《内海的女人》讲述了年轻的爱尔兰裔澳大利亚人、连锁影院业主吉姆的女儿凯特的婚姻故事,引发读者对婚姻意义的反思。小说展现了澳大利亚城市和乡村的自然风光,对澳大利亚特有的动物鸵鸟、袋鼠等都有所提及,具有多彩的澳大利亚元素,是一部情节扣人心弦、主题丰富的小说。《澳洲天使》是一部战争小说,讲述了"二战"期间悉尼发生的戏剧性事件。当时的澳大利亚社会正处在发生巨大变化的时期,美国军队与英国旧殖民关系之间的挑战,以及伴随战争而来的传统价值观崩塌等问题同时存在,这些揭露了人类内心的黑暗以及人类灵魂遭受的耻辱和愧疚。《遗孀与她的英雄》也是一部战争小说,是一个关于爱、战争和英雄主义的故事,讲述了格雷斯与利奥的一生,同时描绘了利奥与杜塞特少校的关系以及利奥对于前往新加坡这一危险使命的痴迷。

小说《火星的女儿》再次获得了很高的评价,被誉为"'一战'史诗"。基尼利从两姐妹的角度重新审视第一次世界大战。萨利和内奥米是来自新南威尔士州的两名护士,她们在第一次世界大战期间来到埃及,最后登上了驻扎在达达尼尔海峡的红十字会医院的阿基米德号,在医院和手术室里,她们目睹了这场战争的血腥。《耻辱与俘虏》讲述了"二战"期间日本战俘在新南威尔士的越狱事件,刻画了不可磨灭的文化冲突。《神父的罪行》是一部关于信仰、教会、良知和独身主义的小说,故事触及教会性虐待的话题。

托马斯·基尼利的小说广泛借用已有的历史事实和材料,并赋予深刻的现实内涵,涉及的话题也十分广泛,战争、种族、宗教、文化、家庭关系、人性等都是他的聚焦点。他关注澳大利亚,同时也关注全世界,因此有学者评价基尼利的作品既是地区的、"澳大利亚的",也是国际的、世界的。

第四节　哈尔·波特

哈尔·波特,全名哈罗德·爱德华·波特(Harold Edward Porter),于1911年出生于澳大利亚墨尔本。波特的父亲是一名火车司机,育有六个孩子,波特是老大。波特少年时期居住在维多利亚州,中学毕业后由于父亲工作变动,举家迁往班斯代尔。波特10岁就成为班斯代尔高中最年轻的学生,11岁就在校刊上发表了第一篇小说,13岁便获得地方性短篇小说奖。1927年,16岁的波特成为一名中学教师,一直执教到1937年。在这一时期,波特的母亲离世,给他带来了巨大的打击。辞职后第二年,波特回到班斯代尔和父亲同住,并在那段时间里遇见了他未来的妻子奥利维亚(Olivia Clarissa Parnham)。1939年,两人结婚,但婚后不久就发生了改变波特一生的悲剧——波特遭遇了重大车祸,这导致了他的残疾,使得他一生只能跛行,并伴随着终身挥之不去的疼痛。这场不幸让波特免于"二战"兵役,只能继续埋头写作。然而仅凭写作无法维持生计,于是波特辗转各地，做过厨师、演员、旅馆经理、戏剧监制人、图书馆员和教师等。1961 年后，50 岁的波特放弃了公职，成为一名全职作家，居住在妹妹的农场里专门从事写作。人生的丰富阅历、对生活细节的入微观察让波特保持了持续的创作热情。波特的创作速度很快。他还喜欢在写作间隙外出旅行，几乎每两年就外出旅行六个月，在休息的同时观察生活，这也是他保持多产的重要原因，波特的大部分作品都是在这一时期创作的。1983 年，波特不幸再次遭遇车祸，身受重伤，于次年去世。

尽管波特很早就开始写作，但是直到 20 世纪 60 年代中期他的文学地位才完全确立。由于其丰富的个人海外经历，波特的作品题材多样，故事背景多变，包括伦敦、威尼斯、东京、米兰等。尽管如此，波特本人依然认为自己是一位澳大利亚作家。在体裁方面，波特也同样涉猎广泛，创作类型包括短篇小说、长篇小说、戏剧、诗歌、游记，以及自传。波特的主要作品包括三部长篇小说——《一把钱币》(A Handful of Pennies，1958)、《倾斜的十字架》(The Tilted Cross，1961)和《恰如其分》(The Right Thing，1971)，九部短篇小说集——《短篇小说集》(Short Stories，1942)、《一个单身汉的孩子们》(A Bachelor's Children，1962)、《威尼斯的猫》(The Cats of Venice，1965)、《演员——新日本的形象》(The Actors：An image of the new Japan，1968)、《巴特弗赖先生和其他关于新日本的传说》(Mr. Butterfry and Other Tales of New Japan，1970)、《短篇小说选》(Selected Stories，1971)、《弗里多·富斯热爱生活》(Fredo Fuss Love Life，1974)、《哈尔·波特作品便携本》(The Portable Hal Porter，1978)、《千里眼山羊和其他故事》(The Clairvoyant Goat and Other Stories，1981)，三部自传体小说——《铸铁阳台上的旁观者》(The Watcher on the Cast-Iron Balcony，1963)、《文件追踪》(The Paper Chase，1966)、《额外》(The Extra，1975)，三部诗歌集——《六角形》(The Hexagon，1956)、《伊利贾的饕餮》(Elijah's Ravens，1968)及《在澳大利亚的一个乡村墓地》(In an Australian Graveyard，1974)，三部戏剧——《塔》(The Tower，1963)、《教授》(The Professor，1966)、《伊甸屋》(Eden House，1969)。

许多批评家认为，在波特所有的作品中短篇小说成就最高，有学者甚至称波特为"当代澳大利亚文学中最富特色的优秀短篇小说家"[①]。就连波特自己也评价自己："也许后人会认为我是一个过得去的小说家、尚可的剧作家，但是一位出色的短篇小说家。"[②]从 20 世纪初到 50 年代末，澳大利亚短篇小说界基本上安于

---

① 唐正秋：《澳大利亚文学评论集》，河北教育出版社，1993 年，第 76 页。

② Chester Eagle：*The Well in the Shadow：A Writer's Journey through Australian Literature*，Transit Lounge，2010，pp. 60-79.

现状，作家们满足于已经取得的成就，死守着前辈所创立的文学传统——劳森传统。当时的整个短篇小说界可以说是死气沉沉，产出的作品千篇一律，内容平稳沉闷，以至于到了 50 年代，澳大利亚读者对短篇小说的兴趣大减。为了再度繁荣澳大利亚短篇小说的创作，让它和国际短篇小说保持同步，和世界一起与时俱进，新一代作家做出了大量努力。新一代作家中，最有声誉的、最有贡献的当数帕特里克·怀特和哈尔·波特。当今学者普遍将波特归为怀特派的一员，认为他的作品同怀特一样，拥有精巧的构思、深刻的洞察、对人物内心世界的艺术性开拓、独特的风格以及富有诗意的语言。但也有学者认为波特因为被笼罩在怀特的光环下而常常被忽略，认为波特在澳大利亚文学史上没有被给予足够的重视，批判人们过于简单地把波特看作怀特的附属品。而事实上就短篇小说领域来说，波特对当代澳大利亚文学的贡献并不逊色于怀特。波特在 20 世纪 40 年代就出版了短篇小说集，如果说他那时的小说尚不成熟的话，那么到了 60 年代初，经过长期的探索尝试，他的短篇小说作品已炉火纯青，令世人瞩目。1962年，波特出版了具有时代意义的短篇小说集《一个单身汉的孩子们》。这部小说集在题材、创作手法、写作风格等方面都给当时的澳大利亚文坛带来了很大震动："在这部书中，人们看到的不再是过去几十年中澳大利亚短篇小说所专注的千篇一律的内陆生活图景，而是社会生活的变迁所带来的种种现代问题，主题包括纯真的丧失、幻想的破灭、爱情的死亡、成长的困惑、暴力、自杀等。其文学手法不再是一成不变的、传统的现实主义描写，而是一种全新的、富于现代色彩且具有鲜明个性的表现手法。"[①]

波特最为人称道的要数其独特的语言风格，结构严密、用词深奥是他的代表性创作特点。他是一位实实在在的语言大师，在作品中表现出高超的驾驭文字的才能，文笔凝重繁丽，描写细腻，充满形象化的比喻。就如同批评家所说，"他的短篇小说独具一格，对于细节的描绘、人物的塑造以及文字的运用（尤其是这最后一点）都胜人一筹"[②]。波特文中看似不经意的比喻描写都让人心醉，例如《初恋》中就有这样的绝妙语句："我成了闪电中的一棵树，信徒们都不敢靠近我"[③]，"我在永恒身边偷听，永恒是时间的牺牲品"。波特还善于用一连串不同的词语来修饰和充实已经表达的思想，有意在主人公的自述和读者的理解之间造成距离，以达到讽刺的效果。但与此同时，也有学者持相反观点，认为尽管"波特有非凡的语言才能，而且十分讲究文采，但有时语言过分华丽雕琢，显得矫揉

---

①　陈正发：《当代澳大利亚短篇小说三十年发展概述》，《安徽大学学报》（哲学社会科学版）1993 年第 1 期，第 74 页。

②　胡文仲：《澳洲文坛巡礼》，《外国文学》1985 年第 6 期，第 32 页。

③　哈尔·波特：《初恋》，江晓明译，《外国文学》1980 年第 4 期，第 69 页。

造作;有时用词过分生僻,使人困惑不解,反而削弱了作品的艺术魅力"①。虽然被批评过分追求猎奇与荒诞,但波特的手法与风格还是逐渐被人们认可乃至欣赏,并且在不同程度上影响了后来的作家。现在看来,波特的小说集《一个单身汉的孩子们》和《威尼斯的猫》的出现已经表明了当代澳大利亚短篇小说的发展方向。从这个意义上讲,波特是不逊于怀特的当代澳大利亚小说革新先驱。②

波特擅长用极富表现力的语言展示人生经验中实质性的东西。他充分发挥自己的才智和语言上的造诣,形象地表现当代人的思想、行为,准确而尖锐地剖析社会。用他自己的话说:"我写的许多问题产生于澳大利亚社会古怪的复杂性,产生于平均主义外表掩盖下的十分微妙的阶级差别,产生于温文尔雅的面纱后面的极度的敏感与狡狯,产生于博爱旗帜掩饰下的严酷无情。""他笔下的人物常常朝三暮四,极无定见而又出奇的自负、孤僻得可怕。波特的故事情调变化大,时而轻描淡写,几笔勾勒出粗略的轮廓,时而浓墨重彩,渲染气氛。他善于揭示平静的外表下的邪恶和凶险,表现天真无邪的人们的理想的破灭及其在痛苦中的觉醒。"③举例来说,《初恋》讲述了一个孤僻的孩子如何爱上了相片中的女孩,将其奉为美丽典雅的象征,但在珍藏它七年之后,主人公猛然发现这张照片中的人实际上是自己媚俗的姨妈。在真相揭露的瞬间,主人公从自己天真、理想的小天地被迫进入了现实世界。像这样,波特的作品往往通过各种荒诞场景的描写、古怪人物的塑造,使读者窥见人生的奥秘,表现了作者对人生的深刻理解和对被扭曲者的深切同情。④

哈尔·波特在传记文学方面的造诣也常为人所称道,他的第一部自传体小说《铸铁阳台上的旁观者》对于澳大利亚自传文学的兴起具有开创性的意义,甚至有学者给出了"这是我们国家迄今为止最完美的一部小说"⑤的评价,认为这部作品奠定了波特作为澳大利亚先驱作家的地位。《铸铁阳台上的旁观者》的记叙从波特回忆两具尸体开始:"我所见过的第一具尸体,是一名40岁的女人。从泪眼迷离中,我看到她双眼紧闭的面孔,在我自己无用的悲伤哭泣声中,我感受到了她不可思议的沉默。直至二十八年后,我才看到我人生里的第二具尸体。"⑥那40岁的女人就是他的母亲,而第二具尸体是他的父亲。紧接着,波特从父母讲到自己的出生,在叙述中神奇地将自己与世界大事件联系在了一起:

---

①③　唐正秋:《澳大利亚文学评论集》,河北教育出版社,1993年,第76页。

②　陈正发:《当代澳大利亚短篇小说三十年发展概述》,《安徽大学学报》(哲学社会科学版)1993年第1期。

④　周开鑫:《澳大利亚短篇小说述评》,《西南师范大学学报》(人文社会科学版)1987年第3期,第33-39页。

⑤⑥　Chester Eagle, *The Well in the Shadow:A Writer's Journey through Australian Literature*. Victoria:Transit Lounge:2010,p.60-79.

"在我刚好满一周的那天,我出生之地的上空飞过历史以来的第一架飞机……我爬着。泰坦尼克沉没了,我却站起来了。奥匈帝国大公在萨拉热窝遇刺,而我却能够行走并开始有记忆了。"[①]波特这种仿若信手拈来般的开篇让许多作家难以望其项背。在这部作品中,对母亲的怀念和爱是贯穿全书的核心主题。母亲是波特一生中最爱的人,他不需要任何人,只需要母亲,他和母亲之间的互补关系在整部自传中随处可见。有学者认为,在《铸铁阳台上的旁观者》中母亲的地位是如此重要,以至于如果没有母亲,就不可能有这本书。

波特的第二本自传小说《文件追踪》讲述了母亲去世后,波特断绝了和父亲的来往之后的故事。在他动笔写第二部自传小说时,波特一定意识到接下来要讲述的内容很艰难。有学者认为,以"文件追踪"来给此书命名更多地是指该书支离破碎的写作风格:全书几乎是由诸多的零碎记忆片段串联起来的,缺乏整体规划感,也缺乏第一部自传小说中不可取代的母亲带来的丰富性。激发读者对事物做全新的理解的热情已经不再是他的目的,至少在这部书里,波特让我们的思维执迷于一些精挑细选的细枝末节。这也是这部书评价不高的重要原因。较之《文件追踪》,波特的第三部,也是最后一部自传体作品《额外》的声誉要更高一些,尽管书中作者的叙述未免有些逢迎的姿态。赞赏《额外》的批评家认为,在此书中波特的身份仅限于作者,他所做的只是在反思,其中最优秀的片段是他对其他作家的反思。这个口若悬河的健谈者虽然已经疲倦了,但是他还有许多有趣的东西可以继续和读者分享,在吊着读者的胃口又让读者爱不释手方面,他仍不失为一名高手。

第五节　克里斯托弗·科契

克里斯托弗·科契(Christopher Koch,1932—2013)出生于塔斯马尼亚州,拥有爱尔兰、英国和德国血统,是一位享有国际声誉的澳大利亚小说家及诗人。科契大学毕业后出国游历,在亚洲和欧洲的多个海外城市工作、生活过,最后留在伦敦工作数年。1957年科契回国,在澳大利亚广播电台工作多年,担任广播节目制片人,直到1972年才辞职成为一位全职作家。科契一生共完成七部长篇小说的创作,其中《两面派》(*The Doubleman*,1985)和《通往战争的公路》(*Highways to a War*,1995)让他两次获得澳大利亚最高文学奖——迈尔斯·弗兰克林奖。1995年,因其对澳大利亚文学所做出的不可忽视的贡献,科契被授予代表澳大利亚政府最高荣誉的澳大利亚官员勋衔。2008年,科契曾因

[①] Chester Eagle, *The Well in the Shadow: A Writer's Journey through Australian Literature*. Victoria: Transit Lounge: 2010, p.60-79.

参加国际作家节活动来访中国上海。2013 年,科契因患癌症去世,享年 81 岁。

　　起初,科契立志于成为一名诗人或艺术家,但给他带来声誉的却是他的长篇小说。早在伦敦当服务员和教师谋求生计的时期,科契就开始创作他的第一部长篇小说《岛上的孩子》(*The Boys in the Island*,1958)。当科契回到澳大利亚后,《岛上的孩子》在英国出版,广受赞誉。科契的第二部长篇小说《越过海墙》(*Across the Sea Wall*,1965)同样先于伦敦出版,1982 年才在悉尼出版大改之后的第二版。第三部长篇小说《危险的岁月》(*The Year of Living Dangerously*,1978)是他最被大众熟知的作品,获得《时代》1978 年著作奖和全国著作委员会澳大利亚文学奖,还在 1982 年被改编为电影上映。科契的第四、第五部长篇小说《两面派》和《通往战争的公路》双双获得迈尔斯·弗兰克林文学奖。20 世纪最后一年,科契出版了第六部长篇小说《走出爱尔兰》(*Out of Ireland*,1999),把《通往战争的公路》的主人公的祖先作为该书的主人公,是前作的姊妹篇。进入 21 世纪,科契依旧笔耕不辍,出版了他的最后两部长篇作品《记忆室》(*The Memory Room*,2007)和《失去的声音》(*Lost Voices*,2012)。除长篇小说之外,科契还出版了一部重要的散文集《跨越横沟》(*Crossing the Gap*,1987),以回忆录形式展现了战后澳大利亚在世界新秩序下寻找新定位的探索,思考东西方文化如何避免冲突、加强融合,其中所体现出的国际视野及对亚洲的关注弥足珍贵,对当今读者思考世界各国之间的关系也具有启迪意义。

　　科契善于探索幻想和现实的关系,作品多反映心理上的孤独和压抑感,包含挥之不去的危机意识,常常描绘自我对失败的探索。他的处女作《岛上的孩子》就是体现这些主题的典型代表。《岛上的孩子》中的故事发生在塔斯马尼亚岛和墨尔本,追溯了一个性格敏感而内省的男孩卡伦历经磨砺的成长过程,绘声绘色地描述了他在青少年时期澎湃的热情和充满好奇心的探索。从外表上看,他只是一个普通的孩子,但是他的心里充满了关于另一个理想世界的幻想。在他的童年时期,他会在塔斯马尼亚岛的大自然中看见这个世界;长大后,澳大利亚的大陆成了那个理想世界的象征;在他终于到达澳大利亚之后,理想世界在和现实不可调和的矛盾间轰然倒塌。全书跨越了卡伦从郁郁葱葱的纯真小岛到烟雾弥漫的现代大陆,再试图返回那个回不去了的小岛的人生探索,为被成人世界所抹杀的少年幻想做了一曲动人挽歌。科契对塔斯马尼亚岛景色抒情诗般的回忆和描写令人印象深刻,他对少年幻想世界的描绘也令人惊叹。此外,探索澳大利亚残存的殖民主义个性和心理是科契一系列创作的重要母题,这一点在《岛上的孩子》中尤其清晰。科契所成长的塔斯马尼亚岛是澳大利亚大陆的"卫星州",而澳大利亚自身又常常被视为欧洲大陆的"卫星"。地理上的相似性在某种程度上导致了人们心理上的相似性，双重的身份让作者更能与这种殖民地心理共情。[1]

　　科契常把亚洲这块充满神秘气息的土地作为故事背景，让来自澳大利亚的主人公们在其中彷徨，试图理解他们作为闯入者的处境。科契最受好评，也最为人所熟知的作品《危险的岁月》就体现了这样的主题。《危险的岁月》的创作灵感最初来自科契的兄弟在印度尼西亚的记者经历。作为联合国教科文组织的顾问，作者本人也曾在印度尼西亚首都雅加达工作过两个月，这使得科契对20世纪六七十年代印度尼西亚的混乱状态有着深刻的体会。当时在印度尼西亚被奉若神明的统治者苏加诺发起了一场失败的政变，让整个国家陷入混乱，最终导致五十万人死去。但对于在印度尼西亚的西方记者来说，这即将到来的末世灾难不过是他们的创作素材和谈资。小说的主人公汉米尔顿作为一名记者，在推翻独裁者苏加诺的政变前夕来到了印度尼西亚，并在当地遇到了摄影记者——侏儒科万。政治局势瞬息万变，印度尼西亚的灾难从隔岸观火的皮影戏变为可触及的真实之后，一个关于爱、痴迷和背叛的复杂个人悲剧也达到了高潮。科万本是印度尼西亚共产党的坚定支持者，但在目睹了大量普通印度尼西亚人的贫穷和死亡之后，转而认为苏加诺背叛了赋予他权力的革命和人民。在科万隐秘的幻想中，苏加诺和汉米尔顿都是他的英雄，所以遭到英雄们的背叛之后，科万便不可抑止地陷入了绝望。科万代表了科契作品中很典型的一类人物，体现了科契创作的一个重要母题：一人殉道式的死亡会引发另一人心灵上的巨大震动，迫使他重新审视自我。

　　与《危险的岁月》相似，《通往战争的公路》记叙的也是澳大利亚主人公在东南亚战乱年代的故事。动荡不安的氛围、风云突变的政治局势、错综复杂的人际关系以及危机四伏的生存状态是这两本书的共同特点。《通往战争的公路》中的故事被设置在20世纪六七十年代的越南和柬埔寨，以主人公收到他从小一起长大的知心好友迈克尔失踪的消息开篇。之后，主人公亲赴东南亚，走访迈克尔的同事，探寻他的失踪之谜，用种种方式回溯了这名澳大利亚战地摄影记者波澜壮阔的一生。科契注重语言技巧和结构层次，采用了倒叙的叙事手法，通过多人不同的视角为读者呈现出一个性格鲜明、血肉饱满的英雄形象：迈克尔是一名敢于冒险、追求真实的记者，他不甘心接受美军情报机构提供的现成资料，决定深入战争前线，以获得第一手的战争影像资料。面对残酷的战争，迈克尔非常同情当地军民，他毅然进入了柬埔寨，踏上了通向战争之路。此外，小说的主题还涉及澳大利亚人在后殖民时代对自我身份的焦虑，对亚洲的认同，以及硝烟四起的战火中人与人之间弥足珍贵的友情和爱情。

　　科契精妙地把握住了那个时代的情绪和气氛，准确地描绘了当时的人物、

---

① 黄源深：《澳大利亚文学史》（修订版），上海外语教育出版社，2014年，第287页。

地点以及事件。而对于没有经历过这一历史事件的读者来说,《通往战争的公路》也非常值得一读,因为他还原了一个许多人从未体验过甚至不知道它存在的世界。让一段无法再现的历史复活,让睡着的人重新睁开眼睛,这是作者的一项了不起的成就。此外,还有学者特别强调书中蕴含的中国情结,认为书中不同时期、不同地点提到的中国元素促进了故事的发展和主题的展开。从少年时期漫画中的南海冒险故事,到东南亚记者时期无处不在的华人诗歌,乃至主人公的华裔恋人,都是非常明显的中国文化符号,从侧面反映了当时中国的状况。[①]

第六节　伊丽莎白·哈罗尔

伊丽莎白·哈罗尔(Elizabeth Harrower,1918—2003)出生于澳大利亚悉尼,父母离异后,年幼的她被送到工业重镇纽卡斯尔的外祖母家,并在那里度过了童年和少年时光。十年后,11 岁的她回到悉尼与母亲和继父一起生活。哈罗尔从未公开讲述过有关父亲的情况,她曾在一次采访中告诉记者,孩提时候的自己完全没有见过幸福的婚姻,因此她笔下也从来没有出现过美满的婚姻或母慈子孝的幸福家庭。1951 年,23 岁的哈罗尔离开曼利区的家,只身一人乘船六周后到达英国,先后求学于苏格兰诺兰斯和伦敦。她曾经希望通过研究心理学解释人生,但就在通过了伦敦大学心理学入学考试后,因为害怕解剖老鼠而最终放弃了这一短暂兴趣,并决定成为一名作家,通过观察和梳理历史来研究人类行为。

在英国期间,哈罗尔先后出版了两部关于澳大利亚悉尼和以纽卡斯尔为原型的工业小镇巴罗拉的小说——《深陷都市》(*Down in the City*,1957)和《遥远的展望》(*The Long Prospect*,1958),远离故土的她反而因为想念而对澳大利亚形成了更清晰的认识。可惜两部小说并没有引起评论界广泛的关注。1959 年哈罗尔重返悉尼,迫于生计,她先后在澳大利亚广播公司(ABC)、《悉尼先驱晨报》和各大出版社担任书评员。1961 年到 1967 年,她在英国出版商麦克米伦的悉尼办公室担任编辑,忙碌的工作任务使她只能在晚上和周末写作。哈罗尔笔耕不辍、争分夺秒地完成了一部以伦敦为背景的小说——《旋转烟火》(*The Catherine Wheel*,1960)和她最负盛名的小说《瞭望塔》(*The Watch Tower*,1966)。

尽管哈罗尔的大部分小说最初只能在英国和美国出版,但在澳大利亚文学

---

① 朱明胜:《战火中的异乡恋与中国情结——读〈通往战争的公路〉》,《译林》2014 年第 1 期,第 39 页。

界引起了不少关注和好评,包括澳大利亚文坛中举足轻重的作家帕特里克·怀特。R. G. 吉尔林(R. G. Geering)称哈罗尔是一个"有着精湛布局、专业技巧和洞察力的真正的创新型作家",因而"值得细致地研究"。① 琼·伦敦(Joan London)在 2012 年版《瞭望塔》的前言中写道:"小说像噩梦一样抓住了我……我不知道现在在澳大利亚是否还有这样写作的女人。"②小说家克里斯蒂娜·斯特德(Christina Stead)赞扬《遥远的展望》是一部独一无二的小说。1996 年,哈罗尔荣获了怀特文学奖。

令人意外和惋惜的是,到了 20 世纪 80 年代,哈罗尔这一代女性小说家因为第二波女权主义力量纷纷获得新生而蓬勃发展时,哈罗尔却沉默了。没有新作品问世的她渐渐淡出了读者和评论家的视野。事实上,哈罗尔一直没有停笔,只是选择将反复修改的手稿寄存到澳大利亚博物馆而不是付梓。在如今作家越来越专业化、被名人文化价值观所吞没而出版通常被视为终极目标的时代,哈罗尔在事业顶峰终止写作生涯着实令人费解。对于停止出版的原因,连哈罗尔自己也难以给出确切的答案。

半个多世纪后的 2012 年,文字出版社的"经典"系列先后再版了《瞭望塔》(1966,2012)、《遥远的展望》(1958,2012)、《深陷都市》(1957,2013)和《旋转烟火》(1960,2014),并说服哈罗尔首次出版了早在 20 世纪 70 年代就完成的小说《在某些圈子里》(In Certain Circles,2014)和多年散布于《纽约客》(The New Yorker)等多个文学杂志的短篇小说集《乡村几日游和其他故事》(A Few Days in the Country and Other Stories,2015)。随着早期小说的重新刊印和新作品的陆续面世,公众和学术界对哈罗尔的兴趣和对其天赋的认可与日俱增。

评论家们普遍认同第一部小说《深陷都市》几乎涵盖了哈罗尔所有作品的关注点。小说讲述了 20 世纪 50 年代,一名悉尼上层阶级女孩埃斯特和来自该市较穷地区的男人斯坦之间的一段失败的婚姻。女主人公埃斯特生长于玫瑰湾区一个富裕、有声望的家庭,年幼丧母的她听从父亲的安排没有外出上学,在家弹琴绣花,常常独自一人到市中心逛街购物,在别墅区的高墙中孤独地长到 33 岁。男主人公斯坦租住在悉尼下层市民聚集的国王十字区,他自小被父母遗弃,在州立孤儿院长大,受尽冷眼和不公,长大后通过非法钻营白手起家,因此他对上层社会有着根深蒂固的敌意。因为一次偶然的机会,斯坦闯到埃斯特家门口打听一个曾经在那里工作的用人,两人就此结识。仅仅认识两周后,埃斯特欣然答应了斯坦的求婚,逃离了孤寂的富人区,跟随斯坦搬到国王十字区的公寓中。一开

---

① R. G. Geering：*Recent Fiction*, Oxford University Press,1974,p. 3.

② Elizabeth Harrower：*The Watch Tower*, The Text Publishing Company,2012, p. viii.

始,两人对彼此都有着关怀和期待,然而,因为两人成长经历中的各种形式的差异,他们无法协调两种截然不同的生活带来的摩擦。尽管埃斯特一再迁就忍让斯坦,斯坦还是以埃斯特律师哥哥的蔑视伤害了他脆弱的自尊为由,开始对埃斯特进行言语上的侮辱,甚至肢体暴力,他恢复了往日酗酒的颓废生活,和前女友私会。丈夫的忽视和折磨,与新的居住环境的格格不入,都不能让埃斯特摆脱婚前急于逃离的孤独感。小说最后,因为好管闲事的邻居嚼舌,埃斯特发现了斯坦出轨的事实,可是她不知道该如何改变,只能选择继续这样的生活。

第二部小说《遥远的展望》背景是 20 世纪 50 年代的澳大利业工业小镇。小女孩艾米莉被年轻、草率的父母抛弃,被迫与庸俗、不负责任的外祖母在滨海小镇生活。艾米莉天生敏感、细腻,因为被家人忽视变得孤僻、抑郁。先后来的两个科学家西娅和麦克斯鼓励她学习,像成年人一样交流对话,艾米莉的日子开始充满了欢乐和希望。艾米莉甚至对麦克斯产生了朦胧的爱意,并对麦克斯的地下恋人西娅产生了醋意,但这些鲜活的情感没多久就被小镇其他庸俗的居民扼杀了。麦克斯因为宗教信仰无法离婚,因此小镇里满是关于他的污言秽语。西娅忍受不了流言蜚语逃离小镇,而麦克斯被污蔑指控性侵艾米莉而不得不离开。小说最后,艾米莉的父母莫名其妙地重新开始了不健康的婚姻。回到悉尼和父母共同生活的艾米莉不得不在孤单和失落中加入了母亲讨好父亲的无聊生活。

第三部小说《旋转烟火》讲述了 25 岁的澳大利亚女留学生克莱门西在英国伦敦学习法律,在卧室兼起居室的出租屋里过着目标清晰、明确的职业女性生活。她以第一人称讲述了她和克里斯提安之间的一段爱恋,克里斯提安来自英国,曾经是莎士比亚故乡的莎剧演员,现在他只是个门房。这段感情刻骨铭心,但又令人痛苦。

《瞭望塔》是哈罗尔所有小说中最受好评的一部,涵盖了前三部作品几乎所有的元素。这部作品讲述的是 20 世纪 30 年代,即"二战"期间,在悉尼长大的年轻姐妹劳拉和克莱尔在青春年少的美好时期父亲突然意外去世,自私、毫无责任感的母亲丝黛拉逼迫她们退学后,靠着已故丈夫留存的财产继续在悉尼租房生活。她把女儿们当成仆人一样,要求她们做家务,一毕业就工作,后来又在克莱尔还没有成年时便抛弃了两姐妹回到英国。迫于生计又要照顾妹妹的劳拉草率地嫁给了她不怎么熟悉的雇主菲力克斯。冒充救世主的商人菲力克斯实际上是一个残忍、贪婪、酗酒的虐待狂、控制狂,他娶劳拉的目的就是找一个免费的员工、用人和折磨对象,并在他购置的海滨别墅里对两姐妹进行精神控制和情感折磨。

第五部小说《在某些圈子里》讲述了出生在悉尼富裕家庭的兄妹拉塞尔和佐伊与他们的孤儿朋友斯蒂芬和安娜之间几十年的爱恨情仇。在第一部分,17 岁的佐伊生长在悉尼中产阶级知识分子家庭,父母都是植物学教授。她天生有着漫不经心的自信和才华，过着田园般无忧无虑的日子。哥哥拉塞尔幸运地从欧洲战俘营回家，却摆脱不了战争的阴影和痛苦。他带回了归途中结识的孤儿兄妹斯蒂芬和安娜。这对孤儿的父母在他们幼年时于一次事故中去世，两兄妹被迫寄居在叔叔家，感受不到长辈的关爱和家庭的温馨。第二部分开头，佐伊已经在巴黎以战争摄影师的身份闻名，却在 25 岁时回到悉尼嫁给了斯蒂芬。婚后她一次又一次地退缩，她压抑自己成为一个非常传统的听话的女性，试图取悦丈夫，可是换来的只有冷暴力和持续的数落。小说最后，佐伊选择与斯蒂芬和平分手，在悉尼重新开始了取悦自己的生活。

从空间上看，对哈罗尔的研究文章主要集中在澳大利亚和美国的文学期刊上。从时间上看，对哈罗尔的研究高潮集中在两个时期：一是 20 世纪 60 年代开始之后三十年间，为一小部分期刊论文和众多杂志上发表的读后感，这多是早期四部小说在文学界的反响，其中最多的就是对《瞭望塔》的分析介绍；二是 21 世纪第二个十年间，凭借出版社再版和首推的热度，美国、英国和澳大利亚的报纸杂志上再度出现了大量对哈罗尔及其作品的评论，再加上"重新发现哈罗尔"国际学术研讨会的举办和会议论文集的出版，形成了"哈罗尔复兴"现象。从内容上看，对哈罗尔小说的主题研究有一个从单一到多元的变化过程。

对女性角色的分析一直是评论家们关注的重点。20 世纪 70 年代，美国第二次女权运动影响了澳大利亚社会思潮，两国女权主义者借机挖掘出了一批澳大利亚女性作家，哈罗尔就因笔下众多备受压抑的女性形象而受到关注。斯内加·古纽(Sneja Gunew)分析了哈罗尔小说中对女性"意义建构的历程"后指出，小说中的郊区豪宅既是"陷阱或牢笼"，也隐喻了"(女人)作为商品被放在任何阶段的市场上的形象"[1]。弗朗西斯·麦克恩尔尼(Frances McInherny)在此基础上进一步赞美哈罗尔，认为其贡献主要在于展现了"特属于女性亚文化的意识和生活风格"[2]。与此同时，越来越多的学者开始意识到是否成功树立独立自主的女性形象并不能成为评判文学作品好坏的唯一标准。尽管哈罗尔的作品展现了女性在家庭中扮演的角色、女权意识觉醒的过程，以及女性对自由意志的追寻等问题，但作者本人在接受《明津》(Meanjin)采访的时候承认，相比于她写作的真正主题而言，被压迫女性的描述只是"次要的"。

哈罗尔并不是想简单地塑造单一典型的女性受害者形象，在她的小说中，女性自身的想法和她们的未来通常是模糊不定的。20 世纪 50 年代到 60 年代的

---

① Sneja Gunew："What Does Woman Mean? Reading, Writing and Reproduction"，*Hecate*，9(1&2)，1983，p. 111-122.

② Frances McInherny："Deep into the Destructive Core: Elizabeth Harrower's The Watch Tower"，In Gender, Politics and Fiction: *Twentieth Century Australian Women's Novels*，University of Queensland Press，1985，pp. 150-162.

澳大利亚女性经历了社会、经济和文化地位的大变化,在这个公共和私人空间逐渐模糊的时代,处在现代空间夹缝中的澳大利亚女性主体性具有"矛盾性和多样性",即一方面女性得到了一定的行动自由,但另一方面始终存在着一种焦虑感和凝滞感。

作为两性关系中的另一面,哈罗尔笔下的男性角色不免成为重点关注的对象。多数关注哈罗尔小说中性别问题的研究者往往聚焦破坏性的婚姻及其对女性受害者的影响,但当学者们开始关注哈罗尔笔下男性特质和生存空间时,发现男性角色并非都是无懈可击、强大可恶的压迫者。《遥远的展望》描写了一个为了享受寡妇财产而甘受辱骂、奴颜婢膝的男配角,一改男强女弱的固有印象;《旋转烟花》中的克里斯提安既是一个对克莱门西实施高度精神压迫、言而无信的小人,但同时自己也是一个穷困潦倒的过气男演员,是常常陷入酗酒的痛苦和精神的折磨中,且对梦想求而不得的可恨可怜之人;《在某些圈子里》的拉塞尔以及《遥远的展望》里的麦克斯也都不是危险的丈夫形象,他们受过良好的教育,有良知,尊重女性和底层穷人,却也因为不得志或者没有得到幸福的婚姻,郁郁寡欢。可见哈罗尔将女性和男性放在一个平等的地位,理性塑造多元化的两性形象,力求淡化性别二元对立的冲突,将视野拓宽到把人作为一个整体概念进行探讨。

评论界对哈罗尔作品中女性角色和性别关系的研究是一脉相承、不断发展的。从倡导单纯的女性形象研究出发,渐渐发现性别问题表现方式的复杂性,进而思考角色构建背后的社会缘由。意识到两性对立研究视角的局限性后,学者们对哈罗尔作品中的主题挖掘开始丰富起来。哈罗尔的小说并没有直白的陈述或潦草的论说,其主要力量在于作者对笔下人物关系的细究。哈罗尔自己也曾在采访中承认最关心的问题是人类应该如何对待彼此。她发现伤害别人的人有时会有一种魅力,初识的时候会立刻变得很有吸引力,但它对人们来说可能是致命的。

哈罗尔独具现代主义特色的心理描写的技巧和手法也是其备受好评的原因之一。哈罗尔对人物紧张的心理活动做细致而深入的刻画。小说及其人物体现了现代主义一贯的艰涩、犀利和难以捉摸。

除此之外,哈罗尔小说的主题还包括"阶级冲突、性别角色、情绪暴政和同情心的变幻莫测"。战后澳大利亚破碎的家庭、窒息的婚姻、可怕的母亲、孤儿、虚幻的选择自由、遭受压迫和囚禁的妇女原谅虐待自己的人并维持关系、自恋并热衷于操控他人的魅力恶魔、情感的施虐狂、生理和心理的幽闭恐怖症、滥用权力、贫困、怨恨等在哈罗尔的作品中一览无余。

21世纪对哈罗尔的研究视野更加开阔,评论方法更加多样。不可否认,哈罗尔笔下男女老少的悲欢离合都离不开澳大利亚20世纪中期特有的国内外环境的影响。罗伯特·迪克森(Robert Dixon)认为哈罗尔的五部小说"多次采用审美现代主义的独特创新形式——制图现实主义或宏观成像,作为其主要虚构项目的一部分,这是对后现代或新自由主义时期澳大利亚文化延伸审美和伦理的批判"①。哈罗尔"严厉地批评了澳大利亚社会中的反智主义现象,它对智慧女性的诽谤以及它的岛国的狭隘心胸和庸俗"②。《深陷都市》的主人公埃斯特和斯坦的行为受到"各种形式的社会条件"影响,城市空间充斥着新财富和商品文化,人与人之间的关系具有毁灭性。

哈罗尔在批判当时澳大利亚城市和乡镇庸俗压抑的同时显然也反对当时流行的前往英美等发达国家去寻求幸福的潮流。就像《瞭望塔》中尝试摆脱家庭束缚、寻求自由独立生活的克莱尔最终发现"真实、重要并非存在于另一个国度"。这种"重要的东西"被哈罗尔最后一部小说《在某些圈子里》的女主人公佐伊在悉尼找到了。佐伊这样一个自信优秀的女性,在压抑的婚姻中逐渐丧失了自我。历经多年痛心沉沦和苦苦挣扎后,佐伊最终获得了个人心理的成熟和自由意志,这或许是哈罗尔给出的一个答案——摆脱自我情感的束缚才能获得真正自由。

中国对哈罗尔的认识始于 1995 年。得益于澳大利亚文艺基金会的资助,重庆出版社出版了由马祖毅和陈正发翻译的小说《瞭望塔》。自此,哈罗尔开始进入中国学者视野,黄源深的《澳大利亚文学史》(修订版)中将哈罗尔放在"当代澳大利亚文学(1946—2012)"的"其他小说家"中,罗列了哈罗尔生平、四部小说以及《瞭望塔》的内容和主题。黄源深认为哈罗尔的作品"展示了强者与弱者(一般是男性与女性之间)的心理斗争,往往是内心的自私、嫉妒、高傲、刻薄、无知推动着这些争斗,其结果是给无助的弱者带来了不幸。在深层次上她的小说探索了责任与自由、幼稚与老练、天真与罪恶等令人困惑的问题"③。这个批评契合国外研究者对肤浅的性别冲突的摒弃,转而探讨更广泛层面上的束缚和自由问题。

越来越多的学者意识到了哈罗尔对小说人物所处的澳大利亚的关注,其笔下人物关系和个人心理都离不开社会影响。哈罗尔作为一名对澳大利亚有着深厚感情、对政治有着极大热情的作家,必然对国家和民族的发展保持着长期的思考与独特见解。

① Robert Dixon,"The Wind from Siberia": Metageography and Ironic Nationality in the Novels of Elizabeth Harrower. In Elizabeth McMahon & Brigitla Olubas ed. *Elizabeth Harrower*: *Critical Essays*. Sydney: Sydney University Press,2017,p. 49-64.

② Frances McInherny,"'Deep into the Destructive Core': Elizabeth Harrower's *The Watch Tower*." In Gender,Politics and Fiction: Twentieth Century Australian Women's Novels. St. Lucia: University Queensland Press,1985,p. 150-162.

③ 黄源深:《澳大利亚文学史》(修订版),上海外语教育出版社,2014 年,第 400 页。

第七节　西·阿斯特利

西·阿斯特利(Thea Astley，1925—2004)是 20 世纪澳大利亚杰出的小说家，是"战后主要现代主义小说家中唯一的女性"①。自出版第一部小说《牵猴子的姑娘》(*Girl with a Monkey*，1956)起，在她四十余年的创作生涯中，她一直笔耕不辍，共出版了十七部作品，其中包括十三部长篇小说、三部短篇小说集和一部中篇小说，是一位名副其实的高产作家。值得一提的是，阿斯特利凭借《穿着考究的探险家》(*The Well Dressed Explorer*，1962)、《迟钝的本地人》(*The Slow Natives*，1965)、《追随者》(*The Acolyte*，1972)和《旱土——写给世界上最后一位读者》(*Drylands：A Book for The World's Last Reader*，1999)四部作品先后荣获了四次迈尔斯·弗兰克林文学奖，成为澳大利亚文坛上四次获得该奖中的作家之一[迄今(2021 年)为止共两位]。1988 年，阿斯特利被昆士兰大学授予荣誉博士学位。次年，她因对澳大利亚文学的贡献而获得帕特里克·怀特奖。2004年 8 月，阿斯特利在拜伦湾因心脏病去世。

阿斯特利在昆士兰州首府，即港口城市布里斯班的一个天主教家庭长大，但20 世纪 20 年代的布里斯班还只是个小城市。母亲艾琳·阿德琳·林赛(Eileen Adeline Lindsay)是一个虔诚的天主教徒，在 1918 年嫁给父亲塞西尔·贝莱尔·阿斯特利(Cecil Bellaire Astley)。1943 年阿斯特利考入昆士兰大学，主修英语、法语和拉丁语，获得文学学士学位，并获得教学文凭，而后在昆士兰州中小学任教多年。1968 年，阿斯特利开始执教于悉尼的麦考瑞大学(Macquarie University)，讲授写作课。

阿斯特利的创作大体可以分为两个时期：前期的尝试写作和后期的稳定鼎盛时期。创作初期的两部小说《牵猴子的姑娘》和《长舌妇之歌》(*A Descant for Gossips*，1960)虽然没有引起强烈的反响，但实际上为阿斯特利后期的许多作品奠定了基础，使她得以厚积薄发。阿斯特利笔耕不辍，力图透过文字讽刺和抨击相对保守的澳大利亚社会以及虚伪、肤浅的世俗观念。

阿斯特利对语言文字的运用有很深的造诣，她作品中所蕴含的意义往往超越了承载它的文字本身。澳大利亚自由作家科瑞恩·高兹华斯(Kerry Goldsworthy)曾高度评价："我喜欢她作品中错综复杂的语法、自然的幽默语言、刚正不阿的政治感、奇异的隐喻风格以及对人性中那些荒唐、愚蠢和贪欲的一面

---

① 　Susan Sherdan：*Nine Lives：Postwar Women Writer Making Their Mark*，Liniversity of Queensland Press，2011，p.54.

的强烈愤恨。即使是在野蛮和绝望中,她的作品也隐含了一种对人性的拯救感。"①

《牵猴子的姑娘》是阿斯特利的处女作。故事发生在昆士兰的一个小镇汤斯维尔,围绕一名年轻教师的生活展开。孤独感驱使年轻的学校教师埃尔希与道路工人哈里建立了一种非正常的关系。哈里比埃尔希年长,人生经验更丰富,但由于哈里对两人的关系充满占有欲的爱,埃尔希更脆弱。为了逃避他,埃尔西接受了调职。她在城里的最后一天是为了躲避哈里,以逃避威胁。

《长舌妇之歌》是阿斯特利的第二部长篇小说。小说仍以昆士兰乡村小镇为背景。13岁的文尼是当地中学的一名学生,他害羞,没有朋友,经常受到同学们的欺凌。数学老师斯特里贝尔是唯一一个支持文尼的人。当她与英语老师莫勒开始一段尝试性的、认真的恋爱时,小镇人的流言蜚语却使恋情变成一种可耻行为、一桩丑闻。尽管老师们努力保密,但是来自文尼学校的一群学生推波助澜,在市内和学校的公共场所发表带有暗示性的评论。在这一时期的澳大利亚,真理和常识毫无吸引力,狭隘的恶意行为是常态。在谣言可以演变成事实的乡村小镇,流言蜚语成为主要的谈资,小气吝啬占据主导地位,两位老师在融入这个地方的同时,并没有充分预料到他们所冒的风险。

《穿着考究的探险家》是阿斯特利写作技巧上的第一次重大突破。阿斯特利凭借该小说荣获澳大利亚著名的迈尔斯·弗兰克林文学奖。小说写的是记者乔治由于工作原因,从一个城市搬到另一个城市,经历了一次又一次无聊的爱情,直到去世。他结婚了,却对妻子不忠诚,最终不过是一个"可悲的人物"。

小说中乔治第一次出现是在青少年时期,他疯狂地爱上了尼塔,一个在暑假期间到访昆士兰小镇的女孩。这种年少懵懂的感情对他以后的生活产生了很大的影响。尼塔被证明只不过是他生命中的一个"过客"——虽然尼塔花了很多时间和乔治在一起,但乔治并不是唯一一个得到尼塔青睐的人。尼塔最终嫁给了另一个男孩,而乔治离开悉尼,继续从事新闻事业。在回昆士兰的旅途中,他遇见了尼塔最好的朋友爱丽丝,之后娶了她。他在生活中完全以自我为中心。随着年龄的增长,他从一个年轻、上进的男人变成了一个自命不凡的人。阿斯特利通过乔治和爱丽丝来思考婚姻中的忠诚问题。这部小说的主题沿袭了阿斯特利其他小说,即"无意中故意给他人造成的伤害,可怕的肤浅无法与他人想象的认同,以及通过错误设想的行为毁灭他人和自我"。

《迟钝的本地人》是阿斯特利另外一部使她获得迈尔斯·弗兰克林文学奖的小说,它还赢得了1965年的穆姆巴奖。这部小说与阿斯特利的早期小说不同,

---

① Kerry Goldsworthy: "Thea Astley's Writing: Magnetic North", *Meanjin*, 1983, 42 (4): 478-485.

因为她刻画的不是一两个特定的人物，"她一改作品中只注重个别人物命运的刻画的风格，让她的笔墨自由地游刃于一群不同的人物之间，对他们倦怠的生活态度和空虚的精神世界进行了深入的剖析"①。

小说以昆士兰为背景，主要刻画了布里斯班郊区的牧师、修女、一对夫妇和他们14岁的儿子。伯纳德是一位温文尔雅、和蔼可亲的音乐考官，但对他的妻子感到厌烦。妻子艾丽斯则与邻居发生了婚外情，不是出于爱，而是出于无聊。他们的儿子基思渴望得到父母的关注，享受来自家庭的温情和家人之间真正的交流。令他失望的是，他的家庭却只让他感受到彼此之间的冷漠。孤独的基思成长为一个叛逆的少年，甚者利用偷窃来寻求刺激和博得父母的关注。从小到大，他对什么都没有强烈的兴趣，也没有明确的道路或目标。他上过大学，从事过很多工作，最后成了一个漂泊者。家人很久都没有收到他的来信了，伯纳德和艾丽斯互相指责彼此没能好好地抚养他。这时他们才意识到对一个家庭来说最重要的是什么。当地修道院的修女和教堂的牧师只是履行着日常的工作职责，却没有真正的投入。人们为过去犯下的罪孽赎罪，浪费他们现在的生命去寻找个人的解脱。

《一船乡亲》（*A Boat Load of Home Folk*，1968）讲述了飓风对滞留在太平洋岛屿上的一艘游轮上的一群乘客的影响。爱、不忠、激情和偏见与飓风聚集在一起。这些游客本打算去热带岛屿旅行，试图摆脱他们对生活的不满，于是他们搭乘一艘名叫马勒库拉的游轮，当抵达太平洋上的一个热带岛时，他们发现计划被飓风破坏了。高温和迫在眉睫的飓风加剧了船上以自我为中心的人们的沮丧情绪。年老的帕拉代斯小姐和她一生的朋友特兰佩小姐进行了这场致命的朝圣，代理商史蒂文森看到了他与情人爱情梦想的破灭，神父莱克看到了自己的小恶习和精神上的无能。随着故事在飓风中走向高潮，小说中人物的真实一面也被照亮了。

阿斯特利是一位面对痛苦和冲突敏感却不伤感的作家，她对于所刻画的人物及其动机不带有个人的偏见。在《一船乡亲》中，她富有同情心的洞察力被一连串的喜剧所激发，这些喜剧突出了她所描述的人类困境的荒谬和悲哀。

《追随者》是阿斯特利荣获迈尔斯·弗兰克林文学奖的又一部小说。在《堪培拉时报》的一次采访中，阿斯特利说她写这本书的部分原因是回应帕特里克·怀特于1970年出版的小说《活体解剖者》，这部小说是由"追随者"保罗以第一人称讲述的。它追溯了一个虚构的澳大利亚音乐家杰克的职业生涯。盲人霍尔伯格是昆士兰小镇里的一位钢琴家，一开始默默无闻，经过自己的努力，最终成为国际认可的作曲家。维斯珀在霍尔伯格不太出名的时候见过他，前者放弃了工

---

① 向晓红：《澳大利亚妇女小说史》，中国社会科学出版社，2011年，第166页。

程方面的职业,为后者服务,从某种意义上说,成为后者的眼睛。讽刺的是,霍尔伯格的成功和强健的个性使别人忽视他的残疾。

《友好之杯》(*A Kindness Cup*,1974)荣获《时代报》1975 年创作奖。主人公汤姆是曾经被派往澳大利亚小镇陶斯的一名学校老师,该地即将庆祝小镇成立二十周年,离开很久的多拉希受邀回到小镇。他回忆起了黑暗的过去,打算提醒白人在定居初期所犯下的残暴行为,并试图为受害者伸张正义。小说讲述了澳大利亚白人和土著为忘却和记忆所做的努力,以通过协商共谋未来。这部小说既是一部精彩绝伦的艺术作品,也是对澳大利亚殖民历史的一次深刻批判。

《寻找野菠萝》(*Hunting the Wild Pineapple*,1979)是阿斯特利的短篇小说集。基思是故事的中心叙述者,他在一场危及生命的车祸中幸存下来,这场车祸让他自省。丰富的人生阅历使他遍尝情感和身体上的痛楚,因此他对人性观察敏锐,对人类生存状况的见解深刻。就像那些最初的昆士兰人一样,他被北昆士兰州的美丽和独特的陌生感吸引,对来自南方的成群外来者着迷。列弗森讽刺而富有同情心的观点使每一个故事、每一个事件都成为人类弱点或力量的典型例子。小说描述了他的经历和不同寻常的年轻人的生活,他们正在寻找传统社会之外的意义。用作者的话说,"他们是新城市的弄潮儿……他们回到肥沃的土地上,寻找封建的股份种植,买下占地五英亩、十英亩、二十英亩的街区,住在由屋顶、结实的土地和粗麻布围成的屋子里"。

阿斯特利在她的小说中集笔力于孤独者、社会弃儿以及外来者,她关注的是不公平的人际关系,以及其中一个群体,通常是白人男性,对另一个群体——妇女、移民、土著等行使权力的行为。《晚新闻中的一条报道》(*An Item from the Late News*,1982)是阿斯特利的第八部长篇小说。小说的叙述者加比是一个画家,为了反抗中上阶层无聊的家庭生活,她经历了婚姻、婚外情,放荡不羁的生活导致其崩溃。现在,她回到家乡奥尔布特,一个曾经的采矿中心,现在变成了一个"近乎鬼镇的地方"。她在此回忆过去以及自己的责任。随着她回忆起韦弗,她对他的感情,以及在奥尔布特的孤独和不断的暴力威胁呈现出来。具有讽刺意味的是,韦弗寻求的是一个和平的、可以远离社会压力的地方,他希望周围不是被人包围,而是被大自然的伟大包围。然而,在前往奥尔布特的路上,韦弗发现了一颗巨大的蓝宝石,并把它保存了下来,不是因为它的经济价值,而是因为它很漂亮,但这块石头成了他的诅咒。阿斯特利以其紧凑准确的文字能力和朴实的风格再现了奥尔布特悲惨的日常生活,以及生活在其中的可悲人物:几个暴力精神病患者、营养不良和受虐待的土著、一个虐待狂警察、一个权力狂议员以及共享韦弗"农场"的人。

《海滩勤务队长》(*Beachmasters*,1985)于 1986 年荣获澳大利亚文学协会金奖(ALS Gold Medal)。小说的背景是遥远的西太平洋美拉尼西亚的小岛屿克里斯蒂。一群不满的克里斯蒂人和富有同情心的殖民者发动了一场革命,反对由法国和英国官员组成的岛屿政府。主人公加维被困在血缘和传统的纽带之间,处于是要帮助还是背叛革命的两难境地。

《曼哥在下雨》(*It's Raining in Mango*,1987)的背景设置在昆士兰北部,这是一个在许多方面都不适宜居住的地方,但拉菲家族在他们对城市的生活失去热情的尝试之后,却觉得那里很吸引人,于是他们又回到了那里。这本书以传奇的形式写成,跨越了四代人,时间跨度从 1861 年到 20 世纪 80 年代中期,触及了各种各样的问题,包括种族主义、性别歧视和同性恋。尽管从过去到现在的道路既不笔直,也不明确,但是"他们所有人都紧密地联系在一起,并和这个地方紧密相连,像和家人在一起一般"。小说以 20 世纪 80 年代初,康妮和她的儿子雷弗抗议曼哥地区的雨林开篇。小说中过去和现在融合在康妮的遐想中。故事把我们带回到第一代移民的生活,以及 1861 年科尼利厄斯和杰西卡的求爱和婚姻。很少有作家比得上阿斯特利在小说《曼哥在下雨》中所传达的澳大利亚的自然、社会和道德景观,或在字里行间散布的令人眼花缭乱的意象。

《到达廷河》(*Reaching Tin River*,1990)获得了 1990 年新南威尔士州总理文学奖中分量最重的克里斯蒂娜·斯特德小说奖。小说的主人公贝尔是一名机智敏捷、意志坚定、叛逆且野心勃勃的年轻女子。她的母亲是乐队的鼓手,贝尔从来没见过自己在美国吹小号的父亲。贝尔在澳大利亚的内陆地区孤独而无聊地长大。失败的事业和失败的婚姻让贝尔觉得自己是一个永远的"局外人",她渴望一个"情感中心",于是对久已逝去的澳大利亚先驱加登·洛克耶(Gaden Lockyer)产生了浓厚的兴趣,她在图书馆档案室里偶然间看到了他的照片,便决定把加登作为自己的研究主题,追寻他的生活。加登曾是一个银行家、农民和不诚实的政治家,他在廷河镇的一家疗养院度过了生命的最后时光。小说以一种凄凉但充满希望的语调结束。

《消失之点》(*Vanishing Points*,1992)由两篇彼此关联不大的中篇小说《优雅贫穷巴士公司》(*The Genteel Poverty Bus Company*)和《创造天气》(*Inventing the Weather*)组成。小说中社会的"进步"与未驯服的土地相争,但都以失败告终。麦金托什以前是优雅贫困巴士公司的一员,当他在澳大利亚海岸附近的一个太平洋小岛上定居下来时,他认为自己已经找到了完美的远离工作的归宿。直到邻近的哈莫克山岛被开发商克利福德宣称是游客的天堂,麦金托什隐士般的生活被改变了。随之引发了一场对抗,"进步"带来的凶残与孤独者的技巧和智慧相悖。《创造天气》中开发商的妻子朱莉厌烦了现在的生活,离开了她那笨拙的丈夫和他们自鸣得意、早熟的孩子。但是,旧的关系不容易断绝。阿斯特利对语言有着敏锐的感知力,对人的性格行为和细节有着敏锐的洞察力,她以一个经验丰富的本土居民的权威,来表现她的家乡黄金海岸的领土和精神。

《终曲》(*Coda*,1994)中的凯瑟琳独自面对老年的生活。她的丈夫先她而去,她发现自己非常痛苦,慢慢地失去了记忆的能力。她向儿女们求助,但他们也都有各自的生活,她不满孩子们的冷酷无情和自我陶醉:儿子布雷恩整天沉迷于追求自己虚幻的自由和身份;女儿沙姆罗克和其丈夫既没有耐心,也没有同情心。他们谁也不想和凯瑟琳有任何关系,于是把她送到一个村庄养老。面对失去她所爱或曾经爱过的一切,凯瑟琳不得不为她的尊严而奋斗,以维护她心爱的自由。

《雨影的多种效果》(*The Multiple Effects of Rainshadow*,1996)改编自1930年在昆士兰棕榈岛发生的暴力事件。在这起暴力事件中,定居点的白人警司罗伯特·库里发狂,放火焚烧建筑物,并在此过程中杀死了自己的孩子。他最终在白人副警长的命令下被土著居民彼得·普赖尔枪杀。在小说中,白人警司罗伯特化名为布罗迪,土著居民彼得化名为曼尼。阿斯特利将目光聚焦在当时岛上各种各样的白人身上,但他们的经历通过土著曼尼讲述出来。小说的时间跨度为1918年建立定居点到1957年土著工人罢工,但书中大部分描写的内容发生在1930年以后。

《旱土》的副标题是"写给世界上最后一位读者"(A Book for the World's Last Reader),故事说的是在澳大利亚内陆昆士兰州北部的一个总人口为二百七十多人的旱土小镇上,受自然环境和教育程度限制的小镇"畸形"人们的各种生活方式。小说如同拼贴画般呈现了小镇人们的各色生活。

小说以小镇书报亭店主珍妮特为叙述者,讲述了她对年轻人丧失阅读兴趣,在网络时代追求低俗文化和即刻满足的担忧。她的书店由于品位较高,基本无人到访。小说以"与此同时……"为章节标题,穿插讲述了珍妮特辅导丈夫特德学会读写的故事。

小说中还有各色人光怪陆离的生活。揭发银行上司挪用资金,担心报复,化名来到小镇的弗朗茨,编造自身身世,在小镇酒吧打工,四年后感到追杀者的威胁,逃离小镇。酒吧经营者克莱姆、乔斯夫妇受到流氓胁迫,最后离开酒吧。埃薇受到文化机构托付,来旱土镇教家庭主妇创作,结果只来了四名女性,最后她们的丈夫前来,打断了读写讨论,带回妻子。而埃薇往返小镇时遇到中年旅行销售商骚扰,最终在愤恨下连夜离开小镇。兰德勒自幼对做木筏有向往,上学期间好不容易做成的木筏被学校的不良少年砸烂,父亲一直都没能践行诺言,陪他再制作一个木筏。年近花甲的兰德勒为了实现童年的梦想,历经三年亲手制作出一条船,正准备运往海边,开始航海之际,却又被小镇不良少年纵火烧毁,他气愤不已,开车彻底离开小镇。

《旱土——写给世界上最后一位读者》描写了在澳大利亚干旱自然环境下,居民生活的重复无聊、梦想受到的压抑、女性受到的家庭暴力和缺乏精神文化的状态,种种人都尝试逃离。"《旱土——写给世界上最后一位读者》是澳大利亚版的《荒原》,展现的是一个反面乌托邦。小说以寓言式的笔法深刻揭示了当代澳大利亚的性别政治、种族关系、青年异化以及家庭暴力等社会问题。小镇是当代澳大利亚社会的缩影,作品也因此具有国家寓言的意义。"①

　　阿斯特利的现实主义写作手法和帕特里克·怀特类似,体现了澳大利亚独特的自然环境和澳大利亚本地特色俚语。阿斯特利以旱土镇为写作中心,揭示了澳大利亚底层人民生活的真实状况,发人深省。

---

　　① 西娅·阿斯特利:《旱土——写给世界上最后一位读者》,徐凯、王慧译,上海译文出版社,2010 年,第 259 页。

第四章 新派作家的小说

上一个章节介绍了怀特的现代主义创作极大地影响了后辈作家们的创作，加上在他 1973 年获得诺贝尔文学奖后，澳大利亚文坛兴起了一批具有怀特创作特色的作家，包括哈尔·波特、伦道夫·斯托、托马斯·基尼利等，统称为怀特派小说家。总体上看，怀特派小说家和传统派小说家的不同特点表现在：传统派小说家坚持继承现实主义传统，在内容上仍然着重于描写人与周围环境的冲突，包括人与自然、人与人之间的矛盾和斗争；而怀特派小说家则热心于探究人内心世界的活动，包括人对自我价值的思索。在创作手法上，传统派强调细节的真实性和情节的连贯性，以求完整地反映客观世界；而怀特派根据人的心理活动的特征，使用不连贯的、跳跃式的画面代替完整的情节结构，让梦幻、联想等意识流手法纵横交叉、密集分布，由此及彼地超越时间空间，形成一种多层次的、复合式的立体结构，从而把各种事件和各类事物连成一体。在展示人的内心活动的同时，映射出我们身处的这个纷繁复杂的客观世界。此外，怀特派作家，特别是怀特本人，都是使用比喻（尤其是暗喻）的能手，爱用象征手法，往往不拘一格地赋予某个事物或情节以象征意义，且不时妙语连珠，引人入胜。但同时，由于比喻常常过于奇特，让人对其内涵难以领悟，甚至百思不解，再加上他们的语言有时过于推敲，不免晦涩难懂。为此，怀特派小说尽管出于语言大师的手笔，研究价值很高，但阅读起来挑战很大。

自 20 世纪 70 年代直至今天，传统派和怀特派这两股文学巨流仍然主宰着澳大利亚文坛。但是，由于世界政治风云变幻，澳大利亚介入国际事务日益增多，各种社会和文艺思潮纷至沓来，在它们的冲击之下，涌现出了一部分青年文学家。他们锋芒毕露，提倡彻底摒弃传统，并认为怀特派还不够彻底，因此提倡澳大利亚文学更加"国际色彩化"。他们刻意追求完全新颖的叙事艺术，把盛行于北美、拉美等地区的超现实主义、魔幻现实主义和黑色幽默等创作手法运用在自己的创作实践中，反映城市和知识分子的生活场景。这些作家中，最活跃的当推迈克尔·怀尔丁（Michael Wilding，1942—　）、弗兰克·穆尔豪斯（Frank Moorhouse，1938—　）和彼得·凯里（Peter Carey，1943—　）等人，他们被称为"新派作家"。尽管新派作家的人数和影响可能还无法与上述这两股文学巨流相匹敌，但他们非常活跃，能量很大。

第一节 彼得·凯里

彼得·凯里是世界文学史上两次荣获布克奖的作家之一[另外两位分别是约翰·库切(John Coetzee)和希拉里·曼特尔(Hilary Mantel)],是新派小说家中"最富有独创性、最有才华的作家之一"[①],被视为最有可能获得诺贝尔文学奖的下一位澳大利亚作家。

凯里生于墨尔本市附近名为巴克斯马什的美丽小镇,并在此度过了美好的童年。父亲经营一家汽车销售公司维持生计。1961 年,凯里被墨尔本的莫纳什大学(Monash University)录取,学习化学和动物学,不久因遭遇交通事故而被迫终止了学业。1962 年开始进入广告公司,从事广告设计,有幸结识了作家巴里·奥克利(Barry Oakley)和莫里斯·卢里(Morris Lurie),在他们的熏陶下边工作边进行文学创作。他逐渐对超现实主义创作手法备感兴趣。1964 年完成小说《接触》(Contacts),1966 年他在此小说基础上改写,创作了《无用的机器》(The Futility Machine),终因与编辑的分歧最终未能出版。

1967 年,凯里来到欧洲,其间完成小说《寄生虫》(Wog,1969)。由于小说前卫的风格,出版社放弃出版该小说。1970 年,凯里回到澳大利亚,开始创作短篇小说。1974 年,他的第一部短篇小说集《历史上的胖子》(The Fat Man in History,1974)付梓。该小说集共收录十二篇短篇小说。该书成为"澳大利亚文学的里程碑",在出版后的两年里,被录入很多大学的教材之中。[②]

凯里的短篇小说比他的其他小说更接近幻想和科幻小说,这些小说被归类为历史或魔幻现实主义小说。《历史上的胖子》中的故事道出了深刻、令人恐惧的真理,以及我们最聪明和最黑暗的自我。其中,短篇小说《美国梦》(American Dreams)是最精彩的一篇。该小说描写澳大利亚人生活方式上的矛盾心理,一方面崇尚美国物质丰富、高度现代化的生活方式,另一方面又怀念澳大利亚自然朴实的乡土生活。这一矛盾心理通过主人公格里森的"奇特"行为,如买地、砌墙、建造小镇模型来呈现。作者故设悬疑,精心构思,层层推进,将格里森的秘密公布于众,目的是让人们警惕澳大利亚再次被殖民化的危险,不忘过去和历史。

短篇小说《螃蟹》(Crab)也是其中的佳作。它描写了一对年轻人开车去看电影,返回时发现轮胎被盗,无奈之下,年轻人自己变成一辆完好的车子,来到大街

---

① Brian Kiernan: *The Most Beautiful Lie*: *A collection of Stories by Five Major Contemporary Ficition Writers*, *Bail*, *Carey*, *Lure*, *Moorhouse and Wilding*, Angus and Aobertson,1997,p. 49.

② Bruce Woodcock: *Peter Carey*: *Contemporary World Writers*, Manchester University Press,1996,p. 124.

上却发现空无一人,原来大家都还在影院。该小说采用魔幻现实主义的写作手法,间接反映了现代人在面对困境时的无计可施。

《剥皮》(Peeling)讲述了一个外在喜好和内在本质完全一致的神秘女人。她喜欢制作白色玩偶,后来与一名男子相爱,男友试图一层层剥去她的衣服,最后就在即将露出皮肉的一瞬间,女子忽然间消失,变成了一堆碎布片。一开始读者完全会对作者生动的细节、人物的幻象误以为真,读罢方才明白一切并非现实。

故事《5 号房间》(Room No.5)的灵感来源于 20 世纪 70 年代早期凯里对西班牙的访问。这个故事生动地想象了一个充满恐惧、堕落和不确定性的社会的生活状况。每个人都在等待年迈的独裁者提莫申科的死亡。故事的讲述者和他的女朋友在旅行中相遇,试探性地探索他们之间的关系。这种疏离和错位感,常常带有幽默,是凯里早期故事的特点。

澳大利亚对越南战争的参战,激起国内各界人士的强烈反对,反战游行、罢工罢课此起彼伏,促进了澳大利亚思想的活跃。工党政府上台,鼓励发展文化艺术,从而促进文坛的繁荣发展。思想的活跃和政策的支持给新派小说的发展提供了空间和保障,书刊审查令的解禁扫清了新派小说发展的障碍。1972 年,凯里同几名青年作家创立了《故事小报》(Tabloid)杂志,对新派作品的发表和流行起到了积极的推动作用。

继第一个短篇小说集《历史上的胖子》之后,《战争的罪恶》(War Crimes)于 1979 年出版,好评如潮,确立了凯里澳大利亚著名短篇小说家的地位。他的作品"终于使澳大利亚脱离顽固的狭隘地方主义角落",走向"新的广泛性和复杂性"。① 该小说集共收录十三篇短篇小说。其中《你爱我吗?》(Do You Love Me ?)将背景设置在一个由制图师控制的想象世界中,他们的绘图法可以控制现实世界中的活动。他们四处旅行,跟踪发生的一切,因此拥有巨大的权力和社会特权。叙述者的父亲是一个制图家,父子之间的关系一直都很疏远,相处也不和睦。当社会面临一场危机,几座主要建筑突然消失,最终发生了个人的非物质化,父亲却无动于衷。作为一名制图师,他习惯于控制事件。当人们开始集体消失时,叙述者开始担心,问他的女朋友卡伦是否爱他。父亲意识到,只有世界上不被需要或不被爱的部分正在消失,但他无法将这种意识转化为情感层面。儿子也憎恨他的父亲,因为他和其他女人有外遇,还和儿子的女朋友调情。当他的父亲开始消失时,儿子表达了对父亲的爱,但这种爱并非出自他的真心,父亲还是消失了。"消失"的概念在某种程度上是死亡的隐喻。

《克里斯图—杜》(Kristu—Du)讲述了一名建筑师杰勒德的故事。他受雇

---

① 　*The Sydeney Morning Herald* ,1981-10-10.

去给一个残暴的独裁者统治的落后国家的首都建造一座巨大的建筑。这位建筑师打算完成这座名为 Kristu—Du 的建筑,其目的不仅是给个人提供住所或用作办公室,而且是作为独裁者权力的象征,让人民心怀敬畏之情。

凯里的《短篇小说全集》(Collected Stories,1995),包括三个以前未被收集的故事:《乔》(Joe,1973)、《价值一百万美元的氨非他明》(A Million Dollars Worth of Amphetamines,1975)和《关于希腊暴君》(Concerning the Greek Tyrant,1978)。除小说外,凯里还与人合作电影剧本《直到世界尽头》(Until the End of the World,1991),著有非小说作品《致我们儿子的一封信》(A Letter to Our Son,1994)、《在悉尼的 30 天:一个非常不真实的故事》(30 Days in Sydney:A Wildly Distorted Account,2001)、《误解日本》(Wrong about Japan,2004)等。

《幸福》(Bliss)是凯里于1981年出版的第一部小说,荣获迈尔斯·弗兰克林奖。该奖是澳大利亚最高文学奖项,有澳大利亚"布克奖"之称。该小说讲述了哈里三次死亡然后三次复活的荒诞经历,无情地批判和嘲讽了现代生活的荒诞性。处女作《幸福》,主要刻画了主人公乔伊的"疯子"形象如何为资本主义体制所不容。乔伊是一名成功的广告商人,一家四口住在郊区的一个小镇上,过着无忧无虑的生活。幸福的生活却并不事事顺心,一棵断裂的巨大树干压在他的身上,身体时刻遭受痛苦。乔伊甚至感觉到灾难降临的时候他死去了几分钟。身体恢复期间,他看了很多宗教方面的书籍,甚至发明了一套理论:好人升天堂,坏人下地狱。地狱里有三种人,即囚徒、帮凶和主谋。他不断观察和记录他周围人们的言行。一次偶然的机会,他发现妻子贝蒂娜与同事乔尔有染,儿子大卫与女儿露西背地里乱伦,于是愤怒的他离家出走。当得知克雷佩化学制品公司的产品里含有致癌成分时,他断然拒绝为这家老客户制作广告,并因此损失唾手可得的二百万元利润。他的家人和同事都认为他是一个疯子,密谋将他送到了臭名昭著的精神病院。

这部小说融幻象与现实、黑色幽默与现代寓言为一体,曾获得澳大利亚文学最高奖,然而并没有赢得英美文学界的高度评价。事实上,这是一部构思巧妙、寓意深刻的名篇佳作。它通过描写主人公乔伊死后重生的生活变迁和内心蜕变,反映了现代人的家庭危机和精神追求。乔伊游离于地狱与天堂之间的内心矛盾,彰显出人性的复杂和澳大利亚人对美国文化既爱又恨的民族心理。①

《魔术师》(Illywhacker,1985)是凯里的第二部长篇小说,出版后受到评论家的好评,入围布克奖的短名单,并取得商业上的成功。该小说被视为元小说或

---

① 彭青龙:《〈幸福〉:游离于地狱与天堂之间的澳大利亚人》,《外国文学研究》2008 年第 5 期,第 168—173 页。

魔幻现实主义作品,它由自称 139 岁的骗子讲述,小说的时间背景是 1919 年到 20 世纪 80 年代之间,故事发生地主要在澳大利亚。

故事开始于 1919 年,33 岁的赫伯特把他的飞机降落在富有的杰克的田野里。赫伯特与杰克成为朋友,劝说杰克投资建造一家飞机工厂。赫伯特也成为杰克十几岁的女儿菲比的情人。杰克在赫伯特和其他投资者激烈争吵后自杀身亡。赫伯特娶了菲比,他们生了两个孩子,即查尔斯和索尼亚。在学会开赫伯特的飞机后,菲比将飞机偷走,抛弃了她的丈夫和孩子,和女性恋人安妮特住在一起。赫伯特带着两个孩子在街头招摇撞骗。他遇到了利娅,她之前是一名医学生,后来成为舞蹈家,并嫁给了宣传共产主义的伊兹。利娅和赫伯特成为情侣,但当伊兹因一次事故而遭截肢后,利娅回去照顾他。赫伯特后来因殴打一名曾是他儿时老师的中国男子黄泽英而入狱。在监狱里他开始学习,并最终获得了澳大利亚历史学的学位。

查尔斯成了一个做动物生意的商人。当他遇到艾玛时,她正因为被一条受惊吓的巨蜥抓住在呼救,查尔斯救了艾玛,并爱上了她,两人走进婚姻的殿堂。查尔斯的生意非常成功。第二次世界大战爆发后,他考虑应征入伍,但由于听力问题而被拒绝。艾玛因为丈夫的决定而深受创伤,她躲进巨蜥的笼子里,度过她的余生。利娅回来帮助查尔斯,但也开始生活在笼子里,成为查尔斯家庭的一员。

赫伯特出狱后,和查尔斯一起生活在动物店里。他试图重建查尔斯的店铺,但这次尝试以失败告终。赫伯特与查尔斯的小儿子希索成为朋友,希索梦想成为一名建筑师。因为美国的赞助商希望非法出口动物,查尔斯虽不情愿但又不得不考虑他的生意。艾玛得到了赫伯特的瓶子,她声称在瓶子里看到了一只爬行动物,她说这是希索同父异母的兄弟。查尔斯被这种说法搞得心神错乱,开枪打死了艾玛的巨蜥,并把枪对准了自己。

尽管希索声称,他不会为了保护家族生意成为一个动物走私者,但他出尔反尔。他因此也变得非常富有,到处旅行。他无意中杀死了一只正在被走私的珍稀鸟类,于是他将自己在公司的大部分股份卖给了日本投资者,并开始将动物店重新设计,成了澳大利亚一座奇特而有争议的博物馆。

小说《奥斯卡与露辛达》(*Oscar and Lucinda*,1988)讲述了奥斯卡和露辛达之间离奇的爱情故事。奥斯卡出生在英国,虽在大学攻读神学,但他并非一个传统、虔诚的神职人员,他既潜心研究赌博,又吸食鸦片。大学毕业后,他便被"发放"到澳大利亚传教,在去澳大利亚的船上与叛逆不羁的露辛达不期而遇。她是澳大利亚一位农场主的女儿,自幼失去父母,是一大笔财产的继承人。下船后两人在赌场再次邂逅,之后两人的亲密关系被教会发现,奥斯卡因此被革除神职。其实露辛达深爱奥斯卡,借"打赌"的方式,打算将家产全部相赠。露辛达要求奥斯卡将一座"玻璃教堂"送往伯令格,如果奥斯卡能够顺利完成任务,她将把她的所有家产赠予他。露辛达雇请具有探险经验的杰弗里斯全程护送。不料,杰弗里斯是一个殖民主义暴力分子,在冲突中肆意滥杀无辜的土著。奥斯卡最后无奈用斧头将他砍死。处于惊慌中的奥斯卡,在寡妇朱丽安的诱惑下与她成婚。清醒后的奥斯卡追悔莫及,怀着对露辛达的爱和内疚之情来到船上的玻璃教堂忏悔,不幸船体断裂,教堂与奥斯卡一起沉入河中。奥斯卡在澳大利亚之行中竟为了一场"爱情赌博"而客死异乡。①

《奥斯卡与露辛达》出版后好评如潮,颇受赞誉,使凯里名声大噪。该小说荣获 1988 年的布克奖和 1989 年的迈尔斯·弗兰克林奖等四项大奖。凯里的这本小说,揭露了殖民初期白人杀戮土著居民的历史事实,他在小说中提倡自由、平等、仁爱的人文主义精神。小说中有关土著的部分正是这部小说的灵魂,它恢复了历史的本真,使被压抑和边缘化的族群重新回到了话语空间,体现出作者强烈的社会责任意识和历史使命感。② 凯里对英国殖民者的剥削和杀戮澳大利亚土著的行为的反思与批判是其重构民族叙事的尝试与实践。

凯里在 20 世纪 90 年代接连发表了小说《税务检查官》(The Tax Inspector, 1991)、《特里斯坦·史密斯不寻常的生活》(The Unusual Life of Tristan Smith, 1994)和《杰克·迈格斯》(Jack Maggs, 1997)。其中《税务检查官》的故事主要发生在悉尼西部郊区。小说的主人公玛丽亚是一名税务检查人员,她年轻、聪明、漂亮、有天赋,当时她的生活和事业都很成功。她被指派去审计卡奇普莱斯家族的汽车公司,这是一家由卡奇普莱斯祖母经营的家族企业。她的儿子莫特负责一切的修理工作;女儿凯茜和丈夫一起经营着家族企业,但是她梦想着从事乡村歌手和西部歌手的职业,也不喜欢卖汽车;而 16 岁的孙子本尼患有严重的精神疾病,他想把一个失败的汽车特许经营权变成一个帝国,把自己变成一个天使。尽管年龄差距很大,但本尼还是对玛丽亚着迷,而玛丽亚则被莫特富有魅力的哥哥杰克吸引,杰克之前一直以房地产开发为职业,这次回到卡奇普莱斯汽车公司,目的是避免玛丽亚发现汽车公司存在的长期逃税行为,化解家族迫在眉睫的灾难。

在对该家族汽车公司依法进行调查时,玛丽亚卷入了一场因税务检查而导致破产的事件之中。在调查该公司偷税漏税的过程中,通过她的所见所闻,小说描写了悉尼社会的腐败,官商勾结、卡奇普莱斯家族的乱伦历史和丑闻以及社会和家庭对该家庭成员造成的身心创伤、人性的沉沦与堕落等,无情地批判了澳大利亚所面临的社会危机、家庭危机及精神危机,并触及澳大利亚社会最黑暗的

---

① 彭青龙:《〈奥斯卡与露辛达〉:承受历史之重的爱情故事》,《当代外国文学》2009 年第 2 期,第 125 页。

② 同上。

一面。

《特里斯坦·史密斯不寻常的生活》讲述了母子两人希望通过艺术传播发扬自己的本土文化,但遭到殖民当局打压的故事。该小说从文化视角揭露了殖民者对本土文化的无情摧残,是对本土文化的殖民,带有深刻的政治寓意。小说第一部分的背景设置在埃非克国,一个虚构的王国。这个国家也是,至少部分是,作为一个罪犯流放地而存在的。故事的主要叙述者是一个男孩特里斯坦,他出生时面部和四肢都有畸形,以至于医生建议将他抛弃。他的母亲菲蕾瑟特是一名未婚女演员,她拒绝了医生的建议,并把他带回家。特里斯坦跟随母亲在剧团里长大。这是一个前卫的戏剧团体,致力于发扬和传播本土文化。菲蕾瑟特并不是一个土生土长的埃非克人,她是在一个遥远而强大的虚构国家维拉斯坦出生和长大的,因此遭到殖民者的镇压,忍辱负重的菲蕾瑟特在悲愤中选择自杀。长大后的特里斯坦由于先天的残疾不能正常行走,讲话含糊不清让人难以理解。尽管身体不健全,但他还是决定成为一名演员,来完成母亲生前未完成的事业。

特里斯坦名义上的父亲是菲蕾瑟特的情人比尔,他是剧团的演员,但另外两个男人也在特里斯坦的生活中扮演了父亲的角色。一个是制造商兼政治家文森特;另一个是沃利,他曾是一名罪犯,现在是剧团的商业经理。小说的第二部分将背景切换到维拉斯坦国,主要讲述了特里斯坦历尽艰难险阻偷渡到维拉斯坦,依靠扮演该国的文化象征"布鲁克猫"养活自己。他的行为如其母亲当年的行为一样触怒了殖民当局,遭到打压和追杀,最后他在亲生父亲的帮助下逃离。维拉斯坦与埃非克之间的政治关系和文化动态让人回想起美国与第三世界或周边国家之间的关系,讽刺了当时美国和澳大利亚之间不平等的国际关系。

《杰克·迈格斯》同长篇小说《幸福》与《奥斯卡与露辛达》一样,获得迈尔斯·弗兰克林文学奖、英联邦作家奖。小说故事发生在 19 世纪的伦敦。故事围绕着杰克·迈格斯和菲普斯而展开。迈格斯年轻的时候被流放到澳大利亚,后来依靠开工厂而发迹。但是他并未忘记曾经帮助过自己的菲普斯,于是他决定返回伦敦寻找他。但菲普斯得知这一消息后,遣散了他的家人,神秘地消失了。迈格斯于是在菲普斯的邻居珀西的家中充当仆人,以期在伦敦的街道上等到或找到菲普斯。他最终与一位年轻人托拜厄斯达成了协议,后者是一名正在创作小说的作家,他希望此举可以帮他找到菲普斯。然而,托拜厄斯有他自己的计划,他迫切需要为一部正在创作的小说汲取灵感。在迈格斯返回伦敦寻找菲普斯的过程中,很多人原本的生活被打乱,从而导致人与人之间的一些利益纠葛和冲突。

2000 年出版的《凯利帮真史》(*True History of the Kelly Gang*,2000)是凯里献给新世纪的一份大礼。它基本上是以"凯利帮"的历史而创作的小说。2001年同时斩获布克奖和英联邦作家奖两项大奖。内德以他父亲的描述开始他的自传。父亲是一名爱尔兰人,被流放到澳大利亚,与母亲爱伦结婚后,定居在墨尔本东北部的阿韦内尔。父亲与殖民地警察冲突不断,结果在内德12岁时被警察监禁并死亡。从此,他和母亲不得不承担起养家糊口的重担。母亲经营一家简陋的酒吧,并同臭名昭著的丛林汉海瑞等一些人保持情人关系。海瑞同意将内德收为学徒,并向他传授有关土地的知识以及丛林生活策略等。内德最终离开了海瑞,回归家庭。他试图通过自己的辛勤劳作过上踏实的生活。内德的朋友把偷来的马卖给他,致使内德被捕并被判三年监禁。出狱后,内德在一个林场找到了一份工作。当地警察菲茨帕特里克的来访再次促成了他的犯罪。菲茨帕特里克向内德的妹妹凯特求爱。内德深知,菲茨帕特里克已经在其他城镇有多个情人,并不打算娶凯特。母亲爱伦以暴力威胁,菲茨帕特里克愤怒之下拔枪,内德出于自卫将其手腕击伤。菲茨帕特里克第二天就发出逮捕令,逮捕内德和他的弟弟丹。

内德和丹躲进维多利亚东北部的小山里,他们的朋友史蒂夫和乔加入了他们的行列(后来被称为“凯利帮”)。凯特和母亲被捕,被囚禁在墨尔本。“凯利帮”在逃亡过程中,出于自卫打死了追捕的四名警察。于是,有关“凯利帮”的民间传说越来越多,“凯利帮”抢劫银行,并把抢来的部分钱财分给维多利亚的下层贫民,他们也为“凯利帮”提供庇护。

在“凯利帮”躲避警察追捕期间,内德遇到了一个名叫玛丽的爱尔兰女孩,并爱上了她。玛丽怀孕后,计划与内德一起逃离殖民地,去往美国。然而,内德不愿离开澳大利亚,打算等母亲和妹妹被释放出狱。玛丽一人移民美国。她激励内德开始写他的人生故事,作为他未来孩子的遗产,她担心孩子永远不会知道他的父亲。最终,“凯利帮”因朋友的背叛而遭到警察的伏击,在激烈的枪战中,内德身受重伤被捕,“凯利帮”的其他三名成员被警察枪杀。

小说分为十三个部分,每部分的开头都有一段简短的描述。小说还包括前言和事件结束的叙事框架,描述内德最后同警察的交火和他的死刑。这部小说以独特的乡土风格写成,几乎没有标点,也不符合语法。内德的爱尔兰传统在他的语言中也有明显的痕迹。小说中有大量幽默的对话和妙趣横生的比喻。

《我的生活如同虚构》(*My Life as a Fake*,2003)是根据1943年的“厄恩·马利骗局”(the Ern Malley Hoax)创作的小说。

《我的生活如同虚构》围绕着文学和谎言之间令人不安的关系构筑道德迷宫。它主要讲述了不成功的诗人克里斯托弗的故事。他是一个神秘的澳大利亚人,他的一生永远被他年轻时设下的一个文学骗局所玷污。克里斯托弗虚构了一位已故诗人鲍勃,他把鲍勃的诗歌,其实是他自己的作品,拿给一个他信得过的编辑看。

当他第一次出现在这个故事中时,作为文学骗子的经历早已被抛诸脑后。

在吉隆坡一条拥挤的街道上做自行车修理工。他在那里遇到了萨拉,伦敦一家诗歌杂志的编辑,克里斯托弗向她讲述了参与欺骗之后的生活。萨拉认为这是一个真正天才的作品。当她试图将克里斯托弗的故事告诉别人时,克里斯托弗把她拉进了一个关于欺骗、谋杀、绑架和流亡的神奇故事中。整部小说中作者所表达的是人性的弱点,即欺骗。

《偷窃,一个爱情故事》(*Theft:A Love Story*,2006)获得当年的维多利亚州总理文学小说奖和万斯·帕尔默奖,被视为《我的生活如同虚构》"欺骗"主题的延续之作,同时也是一个引人入胜的心理悬念故事,一部充满激情、极其滑稽的小说作品。

小说讲述了一位非常有名的画家迈克尔的故事,由兄弟两人轮流叙述。迈克尔是一个固执己见、才华横溢的澳大利亚艺术家,他的职业生涯在短暂的成功之后正渐渐衰落。小说以他刚刚从监狱里释放出来开始,因为他抢了前妻的画,这些本来属于他的画,作为离婚协议的一部分成了前妻的财产。与妻子离婚后,他便带着弟弟休住在一所有很多收藏品的偏远乡村的房子里,并成为休的看护人。休是一个身体受损、情绪如孩童般波动很大的人。一个暴风雨的日子,一个名叫马琳的神秘年轻女子,穿着十厘米高的高跟鞋走进他们的生活,兄弟俩原本平静的生活从此被破坏了。她美丽、聪明、雄心勃勃,也是已故伟大画家雅克的儿媳,迈克尔在早期便深受雅克的影响。她对休很好,也爱上了迈克尔。他们辗转纽约、悉尼等国际大都市,举办画展,穿梭于艺术家和商人之间。一连串的事件,将艺术鉴赏家口是心非的虚伪、收藏家鱼目混珠的收藏等人性弱点淋漓尽致地展现在读者面前。

《他的非法自我》(*His Illegal Self*,2008)以1972年为背景,小说的主人公切在纽约由祖母抚养长大,对自己的父母却一无所知。在他8岁时,祖母同意他去看望生母,结果造物弄人,母亲已死于自制的炸药。他将年轻的黛拉误认成自己的母亲,并跟随她一起逃到澳大利亚。在与黛拉的交往中,切逐渐意识到她并不是自己要找的母亲,于是整日吵闹着要离开,去寻找自己的父母。无奈之下,黛拉冒险将他送回美国祖母身边,却发现两人早已情同母子。

凯里2010年出版的《派诺特和奥利维亚在美国》(Parrot and Olivier in America)入围当年的布克奖短名单。该小说以虚构人物奥利维亚为主人公,对法国政治学家、历史学家亚历克西斯·德·托克维尔(Alexis de Tocqueville)的生平进行传记式创作,重点讲述托克维尔的美国之行,以帮助读者了解托克维尔的生活。另一个虚构人物帕派诺特是奥利维亚的秘书,与奥利维亚在美国的探索和冒险中结下深厚情谊。

《眼泪的神秘变化》(*The Chemistry of Tears*,2012)里的中年凯瑟琳是一名钟表学家,在伦敦的斯温伯恩博物馆工作。在过去的十三年里,她一直和她的已婚同事马修相爱,当他突然去世时,她心烦意乱,悲痛欲绝。为了排解她的痛苦和忧伤,上级将她派往另外一个博物馆,完成拆装文物的工作,并希望她能够恢复过来。在工作过程中,她慢慢地被一个与自己特别相似的故事迷住了。

这个故事讲述的是19世纪一个富裕的铁路家族的后裔亨利。他是性情乖戾的赫麦亚妮的丈夫,也是体弱多病的珀西的父亲。珀西生病时,维多利亚时代所有的治疗方法都失败了。亨利确信,异邦的艺术创造能治愈他。亨利对这一创造的探索和凯瑟琳对这一文物的修复遥相呼应。

《失忆症》(Amnesia,2014)的大部分内容都不是关于失忆症的,而是由记忆组成的。小说主要刻画了两个核心人物:加比是一名电脑黑客,他同时释放了美国和澳大利亚的囚犯,现在面临着被引渡到美国执行死刑的可能性;菲利克斯是一名声名狼藉的记者,负责讲述加比的故事。毫无疑问,这部小说带有朱利安·阿桑奇(Julian Assange)和维基解密的争议感,但更深层次的原因是美国和澳大利亚之间的冲突历史,比如布里斯班战役(Battle of Brisbane)和1975在美国的促使下澳大利亚总理高夫·惠特拉姆(Gough Whitlam)被解雇的事件,菲利克斯称之为"75年的政变"。

《远离家乡》(A Long Way From Home,2017)是彼得·凯里的第十四部小说,带有他明显的后期风格。该小说的地点设置在维多利亚的巴克斯马什。女主人公艾琳娇小可爱,却脾气暴躁。她的丈夫蒂奇性格温和,胸无大志,畏惧年老又控制欲强的父亲。蒂奇梦想着经营当地的福特汽车公司,却慑于父亲的威严成为通用汽车销售员。艾琳深爱着丈夫,却讨厌她的公公,她拥有自己的梦想,渴望获得更大的成功。艾琳夫妇的汽车销售事业蒸蒸日上,她喜欢开快车,而蒂奇则成为澳大利亚东南部农村地区最好的汽车销售员。艾琳和蒂奇参加雷德克斯汽车拉力赛。这一比赛竞争残酷且激烈,几乎没有一辆汽车能幸存下来,却很受澳大利亚人欢迎。他们的邻居威利是一位英俊的教师,拉力赛中成了他们的领航员,与艾琳的亲密友谊成了小镇人们的八卦,但小说后期两人的关系逐渐疏远,并最终分道扬镳。

该小说虽然是彼得·凯里的后期作品,但它的风格和内容仍然与前期作品有很多共同之处,如对种族身份、种族关系、澳大利亚土著历史、澳大利亚风光等问题的关注。同时,书中有作者自传的元素,因为凯里就是在巴克斯马什长大的,他的父母是通用汽车霍尔登经销商。

凯里的作品"熔黑色幽默、寓言式小说和科幻小说于一炉"①。他常把历史和幻想相糅合,采用超现实主义、后现代主义以及传统现实主义等多种手法,来反映现代人的生存境况及困境,关注边缘人物的不幸遭遇和命运,以期将个体求变和民族求变的困境与束缚相映照。

---

① 黄源深:《澳大利亚文学史》,上海外语教育出版社,1997年,第402页。

第二节　迈克尔·怀尔丁

迈克尔·怀尔丁是小说家、文学评论家、教授和编辑,生于英国伍斯特,1963年从牛津大学英文专业毕业后,到悉尼大学任教英国文学、澳大利亚文学和创意写作课。1967—1968 年执教于英国伯明翰大学,并于 1969 年重返悉尼大学。现为悉尼大学、伯明翰大学、加州大学圣巴巴拉分校和新加坡国立大学名誉教授。怀尔丁也是澳大利亚人文学院(Australian Academy of the Humanities)研究员和新南威尔士作家中心主席。他担任英国季刊《立场》(Stand)的编辑多年,这本杂志主要向英国读者介绍新派作家的作品。他是《亚洲和太平洋写作系列》(Asian & Pacific Writing Series)(二十卷)的创始编辑。1972 年,他创办新派短篇故事杂志《故事小报》(Tabloid Story)。1974 年,与友人合办怀尔德和伍利(Wild & Woolly)出版社,进一步推动新派小说发展。

怀尔丁的短篇小说优于长篇小说。第一部短篇小说集《死亡过程的几个方面》(Aspects of the Dying Process)于 1972 年发表,它主要刻画了上到学者、作家下到普通人,在温暖舒适、气候宜人的澳大利亚碌碌无为、不求上进的慵懒状态,以及寻求享乐的强烈的欲望。他被《澳大利亚书评》(Australian Book Review)誉为"当代澳大利亚最佳短篇故事作家之一"。

短篇小说集《西米德兰地铁》(The West Midland Underground,1975)中的故事大多富含寓意,将社会生活的细节呈现得具体、形象。

《阅读符号》(Reading the Signs,1984)是一部带有自传性质的短篇小说集,讲述了主人公迈克尔在英国度过的童年生活,以及成年之后来到澳大利亚的生活经历。这与作者本人出生在英国,大学毕业后来到悉尼大学任教的经历基本吻合。小说集中的故事以描写作家、学者等文人为主,这也与作者本人长期在大学任教,是一名学者型作家的职业身份不无关系。

小说集《在土星之下:四个故事》(Under Saturn:Four Stories,1988)包含四部短篇,刻画的人物基本是作者所熟悉的学者形象。他们消极、多疑,所见所闻,无不充斥着不可告人的阴谋。《那年夏天的出路》(Way Out That Summer)和《描写生活》(Writing a Life)所刻画的人物也是疑神疑鬼的性格。

《好天气》(Great Climate,1990)是一部短篇小说选集,收录的是作者此前已出版过的短篇小说集中的精品。小说涉及的主题既有关于色情的敏感描写,也有让读者捧腹大笑的事件,其中很多故事都是以作者的家乡澳大利亚为背景,讲述了毒品贩子、混血儿和作家的故事。

除此之外,怀尔丁的短篇小说集还包括《戏剧性的驾驶》(Scenic Drive,1976)和《一个感觉迟钝的人:精选短篇故事》(The Man of Slow Feeling:

Selected Short Stories,1986)等。

继短篇小说集《死亡过程的几个方面》之后,怀尔丁出版了第一部长篇小说《生活在一起》(*Living Together*,1974),它讲述了马丁和安这对夫妇在悉尼朋友家中的寄居生活,言辞幽默,但内容太露骨。

紧随其后的《短篇使节》(*The Short Story Embassy*,1975)类似于元小说,是关于如何创作小说的小说。《太平洋公路》(*Pacific Highway*,1982)描写澳大利亚 20 世纪 60 年代末期青年一代的精神生活以及思想面貌。《巴拉圭实验》(*The Paraguayan Experiment*,1985)属于历史小说,作者在文本中将真实与虚构并置,根据历史史实,发挥自己的想象力,讲述了激进主义者威廉通过自己激进的思想,影响了周围的一部分人,试图在巴拉圭建立无产阶级的乌托邦国家。这部小说反映了怀尔丁在文学理论上倾向于激进的马克思主义思想,在这种理论的影响下,他刻画的人物倾向于做自己命运的主人,并试图去影响、改造周围的人。

《学术界坚果》(*Academia Nuts*,2003)将背景设置在澳大利亚历史最悠久的一所大学的英语系,主要写知识分子所面临的生存困境。系主任涂着红指甲,穿着套装,把 HOD 作为自己的签名,她并未意识到此签名也是"黑暗之心"(Heart of Darkness)的缩写。她还非常讨厌书籍。她的助手兼"知己"菲利帕,在她的学生时代就知道,系主任因无法控制自己的手远离任何男性员工而被称为"Paw Paw 小姐"。

但真正的超级明星是英语系的戴德伍德,他改变了自己的性别,这样他就可以在 55 岁时以女性的身份退休。"她"被女性和同性恋游说团体接纳,成为变性研究中心的所长。

怀尔丁对学术界饶有兴趣:提前退休、短期合同、无休止的填表、研究资助、基于出版物的资助等都在他的笔下栩栩如生。

《学术界坚果》中对管理者的描写更加尖锐,这些平庸的人从来没有做过任何事情,也没有对任何一门学科的发展做出过贡献。《学术界坚果》是对文学时代、人文学术终结的哀叹,大学本应该成为一个重视知识探究而非"产品"的地方。

《国宝》(*National Treasure*,2007)是一本关于文学世界的黑色喜剧。它记述了在物欲横流的商品化社会中,人们追逐名利的常态化,一切事物都已经被物化成商品,高雅的艺术也不例外,变成人们的消费品。小说从一个侧面反映出艺术在社会中所面临的物化危机和困境。

《多余男人》(*Superfluous Men*,2009)讲述的是退休后的高校教师无所适从的"多余人"形象。他们感到生活毫无乐趣,枯燥乏味,退休后与工作时的内心落差巨大。《屡遭警告的囚犯》(*The Prisoner of Mount Warning*,2010)和《魔力》

(*The Magic of It*,2011)对学术界不为人知的腐败、黑暗进行了无情的揭露。

怀尔丁的其他小说还包括:《她最奇怪的性经历》(*Her Most Bizarre Sexual Experience*,1991)、《最狂野的梦》(*Wildest Dreams*,1998)、《来自森林的耳语》(*A Whisper from the Forest*,1999)、《亚洲黎明》(*Asian Dawn*,2013)和《在瓦谷》(*In the Valley of the Weed*,2017)等。

迈克尔·怀尔丁的文学评论,涵盖了从 17 世纪到现在的文学作品,主要包括《弥尔顿的〈失乐园〉》(*Milton's Paradise Lost*,1969)、《英国文化政策》(*Cultural Policy in Great Britain*,1970)、《马库斯·克拉克研究》(*Rearch of Marcus Clarke*,1977)、《政治小说》(*Political Fictions*,1984)、《龙之牙:英国革命文学》(*Dragons Teeth:Literature in the English Revolution*,1987)、《社会愿景》(*Social Visions*,1993)、《激进传统:劳森·弗菲·斯特德》(*The Radical Tradition:Lawson,Furphy,Stead*,1993)。此外,他还致力于澳大利亚文学研究,编著了《经典澳大利亚小说研究》(*Studies in Classic Australian Fiction*,1997)。基于早年在悉尼大学英文系从教的经历,他写了自传《在利维斯中》(*Among Leavisites*,1999)。此后他又编辑了威廉·里恩(William Lane)的《工人们的天堂》(*The Workingman's Paradise*,1980)和《牛津澳大利亚短篇小说》(*The Oxford Book of Australian Short Stories*,1994),悉尼大学因此授予他文学博士学位。

怀尔丁的小说、散文和评论多次被《纽约人》(*The New Yorker*)、《南风》(*Southerly*)等著名杂志刊登。他的作品已在约二十个国家翻译出版,一些创作手稿被存于新南威尔士州的米切尔藏书库(Mitchell Library),他与克里斯蒂娜·斯特德的通信保存在澳大利亚国家图书馆。

第三节　弗兰克·穆尔豪斯

弗兰克·穆尔豪斯生于新南威尔士州南海岸的诺拉。父亲是新西兰人,是一个农业机械发明家,母亲是第三代澳大利亚移民,他还有两个哥哥——欧文和亚瑟。穆尔豪斯的父母在诺拉经营一家为乳品工业制造机械的工厂,他在当地完成了高中学业,后加入悉尼大学军团的后备军(步兵)兼职兵役三年。他在昆士兰大学完成本科政治学学习,同时学习澳大利亚历史、英语和新闻学,然而却没有拿到学位。离开学校后,穆尔豪斯先后担任记者和编辑。成名后,穆尔豪斯被格里菲斯大学(Griffith University)授予荣誉博士学位,目前定居悉尼。

穆尔豪斯从小就坚持阅读。12 岁时,他因一次严重事故卧床几个月,其间读了《爱丽丝梦游仙境》,于是决定成为一名作家。18 岁时,《南风》(*Southerly*)杂志发表了他第一篇短篇小说《年轻女孩和美国水手》(*The Young Girl and the*

American Sailor），但之后他的稿件却没有如此幸运，屡遭拒绝，他只好将稿件转投小杂志。

1959年，穆尔豪斯同高中朋友温迪结婚，但这段婚姻仅维持了四年。自此之后，他过着一种双性恋的生活，自传作品《马蒂尼：回忆录》（Martini：A Memoir，2005）中有过一些相关的描写。这本书主要是作者和朋友伏尔茨六世（Voltz VI）之间关于鸡尾酒的对话，伏尔茨六世是以穆尔豪斯的编剧朋友为原型改写的，穆尔豪斯很迷恋这位朋友。文中很大部分还涉及了马蒂尼的历史，该书也写到穆尔豪斯的前妻，暗示她与一位老师有过恋情的描写，引起穆尔豪斯前妻的强烈不满。

穆尔豪斯一直致力于保护言论自由并分析影响它的因素。在20世纪70年代，穆尔豪斯因反对审查制度，好几次被逮捕和起诉。他曾是澳大利亚作家协会的主席和澳大利亚新闻委员会的成员，是澳大利亚记者协会的组织者，并于2005年成为悉尼笔会杰出作家小组的成员。写作之余，穆尔豪斯还经常独自一人带着地图和指南针，到荒野地区进行为期八天的越野徒步旅行。

穆尔豪斯的创作以短篇小说为主，1969年，第一部短篇小说集《徒劳无益及其他动物》（Futility and Other Animals）问世。短篇小说集中大部分故事都很短，每个故事都像是生命的片段，主要描写人际关系或个人古怪的习惯。在某些方面，这些故事中的人组成了一个部落——一个现代的、城市的部落。有些人是部落的中心成员，而另一些人则是生活在边缘的隐士。他们共同的生存环境既是内心的焦虑、快乐和困惑，也是外在的房屋、街道、酒店和经历。城市内部氛围的体验是通过成长、离开家乡、从乡村来到城市或返回乡村等故事来表现的。

其中，与该短篇小说集同名的小说写得最精彩。短篇小说《徒劳无益及其他动物》正如标题所言，刻画了主人公无处不在的徒劳感，对他来说这种感觉如影随形，挥之不去。该小说采用作者最擅长的"间断叙述"技巧，亦即各个短篇小说之间故事情节各自独立，但是人物设置和事件安排上有内在的联系，使之看似又是一个完整的文本。

第二部短篇小说集《美国佬，胆小鬼》（The Americans，Baby，1972）主要探索主人公身体和心理上的界限，描写了悉尼40岁以下人群焦虑的状态。穆尔豪斯用他传统的天赋和智慧探索了对美国文化入侵的固有抵制，以及美国等超级大国的人们在面对另一种文化时所冒的风险，即他们可能会被诱惑、迷失、毁灭。两部短篇小说集的出版，使普通大众和学界逐渐关注这位写短篇小说的高手，穆尔豪斯也得以确立他在文坛的一席之地，成为新派小说的代言人。自此，穆尔豪斯开始全职写作，他的写作题材广泛，对于散文、长短篇小说、新闻报道、电影剧本、广播剧剧本、电视剧剧本等都有所涉猎。1972年他与作家怀尔丁合作，创办新派小说的文学阵地《故事小报》，为新派小说的积极发展做出巨大贡献。

小说集《美国佬，胆小鬼》包括二十个短篇小说，其中《德尔参与政治》(*Dell Goes into Politics*)写得最好，揭示 20 世纪 60 年代处于动荡不安之中的澳大利亚知识分子的思想变化，以及他们的焦虑迷茫。

穆尔豪斯还创作了其他一系列作品。《电的经历》(*The Electrical Experience*，1974)是一部小说集，利用图片、诗歌、引语等"碎片"的形式继续将"间断叙述"技巧灵活运用于文本之中。《城市会议》(*Conference Ville*，1976)于 1984 年被改编成电视电影。它将会议看作城市的缩影，从会议中人们的言谈举止，揭露人的本性以及现代生活的本质。《神话和传奇》(*Tales of Mystery and Romance*，1977)是一个连载的故事集，主要描写同性恋的故事。《永远神秘的家庭及其他秘密》(*The Everlasting Secret Family and Other Secrets*，1980)包括四组故事，其中很多人物和故事背景是《城市会议》的延续。《客房服务》(*Room Service*，1985)近乎新闻报道，主人公等同于记者，对他环游世界之时的高级酒店(希尔顿酒店)、豪华餐厅、世界顶级豪华轿车等进行报道，嘲讽了消费社会时代，人们对奢侈物质拜物教似的迷恋。

长篇小说《四十与十七》(*Forty-Seventeen*，1988)采用对话和回忆的形式。数字"四十"指主人公的年龄，主人公如但丁一样，到了人生旅程的中途，迷失了正路。"十七"指同前妻结婚时的年龄，以及现任女友的年龄。主人公的名字是伊恩(Ian)还是肖恩(Sean)取决于叫他的人是在什么时候认识他的。他正经历着中年危机，这场危机始于他 30 多岁时，当时他和一个 17 岁的女孩在一起。尽管他们分手了，但他坚持说：一旦他 40 岁的时候去西班牙旅行，他们就应该重新团聚。他觉得她的青春令他充满活力，但也令人沮丧。

伊恩(肖恩)穿梭于女人之间，但从来没有真正地和她们中任何一个人交往。他嗜酒如命，有一段时间他甚至不得不戒酒六个月，才能清除一些肝功能问题。喝酒是他生活的一部分，就像呼吸一样正常。

他在 40 岁后试图与他年轻的女朋友重新联系。他发现她的情况发生了巨大的变化，而她不愿意陪他去西班牙。他坚持再次见到她，但他在她面前感到很幼稚。生活使她变得坚强，他们之间的关系也发生了变化。伊恩(肖恩)最终失去了他的工作。最后，他住在他曾祖母做生意的老旅馆里，完全依靠她留给后代的遗产和保险金而生活。这本小说很诙谐，对话和观察既敏锐又辛辣。伊恩(肖恩)不是一个富有同情心或有责任感的人，他从来不知道 40 岁到底意味着什么。

短篇小说《夜场演出》(*Lateshows*，1990)描写一位上了年纪的主人公，却像年轻一代那样追求和他年龄不相称的时髦，如小丑般在舞台上演出，令人啼笑皆非。《放荡的生活》(*Loose Living*，1995)是一本漫画书，它深刻剖析了澳大利亚当代产生的一些新的敏感问题，详细介绍了他在法国的所见所感，如他和公爵一起在城堡里光彩照人的生活以及他被任命为蒙田文明失调诊所(Montaigne

Clinic for Civilised Disorders)的社交研究员的经历。

　　长篇历史小说《黑暗的宫殿》(*Dark Palace*,2000)荣获 2001 年迈尔斯·弗兰克林文学奖,与 1993 年出版的《盛大的日子》(*Grand Days*,1993)以及 2011 年问世的《冷光》(*Cold Light*,2011)一起构成"伊迪丝三部曲"(*The Edith Trilogy*,1993—2011)。这部历时八年所创作的三部曲,是穆尔豪斯在认真研究国联(League Nations)历史文献资料的基础上,结合他对政治、文化和生活的深刻思考而创作的鸿篇巨制,每部小说都长达七百多页。为了增加文本的真实可靠性,他二十五年来多次造访日内瓦、伦敦、纽约和华盛顿等地,仔细查阅国联和联合国的书信、档案和会议纪要,多渠道访问仍然健在的国际外交官员,因此,他的三部曲具有历史题材小说的厚重感,直接或间接涉及近百个历史上的真实人物。但三部曲并非文献资料的堆砌,而是实现了历史性和虚构性融合统一的新超越。读者不仅领略了 20 世纪 20 年代至 50 年代国际政坛的刀光剑影,而且更多地体味到弱小个体在特定历史时期追求梦想、权力、灵与肉和谐完美的困境。①

　　三部曲中的第一部《盛大的日子》叙述了 20 世纪 20 年代,伊迪丝刚来国联总部日内瓦工作时的经历。较之后面创作的另外两部小说,该作品笔调轻快,言语幽默。伊迪丝离开新南威尔士,只身前往日内瓦,在火车上遇到年长很多的英国医生安布鲁斯,得知他也将去国联工作,两人相聊甚欢。到国联秘书处工作后,伊迪丝试图依靠自己的才智实现梦想,但伊迪丝的工作热情逐渐被国联无休止的谈判所耗尽。与此同时,她做了安布鲁斯的情人,却发现和他代沟颇大。她发现了安布鲁斯英国间谍的身份,接近她的目的是想从她身上获得国联内部情报。伊迪丝最终离开,并检举揭发了他。伊迪丝因为忠诚而受到国联的重用,成为副秘书长的私人助理。后来与记者出身的罗伯特相恋,在他的不断影响下,伊迪丝所崇尚的理想主义逐渐被理智所战胜。

　　《黑暗的宫殿》堪称三部曲中的佳作。它成功地将主人公伊迪丝的成长和命运起伏同世界大战爆发和国联解体有机地相融。此时,伊迪丝已在国联工作五年有余,已经褪去刚入职场时的天真稚嫩,历练成一位干练、有胆识的女外交官。她的内心仍坚守维护人类和平的初心,她决心通过自己的努力工作和坚定的信念,扭转国联解体的命运,拯救世界免于战争的厄运。"二战"的爆发彻底摧毁了伊迪丝坚守的和平理想,工作上的失意增加了她的沮丧感,个体的渺小和世事无常使她身心疲惫。她自甘堕落,重新投入老情人安布鲁斯的怀抱。一方面,与丈夫罗伯特的婚姻,由于政治观点和性格差异形同虚设,但责任感使她不忍逃离婚

---

① 彭青龙:《伊迪斯三部曲——弗兰克·穆尔豪斯"间断叙述"巅峰之作》,《外国文学动态》2013 年第 4 期,第 44 页。

姻的桎梏;另一方面,伊迪丝投入安布鲁斯的怀抱暂时摆脱内心的抑郁之情。穆尔豪斯将伊迪丝事业上被摆布的玩偶人的形象,与婚姻生活中被任意愚弄的事实刻画得淋漓尽致,折射出国际环境风起云涌和个人无法承受历史之重的矛盾。

《冷光》似乎为伊迪丝的矛盾找到了答案——回归澳大利亚故土。国联解体后,伊迪丝没能在联合国谋得新职位,于是决定回到澳大利亚,希望能在澳大利亚政府外交部门施展拳脚。然而事与愿违,她只找到一份负责规划建设首都堪培拉的差事。在伊迪丝心灰意冷之际,消失多年的弟弟突然出现在她的生活中,他正面临着因参加共产党而可能被捕的危险。弟弟的出现,使伊迪丝一直生活在恐惧和不安之中。几经周折,伊迪丝担任了惠特兰姆政府原子能政策的重要官员,但昔日的风光已成过去。她试图回归家庭,做一个好妻子、好母亲,但过去生活方式的惯性使她摆脱不了酗酒等习惯。生命意义何在成了伊迪丝老年时在酒吧经常思索的问题。尽管伊迪斯三部曲是三部独立成篇的历史小说,但在主题方面不可分割,共同勾勒出一位女外交官的悲喜人生:成长历程、感情生活以及职业生涯。[①]

第四节　默里·贝尔

默里·贝尔(Murray Bail,1941—　　)出生在澳大利亚南部的阿德莱德,父亲是电车轨道工。贝尔先后就职于阿德莱德和墨尔本的广告公司。1968—1970年,他与第一任妻子搬到印度,在孟买一家广告公司工作,后贝尔因感染热带疾病而前往伦敦医院,而后在伦敦定居五年,为《环大西洋评论》等撰稿。贝尔丰富的生活阅历使其成为一位最富有国际色彩的作家。返回澳大利亚后,贝尔如同多数新派作家一样,居住在悉尼。1976—1981年,贝尔任澳大利亚国家美术馆受托人,因此堪培拉的国家肖像画廊里挂有他的肖像画。

贝尔于1975年出版短篇小说集《当代画像和其他小说》(*Contemporary Portraits and Other Stories*),重版时更名为《赶牲畜人的妻子和其他小说》(*The Drover's Wife and Other Stories*,1986)。该小说集共收录十二篇短篇小说,让我们进入了一个清晰的梦境世界。其中《休布勒》(*Heubler*)是一个有趣的寓言,其同名主人公渴望给每一个活着的人拍照。贝尔设定了二十三种类型的人:无能力犯罪的人,可能比艺术更长寿的人,拥有独特的性能力却无处发泄的人……每个类别都丰富了人类奇特的地下世界。贝尔的故事充斥着哲学、文学和绘画的核心与思想。《电的画像》(*Portrait of Electricity*)揭示了人们日常生活的混

① 彭青龙:《伊迪斯三部曲——弗兰克·穆尔豪斯"间断叙述"巅峰之作》,《外国文学动态》2013年第4期,第45页。

乱。还有一个短篇的标题特别奇特,题名为"A,B,C,D,E,F,G,H,I,J,K,L, M,N,O,P,Q,R,S,T,U,V,W,X,Y,Z"。凡此种种,我们不难看出,贝尔是一个极富创造性的作家。

小说中的"我"是一个牙科医生,看到德莱斯戴尔的油画后认定油画上的女子就是自己的妻子,责备她和赶牲畜的人私奔。同时他还回忆起他和妻子在一起的一些不愉快的往事,为了度假时间的长短和妻子叫嚷,为了妻子的体重和她劈柴时的模样而争吵。贝尔的小说直接表现了现代社会里人与人之间关系的脆弱和不可靠。

另一个短篇小说集是《伪装:故事》(*Camouflage:Stories*,2002),共收录了十四篇短篇小说。《伙伴的生活》(*Life of the Party*)讲述了一位住在郊区的父亲躲在他儿子的树屋上监视他的邻居。《妹妹的诱惑》(*The Seduction of My Sister*)讲述了一个男孩和他的妹妹目睹了新邻居搬到街对面的时候发生的越来越离奇的事情。《治愈》(*Healing*)记录了一个男孩一意孤行而面临的灾难。同名小说《伪装》(*Camouflage*)讲述了一位被动的、谦让的阿德莱德钢琴调音师埃里克于1943年被派往澳大利亚中部参战的故事。很明显,在所有这些非凡的故事中,贝尔已经扩展了短篇小说的多种可能性。他的每一个故事都创造了一个奇怪而迷人的新世界,他对艺术的掌握充分体现了他的诙谐幽默和引人入胜的文字力量。

贝尔与彼得·凯里、弗兰克·穆尔豪斯三人是澳大利亚短篇小说写作的主要创新者。贝尔对语言和现实之间的关系特别感兴趣,不过,为更好地表现生活的复杂性,贝尔后来转向长篇小说。

贝尔的第一部长篇小说《想家》(*Homesickness*,1980)笔调轻松,语言幽默,讲述了一群澳大利亚人到世界各地旅游的所见所闻以及在旅游时的切身体验和感受。他们的足迹遍及非洲和英国、厄瓜多尔、苏联、美国等地。他们来自各行各业,性格脾气也不相同,但相同的是他们对自己的生活没有计划,对未来更无规划,每天浑浑噩噩度日。他们用狂热的购物填补内心的空寂,打发无聊的时日。在旅行时,他们寄希望于在博物馆寻找到正宗的文化历史,却往往事与愿违。他们想通过旅行了解别国文化,可是刻板的游客每到一个地方都要和自己国家做比较,而且通常以一种不讨人喜欢的方式寄回带有通用语句的明信片,并试图成为本地人,构成所谓"想家"的表现形式。

《想家》中关于博物馆的场景有很多,首先是一个无名的非洲国家的博物馆,它本质上是殖民主义的废墟,到了英国,他们去了一个波纹状铁器博物馆(a museum of corrugated iron),也许只有澳大利亚人才会真正理解这里的幽默和哀伤。在南美,他们看到了"腿的博物馆",它专门为疲劳和无聊的参观者而设计,帮助他们意识到自己的腿。在美国,旅行者们参观了一座婚姻博物馆,汇集了历史上或多或少不正常的关系。博物馆的描写也是《想家》中作者寻根的一个重要表现。

第二部长篇小说是《霍尔登的表现》(*Holden's Performance*,1987),时间背景是 20 世纪 30 年代到 60 年代。小说的地点从主人公霍尔登的出生地阿德莱德,到悉尼,最后又到了美国。小说通过时间的推移、工作的更换、地点的变换,描写了澳大利亚从保守拘谨到逐渐开放、动荡这三十年来的巨变。通过记录霍尔登的人生足迹、个人变化以及最后归宿的选择,影射了美国的文化殖民和澳大利亚逐渐"美国化"的过程。

霍尔登在阿德莱德长大,他同母亲和妹妹生活在一起。他的父亲是一名电车售票员,在战争期间被休假的美国士兵杀害。在他十八九岁的时候,霍尔登去了悉尼,并决定留下来。后来他来到首都堪培拉,成为一名保镖,负责总理和来访的国家元首的安全保障。不断变化的环境的影响和丰富生活阅历使霍尔登已经由原来天真、正直、一味追求真理的少年变得成熟、圆滑老练。最后他去了美国情报机构,为美国人工作。

《普通书写:一位作家的手记》(*Longhand:A Writer's Notebook*,1989)以日记形式记录了作者从 20 世纪 60 年代末到 70 年代末之间在海外的经历以及思想方面的变化。

1999 年,贝尔最知名的作品——《桉树》(*Eucalyptus*,1998)获得迈尔斯·弗兰克林奖和英联邦作家奖。小说以轻松、明快、幽默且富有澳大利亚乡土气息的语言,讲述了艾伦的故事。艾伦是一位年轻漂亮的女子,母亲很早就去世了,父亲霍兰德在妻子去世之后,独自把女儿艾伦抚养长大,视为掌上明珠。他从小对女儿照顾有加,包办有关女儿的一切,从日常生活到婚姻大事,他都苦心经营。父亲的另一个爱好就是培育种植桉树,因此他的农场里有数百种桉树。为了给女儿找到一个好的归宿,霍兰德最终想出用桉树知识竞赛招亲的办法。桉树专家卡伍工作体面、收入稳定,在众多追求者中最具竞争力,也是所有人公认的最佳人选。但艾伦却对他不感兴趣。反倒是一个身份背景都不被人所知的陌生男子,闯入了她的世界,赢得了她的芳心,成为这场爱情竞赛的胜利者。他们在桉树林里不期而遇,他是一个善于讲故事的人,用委婉动听的故事描绘人世的无常和生活中的悲欢离合。艾伦最终还是违背了父亲时时告诫自己的"防备那些善于讲故事的男人"的忠告,用无声的行动对父亲的"良苦用心"进行反抗。小说结局出乎意料,极富创造性,给读者耳目一新的感觉。

《书稿》(*The Pages*,2008)讲述了悉尼大学的哲学家埃里克和精神分析学家索菲亚,驱车七小时到澳大利亚新南威尔士州内陆的一个农场,去鉴定卫斯理的手稿的故事以及由此而引起的对哲学和心理学对立关系的思考。小说将卫斯理的故事和目前发生的故事交织在一起。卫斯理是一位农民的儿子,多年前,因与父亲吵架愤而出走,将年纪尚小的弟弟罗杰和妹妹林赛留在农场。卫斯理先在悉尼的一家医院找到一份工作,后来因为对哲学痴迷而去环游欧洲,研究并思考哲学问题。几年后,他返回农场,开始撰写哲学著作。这时农场已经交由弟弟和妹妹打理。不幸的是他的手稿还未来得及发表就去世了。他留下遗嘱,希望有人可以阅读并鉴定他的作品,如果可能将其出版。哲学家埃里克富有理性,做事很有逻辑性,而精神分析学家索菲亚既感性又主观,在鉴定手稿的过程中,因为彼此性格、经历和对世界种种看法的不同,两人之间甚至产生了激烈的矛盾冲突,而所有他们对手稿的不同意见和冲突恰恰也是手稿所要讨论的内容。小说通过描写卫斯理的经历和他对哲学的思考,让读者更加理解爱情、背叛和死亡的深刻意义。

《航行》(*The Voyage*,2012)讲述了德雷奇的故事。德雷奇是悉尼的钢琴制造商,发明了一种新型的、技术先进的钢琴,他来到音乐之都维也纳,希望在欧洲销售这种钢琴。但维也纳有着丰富而传统的音乐遗产,这样的商业冒险在维也纳也许不是最好的选择。毫无疑问,德雷奇的商务之旅并不成功,钢琴没有售出。但他与阿马利娅的偶遇为他带来了新的可能性:一次与她的女儿伊丽莎白的会面,一次与一位前卫作曲家的晚餐。他和伊丽莎白一起乘船返回澳大利亚,思考自己在维也纳的经历,他在那里遇到的人,以及浸润在传统文化中的欧洲和全新的、现代的、有时甚至是轻率的澳大利亚文化之间的差异。小说虽然在语言使用和风格方面独树一帜,但整部小说既无章节也无段落,在快速的叙述中几乎没有间歇,还有一些奇怪的标点符号。最令人困惑的是缺乏时间顺序和时间、地点的快速变化。

贝尔的另一部作品《笔记:1970—2003》(*Notebooks*:*1970—2003*,2005)摘录自他的工作笔记,当时贝尔还不为世人所知。笔记记录他在伦敦的生活,其中包括他发表的一系列作品和他的获奖杰作《桉树》等的信息,还包含了无意中听到的对话、格言、对人和地方的观察及对艺术、文学和风景的思考,以及书籍和故事的片段。这些深刻的观察,来自他访问欧洲、非洲和北美的短途旅行。

贝尔是新派作家中最喜爱标新立异的作家之一,他不满劳森派的创作形式,也反对纯粹以美国作家的创作为楷模,他写作严谨,对自己要求极高,极富创造性。他的作品能给读者带来阅读的愉悦,又带有一种震撼人心的力量,艺术感染力很强,使人难以忘怀。

第五节　莫里斯·卢里

　　莫里斯·卢里(Morris Lurie,1938—2014)生于墨尔本郊区,父母都是来自波兰的犹太移民。卢里曾在皇家墨尔本理工学院学习建筑,对广告业也极其热衷。

　　20世纪60年代中期,卢里开始旅居海外,足迹遍及希腊、丹麦、摩洛哥、英国、美国和北非等地。1973年卢里回国定居,专门从事漫画小说、短篇小说、散文、戏剧和儿童读物的创作。丰富的生活经历为他的小说创作提供了源源不断的素材,长期海外生活使他拥有得天独厚的优势,使其作品有机会在海内外刊登,异国生活的熏染使他的作品散发出浓郁的国际色彩,小说格调也能与时俱进,与欧美当代小说接近。他的作品主要描写同时代犹太裔澳大利亚男人,这些男人通常是作家和爵士乐迷。

　　卢里的第一部小说是漫画小说《拉帕波特》(*Rappaport*,1966),聚焦于墨尔本一位年轻古董商拉帕波特和他不成熟的朋友弗里德兰德生活中的一天。拉帕波特经营着一家古董店,只有一套粉红色西装,而且还热衷于收藏美国杂志。他性格自私,也不善于经营,他的店内货物杂乱无章、堆积如山。他最好的朋友是弗里德兰德,他极其幼稚,买唱片就像大多数人买面包一样。小说的续集是《拉帕波特复仇记》(*Rappaport's Revenge*,1973),主人公还是拉帕波特。它勾勒了一个与家人有隔阂的拉帕波特怪人形象。他最终因无法忍受压抑的家庭环境而出走伦敦,遇到了小说的叙事者,经历了一段可笑而痛苦的友谊。

　　短篇小说《查理·霍普的伦敦丛林历险记》(*The London Jungle Adventures of Charlie Hope*,1968)刻画了一个喜剧性的人物和他痴迷的广告业。《飞回家》(*Flying Home*,1978)描写了一位失去工作的画家利奥和女友的旅行,文中描述了他们所到之地的风景:澳大利亚、奥地利、南斯拉夫、瑞士、英国等地。《给格罗斯曼的七本书》(*Seven Books for Grossman*,1983)讲述了一位因赌博而非常贫穷的文学教授,为了生存被迫为格罗斯曼出版社的编辑写色情小说。他给编辑的7本有关色情的小说均仿大家之作,汇集包括海明威等多位作家的创作风格。《发疯》(*Madness*,1991)讲述了步入中年后离婚的犹太裔澳大利亚作家坦嫩鲍姆和他曾经的女友安妮斯的相处。在叙述过程中,坦嫩鲍姆详述了他因婚姻的破裂而精神不正常、他的童年、在丹吉尔度过的日子、去纽约的旅行、他古怪的朋友以及孩子等。《天已亮》(*To Light Attained*,2008)属于半自传体小说,用饱含强烈感情和诗意的语言描绘了父亲在女儿自杀后的悲痛创伤。因为婚姻的失败,他身边没有家人的支持和陪伴,而他作为作家的职业生涯也正处于困境之中,因为他失去了创作灵感。

卢里的创作中,短篇优于长篇,其文学成就主要体现在短篇小说上,其中不乏佳作。2000 年,他写了一本教学指南《短篇小说创作的时间、写法与定位》(*When and How to Write Short Stories and What They Are*)。它不仅是最有冲击力的,而且是极有趣、有用的写作指南。

卢里的短篇小说集主要有《快乐的时代》(*Happy Times*,1969)、《衣橱里面:二十个故事》(*Inside the Wardrobe：20 Stories*,1975)、《运转自如》(*Running Nicely*,1979)、《肮脏的朋友》(*Dirty Friends*,1981)、《粗暴的行为》(*Outrageous Behaviour*,1984)。其中《道路之王》(*A King of the Road*)围绕一个家庭买车和卖车的故事展开。一开始父母因为是否应该买汽车的问题争论不休,后来父亲终于被说服,买来一辆崭新的汽车,全家人无比高兴。但是新车买来第一天就擦掉了一点漆,还有少许磕碰,于是他们将刚刚买来的新车卖掉了。小说通过这个移民家庭买卖汽车的经历,反映了移民无法真正融入主流文化中,对现代化的生活既向往而内心又极度保守的矛盾心理。1985 年卢里出版了《我们吃麻雀的那个夜晚》(*The Night We Ate the Sparrow*),1990 年出版了《两兄弟,跑步》(*Two Brothers，Running*),共收录十七个短篇故事。《孩子们的秘密力量》(*The Secret Strength of Children*,2001)是一个关于孩子如何养育父母的诙谐故事。卢里回到自己童年的领地,让读者进入他成年后的噩梦。

短篇小说《暗夜中的灯塔》(*A Beacon in the Night*)以一个 15 岁少年的视角,讲述了一家开餐馆的犹太家庭的悲剧。年老的犹太夫妇终日劳作、省吃俭用供儿子约索尔攻读医学专业。因为在当地人眼中,只有聪明的学生才能考入医科学校,而且毕业后工作体面,收入稳定,受人尊敬,有极高的社会地位,可谓前途无量。约索尔成为这个家庭的骄傲,他们一家也成为当地人羡慕的对象。谁料约索尔不仅没有治学的天赋,也没有学医的兴趣,迫于父母和社会的压力不敢反驳。被学校开除后,他隐瞒实情,在外厮混,最后真相败露,老夫妇仿佛遭受晴天霹雳住进了医院。小说题目中的"灯塔"本是指约索尔,因为叙述者父亲以及周边犹太人家长都要求自己的孩子向他学习,结果他却变成讽刺的对象。文中父亲到最后只是骂约索尔忘恩负义,却始终没有认识到,造成他们家庭悲剧的真正原因:世俗观念的规训和虚荣心的作祟,以及"物竞天择,弱肉强食"的生存之道。

卢里于 2014 年 10 月 8 日早上因癌症与世长辞,享年 76 岁。

第六节　亚历山大·亚历克斯·米勒

亚历山大·亚历克斯·米勒(Alexander Alex Miller,1936—　)出生于伦敦,父亲是苏格兰人,母亲是爱尔兰人。米勒15岁弃学到英国西部萨默塞特农场工作,16岁独自移民澳大利亚。1965年,米勒从墨尔本大学英语和历史学专业毕业,开始小说创作,可惜屡遭退稿,无奈之下,米勒不得不从事汽车擦洗工、商业调查员、政府部门职员等工作谋生。

1975年,米勒在《米安津季刊》(*Meanjin Quarterly*)发表了第一部短篇小说《帕维尔同志》(*Comrade Pawel*)。1980年,他成为蚁山(Anthill)剧院的联合创始人和墨尔本作家剧社的创始成员。1988年,他的第一部长篇小说《观登山者》(*Watching the Climbers on the Mountain*)问世。小说以米勒之前在一个农场做驯马手的工作经历为素材,以昆士兰州中部高地农场的酷热、倾盆大雨和奇异而孤独的风景为背景,将愤怒、嫉妒、疯狂和复仇交织在一起,充满激情和悬念。

一位名叫罗伯特的年轻英国牧工受雇于兰金在昆士兰的农场。他的到来改变了这个家族的生活。罗伯特是一个寡言少语的人,整日不知疲倦地干活。随着夏季暴风雨的来临和炎热的加剧,兰金家族矛盾也日渐激化。兰金不愿被束缚在封闭的农场,他想过一种自由自在的生活,可以四处旅行,体验不同的生活。兰金越来越不信任罗伯特,怀疑他试图破坏兰金家族的一切。兰金年轻的妻子艾达和兰金的婚姻是无爱的,她觉得自己在家庭内部是孤立的,随着和罗伯特的接触,她对他的感情日益增长。兰金13岁的女儿珍妮特在罗伯特面前极力表现自己。兰金11岁的儿子阿利斯泰尔感到孤独、迷茫和绝望,渴望得到关注。他感觉到罗伯特和母亲之间产生了感情,他的反应几乎是俄狄浦斯式的忌妒。

小说《特温顿鹿》(*The Tivington Nott*,1989)实际上是米勒的处女作,但是出版时间却晚于《观登山者》。小说以英格兰西南部萨默塞特地区的真实生活为基础,讲述了1952年萨默塞特的一个农场的故事。这位无名的讲述者是一名来自伦敦的年轻劳工,他正努力适应那里的环境。小说描述了他是如何与身边的人行事风格不一样的,他拒绝按照传统的规定打电话给老板,又受到当地劳工的欺负。农场主的妻子罗利对他不屑一顾,她认为来自伦敦的男孩是不值得信任的。唯一与他关系亲近的人是弗雷德少校,他是一名退休的澳大利亚军官,但他也很难被那些暗自鄙视他的当地人所接受。少校穿着上流社会贵族的服装,说话声音很大,好像他是这里的主人一样。他有一匹从澳大利亚进口的令人印象相当深刻和广受欢迎的黑种马,名叫卡巴拉。

米勒的这本书很大程度上是一本自传。米勒在15岁时也是萨默塞特的一名农场工人,16岁时他独自移居澳大利亚。他在自序中声称,所有的人物都是以真人为基础的,他甚至用了一些他们的真名。这也许解释了为什么小说给人的感觉如此真实和生动。

"特温顿鹿"是当地传说的一只没有鹿角的雄鹿,讲述者骑着马猎杀雄鹿,追逐雄鹿的每一刻:艰难的战斗、背信弃义的堕落和死亡。惊险和兴奋始终贯穿小说。

《祖先游戏》(*The Ancestor Game*,1993)是米勒写得最精彩的一部小说,该作品出版之后连获迈尔斯·弗兰克林奖、英联邦作家奖等四个大奖,蜚声文坛,是米勒的代表作。故事源自作者的一个老朋友浪子的自杀。叙述者史蒂文是一个居住在澳大利亚的苏格兰作家,被一名澳大利亚华裔美术教师浪子错综复杂的出身所吸引,同时他也因自己父母的疏离而备感困惑。在这种困惑中,史蒂文开始了为朋友浪子寻找身份和祖先之旅。由此可以看出,小说取材于作者本人的真实经历,因此这部探讨种族身份归属的小说充满现实意义。小说的结尾似乎给这位自杀的艺术家朋友提供了一个暗示:完全地属于某个地方即是失去了个人的自由,要想获得绝对的自由,就不要隶属于任何地方。[1]

《祖先游戏》讲述了从中国福建移民到澳大利亚的凤家四代的故事。作者故意采用"凤"这一姓氏,象征"凤凰"之意,它是长生鸟,以涅槃而重生,终生不死。从这个意义上说,作者意在用凤凰隐喻祖先的移民经历,如凤凰涅槃重生的永恒性。凤家第一代移民在澳大利亚只是包身工,靠出卖劳动力谋生。在淘金热的时代,他们因一次偶然的机会发现金矿,从此发迹,在澳大利亚站稳脚跟,娶妻生子,成家立业。在凤家第二代的几个女儿中,维多利亚与母亲不和,形如陌生人一般,自此异国文化与澳大利亚文化的冲突开始。凤家第三代是有钱的银行家,已经步入中产阶级行列,这一代对祖先的文化传统、价值观念等更是不放在眼里。作为土生土长在澳大利亚的第三代,他们从小接触的就是以英国为主导的欧洲主流文化。凤家第四代浪子,也是该小说重点刻画的人物,无论从传承上还是血缘上,更是与祖先关系越来越远。浪子的外祖父对中国文化感兴趣,但浪子的父亲却坚持按照西方的方式培养他。在他身上,承载着两代人截然不同的希望。因此,他在杭州讲国语、着汉服,而到了上海却讲英文、穿西装。浪子往返于杭州与上海,却不属于任何一个城市。孩提时的浪子烧毁祖宗家谱,向祖先宣战。6岁时,他焚烧外祖父的经书,并把伴随整个家族数世纪的古镜抛到河里。浪子放弃祖训,与祖先决裂,成为名副其实的"浪子",一个祖先和社会的弃儿。更具讽刺意味的是,镜子上面雕刻着两只凤凰,象征着和谐,代表着一种超自然的力量。

---

[1] 马丽莉:《流放即归家:论阿列克斯·米勒的〈祖先游戏〉》,《外国文学研究》2009 年第 4 期,第 150—154 页。

小说中祖孙之间剑拔弩张的紧张关系,导致代际的疏离。从普遍意义上看,这种矛盾和疏离感,实质是移民在试图努力融入生存社会的主流文化时,与祖先文化产生冲突和碰撞。一方面,种族或是祖先留下的烙印,显示在人的脸庞上,流淌在人的血液中,如影随形,挥之不去;另一方面,身处异国的移民,远离祖先文化,却又不被主流文化接受,游离于主流文化的边缘。他们与祖先文化和主流文化都有千丝万缕的"剪不断理还乱"的联系,但可悲的是,他们祖孙俩既没能认同祖先文化,也没认同主流文化,在过去找不到位置,在当下也感到迷茫。这种文化属性上的分裂是一种精神创伤,隐含着人的内在危机。小说描述背井离乡的人在复杂纷纭的世界上寻找自己的地位和身份。

1995 年米勒的《被画者》(*The Sitters*,1995)出版,好评如潮。小说最初有三百多页,经作者四次修改,浓缩成出版时的一百三十一页。文中的故事情节并非一以贯之,而是由叙述者内心碎片化的意识,并结合叙述者的回忆等多种方式组成的。小说描写了堪培拉大学的画家为来自英国的一位女学者基尔画像的故事。通过画家与被画者的交流,两者成为彼此的镜子,在认识别人的同时,也看清了自己。由此可见,心灵交流是认识自我的一个重要途径。

这部精妙绝伦的小说虽仅有一百三十一页,但包含的内容却异常丰富。一位年迈的堪培拉大学的画家,机缘巧合下应别人的请求,为一位来自英国的女学者基尔画像。一开始她虽然让他感到心烦意乱,但她却激励他去画她自己。经过接触之后,两人的谈话勾起基尔对往事的回忆,她向他讲述了自己童年和少年时代生活的庄园。基尔的回忆又引起画家对自己少年时代的回忆,其中包括自己的父母。画家在创作过程中连同这些回忆一起融进画作之中。《被画者》是一种对艺术的沉思。一个人所认为的艺术,对另一个人来说,不一定是艺术。一个人对他们的肖像的期望不一定是艺术家画完后他们所看到的。这本小说激发人们对童年的感知或记忆的可靠性的思考。

《信念的条件》(*Conditions of Faith*,2000)是一部"读者翘首以待的澳大利亚主要作家的重要作品"[①]。1923 年,乔治代表他的巴黎公司来到墨尔本,与埃米莉的父亲商量在悉尼港修建一座桥。他与埃米莉相遇,并为之倾倒着迷,于是向她求婚。25 岁的埃米莉仓促地决定嫁给大她十岁的法国工程师,离开她的家人到巴黎去过新的生活。她本是一位前途光明的古典文明学者,突然之间被束缚在乔治位于巴黎的小型传统公寓里,激情浪漫退去之后,埃米莉的生活变得平淡如水、空虚无聊。她很快便对自己传统的婚姻生活感到沮丧,决心去别处寻找她认为是她应得的异国情调的冒险和智力刺激。后来因为好奇心驱使她误闯入教堂的地下室,与牧师伯特兰相遇,牧师带领埃米莉参观了神秘的地下室,并诱

---

①　黄源深:《澳大利亚文学史》(修订版),上海外语教育出版社,2014 年,第 373 页。

惑她与自己发生了性关系。埃米莉意外怀孕并与牧师生下一女,内心备受懊悔的煎熬。一次她与丈夫的朋友安托万同游突尼斯,在一处考古遗迹,她发现了一位古代的女英雄惨遭罗马人杀害的历史。这次旅行成为埃米莉的朝圣之旅。在小说结尾处,她决心重建自己对生活和事业的信念,于是重返突尼斯继续探寻、搜集有关女英雄的资料。

米勒的母亲去世时,给他留下了一本她在 20 世纪 20 年代作为年轻女性在巴黎短暂生活时保存的零碎日记。《信念的条件》的灵感源自他母亲的情感生活和她年轻时的彷徨。米勒用精巧的文笔把我们带入了生动的 20 世纪 20 年代的澳大利亚、法国和突尼斯,并通过埃米莉的故事,让我们领略了 20 世纪初的女权主义。埃米莉美丽而任性,躁动不安,充满理想主义,决心在令人窒息的社会习俗中过一种充实的生活。虽然埃米莉的最终选择可能会让一些读者感到沮丧,但她想要充实生活的愿望会引起任何一个渴望发现自己的女人的共鸣。

米勒在小说中以对埃米莉与自己生活的探索作为焦点:通过埃米莉的爱情与背叛、内心彷徨与挣扎的痛苦揭示出一种挑衅性的浪漫,又通过传统的社会习俗和崭新的价值观念之间的冲突,揭示出对传统与反叛这种永恒困境的深刻思考。

《石乡之旅》(*Journey to the Stone Country*,2002)使米勒再次获得迈尔斯·弗兰克林奖,而且在评论界也引起强烈的反响,让人印象深刻。

小说的女主人公安娜贝拉是一名 42 岁的学者,她和丈夫史蒂文——一位大学的副教授,在墨尔本过着舒适的生活。他们美好幸福的婚姻却因丈夫对其学生的迷恋而彻底毁灭。安娜贝拉愤而出走。她的好友苏珊将带领一支考古队深入昆士兰州北部的巴兰巴赫山区进行考察,那里曾是安娜贝拉童年生活过的故乡。苏珊建议她一同前往,借此机会离开这个伤心之地。在考古过程中,安娜贝拉回到昆士兰州热带地区已故父母的家中,并在此找到了暂时的慰藉。她与童年时的伙伴、土著博不期而遇,他也是这次文化考古项目的参与人。他们一起回忆了很多童年往事,而且她也是第一次从博那里了解了有关白人和土著之间冲突与残杀的故事。随着考古工作的进行,安娜贝拉与博之间有了更加深入的了解,彼此之间也逐渐互生情愫,并最终发展成恋人。这次文化考古之旅成为安娜贝拉的精神朝圣之旅,将她内心的背叛伤痛彻底治愈,并重建起她对生活和事业的信念。白人安娜贝拉与土著伙伴的相恋象征着白人和土著之间开始放下殖民时期遗留的恩怨,努力尝试和解之路。

《普洛秋尼克之梦》(*Prochownik's Dream*,2005)再一次涉及有关艺术的主题,探索了艺术创作、家庭生活与社会伦理三者之间的冲突关系。艺术家托尼自从父亲莫尼克四年前去世以来,才思枯竭,创作一直处于停滞状态,因此也变得消沉至极。适时,他的老师罗伯特及其妻子玛丽娜举家搬回。艺术家玛丽娜十分理解托尼的心情,不忍看到他一直荒废才华,便经常鼓励、帮助他。在玛丽娜坚持不懈的努力下,托尼终于重新找到创作的灵感,他又可以实现父亲的艺术梦想了。同时,因为托尼和玛丽娜艺术上存在相同见解,两人心灵上产生共鸣,成为一对精神恋人,由此引发了托尼的家庭矛盾。他也逐渐意识到他的灵感和艺术活力是以他与妻子和女儿的关系为直接代价的。他的艺术创作对玛丽娜的依赖性越大,他和妻子特里萨之间的紧张关系就越具有破坏性。在现实生活中,他深爱着自己的家庭、妻子和女儿娜达。然而在艺术创作上,他又非常依赖玛丽娜,她是他艺术上的理想伴侣。面对现实生活中深爱的妻女和艺术上给予自己帮助、拥有相同见地、心灵相通的精神伴侣,托尼陷入两难的困境,内心充满挣扎和痛苦。罗伯特的父亲西奥警告他,不要把艺术和生活混为一谈。但是,他怎样才能实现生活和艺术之间如此清晰的界定呢?

小说《离别的风景》(*Landscape of Farewell*,2007)部分取材于作者年少当牧工之时所听到的一桩令人震惊的惨案,土著为报白人殖民者的恣意入侵和无情杀戮之仇,将一个白人家族全部杀害。总体来说,这是一部关于土地、过去、流放和友谊的小说。一位退休的历史学教授马克斯深爱的妻子去世,他深受打击,心灰意冷,并认识到他永远不会写出伟大的历史研究著作,他的生命几乎也随之结束了。他打算在研讨会上做最后的演讲,然而他的观点却受到维塔教授的挑战,她是来自澳大利亚悉尼大学的一位年轻活跃的土著学者。研讨会后,两人经过交谈,相互之间有了更加深入的了解,并因此而建立起珍贵的友谊,也使马克斯重新发现生活的意义。他们的巧遇和日益增长的友谊让马克斯踏上了一段之前无法想象的旅程。应维塔的邀请,马克斯前往澳大利亚,去见维塔的叔叔杜格尔德,一位年迈的土著文化顾问。两人一见如故,建立了深厚的友谊。马克斯的父亲曾是一名德国军人,参与了一场残酷的战争,但是马克斯从来不敢直面父亲在战争中可能犯下的罪行。而杜格尔德因其曾祖父参与了历史上那场杀害白人殖民者的惨案而一直深感愧疚。当他坦然地告诉马克斯那场惨案以及对那段历史的反思后,马克斯深感敬畏,终于可以直面父辈战争的罪行。友谊不仅赋予了马克斯的生活新的意义和目的,而且教会了他正视历史、反思罪行。

《爱之歌》(*Lovesong*,2009)不是一个简单的爱情故事,它涉及一系列社会中人与人之间的矛盾和冲突。小说是关于爱情与生活的博弈,亦是情感与伦理的较量。一位退休的小说家肯,结束了在威尼斯的一段长时间的逗留,回到家,发现他的社区发生了变化。一家新的咖啡店开始营业,由萨比哈经营。她是一个可爱的女人,却带着一种悲伤的神情。肯是她丈夫约翰的朋友,当约翰讲述他们的故事时,他会倾听,并把约翰和萨比哈的故事糅进他自己构思的故事之中。如此,肯写的是他自己的故事还是约翰和萨比哈的故事便难以区分。

约翰和萨比哈的故事开始于许多年前的巴黎,当时还是年轻教师的约翰搭错了一列火车,然后遇上了一场突如其来的暴雨,于是便躲进附近的一家咖啡馆里避雨。这是一家位于巴黎遥远边缘地区的、破旧不堪的突尼斯咖啡馆,由寡妇豪瑞亚和她年轻的侄女萨比哈经营。在那里约翰遇到了具有异国情调的年轻女孩萨比哈,并被萨比哈所吸引。两人迅速坠入爱河,两情相悦的恋人很快走进婚姻的殿堂,过着幸福的生活。

然而,约翰还是希望回到澳大利亚,重新开始他的教师生涯。萨比哈感觉到他们一旦回到澳大利亚,便永远不会再回欧洲,于是她希望让她住在突尼斯的父亲见见他们未来的孩子。她妄想借助咖啡店里的常客布鲁诺,一位十一个孩子的父亲的精子实现她做母亲的愿望。毫无疑问,约翰和萨比哈彼此相爱。萨比哈渴望做母亲的美好愿望也并未有错,但是她的方式却令她陷入矛盾痛苦和对丈夫深深的愧疚之中,他们陷入一种僵局,而这样的僵局却有可能毁掉他们的婚姻。

为了避免婚姻的破裂,约翰和萨比哈一起回到墨尔本,在郊区开了一家咖啡店,过着平静的生活。整个小说都弥漫着哀思的音符。像往常一样,米勒的语言似乎是多余的,情绪力量在慢慢积累。当肯听约翰讲述他们的故事时,他发现自己无法抗拒地被其叙述的故事所吸引。《爱之歌》不仅仅是一个爱情故事,更是一部关于小说本质的小说。

《奥藤·莱恩》(*Autumn Laing*,2011)是米勒继《被画者》和《普洛秋尼克之梦》之后,再次以艺术家为题材创作的小说。小说中,年迈的奥藤偶然瞥见其情人的背影,回忆起自己年轻时与艺术家帕特的一场婚外情。这场婚外恋最终导致两个家庭的破裂,却成就了帕特艺术上的造诣。

这部小说在很大程度上是基于澳大利亚现代艺术家西德尼·诺兰(Sidney Nolan)轰动一时的婚外情创作的,虽然米勒再三申明,故事的情节与现实中的人物并无关系。

奥藤和其丈夫阿瑟都喜爱艺术。有一次,阿瑟请怀才不遇的青年艺术家帕特来家里做客。虽然是初次见面,但奥藤却被帕特身上的才情所吸引,不由自主地爱上了他。两人在奥藤忠厚老实的丈夫和帕特怀孕的妻子的眼皮底下,爱得炽热、义无反顾。帕特或许因其与奥藤的婚外情而获得创作的灵感,成就了他的艺术事业,但他们的不堪恋情不仅毁掉了奥藤与丈夫阿瑟由信任建立起来的爱,而且葬送了帕特年轻美丽的妻子伊迪丝和他们未出生的孩子的未来。

五十三年后,85岁的奥藤脾气暴躁、生活无法自理,内心却充满了救赎的需求,开始讲述她的故事。这本充满活力、有趣且睿智的小说是对生活的反思,是对救赎的呼吁。

《煤河》(*Coal Creek*,2013)于2014年获得维多利亚州的文学奖。米勒把昔日一起在农场工作的牧人作为该小说主人公鲍比的原型,讲述了一个凄美的爱情与友谊的故事。小说将时间设置在 20 世纪 40 年代,故事背景是昆士兰西北部偏远的农村。在米勒的笔下,这场悲剧表面上源于人与人之间的相互误解和不信任,实则是两种文明相互冲突的结果。

故事讲述的是 20 岁的鲍比在父亲去世后需要找一份工作谋生,于是他在海伊山镇新警长丹尼尔手下当警察。鲍比以第一人称叙事,他的受教育程度有限,因此以一种简单、聪明但有效的语言叙述了整个故事。

《爱的通道》(*The Passage of Love*,2017)是米勒的新作,受到了评论界的好评。这是一部充满爱和创造力的精致的个人小说(personal novel)。一位老人坐在纽约的一个公园里,手里拿着一本书,试图接受这样的事实:他对未来的贡献已经结束。然而,他记得年轻时渴望见多识广,努力增长自己的见识,开阔视野,对澳大利亚心向往之。现在他所记得的这种渴望鼓舞了他成为一名作家。他本能地拿起钢笔,开始写下最初的故事。故事的时代背景设定为 20 世纪 50 年代中期,小说的主人公是罗伯特,21 岁的时候他独自从英国来到澳大利亚,并在昆士兰北部找到了一份牧工的工作,但是在这里他并未实现自己的梦想。于是他来到墨尔本,在这里也是勉强度日,不停地跳槽,变换工作,最后几乎一贫如洗。他开始明白书籍和写作的救赎功能,那是他在世界上留下的印记。他梦想着写小说,但他也开始明白有很多障碍。后来他遇到了一位美丽、受过良好教育、富有的年轻女士莉娜,这是真正的故事开始。莉娜欣赏罗伯特从傲慢的父母和严格的规则中得到的自由,但罗伯特喜欢她在如此年轻的时候拥有的美貌和她的生活方式,双方都渴望对方拥有的东西。莉娜和罗伯特形成了一种持久的伙伴关系,罗伯特和莉娜两人相互折磨和诱惑,都渴望得到不能为对方提供的东西。

米勒的作品还包括戏剧《凯蒂·霍华德》(*Kitty Howard*,1978)和《流亡者》(*Exiles*,1981)及短篇小说和散文集《最简单的话语:讲故事人的旅行》(*The Simplest Words*:*A Storyteller's Journey*,2015)。

第五章　女性小说

在澳大利亚文学短暂的历史中,女性小说可谓曾经灿烂辉煌,当下风光无限。在开荒拓土的岁月里,女性的书信和日记是她们的精神家园。她们记录开发丛林的辛苦劳作,书写自己的感情生活,思考如何追求更好的生活。此时的澳大利亚是英国的殖民地,文明冲突虽有代价,但不断提升的物质条件和生活品质给澳大利亚女性阅读小说带来了更多的可能。女性逐渐将日常写作发展为个人的职业,并成为记录她们社会生活经验和在文化发展过程中个人角色的方式。在民族主义文学崛起的时期,女性在民族主义运动中为国家独立摇旗呐喊,寻求突破女性困境的路径,探讨女性在婚姻和爱情中的价值观,呼吁社会予以女性更多关注。同时,小说成为女性与亲友联络的方式,成为她们养育子女的经济来源,也成为她们与社会建立互动的心理准备。这一时期的女性小说开始崭露头角,成为澳大利亚文学不可分割的一部分。"二战"以后直至 20 世纪后半叶,女性小说成为澳大利亚文学的中坚力量,不仅撑起了澳大利亚文坛的半边天,而且以更广阔的姿态拥抱世界。女性小说家以她们独特的视角和心理书写她们的境遇,字里行间展现着她们情感的抒发和理性的批判。女性小说主要探讨女性的社会地位、两性之间的强弱关系、责任和自由等矛盾关系。

在灿若星辰的澳大利亚女性作家中,三位如今在文坛备受瞩目的女性作家——朱迪思·赖特(Judith Wright,1915—2000)、伊丽莎白·乔利(Elizabeth Jolley,1923—2007)和海伦·加纳(Helen Garner,1942—　)特别值得一提。这三位小说家个性鲜明、风格迥异,以各自的特色立足于文坛。作为澳大利亚"诗坛双璧"之一,赖特不仅以诗歌著称于世,还是一位出色的女性小说家。她的小说惯常以人与自然和谐相处为基调,充满了对田园风光赞颂的旋律以及对原住民人文关怀的真情。与赖特歌颂自然之美不同,乔利擅长揭露社会之丑,她的作品叙事手法新颖,着力于对城市居民,特别是知识分子生活阴暗面的刻画,她的作品中的人物往往是瘾君子、同性恋者、乱伦者等这些游荡在社会边缘的人,通过书写他们的故事,将人类精神文明的沦丧与物质文明的堆砌形成鲜明对比,引发人类从道德层面反思丑陋现象的成因。加纳则是一位女权主义小说家,她的作品常常以女性为中心,通过女性话语展现女性独特的思维和心理,表现女性在婚姻、家庭、社交等方面对自由的憧憬和诉求。

第一节　朱迪思·赖特

朱迪思·赖特出生于新南威尔士州的一户田园世家,被誉为 20 世纪澳大利亚最伟大的诗人之一。她不仅创作了三百余首诗歌,而且撰写了包括小说、儿童文学作品、历史回忆录、杂文等各种文类的大量作品。她的一生成就斐然,曾获多个文学大奖,是澳大利亚唯一被提名诺贝尔奖的女诗人,1991 年被授予女王诗歌金奖,是澳大利亚文学成熟的标志性人物。

赖特是家中长女,孩提时代的她流连于澳大利亚广袤的农场,被群山和自然的奥秘深深吸引。赖特 6 岁开始写诗,10 岁就在《悉尼邮报》儿童版上发表诗歌。她熟读英国浪漫主义诗歌,深谙土地伦理和生态整体观。伴随着她童年的阿米代尔地区成为她的创作源泉,保护自然、保护原住地居民和赞美自然也顺其自然地成为她作品的三大主题。1928 年,赖特就读于新英格兰女子中学,并在校刊上发表了多篇诗文。得益于祖母的遗产的支持,赖特于 1934 年进入悉尼大学接受高等教育。毕业后,赖特先后当过速记员、统计员、私人秘书和农业技师等。第二次世界大战爆发以后,由于劳动力严重短缺,赖特回到了父亲身边帮忙。人生阅历丰富的赖特于"二战"后期开始文学创作,1938—1942 年间陆续在《南风》《公报》等刊物上发表诗歌。1946 年,赖特作为昆士兰大学研究员发表了第一本诗歌集《流动的形象》(*The Moving Image*),随后发表了诗歌集《女人对于男人》(*Woman to Man*,1949)、《通道》(*The Gateway*,1953)、《两场大火》(*The Two Fires*,1955)、《鸟儿》(*Birds*,1962)、《五种感觉》(*Five Senses*,1963)、《活着:1971—1972 年诗歌集》(*Alive:Poems 1971—1972*,1973)、《人类的模式:诗选》(*A Human Pattern:Selected Poems*,1992)等十几部诗集。

1950 年,赖特与哲学家、作家杰克·麦金尼(Jack McKinney)搬到昆士兰生活,同年他们的女儿降生。两人于 1962 年结婚,然而不幸的是四年以后丈夫去世。婚姻和丈夫对赖特的创作意义非凡,丈夫的去世也给她的心灵带来了巨大的创伤。1966 年,她的第一部短篇小说集《爱的本性》(*The Nature of Love*)出版。该小说集以赖特家庭生活的昆士兰为创作背景。小说集中的故事主要讲述了澳大利亚土著与非土著人群之间、人与土地之间的关系。赖特以爱为主题,抛开肤色、性别的歧视,书写平凡人的生活,揭示爱与被爱都有可能带来伤害。她呼吁人与人要和谐相处,人类对环境要心存敬畏,那么更长久的生命意义便可以实现。与这部小说集一同享誉澳大利亚的是两部历史回忆录:《世世代代的人们》(*The Generations of Men*,1959)和《为亡者哭泣》(*Crying for the Dead*,1981)。这两部作品拥有相似的主题,即通过描述祖辈人在新南威尔士和昆士兰开疆拓土的经历,展示两种文明本质的激烈冲突,直击文明的核心命题。赖特在作品中专注于描写个体与社群、男人与女人、过去与现在、爱与恨、居住者与环境等关系，通过长久以来的努力，建构着澳大利亚人的民族和文化身份。

赖特的文学论著《澳大利亚诗歌沉思录》(*Preoccupations in Australian Poetry*，1965)展现了她对殖民时期到20世纪60年代澳大利亚诗歌的系统性评述，该部文学论著是赖特对澳大利亚诗歌的过去和当下深刻的剖析。这部作品被学界公认为是赖特对澳大利亚文学的杰出贡献。赖特不仅关注民族历史和民族文学问题，而且格外关注环境和社会问题，这一切得益于她在悉尼大学研习哲学、历史、英语、心理学和人类学的经历。心怀抱负的她晚年弃笔从政，成为一位环境保护主义者和原住民土地权利活动家。赖特与志同道合的几位朋友一同创办了昆士兰野生动物保护协会，并于1964—1976年期间担任协会主席，在反对殖民主义在澳大利亚的扩张等社会活动中做出积极的贡献。

第二节　伊丽莎白·乔利

伊丽莎白·乔利出生于英国，父亲是一名教师，母亲是奥地利维也纳一位将军之女。乔利在英国米兰德工业区长大。11岁之前她一直接受私人教育，1934—1940年就读于牛津郡班伯里附近的西伯福德学校(Sibford School)，前后接受了六年的英式教育。毕业后她又在医院受训六年，并以一名护士的身份在第二次世界大战期间救死扶伤。直面死亡让乔利感受到个体的渺小，伤员肉体和心灵的创伤更对她影响深远。1959年乔利与丈夫及三个孩子移居西澳大利亚。

乔利是澳大利亚创意写作的先驱，1974—1985年间，她教授文学和写作，后来在西澳大利亚的柯廷大学(Curtin University)执教。乔利的写作生涯始于豆蔻年华，迎来黄金时期时却已年过四十，直至20世纪60年代中期，她的短篇作品开始被英国广播电台播出，另有一些短篇发表在澳大利亚的杂志上。她的处女作短篇小说集《五英亩处女地及其他故事》(*The Five Acre Virgin and Other Stories*，1976)一经出版便为她在文坛赢得一席之地。故事主要聚焦于人们如何面对生活的挑战。除此之外，短篇小说集还包括：《灯影中的女人》(*Woman in a Lampshade*，1983)和《同行乘客：短篇小说集》(*Fellow Passengers：Collected Stories*，1997)。而长篇小说《斯科比先生之谜》(*Mr. Scobie's Riddle*，1983)的出版则确立了她在澳大利亚文坛的地位，1983年的另一部长篇小说《皮博迪小姐的遗产》(*Miss Peabody's Inheritance*)更让她获得了英美文学评论界的关注。1986年，小说《井》(*The Well*)获得澳大利亚文学最高奖迈尔斯·弗兰克林文学奖。

乔利是一位多产的作家。《银鬃马》(*Palomino*，1980)是她的第一部长篇小说,以西澳大利亚风景的严酷、美丽和寂寥为背景。乔利讲述了妇产科医生劳拉和安德烈亚之间的关系,揭示了她们的生活和共同的历史。小说的开头讲述了她们在游轮上相遇,却没说一句话便分开了。在一次宴会上,两人以客人的身份再次见面。随着故事的不断发展,读者发现劳拉和安德烈亚都有许多秘密。劳拉后来明白她们之间的关系不可能有任何结果,便和安德烈亚以分手而收场。

短篇小说《饮酒》(*Libation*,1983)中,劳拉再次出现,这时的她已是一位年迈的老人,与一位已步入垂暮之年的女伴在欧洲旅行,在一家养老院的房间里发现了一封遗书,其中提到了一本描写女同性恋的小说。劳拉觉得这部小说写的便是自己的故事,于是回忆曾经和安德烈亚的同性恋情。这部短篇小说与《银鬃马》相互贯穿,人物与故事情节也相互关联,但同时模糊了现实与虚构、读者和人物之间的界限。

《克雷蒙特街的报纸》(*The Newspaper of Claremont Street*,1981)是一个关于年老的清洁女工的故事。小说在清洁工的愿望、她目前的工作,以及她在英国长大的生活之间来回切换。克雷蒙特街上的这位清洁工,没有属于自己的姓名,这条街上的居民亲切地称呼她为"周刊"或者"报纸",因为她对这条街上每家每户的情况都了如指掌。她整日劳作,不浪费一分钱,过着节俭的生活,只为实现自己购买一小块土地的"宏伟"愿望。整条街上的居民对她也算"友好",因为他们担心她在不经意间就把自家的隐私或家丑泄露出去,他们便将淘汰的物品都送给她。最后,清洁工终于得偿所愿,用多年的积蓄购买了五亩土地。小说通过刻画生活在社会底层的清洁女工,成功塑造了一个边缘人形象,她性格怪僻,虽然并不是个讨人喜欢的人,但她似乎有一颗善良的心,而且一生努力实现自己的追求。

1983 年,乔利出版了两部长篇小说:《斯科比先生之谜》和《皮博迪小姐的遗产》。《斯科比先生之谜》是一部黑色喜剧,以老人院为背景,讲述的是在普赖斯夫人照顾下的一群老人。小说以讽刺老年护理的名义对衰老和死亡进行了非常严肃的思考。

斯科比先生是一位 85 岁的退休音乐老师,住在一家由普赖斯夫人主管的不靠谱的疗养院。护士长并不是严格意义上的护士,她的眼里只有病人们的财产,并欺骗他们签字将其转让。这里的厨师脾气暴躁,喜欢大声咒骂,夜班护士则不遵从指示。

养老院的病人黑利小姐是个作家,年过 60 岁,性格古怪。她写的小说被四十多家出版商拒绝,诗歌被乡绅冠以"下流的"标记。休斯先生是个退休的威尔士农民,他的身体有问题。普里维特先生刊登了一则广告以"合理的价格"出售他的身体。护士和病人通宵打纸牌。乔利创作了一个相当有趣的小说。

社会对老年人缺乏尊重,读者从斯科比先生不得不放弃他心爱的房子和他在东罗斯伍德的悲惨经历中可得出这样的结论。事实上,他是一个渴望过去的人,因为他知道自己没有未来。他的侄子和侄女,都认为他不适合继续住在那所房子里,将他送进养老院。他被幽闭在一个满是"邪恶的人"的房子里无法脱身,除了年龄,他和他们没有什么共同之处。

《皮博迪小姐的遗产》通过多萝西和澳大利亚小说家戴安娜之间的通信来探索生活与艺术、真实与虚构及读者、文本与作者之间的关系。皮博迪小姐是一位孤独的老处女,她几乎没有什么朋友,也无快乐可言,每天除了要照顾卧床不起的母亲,还要做办公室乏味的秘书工作。一次偶然的机会,她给澳大利亚作家戴安娜写了一封信,字里行间流露出对戴安娜小说的赞赏之情。戴安娜随即寄来了她正在创作的小说的几章,两人从此开始了通信。皮博迪成为戴安娜的忠实读者和粉丝。戴安娜经常同皮博迪分享自己创作的过程和乐趣,而皮博迪也会对作者的角色设定和故事情节提供某些自己的设想与观点。幻想和现实痛苦地融合在一起。

《牛奶和蜂蜜》(*Milk and Honey*,1984)由主人公雅各布讲述,他是一个很有天赋而且很自恋的大提琴手。13 岁的时候,作为一名音乐学生寄宿在一个从欧洲来到澳大利亚的家庭中。这个家庭关系复杂,包括他的新音乐老师以及他的家人:两个女儿和儿子。他们始终固守着欧洲的文化传统。雅各布也逐渐陷入这个家庭的矛盾之中,似乎有一股黑暗、神秘的力量左右着他。他显然被这个家族所操纵,但又无从知道是为了谁的利益,他的生活渐渐远离外界的现实生活,一切都被慢慢耗尽。

雅各布成年后,喜欢管弦乐队里的一个名叫马奇的已婚女人,但最终却娶了他音乐老师的女儿路易丝,一个备受压抑而又可爱的女孩。小说最后,雅各布放弃心爱的音乐事业,成了一名推销员。在事业和生活中都放弃了挚爱的雅各布,内心充满无比的悔恨,极度痛苦,过着远离妻女的孤独生活。

《牛奶和蜂蜜》是一部令人难以忘怀的新小说,作家写作技巧娴熟,但在许多方面,这本小说与作者以往的作品还是有所区别,它是一部哥特式的作品。

《可爱的婴儿》(*Foxybaby*,1985)将背景设置在一所暑期减肥学校,该学校的校长是约瑟芬小姐。小说家阿尔玛在这所学校里任助教,她的工作是指导排练戏剧,剧本便是她正在创作的一部小说《可爱的婴儿》。小说通过波姬与其指导的参与戏剧排练的中年妇女们关于艺术创作的争论,再一次表现了真实与虚构、生活与艺术之间的关系。

该小说不是一部模仿生活的艺术小说,而是一种自觉的艺术,有趣而深刻。小说总是在让读者质疑什么是真实的,什么是不真实的。在整部小说中,不同的人物给了小说家写作的样本。这本书中有一个很精彩的部分,当小说家向聚集在一起的人朗读她的小说时,描述了一个女同性恋的场景,一个年轻的女听众被这个想法吓了一跳,她不停地质疑两个女性在一起的合理性。

《井》荣获迈尔斯·弗兰克林文学奖,并于 1997 年由导演萨曼莎·朗 (Samantha Lang)改编成同名电影上映。它讲述了两个女人在严格的父权制社会中如何挣扎着维持一种非传统的关系。赫斯特和她的父亲独居农场多年,一直未婚,但她对年轻的凯瑟琳颇有好感,渴望她的陪伴,千方百计地阻止她和其他人建立友谊和爱情。凯瑟琳是个孤儿,一直同赫斯特生活在一起。一天晚上,赫斯特和凯瑟琳从城里的一个聚会开车回到她们与世隔绝的农场,由于车速太快,意外地撞死了一个路人,两个人都很害怕。为了不让政府知晓此事,她们便把这个人丢进别墅旁边的一口井里。没过多久,赫斯特发现藏在别墅里的一大笔钱不翼而飞,到底是被井里死人偷走了,还是凯瑟琳故意撞死路人嫁祸他人,掩盖自己的罪行? 经历过这次事故后,这两个女人之间的关系变得异常紧张。

《代理母亲》(*The Sugar Mother*,1988)主要讲述了一位中年历史学教授埃特温的故事。他的妻子塞西莉亚是一名成功的产科医生,接受了国外的一个研究员职位,需要离开埃特温一年的时间来继续她在产科的事业。小说一开始的时候,埃特温便在考虑塞西莉亚不在的时候,他将如何应对。他们的新邻居——博茨太太和她的女儿利拉几乎在塞西莉亚一离开就对埃特温展开了攻势。年方 20 岁的利拉年轻、貌美、性感。母女俩设计让埃特温迷上了利拉,并说服自己,认为利拉可以成为埃特温和他妻子的"代孕"母亲。埃特温对利拉的迷恋使他对塞西莉亚变得越来越疏远,不接听她的电话,也放弃了去欧洲看望她的旅行。

《我父亲的月亮》(*My Father's Moon*,1989)、《幽闭烦躁症》(*Cabin Fever*,1990)以及《乔治一家的妻子》(*The George's Wife*,1993)是三部曲。《我父亲的月亮》作为一部乔利的半自传体小说,以第一人称视角讲述了"二战"期间女护士维拉的成长故事。主人公维拉在护校爱上了已婚医生梅特卡夫并与其发生关系导致怀孕。然而医生在军事训练中意外死去,未婚先孕的维拉为了逃离家庭的束缚和歧视,独自承担起生活的重担。小说采取倒叙的方式,将维拉的青春记忆拼贴,从一个天真少女到一个单身母亲,维拉逐渐意识到追求自由不仅带来了刺激和愉悦,而且伴随着疏离和痛苦。作家借助主人公之口诉说了身处家庭边缘的切实感受,探讨了后现代社会背景下困扰人心的"自由"问题。

《幽闭烦躁症》描写了维拉 40 多岁以后成为一位成功的心理学家的故事。整本小说是关于她的回忆以及她的作品《我父亲的月亮》的后续。作品中维拉未婚先孕的现实处境便是乔利生活窘境的真实写照,这也是乔利曾经避而不谈的一段人生经历。《乔治一家的妻子》讲述了维拉与雇主乔治之间的爱情纠葛。维拉因为一则家庭女仆的招聘广告来到爱丁堡的乔治家工作,维拉与乔治发生关系并生下她的第二个女儿雷切尔。但由于贫富和社会地位的悬殊,维拉非但没有成为乔治的妻子,反而承担了看护身体残疾的乔治和家务的责任。

　　主人公维拉穿行于三部作品中,共同的主题是人性与道德的矛盾冲突,旨在表现女性生存的错位和困境。乔利将混血儿、女作家和澳大利亚人具有的社会和文化符号集于一身,她的小说主人公也大多成长在历史、文化和社会边缘的经历中,内心充斥着边缘人摆脱孤独、疏离的痛苦,获得亲密感的渴望,这也使她的作品字里行间透露着自我寻觅和自我审视的态度。就内容而言,乔利着力于逆写传统,在颠覆过去和重塑现实的矛盾中寻找自我、构建自我,并探讨人的社会身份建构。

　　《果园窃贼》(*The Orchard Thieves*,1995)讲述了祖母与大女儿以及外孙们,平静地生活在一所带有果园的房子里。果园历史悠久,从祖母的祖父那里一直传承至今。这个果园好似夏娃与亚当当初生活的伊甸园,是这个家族的家园,是祖母的生存方式,更是孩子们的游戏乐园。一天,未婚先孕的二妹从遥远的英国回到澳大利亚的家园,她的到来打破了这个家族一直以来的宁静和谐,带给家人一种紧张不安的气氛,因此,除了祖母以外,几乎所有人从心底都不欢迎这位不速之客。二妹这次回来一是为待产做准备,二是打算卖掉从祖辈那里传承下来的果园。对于二妹的心思,祖母心知肚明,但是她却没有言明,而是以退为进,将她不可侵犯的权威转向沉默。二妹生孩子后便好似患上了产后抑郁症,性格怪异、动辄发怒,祖母则对她悉心照料,帮助照看婴儿。二妹似乎对婴儿也心怀怨恨,不想与宝宝有任何的联系,祖母则巧妙地帮助她从痛恨做母亲转变到热爱做母亲,并承担起一个母亲应尽的责任。祖母依靠其母性的无私和亲情的支持,消除亲人之间因利益而造成的冲突与隔阂,成功地化解家庭的危机,将整个家庭成员用亲情与血脉紧密地团结在一起。祖母的行为最终改变了二妹,她终于放下自己的自私,将自我融入整个家庭之中,她也最终明白原来自己、家人与果园是密不可分的,是一个有机的整体。失去果园,便失去了家园,失去了血脉相连的家人,更是失去了灵魂的寄托。小说结尾二妹放弃了卖掉果园的想法,与家人和谐融洽地相处,带着婴儿重返英国。果园又恢复了小说伊始时的宁静祥和,呈现了一幅人与果园相融的和谐意境。

　　《情歌》(*Love Song*,1997)的主人公是道尔顿,他曾因恋童癖而被关进监狱,获释后无处可去,便住在波特夫人出租的廉价公寓里。在这公寓里生活的人们都是一屋子被抛弃的男人和女人。可怜的道尔顿必须等上几个小时才能有空上厕所,他经常被疯狂的、有盗窃癖的马洛小姐一把抓住,她一再坚持给他看她那令人费解的推荐信。在这里作者塑造了一群行为古怪的人,他们的行为与社会格格不入,不被传统的世俗社会所接受。这些行为古怪之人令读者同情,他们承受了常人无法想象的孤独和痛苦。

　　道尔顿孤身一人,郁郁寡欢。他经常会去公园附近的一所房屋,那是他、父母以及姑妈曾经生活过的地方。在这里,他忆起同母亲以及姑妈的亲密感情、两个女人对自己的溺爱、自己与母亲对父亲的排斥。小说还讲到了房东波特夫人积极撮合道尔顿与同住一栋公寓的艾米丽小姐的婚事。波特夫人实则对道尔顿的家族及其个人都不是十分了解。这里作者看似无意的安排,实则是有意为之,乔利试图通过这样的方式提醒我们这些所谓的"正常人"对怪异群体给予关注和理解,并以积极的心态帮助他们摆脱困境、融入社会。

《善解人意的配偶》(*An Accommodating Spouse*,1999)讲述了一位古怪的英语文学教授特拉华和他生命中的女性的故事。故事有两条线索。一条是围绕教授一家展开,当教授同勤劳大方的黑兹尔结婚时,他的双胞胎妹妹卡彭特女士警告他说,他的新婚妻子和她的孪生姐妹克洛伊很像,很难把她们区分开来,而且这对双胞胎形影不离,教授只好和两个女人共同生活在一个屋檐下。他们的三胞胎女儿从海外旅行回来后,准备庆祝她们的 21 岁生日。在聚会的晚上,这所原本平静的房子里的家庭生活变得越来越混乱。他在努力跟上他生活中的那些女人,即妻子及其双胞胎妹妹、三胞胎女儿、他自己的胞妹的步伐,并感觉到自己被囚禁在女人主导的世界里无法脱身。

《天真的绅士》(*An Innocent Gentleman*,2001)以第二次世界大战时英国中部地区为背景,讲述了一对年轻夫妇和一位"绅士"之间的故事。"二战"期间,亨利和妻子穆里尔在新庄园里的生活相对和谐。亨利主张婚姻生活中夫妻之间要以彼此信任为基础,要给对方留有充分的自由和个人空间。霍桑先生的出现破坏了这个原本和谐平静的家庭。霍桑是穆里尔的学生,是上流社会绅士的典范。亨利仅仅把他作为一个朋友来看待,并为有这样一个上流社会的朋友而沾沾自喜。后来霍桑先生又发来邀请函邀请亨利的妻子去伦敦看戏,他也没有多想,便同意妻子前往。妻子从伦敦回来后不久,就怀孕了。亨利断定孩子是霍桑的,从此亨利陷入了无法言说、不能自拔的痛苦之中。他恪守信任却遭受背叛,内心世界的痛苦与挣扎令他窒息。

回顾乔利的作品不难发现,她的长篇小说与短篇小说之间有很紧密的联系:同一个人物在不同的小说中多次出现,她的短篇小说有时成为长篇小说的雏形。

第三节　海伦·加纳

海伦·加纳生于维多利亚州的吉隆,家中兄弟姐妹六人,她是长女。加纳于墨尔本大学获得英语和法语文学学士学位。成为小说家之前,加纳做过编剧、记者和评论员,这些人生经历成为她小说的素材,并形成作品中真实与想象的特色。她在众多的澳大利亚女性作家中或许不是地位最显赫的,却因其丰富的人生阅历与独特的写作技巧令读者难以忘怀,立足文坛几十年经久不衰。加纳在不同的人生阶段展现出对女性主义不同的态度和立场,从一名追求自由的激进女性主义者,到反思而秉承开放的超然姿态,成为一位不断发展和进步的女性主义战士。她的第一部小说《毒瘾难戒》(*Monkey Grip*,1975)于 1978 年获得国家图书奖,她是澳大利亚历史上首次获此殊荣的女作家。后来小说被改编成同名电影,于 1982 年上映。更重要的是,该小说奠定了加纳在澳大利亚文坛的地位,使她成为澳大利亚女权主义文学的代表人物。

加纳与很多女性小说家相似的是文笔细腻。她的小说通常着力于日常琐事、人际关系和人物细微的情感变化。加纳对语言的把控力极强,擅长将抽象的心理感受用形象而富有张力的词语表现出来。加纳之所以被看作是澳大利亚女性主义文学的偶像,是因为其处女作《毒瘾难戒》在澳大利亚女性主义写作历史上具有里程碑式的意义。

《毒瘾难戒》是加纳的第一部长篇小说,它是在墨尔本反文化运动蓬勃兴起和思想空前解放、行为空前混乱的新潮时期出版的,因对吸毒、乱性、同性恋敏锐、毫不留情的描写而备受争议。虽然它在出版之初得到的评论褒贬不一,但现在已被评论界视为现代澳大利亚文学的经典。它以 20 世纪 70 年代中期的墨尔本城市生活为背景,塑造了大量的叛逆形象。小说讲述了单身母亲诺拉的生活,并通过她与一位古怪的吸毒者贾沃之间的关系,再现了澳大利亚 20 世纪 70 年代年轻人混乱的生活状态。

诺拉是一位 30 多岁的单身母亲,和她的小女儿格雷丝一起生活。她是一名自由职业记者,并担任一份女性报纸的编辑来维持生计。诺拉爱上了一个 20 多岁众人皆知的不可靠的吸毒者贾沃,他不断地从诺拉的生活中溜走,又回到诺拉的生活中。

诺拉和贾沃的关系时好时坏。关系融洽的时候,他们带着诺拉的女儿格雷丝一起到全国各地旅行;关系不好时,贾沃会偷走诺拉家里的钱财来满足他的毒瘾,消失好几天,留下诺拉一个人暗自神伤,不知道他的下落也不知道他是否还会回到她的身边。

由于贾沃的毒瘾、欺骗和轻浮的行为,他们的关系即将破裂,诺拉曾经自问:如果她被注定要结束的爱情折磨,在这份爱情中她会保留几分自我?诺拉前往安格列斯进行了一次短途旅行,以理清自己的思绪。大约在这个时候,贾沃开始追求诺拉的朋友克莱尔,诺拉不得不重新开始思考他们之间毫无意义的短暂的爱情。

几乎所有加纳的小说都涉及"性行为和社会组织之间的关系,欲望的无政府本性和'家庭'制度的有序面"①。诺拉对贾沃的痴迷恰如贾沃对海洛因的迷恋。

---

① Kerryn Goldsworthy:*Australian Writers*:*Helen Garner*,Oxford University Press,1996,p.9.

尽管对两个人而言，痴迷来源不同，但它对一个人具有同样的破坏力。

《孩子们的巴赫》(The Children's Bach, 1984)被评论界认为是加纳最好的一部作品。小说结构极为精妙。"作品中道德的主题与复调音乐融合在一起，复调式地展现了人物之间错综复杂的人际关系"。①

这部小说以墨尔本为背景，讲述雅典娜与她的丈夫德克斯特和他们的两个儿子过着自给自足的生活，其中一个儿子严重残疾。但是他们舒适的生活被伊丽莎白的到来扰乱了，伊丽莎白是一个很难缠的人。她还带来了她的妹妹维基、她的旧情人菲利普以及菲利普的女儿波佩。不同的思想和价值观考验着他们之间的关系。

音乐无疑是这篇小说最明显的主题。大多数评论家以及加纳本人都对此进行过讨论。这本书中有许多关于音乐的参考文献，既有流行的，也有古典的。书名本身指的是由澳大利亚音乐教育家 E. 哈罗德·戴维斯(E. Harold Davies)编辑的音乐集《孩子们的巴赫》。② 该音乐集由二十首简单的巴赫钢琴作品组成。音乐对加纳来说一直很重要，在她早期的作品中占了重要一席。然而，在《孩子们的巴赫》中，"音乐与大多数角色……联系在一起。它通常意味着理智、和谐。菲利普靠音乐来谋生，而音乐则传达了雅典娜对朴实生活的向往，以及德克斯特简单的嗜好。换句话说，作者通过不同人物角色对待音乐的态度，传达了他们的价值观，以及他们之间的关系。菲利普对音乐充满激情并利用音乐来赚钱；雅典娜则用音乐来调节生活；雅典娜的丈夫德克斯特尽管懂音乐，却毫不留情地批评雅典娜的音乐素养。正因为如此，雅典娜才能被菲利普的音乐吸引，并与他私奔。加纳以音乐为媒介，勾勒出人物之间复杂的关系"③。

《小天地中的大世界》(Cosmo Cosmolino, 1992)由三部相互关联的作品组成：两部短篇小说和一部中篇小说。据说小说的书名是加纳的最爱，而且此书名缘于她的一场梦。短篇小说《录音天使》(Recording Angel)中，一个女人去医院看望一个重病的朋友。短篇小说《守夜》(A Vigil)中，一个男人被迫看到自杀的女友的火葬。与小说同名的中篇小说讲述了自由职业作家珍妮特在墨尔本拥有一座带有阳台的房子。

《空余的房间》(The Spare Room, 2008)以第一人称视角讲述了两个年过花甲的老年女性海伦和尼古拉的故事。海伦在墨尔本家中为身患癌症晚期的尼古

---

① 朱晓映:《复调的呈现:〈孩子们的巴赫〉中的人物关系解构》,《当代外国文学》2008 年第 4 期,第 114 页。

② E. Harold Davies: The Children's Bach, National Library of Australia Catalogue, 2008.

③ Chris Tiffin: "Helen Garner Biography", https://biography. jrank. org/pages/4342/ Garner-Helen. html. 2022-04-14.

拉准备了一个空余房间,两位老人面对病痛折磨和死亡的威胁表现出了截然不同的两种人生态度:海伦善良、体贴、现实、主观,尼古拉浪漫、乐观、富于幻想。虽然两个女人性格迥异,却同样表现出了对生活、人生以及对周围人的博爱,她们内心坚强,即使没有男性的呵护和帮助,也不觉得生活中有缺憾。

海伦住在墨尔本,患有肠癌的朋友尼古拉搬来和她同住,以便为自己的疾病寻求替代疗法。海伦对医生的这种治疗表示怀疑。随着故事情节的推进,海伦对尼古拉越来越生气,因为她否认病情的严重性,还对他们的做法表示轻蔑。小说结尾,尼古拉回到悉尼,许多朋友和家人,包括海伦,轮流照顾她。但尼古拉在佛教徒朋友的引导下,才真正拥抱她的死亡。

小说在很大程度上借鉴了加纳生活中的事件和细节。讲述者海伦住在她女儿伊娃的隔壁,就像加纳与她的女儿艾丽斯一样。小说中的事件是基于加纳花了一段时间照顾她的朋友恩雅的经历,当时恩雅身患重病,将不久于人世。将小说的叙事者命名为"海伦"并设计让主人公独居在女儿家隔壁,就是为了使读者在阅读作品时产生阅读自传的错觉,从而在故事中获得自己与他人生活的交融之感。

《名誉》(*Honour*,1980)和《他人的孩子》(*Other People's Children*,1980)是加纳的两部中篇小说,是她居住在法国巴黎时所著。这两部作品表现出更强的艺术性。《名誉》主要讲述了凯瑟琳和弗兰克虽然分居,但却未离婚,仍保持着亲密的关系共同抚养女儿。他们之间持续的友谊,却在弗兰克试图与凯瑟琳离婚,与另一个女子结婚时发生了变化。《他人的孩子》讲述的是生活在一个集体家庭中的两名妇女斯科蒂和鲁思之间关系的中断。

《来自冲浪者的明信片》(*Postcards from Surfers*,1985)是加纳的一部短篇小说集,它获得了1986年克里斯蒂娜・斯特德小说奖。该小说集中的故事在很大程度上是关于不可能的爱情,以及我们互相影响时的意外伤害。在2017年大多被收入加纳短篇小说选集《故事》(*Stories*)中。①

1995年后的漫长岁月中,加纳醉心于非虚构作品的创作,她的作品和言论渗透的女权主义思想有所转变,作品同样引起广泛关注。《第一块石头》(*The First Stone*,1995)就以墨尔本大学的一起控诉案件为题材,以两位法学专业的女同学指控院长性骚扰为内容,质疑了女性主义行动的目的,反映了加纳同情男性的后女性主义立场。《真实故事》(*True Stories*,1996)中的短篇小说以加纳从学校教师到新闻记者的即时笔记开始,讲述了她在医院参观停尸房和产科病房。《钢铁的感觉》(*The Feel of Steel*,2001)是一部讲述她和她所爱之人生活的作品

---

① Fiona Wright:"Stories and True Stories Review:The Joys of Heartbreak and Hope with Helen Garner", *The Sydney Morning Herald*,2017-12-07.

集。《乔·琴科的安慰》(*Joe Cinque's Consolation*,2004)是加纳对一宗谋杀案的庭审调查记录,以此拷问法律的公平正义和人的权利责任。《悲伤之家》(*This House of Grief*)是加纳于 2014 年出版的一部非虚构作品,副标题为"谋杀案审判的故事"(The Story of a Murder Trial),其主题是对一名男子的谋杀行为定罪以及随后的审判,他被控驾驶汽车撞上水坝,导致他的三个孩子在澳大利亚维多利亚州农村地区死亡。① 这部作品被澳大利亚人赞誉为一部"文学杰作"。② 《目之所及》(*Everywhere I Look*,2016)是加纳的另一部非虚构短篇小说集,"它的主题选择十五年来的作品,从评论到散文,再到加纳的日记简介。"③

第四节　灿若繁星的其他女作家

澳大利亚女性作家群灿若星河,其中活跃在世界文坛的女性作家更是数不胜数,杰西卡·安德森(Jessica Anderson,1916—2010)、贝弗利·法默(Beverley Farmer,1941—2018)、凯特·格雷维尔(Kate Grenville,1950—　)等都是其中的佼佼者。

杰西卡·安德森出生于布里斯班,曾经在伦敦生活过几年,成年后搬往悉尼并且度过她的大半生时间,她的写作生涯始于为报纸撰写短篇小说和为电台创作剧本,其独女劳拉·琼斯(Laura Jones)也是澳大利亚电影剧本作家。安德森 47 岁时才出版她的第一部长篇小说,作品少而精,相比之下前期作品默默无闻,直到她凭借第四部小说《河边云雀叫得欢》(*Tirra Lirra by the River*,1978)和第五部小说《扮演者》(*The Impersonators*,1980)获得迈尔斯·弗兰克林奖,并且在英美出版,才登上文坛,备受瞩目。安德森是澳大利亚一位优秀的当代小说家,她的小说结构紧凑,富有戏剧性,叙述中语调略带嘲讽。2010 年 7 月 9 日,安德森在新南威尔士州伊丽莎白湾因中风去世,享年 94 岁。

《司空见惯的疯狂》(*An Ordinary Lunacy*,1963)是安德森的第一部长篇小说。她从 30 多岁时开始写作,直到 1963 年才出版,那时她已经 47 岁。小说完成后,安德森觉得这部小说在澳大利亚出版的可能性不大,于是转向伦敦的出版社。这部小说被伦敦的麦克米伦出版社(Macmillan Publisher)和纽约的斯克里布纳(Scribner)接受。作品虽然在商业上没有取得巨大的成功,但得到了大量积

---

① Peter Craven："Robert Farquharson Murder Case Takes Helen Garner into the Abyss",*The Australian*,2014-08-23.

② Stephen Romei："This House of Grief an Uneasy Masterpiece",*The Australian*,2015-08-01.

③ Evelyn Conlon："Everywhere I Look Review：The Unbearable Lightness of Writing",*The Irish Times*,2016-10-15.

极的反馈。

《司空见惯的疯狂》详细描述了 35 岁的悉尼律师大卫和伊泽贝尔之间的浪漫故事。伊泽贝尔被指控谋杀了自己的丈夫。小说巧妙地描绘了浪漫爱情变化无常的本质,突出大卫的妻子伊泽贝尔、母亲戴西和前情人迈拉对爱情的不同态度。"安德森对戴西、伊泽贝尔和迈拉三位女性之间的紧张关系的建构,为从女性的角度展示浪漫和激情提供了一个有趣的平台。"①

《金钱问题》(A Question of Money)是安德森的第二部小说,但未出版。她坚持认为,这部未出版的作品值得出版,并认为该小说未出版,"是因为在那个时代,小说中对于性的描写并不常见,而生活中的一切又与性或暴力密切相关"②。虽然安德森在 20 世纪 80 年代考虑修改出版该小说,但后来还是不了了之。

《最后一个人的头》(The Last Man's Head,1970)主要讲述了侦探亚历克努力解决一起谋杀案的故事。他怀疑他的姐夫罗比是有罪的。亚历克的努力因罗比家族的复杂而受挫。《最后一个人的头》和《司空见惯的疯狂》一样,涉及许多女性角色及她们的社会地位。

《司令官》(The Commandant,1975)是安德森最受欢迎的小说,更是她唯一的一部历史小说。该小说以安德森在童年时代听过的一个故事为素材,是关于臭名昭著的刑事司令官帕特里克·洛根上尉被谋杀的故事。除了弗朗西丝是一个虚构的人物,大多数其他人物都是基于安德森对真实人物初步研究的描述。这个故事"至少部分是女权主义的新的视角,因为它以洛根年轻的妹夫的经历为中心"③。

代表作《河边云雀叫得欢》的标题引自英国维多利亚时代最受欢迎的诗人阿尔弗雷德·丁尼生(Alfred Tennyson)于 1883 年发表的叙事诗《夏洛特姑娘》(The Lady of Shalott)。长诗讲述一位叫夏洛特的美丽女子被囚禁在孤岛塔中,迎来悲剧结局的故事。小说由作者在 1974 年去伦敦的旅行中的一个中篇故事发展而来。它详细描述了 70 岁的艺术家诺拉久卧病榻时回忆自己在妥协之中孤独地走过不如意的人生之路。

"(诺拉)不知道自己是一位艺术家,她努力奋斗,试图提高自己的艺术水平,但从未成功。"④三十多年后,年迈的诺拉回到她童年曾经生活过的布里斯班。这部小说本质上是一部"自我解说的人生回放",在这部小说中,诺拉讲述并反思

① Pam Gilbert: *Coming Out from Under*: *Contemporary Australian Women Writers*, Pandora,1988,p.133.

② Jennifer Ellison: *Rooms of Their Own*, Penguin Book,1987,p.31.

③ H. William Wilde, Joy Hooton, Barry Andrews: *The Oxford Companion to Australian Literature*, Oxford University Press,1985,p.26.

④ Jennifer Ellison: *Rooms of Their Own*, Penguin Book,1987,p.37.

了塑造她人生历程的事件。安德森选择虚构一个特定时代的女性,时代背景恰好在两次世界大战之间,从艺术家艰辛的生存状况折射这一时期的澳大利亚郊区生活。

《扮演者》荣获迈尔斯·弗兰克林文学奖,在 1981 年又获新南威尔士州总理文学奖的克里斯蒂娜·斯特德小说奖。该小说在美国出版时被更名为《独生女》(The Only Daughter)。小说的主人公是西尔维亚,她在英国生活了二十年后得出结论:世俗财产和婚姻是实现自由的主要绊脚石。于是西尔维亚回到澳大利亚,但当她回去后发现她的每一位澳大利亚亲戚都受到这两种约束的束缚,他们也都成了"扮演者"。

1989 年,安德森的第六部小说《避难》(Taking Shelter)以 1986 年悉尼的冬季为背景,围绕 21 岁的贝丝和她周围人的关系而展开。贝丝被她的六个同父异母的兄弟吓得不知所措,应堂兄凯里的请求前往悉尼。小说伊始贝丝就同 29 岁的律师迈尔斯订婚,但迈尔斯最终承认自己是同性恋者,贝丝便离开了他。贝丝和马库斯几乎一见钟情,后来她发现当他们俩还是孩子的时候,曾在罗马见过。贝丝发现自己怀孕时,她和马库斯住进了迈尔斯的教母朱丽叶的一栋房子里,后者自称迈尔斯的"备用老教母"。安德森"利用巧合、梦想和表面上幸福的结局,使《避难》几乎成为流行浪漫小说的戏仿"①。

安德森最后一部小说《一只垂耳鸟》(One of the Wattle Birds)于 1994 年出版。它以悉尼为背景,讲述了塞西莉生活中的三天。一年前,母亲克里斯蒂娜死于乳腺癌,当时塞西莉正外出度假。在整部小说中,塞西莉试图解决两个难题:她不明白为什么母亲不告诉她那致命的疾病,让她出国,拒绝家人给她回电话,甚至是参加葬礼;她也不明白为什么母亲在遗嘱中包含了塞西莉必须结婚才有继承权的残酷规定。除了对复杂的社会和家庭生活的娴熟描绘之外,《一只垂耳鸟》还讲述了创作的过程,因为塞西莉本人就是一位作家。②

《来自温带的故事》(Stories from Warm Zone,1987)是安德森的一部短篇小说集。该短篇小说集分为两部分:第一部分详细讲述了安德森童年时的一些逸事,涉及她的家庭,她给所有这些人取了假名,这些都是"她童年最深刻、鲜活的记忆"③;第二部分是自传体故事,描绘了悉尼市区背景下的各种生活和关系。这部短篇小说集很受欢迎,并荣获 1987 年最佳著作奖(The Age Book of the

---

① Elaine Barry:*Fabricating the Self*:*The Fictions of Jessica Anderson*,St. University of Queensland Press,1996,p. 147.

② Elaine Barry:*Fabricating the Self*:*The Fictions of Jessica Anderson*,St. University of Queensland Press,1996,p. 166.

③ William Baker:*The Cambridge Guide to Women's Writing in English*,Cambridge University Press,1999,p. 16.

Year in 1987)。

贝弗利·法默出生于墨尔本,毕业于墨尔本大学,丈夫是希腊移民,这在一定程度上促成了她的小说往往以一种异乡人的迷失感为主题。法默的社会阅历丰富,步入社会后从事过多种工作,还曾经在希腊的一个小村庄度过三年。

法默的作品令人印象深刻但在某种程度上又被忽视。2008 年,她获得了帕特里克·怀特文学奖——这是一项年度文学奖,授予长期活跃但没有得到充分认可的作家。她位列克里斯蒂娜·斯特德、伊丽莎白·哈罗尔、托尼·伯奇(Tony Birch)、杰拉尔德·默南盖尔(Gerald Murnane)和托马斯·沙普科特(Thomas Shapcott)等著名作家之中。在她的三部长篇小说、五部短篇小说集和其他非小说作品中,法默能够从对人和自然的丰富观察中编织出令人叹为观止的意象,将神话、寓言、诗歌和科学的片段拼凑在一起,创造出变化的空间。

法默的第一部长篇小说《独处》(*Alone*,1980)的女主人公雪莉是一个同性恋者,在示爱遭到对方拒绝后,雪莉以死相逼,拟好墓志铭计划刊登在报纸上,并致电自己的母亲为没能参加母亲精心准备的生日聚会道歉。在对主人公一系列的外部活动描绘中,作者也将主人公内心世界的挣扎细腻地刻画了出来。

《黑皮肤女人》(*The Seal Woman*,1992)讲述的是丹麦妇女达格玛为了悼念葬身于大海中的丈夫,回到维多利亚奥特韦地区的一个海滨小镇。这段旅程也成为女主人公的心灵之旅。小说中海豹穿越陆地和海洋之间的界线,并充当向导,在整个哀悼过程中航行。

达格玛对海豹精十分迷恋,它是一种在海豹和女人之间变换形态的神话生物。当达格玛迷恋上生存在她居住的村庄附近的沿海岛屿上的海豹时,海豹精神话的文本变得丰富起来。当她在睡梦中翻阅几本旧书时,她读到了《黑皮肤女人》的故事:一天日落时分,当一个渔夫于栖息在岩石上的海豹群中行走时,他发现一个女人的海豹皮脱落了,他便将之偷走,据为己有。女人别无他法,只好做了他的妻子,同他一起生活在一座小屋里。有一天她找到了自己的皮肤,回到了海底。但渔夫也拥有一片她的皮肤,便尾随着她,又把她带回来。然而不久之后的一天,她再次找到了她的皮肤。当渔夫试图再次跟随她进入大海时,他溺死了。海底的另一个世界,也就是死亡。

海豹精有能力脱下它的皮肤,在世界之间行走。这是陆地和大海的故事留下的是生死之间的转变。

在短篇小说《金环》(*Ring of Gold*)中,海豹的形象再次出现。一个住在海边小镇上的女人在哀悼她的丈夫。一天早上,她沿着海滩散步时,遇见了一只栖息在岩石上的不寻常的公海豹。这位女士讲述了她丈夫是如何在夜里去世的,她一直躺在他身边守夜。看着海豹从岩石上移动到地平线上,女人也进入了海底的另一个世界。

　　作家们常常把世界想象得如此生动，可以在不缩小或拉长自然与我们之间的距离的情况下，书写大自然。在澳大利亚作家中，法默以一种罕见的方式体现了这种能力。

　　在法默创造的世界里，经验是共享的，所有的起源都是一体的，所有的命运都跨越海洋和国家联系在一起。法默的虚构世界是一个尘封而又循环的世界。

　　《亮处的房子》(*The House in the Light*, 1995)描写了一位名叫贝尔的澳大利亚妇女独自回到希腊村庄的房子，在那里，她曾作为新娘而受到欢迎。她来到这里悼念一位逝世的老人，并参加古老复活节的周末传统活动，她不确定自己在离婚和离开多年后是否会受到欢迎。她和女族长凯里亚在这里也有过一段难以忘怀的经历。这两个女人之间旧的温情、恩怨和误解很快浮出水面。房子里充满了梦想和回忆，重申了对贝尔的要求。当逝者家人为复活而聚在一起时，她也在为她的灵魂而祈祷。

　　法默的作品还包括短篇小说集《牛奶》(*Milk*, 1983)、《在家的时间》(*Home Time*, 1985)、《一片水域：一年的笔记》(*A Body of Water：A Year's Notebook*, 1990)、《出生地》(*Place of Birth*, 1990)和《短篇小说集》(*Collected Stories*, 1996)。这些优秀的小说为法默赢得了新南威尔士州总理文学奖、迈尔斯·弗兰克林奖和怀特文学奖等奖项。她不仅是一名出色的小说家，而且常常写散文、诗歌和评论。

　　凯特·格雷维尔出生于悉尼，毕业于悉尼大学，在美国科罗拉多大学取得硕士学位。完成学业以后，格雷维尔在澳大利亚一家电影公司做编辑，与此同时教授创意写作。26岁的她离开澳大利亚，在欧洲、美国漂泊七年，在伦敦和巴黎以写作与电影剪辑为生。格雷维尔作为短篇小说作家的名声是建立在她于1984年出版的短篇小说集《长胡子的女士们》(*Bearded Ladies*)的基础之上的。长胡子的女士们生活在边缘地带，她们的胡须是看不见的。格雷维尔早期的小说描绘了那些试图摆脱社会和性别刻板印象的人物。《长胡子的女士们》便是一个很好的例证。

　　《莉莲的故事》(*Lilian's Story*, 1985)是格雷维尔的第一部长篇小说，它获得澳大利亚沃格尔文学奖，并被拍摄成电影。小说大致是基于悉尼的标新立异代表人物比·迈尔斯(Bea Miles)的故事改编而成的。小说将背景设置在20世纪初，以一位拒绝中产阶级背景和传统未来的女性为题材，主人公莉莲是一个又胖又丑的女人，她的丑陋遭到了诸多男人甚至自己父亲的鄙视。一切的不幸与不公并没有使她感觉生活无望而向命运低头，她一贯秉承着我行我素的行事作风，非但不在乎别人的眼光，而且对传统道德规范也漠然不理，甚至鄙视大学教育，因为那并不会让人获得智慧和才能。然而她是男权至上社会的牺牲品，受到父亲的性侵以后，莉莲毅然决然地离开家乡来到乡村，在乡间赤裸着身体穿过人群,走进旅馆。因为行为怪异,她被送进精神病医院住了相当长一段时间。小说中格雷维尔无情地谴责那些致使莉莲性格扭曲的男人,正是他们让一个原本个性鲜明的女性逐渐失常。这部作品集中体现了作家的女权主义思想。

《梦屋》(Dreamhouse,1986)于 1994 年被改编成电影《陷阱》(Traps)上映。故事发生在意大利,由路易丝讲述。路易丝和其丈夫雷诺应朋友之邀来到托斯卡纳。他们住在一栋别墅里,但是,他们发现这栋别墅只不过是一栋摇摇欲坠的房子,如噩梦一般。他们受到谷仓里的老人多梅尼科的警告,老人精神好似错乱,却每天给他们送面包。随着事态的发展,路易丝开始从不同的角度来看待屋里的人。这部令人不安的小说唤起了日常生活中的神秘和威胁。《梦屋》是一部关于婚姻的黑色喜剧。它探索的主题是男女双方从模式化的老套观念中解放自己,以接受他们的真实自我。

《琼创造历史》(Joan Makes History,1988)是对澳大利亚历史的一次讽刺性的改写,对女性进行了展望。琼是每一个女人的角色,她以各种各样的伪装经历着澳大利亚过去所有标志性的时刻。她既通过简单的生活,也通过书写历史来"创造历史"。

从很小的时候起,琼就决心在历史上留下她的印记,于是在她想象的生活中,作者将她置于事件发生的第一线,让她见证了澳大利亚和欧洲历史上几乎所有重要的历史时刻,并将她的角色插入她自己对事件的解释中,愉快地改变了历史的进程。琼化身詹姆斯·库克的妻子,记述了第一次观察到的南方大陆;琼作为一名女囚犯见证第一舰队的登陆;征服这块土地的艰辛、淘金热、战争和叛乱、丛林人、19 世纪末的大萧条以及联邦的成立,所有这些重大的历史时刻通过琼的眼睛被描绘出来。既幽默又饱含心痛;有些章节玩笑戏谑,有些则发人深省。

《黑暗之地》(Dark Places,1994)重新回到《莉莲的故事》中的人物和背景上,从莉莲乱伦父亲的角度重述早期小说中的事件。1995 年,《黑暗之地》获得维多利亚州总理文学奖。在美国,这部小说被更名为《阿尔比恩的故事》(Albion's Story)。

《完美的想法》(The Idea of Perfection,1999)荣获 2001 年度的奥兰治文学奖,为格雷维尔赢得了第一个重要国际文学奖项。小说讲述了哈莉和道格拉斯之间的故事。哈莉是一个普通的女人,博物馆馆长,历经了三次失败的婚姻。道格拉斯是一位腼腆、笨拙的工程师,因对混凝土的热情而令妻子对其非常厌烦,以离婚收场。两人在同一周抵达新南威尔士的小镇卡拉卡鲁克:哈莉来帮助剩下的一千三百七十四名市民建造一个文化博物馆,以吸引游客;道格拉斯被派去拆除该镇唯一真正吸引人的地方——一座破旧的拱桥,用现代的混凝土桥代替。从一开始,他们就处于一种碰撞的过程,两人都经历过足够多的生活和婚姻的不如意,以至于他们对自己的浪漫前景感到悲观。《完美的想法》是关于那些被不可能的完美理想所困扰的人。小说中的两个主要人物都已步入中年，并且俗不可耐，身上有着不受欢迎的缺陷。他们的人生旅程却让他们认识到，"人无完人"，却拥有自己的力量。

《神秘的河流》(*The Secret River*, 2005)、《上尉》(*The Lieutenant*, 2008)以及《萨拉·桑希尔》(*Sarah Thornhill*, 2011)被看作格雷维尔的殖民历史小说三部曲。《神秘的河流》以19世纪初的澳大利亚为背景，是第一部揭示澳大利亚黑暗的殖民历史，以及这段历史对澳大利亚土著影响的小说。它展现了新南威尔士州早期的殖民历史，以及殖民者与土著之间的斗争。该小说书名源于人类学家W. E. H. 桑纳(W. E. H. Stanner)的著作《贯穿澳大利亚历史的神秘的血河》(*Secret River of Blood Flowing Through Australia's History*, 1968)，是关于澳大利亚白人与原住民关系的故事。故事的灵感来源于格雷维尔曾祖父所罗门·怀斯曼(Solomon Wiseman)的故事，他是一名因偷窃于1806年从伦敦被流放到澳大利亚的罪犯。该小说获得了英联邦文学奖、克里斯蒂娜·斯特德奖，并入围布克奖名单。格雷维尔写过一本关于《神秘的河流》的研究和写作的回忆录，即《寻找神秘的河流》(*Searching for the Secret River*, 2006)。

《上尉》中的时间设置比《神秘的河流》早了三十年，也就是在1788年殖民者初次登上澳大利亚大陆定居的历史时刻。它以威廉·达维斯(William Dawes)上尉用高迪加尔(Gadigal)语言写成历史笔记为素材，讲述了一段独特的友谊。在向一个年轻女孩学习高迪加尔语言的过程中，达维斯逐字逐句地写下了他们谈话的所有内容。格雷维尔以这些片段作为小说的基础，探讨两个人如何能够跨越语言和文化的鸿沟，在相互理解的基础上构建一种相互尊重、平等、友好的和谐关系。这两部小说共同探讨了澳大利亚过去历史中土著黑人和白人殖民者之间关系的复杂性。

《萨拉·桑希尔》是《神秘的河流》的续篇，但可以被解读为一部独立的小说。它讲述了桑希尔家族中最小的女儿萨拉的故事。萨拉在《神秘的河流》中还是一个涉世未深的小姑娘，在成长过程中她对家族过去的黑暗秘密一无所知，当她不得不面对这些秘密时，她的生活方向和思维方式都发生了变化。这是一个关于秘密和谎言，以及如何处理过去的黑暗历史的故事。格雷维尔曾说过，这部小说是以19世纪为背景的，但更多的是关于她这一代人继承的澳大利亚历史上丑陋的秘密。

格雷维尔经常为创作小说进行广泛的研究，经常以历史或其他来源作为想象的起点。她在谈到她的小说时说，它们"有时受到历史事件的启发，但它们是想象力的构造，而不是书写历史的尝试"①。

---

① Peter Ellis："Interview with Kate Grenville", 2009-08-01.

母亲去世几年后,格雷维尔根据母亲留下的回忆录和录音,编撰了一本关于她的书:《一生一世:我母亲的故事》(*One Life：My Mother's Story*,2015)。这本书讲述的是一位生于 1912 年的女性,她在一生中经历了波涛汹涌的变化。

第六章　反映原住地生活的小说

第一节　凯思·沃克

凯思·沃克(Kath Walker,1920—1993)又名奥德格鲁·诺努克(Oodgeroo Noonuccal),生于北斯特拉德布洛克岛。这是位于布里斯班以东约三十千米处的莫顿湾的一个岛屿,也是诺努克土著部落的家园。因为沃克的土著身份,她所受教育不多,仅仅接受了小学教育,13岁开始当家庭佣工,16岁时希望成为一名护士,却因其土著身份而未能如愿。第二次世界大战期间,在1942年她的两兄弟被日本人俘虏后,沃克加入澳大利亚女兵部队。沃克与布里斯班的工人布鲁斯·沃克(Bruce Walker)结婚,并育有两个儿子:丹尼斯(Denis)和维维安(Vivian)。军旅生涯为沃克后来倡导土著权利奠定了基础。

20世纪60年代开始,沃克成为著名的政治活动家和作家。1961年,她致力于争取土著权利的事业,迫使政府删除歧视土著的条例。沃克最具代表性的诗集是《我们要走了》(We Are Going),在英联邦文学基金的帮助下于1964年出版,该诗集标志着土著文学的开始。[1] 这部土著文学中的第一个诗集一经出版,便在学界引起强烈反响,好评如潮,被众多土著读者所喜爱。这部诗集是失语的土著第一次发出属于自己的声音,而且是书面的声音。同时,这部诗集也警示土著文化有灭绝消亡之危险,并发出求救的呐喊。殖民者对本属于土著的土地的肆意侵占,无异于对他们生命的剥夺,更是对其历史传统及文明的残酷践踏。事实证明,正是沃克和大批土著人民长期坚持的非暴力运动,使土著民族的地位得以大大提高和改善。[2]

两年后,诗集《黎明在前》(The Dawn Is at Hand,1966)出版。1970年,《我的人民:凯思·沃克选集》(My People: A Kath Walker Collection)出版,该选集除诗歌以外,还包括沃克曾做过的一些演说、论文及短篇小说。20世纪70年

---

① 黄源深:《澳大利亚文学史》(修订版),上海外语教育出版社,2014年,第503页。
② 曹萍:《澳大利亚土著文学的开山作〈我们要走了〉》,《当代外国文学》2001年第1期,第151—154页。

代,作为一名积极的政治活动家,沃克将自己的一生都奉献给争取土著权利,发展、弘扬土著文化,增强土著文化自豪感这一光辉而神圣的事业。由于她对土著民族卓越的贡献,麦夸尔大学和格里菲斯大学分别授予其荣誉博士学位。

1984年沃克随代表团来中国访问,中国的农民画和农民诗对她产生了极大的启发,使之备感兴趣。她将中国之行的所见所闻写成十六首诗,收录在诗集《凯思·沃克在中国》(*Kath Walker in China*)中,于1988年出版,这也是沃克的最后一部诗集。

除诗歌外,沃克在20世纪80年代还尝试创作了儿童读物《天父与地母》(*Father Sky and Mother Earth*,1981)、《小家伙》(*Little Fellow*,1986)和《虹蛇》(*The Rainbow Serpent*,1988)。其中《虹蛇》是沃克与其儿子维维安(后改名卡布尔)合著。该书叙述了土著的创造故事,开创性地将土著文化和环境保护主义相联系,并提倡对土著原有土地的保持和重视。沃克的儿童主题表露了她对土著和非土著儿童之间相互接触的希望,希望通过孩子之间的接触和交往,逐渐消除白人对土著的种族主义歧视,由此表明了沃克把希望未来世界变得更美好的愿景寄托在孩子,而非成人身上。

第二节　柯林·约翰逊

柯林·约翰逊(Colin Johnson,1938—　)尤以笔名马德鲁鲁(Mudrooroo)为人们所熟知。在澳大利亚西南部的努加(Noongar)语言中,"马德鲁鲁"的意思是"千层木",一种澳大利亚的树。1988年,澳大利亚土著暴动,恰逢英国第一批移民抵达澳大利亚二百周年庆祝活动。约翰逊访问土著居民定居点,了解人们的生活方式。他创造了"原住民"(Aboriginality)一词。他在与早期土著诗人奥德格罗·诺福克(Oodgeroo Nophocal)讨论后,从法律上将自己的名字改为"马德鲁鲁"。后来,当他回到澳大利亚西南部的土地上时,他又加上了"努加哈"(Nyoongah),因为他必须有第二个名字才能通过契约投票合法地更改他的名字。

约翰逊同凯思·沃克、杰克·戴维斯(Jack Davis,1917—2000),以及凯文·吉尔伯特(Kevin Gilbert,1933—1993)并称为澳洲土著文学的创始人。约翰逊是著名的小说家、诗人和剧作家,生于西澳大利亚,是家中十二个兄弟姐妹们中最小的一个。当约翰逊还未出生时,他的父亲就已经去世,他从小就在孤儿院长大。由于缺乏关爱与教养,约翰逊曾进过教养所。长大之后约翰逊却成为一个对社会有积极贡献的人。1957年,约翰逊有幸遇到西澳大利亚州富有的小说家和诗人玛丽·杜拉克夫人(Dame Mary Durack),她在约翰逊被释放后便把他送到墨尔本,对约翰逊的创作产生了深远影响。

　　作为一位土著作家,约翰逊大力弘扬土著文化事业,在澳大利亚多所大学开设土著文学课,让更多的人了解土著历史、传统、文明。他也是澳大利亚理事会土著艺术委员会的委员,还是澳大利亚土著作家口头文学和戏剧家协会的发起人之一。约翰逊的一生都在致力于发展土著文化事业,对土著文学的发展做出了巨大的贡献。

　　约翰逊信奉佛教,曾在印度居住了七年左右,之后重回澳大利亚,定居在新南威尔士州的土著区,专心写作。他被认为是澳大利亚最神秘的作家,他的土著身份也曾一度遭到质疑,对他产生了很多负面影响。之后他来到尼泊尔并一直在此生活。

　　约翰逊是一位多产作家。其作品以展现土著主题为主。代表作《野猫掉下来了》(*Wild Cat Falling*,1965)深受欧文·金斯堡(Irwin Ginsberg)的诗歌和杰克·凯鲁亚克(Jack Kerouac)的散文的影响,被认为是澳大利亚文学史上第一部土著小说,同时也是约翰逊的一部自传体小说。主人公是一个被白人世界排斥的土著青年,他在孤儿院和监狱等机构中的悲惨遭遇,以及不公平待遇,使他对白人社会产生仇恨,并采取以牙还牙式的报复,走上犯罪的不归路,遭到警察的追捕。小说最后,主人公在土著长者那里得到启发,重新认识和接受土著文化及传统,找到自我价值和生存的意义,青年的土著身份得以重新回归。

　　在多元文化背景下,土著民族无法依靠被殖民前纯粹单一的"梦幻"哲学来塑造其身份。小说《野猫掉下来了》以土著"梦幻"哲学为基础,借鉴存在主义哲学,并积极吸收东方佛教哲学。循环时空观和轮回思想,以及所体现的现实虚无感与存在主义荒诞论都共同体现出现实世界的虚无和无奈,正是小说主人公的命运体现。

　　《萨达瓦拉万岁》(*Long Live Sandawara*,1979)中设定了两条叙述线索。一条是19世纪90年代澳大利亚的丛林时期,主要讲述了土著民族英雄萨达瓦拉抵抗入侵的白人殖民者、保卫土著家园的传奇故事。小说将萨达瓦拉塑造成一个超人形象,具有超自然的力量,是一个半人半神的人物,作者将令人崇拜的英雄形象描写得高大威武、不可侵犯,给读者留下深刻的印象。另一条是当代澳大利亚的贫民窟时期,集中描写一名16岁的土著青年艾伦在民族英雄萨达瓦拉的影响下,决定效仿其行为,试图在珀斯贫民窟建立自己现代版的土著抵抗组织,以对抗白人的残酷压迫。小说以不言而喻的失败而告终。

　　1976年,约翰逊开始创作小说《沃拉迪医生承受世界末日的良方》(*Doctor Wooreddy's Prescription for Enduring the Ending of the World*,1983),并前往塔斯马尼亚为该小说搜集素材。它讲述了19世纪英国殖民者进入澳大利亚之后土著的悲惨际遇,尤其是塔斯马尼亚土著的灭绝。小说的成功之处在于,作者并没有如以往作品一样将白人殖民者批判得体无完肤、一无是处。在白人入侵后对土著统治的过程中,作者也深刻反思了土著自身的不足及弱点,给读者带来了新的视角及观点。

《鬼梦大师》(*Master of the Ghost Dreaming*,1991)是约翰逊"大师系列"(Master Series)的第一部小说。它重述了沃拉迪医生的故事。约翰逊不满意原先沃拉迪医生故事的现实主义,并用他称为"魔幻现实主义"(maban realism)的风格重做了叙述,这将更准确地反映白人殖民地化时土著的经历。根据约翰逊的解释,"魔幻现实主义"这一说法是基于约翰逊澳大利亚本土世界观的一个概念,是有根据可言的,与魔幻现实主义(magic realism)的形式相似。《永垂不朽》(*The Undying*,1998)是"大师系列"的第二部。约翰逊在他身份受到争议之后暂时离开了原来的生活,在昆士兰海岸的麦克莱岛(Macleay Island)住了一段时间。《地铁》(*Underground*,1999)和《希望之地》(*The Promised Land*,2000)是"大师系列"的最后两部。

《昆坎》(*The Kwinkan*,1993)成功塑造了杰克马拉博士这一生动的人物形象,借其自身的生活经历,深刻嘲讽当代澳大利亚政治的黑暗,将政治的虚伪性和人的贪婪本性刻画得淋漓尽致。

约翰逊将土著文化的传统、历史和东方古老文明及西方文化传统完美结合,主题大多是以直白的语言讽刺澳大利亚的主流社会。

第三节　阿尔奇·韦勒

阿尔奇·韦勒(Archie Weller,1957—　)生于西澳大利亚的苏比亚科(Subiaco),在靠近克兰布鲁克的一个农场长大。父亲是农场主,母亲是一名记者,幼年时祖父曾鼓励韦勒写作。他在珀斯的吉尔福德初级中学就读六年。韦勒早期从事过各种各样的工作,比如农场工、码头工人、马厩工、印刷工、园艺工等。丰富的阅历和社会经验为韦勒之后的创作提供了多彩的素材。

1984年,韦勒的成名作,也是他的第一部长篇小说《狗一般的日子》(*The Day of the Dog*)出版。该小说一经出版便好评不断,1982年荣获西澳大利亚州总理图书奖,之后被改编成电影上映,受到观众的喜爱,并产生了很大的影响。

小说讲述了土著青年多格因斗殴入狱,出狱后本想洗心革面重新做人,但受到白人青年的威逼利诱,以及警察的歧视,再次走上犯罪的不归路,最终在警察的追捕中丧生。小说取材于作者的生活经历,主人公与作者本人有着相似的坐牢经历,韦勒一直认为自己是被冤枉的,一怒之下在六个星期内完成了这部小说,因此该小说也带有一定的自传性质。

该小说将背景设置在土著居住区,真实地再现了土著群体生存环境的恶劣。小说通过主人公多格不幸的生活经历和命运,折射了土著青年成长道路上的生存困境、饱受白人歧视的痛苦以及无力改变现状的无奈。而所有这一切,归根到底都是由于白人对土著的种族歧视,换言之,种族歧视是造成土著所有不幸的罪魁祸首。小说正是通过多格的经历,对澳大利亚的种族歧视给予直白的谴责和批判。

韦勒的短篇小说集《回家:故事》(*Going Home*:*Stories*,1986)包括一个中篇小说和九个短篇小说。评论界曾认为《回家》开创了澳大利亚土著短篇小说创作的先河,并引起学界的普遍关注。同名的短篇小说《回家》内容涉及澳大利亚土著身份的复杂性。故事发生在 20 世纪 80 年代,主人公比利在大学里顺利完成学业,并取得了较大成功。他擅长运动,是著名的足球运动员,他学习艺术,并从事白人社区欣赏的绘画事业,在白人社会里算得上功成名就。但为了获得这种认可,他背弃了自己的家庭和家人。他的职业和各种荣耀,常使他误以为自己"已经是白人"了,但又为自己是有色人种感到自豪。21 岁生日时,比利回到了昔日的土著居住区。后来比利被卷入一场抢劫案中,他被警察带走时才幡然醒悟,无论付出多少努力都是徒劳的,他永远无法摆脱土著的烙印,永远不能消解白人对他们的猜疑和歧视。另一个短篇小说《赫比》(*Herbie*)讲述了一个名叫戴维的白人男孩,目睹了土著男孩赫比被杀的情景。戴维同情赫比的母亲,表现出自责和悔恨。小说也描绘了校园中的欺凌和野蛮行为,及其造成的致命的后果。

中篇小说《库利》(*Cooley*,1986)讲述了库利游弋在土著社会和白人社会的夹缝中,从小受到白人的歧视、欺侮,以至于产生心理阴影,长大之后决定对白人进行报复,以解心中之痛苦,报儿时受辱之仇,最终在复仇时不幸饮弹身亡。

1998 年,韦勒的第二部长篇小说《金云之地》(*Land of the Golden Clouds*)出版。该小说采用科幻的形式,突破以往小说题材和风格方面的局限。小说的时间背景是遥远的千年之后,故事的发生地是澳大利亚。小说讲述了不同文化背景、不同身份的游客在此相遇,团结一致与敌人战斗。不同文化由最初的相互冲突到彼此妥协,最后相互融合,某种程度上呈现了现代澳大利亚多元文化杂糅的和谐画面。

第七章　当代移民小说

　　尽管很多非英国裔的作家从 19 世纪开始就出版报纸和杂志,但非英国裔的作家在主流出版社发表作品是 20 世纪 50 年代之后才开始的事。澳大利亚大陆有四十多种语言,文化多样性和融合促进了移民文学的大繁荣。这些非英国后裔们发表的作品大多以其移民生活经历为背景,因此大部分移民文学具有自传的色彩。此外,移民文学包含了众多主题,如移民身份问题、文化剥离、语言边缘化、与当地居民关系的紧张等,移民文学反映了"他者"的心声。① 尤其是在第二次世界大战后,这些移民作家自然想要记录他们到移民地后的生活和感受,呈现他们被异化及由定居、语言困难、贫困、不平等和社会偏见等造成的文化失落和错位。许多作品,如朱达·沃顿(Judah Waten,1911—1985)和大卫·马丁(David Martin,1915—1997)的作品,不仅是关于移民经历的小说,而且是涉及复杂历史的文学作品。例如,沃顿的《遥远的土地》(*Distant Land*,1964)取材于第二次世界大战前夕苏联、波兰和犹太文化中的丰富历史背景,并将这些记忆描绘成一个横跨 20 世纪上半叶的墨尔本犹太家庭生活的写照。② 本章将详细讨论以朱达·沃顿、玛丽亚·莱维特(Maria Lewitt,1924—　　)、戴维·马洛夫(David Malouf,1934—　　)、布赖恩·卡斯特罗(Brian Castro,1950—　　)、罗德尼·霍尔(Rodner Hall,1935—　　)和考琳·麦卡洛(Collen McCullough,1937—　　)等为代表的移民作家的创作以及他们为当代澳大利亚文学做出的贡献。

第一节　朱达·沃顿

　　朱达·沃顿是澳大利亚移民小说史上成就最高的作家,其作品是澳大利亚移民生活的真实写照。作为澳大利亚现实主义作家的代表,沃顿的文学创作与移民生活经历息息相关。沃顿生于俄国的一个犹太家庭,3 岁时跟随父母迁移到澳大利亚,定居于西澳大利亚州的珀斯附近,后移居墨尔本。沃顿由于家境贫

---

　　①　Susan Ballyn:"The Voice of the Other: an Approach to Migrant Writing in Australia", *Critical Survey*,1994,6(1),p. 91.

　　②　Hsu-Ming Teo:"Future Fusions and a Taste for the Past Literature, History and the Imagination of Australianness", *Australian Historical Studies*,2002,33(160),p. 136.

寒,没有接受良好的教育。沃顿关注现实,受到苏联作家的影响,心怀家国情怀,加入了澳大利亚共产党。

　　受西方 20 世纪 30 年代初经济危机的影响,沃顿生活窘迫。1931—1933年,他游历欧洲,因参与游行并与警察发生冲突而入狱三个月。其间的监狱生活为其日后的写作提供了丰富的素材。丰富的人生阅历也使得他的作品带有很强的自传性。沃顿创作了七部长篇小说:《不屈不挠的人们》(*The Unbending*,1954)、《同谋》(*Shares in Murder*,1957)、《冲突的时刻》(*Time of Conflict*,1961)、《遥远的土地》(*Distant Land*,1964)、《青年时期》(*Season of Youth*,1966)、《到此为止》(*So Far No Further*,1971)、《革命生活场景》(*Scenes of Revoluntionary*,1982)。他的长篇小说几乎都基于生活经历,反映欧洲移民在第一次世界大战期间至 20 世纪 70 年代在社会底层的挣扎与成长。此外,沃顿出版了两部短篇小说集,即《没有祖国的儿子》(*Alien Son*,1952)和《刀》(*The Knife*,1957),反映了欧洲移民到澳大利亚后的坎坷生活和被边缘化的孤独处境。

　　沃顿的短篇小说集《没有祖国的儿子》是第一部在澳大利亚出版的移民作品,"发行量仅次于劳森的短篇集"①,为之后澳大利亚的移民小说奠定了基础。该短篇小说集由十三个短篇小说组成,以一个孩子作为叙述者,鲜明地表现出了第一次世界大战期间澳大利亚移民的生活和情感。短篇小说以写实为主,没有曲折离奇的情节,却是平淡与真实生活的最好写照。短篇小说中的母亲最初对澳大利亚充满向往,在移民澳大利亚后由于语言和文化的障碍而被孤立,难以适应新的环境,因此觉得澳大利亚的社会充满敌意。母亲这个人物身上再现了移民坚持自己文化而与澳大利亚社会格格不入的情况。父亲跟母亲不同,最初拒绝移往澳大利亚,但在移居澳大利亚后,他迅速抛开了家乡情感,把这个新的国度当作永居之地。父亲和母亲截然不同的生活态度导致了两人不同的生活体验。而他们的儿子,因更强的适应能力而逐渐适应了澳大利亚的生活方式,也因此与父母的分歧和隔阂越来越大,并达到难以和解的地步。儿子甚至说:"我厌恶他们(父母),我希望自己是个孤儿。"②儿子的想法并不是独特的,大多数移民的孩子都存在因为抛弃母国文化而与父辈存在分歧的现象。该短篇小说集除了主要人物一家均缺少名字,其中不少短篇小说中作者还把时间和具体地点模糊化,使得小说"具有普遍和永恒的意义"③。在此后的移民小说中,移民们带来的文化、父母与孩子之间的分歧、社区之间的关系、融入主流社会都是共同的主题。

---

①　黄源深:《澳大利亚文学史》(修订版),上海外语教育出版社,2014 年。

②　Judah Waten: *Alien Son*, Sun Books,1965,p.48.

③　黄源深:《澳大利亚文学史》(修订版),上海外语教育出版社,2014 年,第 311 页。

除了移民作家的鲜明身份,沃顿在人们心中的形象还是一个社会主义现实主义者。沃顿写道:"我脑海中反复浮现的一个危机是如何在政治和文学之间选择。"①沃顿的解决方式是"把政治作为他所刻画的个人问题的解决方式"②,通过文学创作来关注社会现象和普通人生活,揭露社会中的不公正,尤其是移民所面临的不公正。长篇小说《不屈不挠的人们》就刻画了一对犹太夫妇在澳大利亚遇到的各种困境,在希望和失望的交替中,他们保持乐观的心态坚强地生活。沃顿后面的作品仍然延续着政治色彩,最典型的是其长篇侦探小说《同谋》,以自己的监狱见闻刻画了金钱带来的腐败侵蚀着公平和正义。

20 世纪 50 年代至 70 年代间,澳大利亚国内学术圈还比较保守,评论家受冷战思维的影响更倾向于不太关心政治的形而上的美学。身为左翼作家的沃顿及其作品在出版界不受重视,被贴标签,也被边缘化,作品也没有很受欢迎。

然而,20 世纪 80 年代后,关于沃顿的研究在不断地深化扩展。沃顿的名字几乎出现于每一版澳大利亚文学史著作中,也出现于历史和文化研究者们的评论中,有评论家认为沃顿的小说"不只是描写移民经历,还以复杂的历史事件为素材"③。他的长篇小说《遥远的土地》以第二次世界大战为背景,涉及苏联、波兰和犹太文化记忆,描绘一个墨尔本犹太家庭在澳大利亚的生活。在众多的历史记忆与回忆编织中,沃顿小说的题材也更加广阔。

沃顿明确提出了自己的文艺创作观,认为小说是"影响人、改变人"的,具有道德意义和教诲功能。④ 沃顿的创作观念与文学伦理学批评的主张不谋而合,他的作品也被赋予了更高的研究意义和价值。

第二节　玛丽亚·莱维特

波兰裔犹太移民作家玛丽亚·莱维特因没有太多作品而未被评论界过多关注,中国的澳大利亚文学研究领域对其及其作品的译介和关注几乎为零。然而,莱维特的作品既真实再现了犹太人"二战"期间在欧洲的遭遇,又描写了其移民澳大利亚后在文化冲击中的不适与努力适应的过程。在适应的过程中,经历过欧洲战场的犹太幸存者的大屠杀记忆如何影响幸存者本人参与移民国的社会生

①　Jack Beasely: *Red Letter Days: Notes from Inside an Era*, Australasian Book Society, 1979, p. 126.

②　John McLaren: *Writing in Hope and Fear: Literature as Politics in Postwar Australia*, Cambridge University Press, 1996, p. 70.

③　Hsu-Ming Teo: "Future Fusions and a Taste for the Past Literature, History and the Imagination of Australianness", *Australian Historical Studies*, 2002, 33(118), p. 131.

④　黄源深:《澳大利亚文学史》(修订版),上海外语教育出版社,2014 年,第 311 页。

活以及幸存者在移民后如何看待大屠杀,确实值得研究和关注。

　　玛丽亚·莱维特于 1924 年生于波兰,原名玛丽亚·马库斯(Maria Markus),25 岁时移居澳大利亚。1960 年莱维特被莫纳什大学录取,学习创意写作。她因创作有关战争期间的作品而获得了几项文学奖提名。莱维特因长篇小说《春来》(Come Spring,1980)获得了文学界阿兰·马歇尔奖。《春来》是澳大利亚文学史上较早的关于大屠杀记忆的小说,莱维特在写作的过程中试图保存其真实性。之后的澳大利亚移民小说中与之类似的反映大屠杀记忆的是风靡全球的《辛德勒的名单》。此外,1986 年《十二月不飘雪》(No Snow in December,1985)获得了民族事务委员会奖。①

　　《春来》以 1939 年 9 月德国入侵波兰前几个月的事开篇,到 1945 年波兰获得解放结束。小说中的叙述者名为伊瑞纳,在第二次世界大战爆发前在波兰美丽的乡间过着开心快乐的少女生活。大战爆发后,父亲入伍参战,回来后很快就病倒,因体力不支无法干活而被德国士兵打死。此后,母亲带着两个女儿颠沛流离,去投奔叔叔布雅斯基,但叔叔担心她们给他带来威胁,未让她们住进他家里。不久后,一家人逃往华沙,住在犹太人聚居区。在犹太人聚居区,伊瑞纳对德国人和犹太人的情感也变得复杂起来。她看到一个德国人救了一个因偷东西吃而被波兰警察拳打脚踢的小孩;她由于不太会讲波兰语和不太了解正统犹太教的一些习俗而感觉与聚居区里的一些犹太人格格不入。在复杂的环境中,伊瑞纳逐渐成长,恋爱,订婚,结婚。持续的生命威胁在紧紧压迫他们的同时,也激发了他们的生命力和对生命的渴望。在那个犹太人生命宛如草芥的年代,作为犹太人的他们珍视每一条生命。在为了逃亡而无奈将狗留下的时候,他们有过悲痛,幸运的是那条狗最终还是活了下来。苏联解放波兰后,狗产下了狗崽,生命和希望成功地延续着。伊瑞纳也怀孕了,和丈夫朱力克开始了新的生活。在小说的结尾,平凡、正常、自由的生活回归了。正如伊瑞纳感慨的,"活着真好,而拥有自由更好。如今,朱力克和我尝到了一起散步的快乐,我们可以随心所欲地散步了"②。

　　莱维特自传性的作品丰富了澳大利亚文学中关于第二次世界大战的书写。小说通过叙述者对第二次世界大战中犹太人的日常生活展开叙述。小说虽然是个人记忆的再现,却因为其真实而融入了世界历史中,成为读者了解第二次世界大战期间犹太人及犹太人生活的窗口。小说除了再现欧洲犹太人在"二战"中受到的苦难外,还涉及犹太人文化身份问题,尤其是犹太人的自我身份定位和种族

---

　　①　Thomas Riggs：*Reference Guide to Holocaust Literature*，St. James Press，2002，p. 199.

　　②　Maria Lewitt：*Come Spring*：*An Autobiographical Novel*，Scribe Publications，1980，p. 269.

冒充。犹太人特殊的身体特征,如较深的肤色和卷发等,很可能暴露其犹太身份而遭受迫害。伊瑞纳姐妹和母亲因为与欧洲白人的外貌特征相近而能够离开犹太人聚居区在外头避难。伊瑞纳一家被迫选择的冒充与逃避,表明了犹太人在种族迫害面前的身份困惑和危机以及种族迫害给民族特性带来的毁灭性。

《春来》虽然看似和澳大利亚关联不大,但该小说却也或多或少涉及了澳大利亚的元素,如:伊瑞纳叔叔布雅斯基养着的澳大利亚红嘴鹦鹉、维特克口中说着的安全避难所澳大利亚、童年回忆里小商店售卖的和战后朋友给伊瑞纳带来的澳大利亚糖果等。从这些被"二战"和种族迫害阴影掩盖的零星叙述中可以看出作者的伏笔。

《十二月不飘雪》叙述了伊瑞纳一家离开波兰,移居澳大利亚,并逐渐把澳大利亚当成家的故事。小说开端,伊瑞纳一家乘船来到澳大利亚,受到澳大利亚犹太人福利协会一位志愿者的迎接,志愿者帮助他们前往墨尔本,去伊瑞纳丈夫朱力克的表哥的养殖场住下。然而,短短的一次与澳大利亚犹太人的接触,却让伊瑞纳感到一种陌生感和疏离感,主要体现为澳大利亚犹太人和欧洲犹太人对"二战"的不同体验。澳大利亚的这位穿着与欧洲犹太人相差甚远的犹太人张口就评论说:"你们真是幸运。"①因为在他们澳大利亚犹太人看来,欧洲犹太人"很幸运在澳大利亚有很多工作机会的时候来到澳大利亚,家人们因为大萧条就业困难而受了很多苦"②。伊瑞纳对他们的评论是沉默的,对于经受过大屠杀的欧洲犹太人来说,真相无须辩驳,也无法辩驳。随后,丈夫朱力克找不到工作,很多雇主因为他们的犹太人身份而不愿意雇用他们。很多澳大利亚犹太人建议伊瑞纳把孩子送走,和丈夫拼命赚钱以过上小康生活,伊瑞纳感到很悲伤。澳大利亚的环境很美,但在适应这里的过程中她感到的是陌生感和疏离感。

为了消除陌生感,伊瑞纳一家做出了很多改变。伊瑞纳一家通过改名字来缓和与周围环境的陌生感。波兰语的姓名不容易发音,在澳大利亚犹太人的建议之下,"乔兹奥"改名为"乔","朱力克"改名为"朱利安",尽管伊瑞纳还是认为以前的名字更加有家的感觉。伊瑞纳一家在一系列努力下,逐渐融入社区生活中,一位牧师甚至邀请她家的孩子和其他家的孩子一起去教堂做礼拜。在逐渐融入的过程中,伊瑞纳还是在反复推敲澳大利亚是否存在反犹主义,担心孩子们会和她一样被仇视,《春来》里的可怕经历时刻在她的脑海里挥之不去。

在澳大利亚的移民生活越来越顺,尽管伊瑞纳时常受困于关于波兰的记忆中,但最终还是与过去的记忆和解,主动融入澳大利亚的生活。伊瑞纳依旧深爱着远在欧洲的那个家,并在小说结束之时重返波兰,但莱维特笔下的犹太人移民

---

① Maria Lewitt: *No Snow in December*, Heinemann, 1985, p. 11.

② Ibid., p. 17.

到澳大利亚后,最终把澳大利亚当成了自己的家。

此外,小说还涉及移民第一代和第二代之间的隔阂以及隔阂的消除。欧洲犹太移民的下一代容易忘记自己是波兰人,不再欣赏母国语言波兰语,开始踢足球,唱起英文歌,这让他们的父辈很担忧。这也是众多的澳大利亚移民文学中表达的主题。在莱维特笔下,父辈和下一辈是和解了的。小说传达了下一代与澳大利亚社会和自然和谐相处的情景,伊瑞纳看到了后代对移民环境的适应,备感欣慰。

第三节　戴维·马洛夫

戴维·马洛夫出生于布里斯班,父亲为黎巴嫩移民,母亲是英国人。马洛夫毕业于昆士兰大学,并在该校执教两年,1958 年去英国任教,1968 年返回澳大利亚,在悉尼大学教授英语,1978 年移居意大利从事专业写作,1985 年再度返回澳大利亚,此后常常往返于澳大利亚与意大利之间。

马洛夫在小说和诗歌领域都取得了重大成就。他的小说主要有《约翰诺》(*Johnno*,1975)、《一种想象的生活》(*An Imaginary Life*,1978)、《轻而易举》(*Child's Play*,1981)、《飞走吧,彼得》(*Fly Away*,*Peter*,1981)、《搜寻者》(*The Prowler*,1981)、《尤利登斯》(*Eustance*,1981)、《哈兰的半亩地》(*Harland's Half Acre*,1984)、《伟大的世界》(*The Great World*,1990)、《忆起了巴比伦》(*Remembering Babylon*,1994)、《柯娄溪畔夜话》(*The Conversations at Curlow Greek*,1996)、《赎金》(*Ransom*,2009),以及短篇小说集《对极》(*Antipodes*,1985)。其中小说《伟大的世界》获 1991 年迈尔斯·弗兰克林奖、1991 年英联邦小说奖,《忆起了巴比伦》获得布克奖提名。他的诗歌作品有《自行车和其他诗歌》(*Bicycle and other Poems*,1970) 和《灌木丛的邻居们》(*Neighbors in a Thicket*,1974)等等。

《约翰诺》是马洛夫的第一部小说,也是非常重要的一部作品。主人公约翰诺是个典型的游离于社会之外的局外人。他从小就缺乏管教,淘气叛逆,从不喜欢任何人、任何东西,也从没有什么他不敢做的事,而且天生就会撒谎。不被老师、家长或同学喜爱的他感受不到被社会所接受,遭受着嘲弄和排斥,因此自暴自弃,逐步发展成热衷于无端破坏的流浪汉,对社会持反叛态度,与周围环境格格不入。主人公约翰诺实际上是当时澳大利亚社会青年的典型形象。作为移民的后代,他对于自己出生成长的澳大利亚难以产生归属感和文化认同感,内心强烈的流亡意识使他毅然决定弃国前往欧洲开始寻根之旅,却终究还是无法找到确定的自我认同①，在焦虑、痛苦与绝望之中最终选择自尽。通过塑造这样一个社会弃儿形象，马洛夫描述了移民们"由于其本国或本民族的文化根基难以动摇，又很难与自己所定居并生活在其中的民族国家的文化和社会习俗相融合"②的生存现状。

《一种想象的生活》又是一部与流亡主题密切相关的大作。小说以古罗马诗人奥维德为主人公，描写了主人公的流亡经历以及他与一个狼孩的生活。奥维德被流放到帝国边缘的村落，在"野蛮的"盖特人部落生活了十年。作为一个身处他乡的流亡者，奥维德被罗马文明社会抛弃到另一个世界，他身上唯一能体现出文明的标志就是他所使用的语言。然而正是这一高级而复杂的语言成了奥维德与村民们交流的障碍。后来他偶然发现了一个狼孩，在与这个狼孩相处的过程中，他学会了自然的语言，与自然合而为一，"走出了语言流亡的境地，确立了自己的文化身份"③。

《伟大的世界》以澳大利亚人迪格与维克的人生经历为主线，描写了他们及家人在七十多年时间中的生活和经历。小说从"一战"开始写起，到 1988 年的全球股灾结束，横跨约四分之三个世纪，主人公们分别经历了"一战"、经济大萧条、"二战"以及战后澳大利亚的经济腾飞等重大事件，因而也被誉为是马洛夫最"雄心勃勃"的一部作品。④ 主人公迪格记忆力超群，作为记叙者记下了每个士兵的命运；而维克渴求成功，最终成为商业大亨，拥有好几家大型跨国公司。两人命运迥异，却也在战争中结下伙伴情谊。这部作品之所以产生广泛影响，与其探讨了澳大利亚文化中的诸多问题也密不可分，如平等主义、白人优越性、战争、女性边缘地位等。

《忆起了巴比伦》以 19 世纪中叶的昆士兰为背景，同样将关注点放在流亡生活上，描绘了一个与土著混居的"白黑人"吉米的经历。在这部作品中，马洛夫巧妙地借用耶路撒冷和巴比伦来对应英国和澳大利亚，将英国白人移民和土著联系在一起，并通过小说中两类不同人物的视角，使这两个象征各自指代的对象换位，⑤耐人寻味。

---

① 刘宁：《"我们都是流亡者"——论马洛夫小说〈约翰诺〉中的流亡意识和民族身份认同》，《当代外语研究》2010 年第 11 期，第 12 页。

② 王宁：《"后理论时代"：西方理论思潮的走向》，《外国文学》2005 年第 2 期，第 33 页。

③ 刘宁：《此地即中心：马洛夫〈一种想象的生活〉中的语言流亡感和文化身份建构》，《外语与外语教学》2001 年第 5 期，第 87 页。

④ 孔一蕾：《澳大利亚的家园建构：大卫·马洛夫和他的小说》，《外国文学动态》2013 年第 2 期，第 9 页。

⑤ 甘恢挺：《耐人寻味的指代对象换位：马洛夫的小说〈忆起了巴比伦〉》，《外国文学》2007 年第 1 期，第 70 页。

马洛夫虚构了柯娄溪这个地方,创作了《柯娄溪畔夜话》这部小说。在此地,主人公阿代尔和卡尼偶然相遇,阿代尔是来自上流社会的爱尔兰裔军官,卡尼是一名爱尔兰流放犯,来到澳大利亚后遁入丛林成为一名丛林强盗,被捕后被判绞刑,阿代尔正是奉命前来监督行刑的。两人社会地位悬殊、人生境遇迥异,却在荒野中共同度过了行刑前一夜,促膝长谈,回顾往事,感慨人生,这就有了"柯娄溪畔夜话"。① 小说与自然这一主题息息相关,为读者刻画了美丽的爱尔兰庭园和粗犷的澳大利亚荒野:前者为人造,是人类文明智慧的结晶;后者属天然,充满原生态的自然气息。

马洛夫致力于在作品中探讨海外文化如何影响了主人公在澳大利亚的生活和地位,因而常常会凸显文化冲突、文化定位、历史传统等重大主题。他的小说多关注游离于主流社会之外的边缘人物,集中刻画性格、经历相差很大的人物,通过对比塑造人物来突出主题。风格上表现为一种恬淡的诗意,技巧上显得刻意求工,总体上给人一种典雅的感觉。

第四节 布赖恩·卡斯特罗

布赖恩·卡斯特罗的中文名为高博文,出生于中国香港,父亲为葡萄牙人,母亲为中英混血儿。由于家庭环境及所受的教育,卡斯特罗能够流利地说英语、广东话、法语和一些葡萄牙语。1961 年他独自一人离开中国香港前往澳大利亚,后进入悉尼大学学习文学,现居墨尔本。

卡斯特罗的主要作品为长篇小说:《候鸟》(*Birds of Passage*,1983)、《波默罗伊》(*Pomeroy*,1990)、《双狼》(*Double-Woof*,1991)、《追踪中国》(*After China*,1992,获 1993 年度万斯·帕尔默小说奖)、《随波逐流》(*Drift*,1994)、《斯苔珀》(*Stepper*,1997)、《上海舞》(*Shanghai Dancing*,2003,获维多利亚州和新南威尔士州总理文学奖)、《园书》(*The Garden Book*,2005)、《洗浴赋格》(*Bath Fugues*,2009)、《街对街》(*Street to Street*,2012)等等。此外还有文学评论集《寻找艾斯特利塔》(*Looking for Estrellita*,1999)。

《候鸟》一经发表立刻引起了社会和文学界的广泛关注,产生巨大影响。小说打破传统的传记形式,讲述了一百多年前华人在澳大利亚"淘金热"中的经历,探讨了华人在澳大利亚遭受的"非我"待遇,以及族裔散居者的文化身份。② 故事中的两个主人公罗云山和希莫斯均为华裔,所生活的年代相距一百二十多年,

① 孔一蕾:《澳大利亚家园建构中的"祛魅"自然观反思——解读大卫·马洛夫小说〈柯洛溪边的对话〉》,《苏州科技学院学报》(社会科学版)2015 年第 4 期,第 93 页。

② 王光林:《"异位移植"——论华裔澳大利亚作家布赖恩·卡斯特罗的思想与创作》,《当代外国文学》2005 年第 2 期,第 56 页。

却被同一个普遍存在的问题困扰，即生存的错位。罗云山背井离乡，无法在新的文化土壤中生根安定，感觉被社会所遗弃。尽管希莫斯生于澳大利亚，却同样深刻体会到这份在夹缝中生存的孤独感。他因为不会说中文不被华裔认可，又因为肤色不被西方人接纳，承受着生存错位的痛苦。两条线索勾勒出华裔在澳大利亚的生存经历，细腻地刻画出这一特殊群体痛苦的生存现状与精神世界。

《双狼》将焦点移向狼人的生活。小说中时间与地点不断变换，从十月革命之前的沙皇俄国到 20 世纪初的奥地利和德国。这部小说的灵感来自弗洛伊德的《幼儿神经官能症的历史》（*From the History of an Infantile Neurosis*，1918)，又名《狼人病史》，其中弗洛伊德研究的典型案例就是狼人赛奇·韦斯普（Sergei Wespe)。卡斯特罗在此基础上，再现了弗洛伊德的狼人故事，描述了狼人韦斯普的生活。小说中两个叙述者谢尔盖和虚拟的阿特交织，涉及事实与虚构、理性与非理性、语言的不稳定性等概念。

《追踪中国》描写了居住在澳大利亚的华裔建筑师游伯文与欧洲裔女作家路易斯之间的故事。男主人公在"文化大革命"时逃到澳大利亚，而女作家则身患重症。两人相互吸引但又非常谨慎，彼此编织着古代中国、建筑史和自身的过去的故事。小说如同一座迷宫，时间和地点变换频繁，现在与过去交替，第一人称与第三人称互用，糅合了大量后现代意义上的戏仿、拼贴、引文、自我反射和折中主义来挑战任何寻找身份或话语对等的努力。①

《上海舞》也是一部糅合大量中国文化元素的作品。小说以上海为背景，以卡斯特罗自己的家族历史为基础。叙述者安东尼奥和他父亲一样拥有着中国、葡萄牙和英国的三国混血血统。主人公在澳大利亚生活了近半个世纪，后来决定离开澳大利亚大陆重新回到中国上海，追寻记忆中的历史和回忆。作品采用自传体小说的形式，在时空穿梭、碎片化叙事、多种语言并置、不同叙事声音的交织中描写了卡斯特罗家族从 20 世纪 30 年代的上海到香港再到悉尼一路的流亡历程，用一个大家族的悲欢离合来展示那段被忘却的记忆。②

《上海舞》一问世便引起了评论界的广泛关注，认为它是"卡斯特罗所有作品的总结"③。评论家迈克尔·夏克（Michael Sharkey）也在《澳洲人报》（*The Australian*）上盛赞《上海舞》是"优雅跳跃的混合物"④，认为作家在该小说中刻

---

① 王光林：《"异位移植"——论华裔澳大利亚作家布赖恩·卡斯特罗的思想与创作》，《当代外国文学》2005 年第 2 期，第 59 页。

② 施云波、朱江：《布赖恩·卡斯特罗：脱域的游牧舞者》，《南京师范大学文学院学报》2015 年第 3 期，第 145 页。

③ 于海、李汝成：《记忆与虚构——布赖恩·卡斯特罗的〈上海之舞〉》，《外国文学动态》2007 年第 2 期，第 22 页。

④ Michael Sharkey：*"A Blend of Elegant Leaps"*，*The Australian*，2003-04-19.

画了那个时代的优雅。

《园书》的故事设定在 20 世纪 20 年代至 40 年代之间的澳大利亚维多利亚州，讲述了一位华裔乡村教师及其女儿贺双慧的故事。当时正值经济大萧条时期，澳大利亚经济处于崩溃的边缘，同时又面临着来自第二次世界大战的威胁。小说着重描绘了贺双慧父女的生活，通过沉稳而老练的笔触，深刻解读了主人公的孤独、迷失、无助及当时澳大利亚由种族歧视造成的惶恐，折射出此间华裔澳大利亚人所处的生存困境以及遭受的种族压迫。

卡斯特罗在创作中一方面集成了现代派的传统，作品表现得比较晦涩难懂，另一方面又体现了澳大利亚人对自己文化身份的重新审视。卡斯特罗的作品尽管篇幅都不长，但叙述技巧独特，构思巧妙，呈现出时空交错、情节跳跃等多样性特点，具有丰富的内涵和巨大的张力。作品关注过程，再现语言和文本的不确定性，着力表现少数族裔的文化错位，聚焦华裔移民的主题，卡斯特罗被视为澳大利亚最大胆、最富有创新精神的作家之一。

第五节　罗德尼·霍尔

罗德尼·霍尔于 1935 年生于英格兰，在第二次世界大战后移居澳大利亚，在昆士兰大学念书。霍尔曾给电视台和电台撰稿。此外，他还当过演员，做过电影评介人、音乐和创意写作教师。霍尔是位高产的作家，最初因其诗歌成名，同时做了十多年的诗歌编辑，在诗歌界取得很高的成就。同时，霍尔在小说界也大显身手，出版了十一部长篇小说和多部小说集。他的这些作品在美国、英国、澳大利亚、加拿大等国家出版，被翻译为德语、法语、丹麦语、葡萄牙语等多国语言。

霍尔的长篇小说包括：《硬币上的船》（*The Ship on the Coin*，1972）、《人群中的位置》（*A Place among People*，1975）、《公平的关系》（*Just Relations*，1982）、《敌人之吻》（*Kisses of the Enemy*，1987）、《被俘的囚徒》（*Captivity Captive*，1988）、《第二个新郎》（*The Second Bridegroom*，1991）、《可怕的妻子》（*The Grisly Wife*，1993）、《心中的岛屿》（*The Island in the Mind*，1996）、《希特勒回家的那一天》（*The Day We Had Hitler Home*，2004）、《最后的爱情故事》（*The Last Love Story*，2004）、《无望的爱》（*Love Without Hope*，2007）。霍尔笔耕不辍，2010 年出版了自传《眼睛从未告诉你：童年战争记忆》（*Popeye Never Told You：Childhood Memeries of the War*），2011 年出版了一部小说集《沉默》（*Silence*）。

霍尔最出名的小说是《公平的关系》，荣获 1982 年的迈尔斯·弗兰克林文学奖。《硬币上的船》是一部讽刺小说，抨击了资产阶级的冷漠、粗鲁和蒙昧。《人群中的位置》是一部相对比较传统的意象主义小说,结局开放、耐人寻味。①《心中的岛屿》探讨了 17 世纪欧洲殖民者在澳大利亚的经济扩张和对澳大利亚的意识形态控制。

《希特勒回家的那一天》别出心裁地讲述了希特勒在第一次世界大战后到了澳大利亚,被女主人公安德瑞的姐姐和姐夫邀请到了他们家里。他的来访彻底改变了安德瑞的生活。小说里的希特勒,长着山羊胡子,吃着蛋糕,行动举止仿佛卓别林。希特勒来之前,安德瑞对她的家庭备感失望。希特勒来了后,她对希特勒的感情很复杂,既厌恶他,又有点崇拜他。之后,18 岁的安德瑞搭乘飞机前往欧洲,带希特勒回德国。到了慕尼黑后,她逐渐意识到希特勒秉持的信条的危险,明白了希特勒在用他的演讲天赋和号召力迷惑听众,拉拢听众。安德瑞在德国待了十年,独自过着默默无闻的生活。后来,她认识了来自非洲的贝罗,陷入了爱情之中。不幸的是贝罗被纳粹暴徒杀死,安德瑞感受到人在种族主义面前的弱小,携幼女离开德国去了英国,最后回到澳大利亚。在澳大利亚,她又一次了解到种族主义的可怕。霍尔通过安德瑞的经历和视角,反映了种族主义的恐怖。小说中的希特勒双眼失明:"我们如果连自己都看不清,又如何看清并了解其他人呢?"②提到眼睛与真相,霍尔的自传《眼睛从未告诉你:童年战争记忆》在标题上就呼应了《希特勒回家的那一天》中眼盲的隐喻。

《眼睛从未告诉你》还有一个副标题叫"童年战争记忆"。"不要被这本书的副标题所误导,在这本书中作者并不仅仅沉浸于战时自己家庭的过往……霍尔的天赋就在于他的故事激起了读者强烈的个人回忆……阅读这本书能体验到双重乐趣:既能进入霍尔小时候的世界,又能进入读者自己的童年……"③《堪培拉时报》(Canberra Times)评论该书"以简单易懂的文字写成,保持着孩童的文体。通过这样的实践,霍尔探讨了找寻过去的可能性以及捕捉孩童心声和视角的可能性"④。

霍尔 1982 年因《公平的关系》获得了迈尔斯·弗兰克林文学奖,1994 年因《可怕的妻子》再一次获得了迈尔斯·弗兰克林文学奖,然而,霍尔在评论界所受到的关注不多。

---

① William Wilde, Joy Hooton, Barry Andrews: *The Oxford Companion to Australian Literature*, Oxford University Press, 1985, p. 313.

② Sigrun Meinig: "Filming Blindness: Rodner Hall's 'The Day We Had Hitler Home'", *Antipodes*, 2001, 15(2), pp. 140-141.

③④ Rodnney Hall: *Popeye Never Told You*, Murdoch Books UK Limited, 2010.

第六节　考琳·麦卡洛

考琳·麦卡洛于 1937 年出生于澳大利亚新南威尔士,创作生涯起步比较晚,却在她长达三十多年的写作生涯中写下了二十五部小说。麦卡洛 37 岁时才出版她的第一部小说《蒂姆》(*Tim*,1974),而她的第二部小说《荆棘鸟》(*The Thorn Bird*)在 1977 年出版时就引起了巨大的轰动。她的其他小说还包括《一个下流的念头》(*An Indecent Obsession*,1981)、《第三个千年的信条》(*A Creed for the Third Millennium*,1985)、《迈索隆吉的妇女》(*The Ladies of Missalonghi*,1987)、《罗马第一人》(*The First Man in Rome*,1990)、《草冠》(*The Grass Crown*,1991)、《幸运的宠儿》(*Fortune's Favorites*,1993)、《恺撒的女人》(*Caesar's Women*,1996)、《恺撒》(*Caesar*,1997)、《特洛伊之歌》(*The Song of Troy*,1998)、《摩根的奔跑》(*Morgan's Run*,2000)、《恺撒大传:十月马》(*The October Horse*,2002)、《火炬》(*Torch*,2003)、《安吉尔·帕斯》(*Angel Puss*,2004)、《打开,关上》(*On*, *Off*,2006)、《安东尼与克利奥帕特拉》(*Antony and Cleopatra*,2007)、《玛丽·班内特小姐的自立》(*The Independence of Miss Mary Bennet*,2008)、《遍地凶案》(*Too Many Murders*,2010)、《赤裸裸的凶残》(*Naked Cruelty*,2010)、《浪子》(*The Prodigal Son*,2012)等。麦卡洛在我国大受欢迎,其多部作品被翻译为中文,这在我国澳大利亚作家的译介中算得上佼佼者。

《荆棘鸟》是麦卡洛最出名的小说,一直稳居畅销小说排行榜榜首。在题材上,该小说属于家世小说,又带有"19 世纪感伤小说的特色"[1]。小说以女主人公梅吉和神父拉尔夫的爱情纠葛为主线,描写了克利里一家三代的故事。梅吉一家住在新西兰,父亲帕迪替人家剪羊毛以养家糊口,在父亲失业时他们接到梅吉的姑母玛丽从澳大利亚寄来的信,让他们去继承遗产。梅吉一家来到玛丽的德罗海达牧场。初来乍到梅吉就引起了拉尔夫神父的注意,他对梅吉非常怜爱。梅吉只有 9 岁,而拉尔夫已经 29 岁了。拉尔夫与梅吉的亲密举动引起了玛丽的嫉妒。多年后,梅吉嫁给了一个自私自利的丈夫,生了两个孩子,而拉尔夫成了红衣大主教。尽管梅吉和拉尔夫没能通过法律结合,但在精神世界他俩一直在一起。

小说以"荆棘鸟"命名,麦卡洛也在小说中对小说题目的深意做了很好的诠释。"我们各自心中都有某些不愿摒弃的东西,即使这东西使我们痛苦得要死。我们就像古老的凯尔特传说中那胸前戴着荆棘的鸟,泣血而啼,呕出了血淋淋的

---

[1]　Henry Smith:*Virgin Land:The American West as Symbol and Myth*,Harvard University Press,1950,p. 216.

心而死去。有些事明知道行不通,可是咱们还是要做。但是,有自知之明并不能影响或改变事情的结局,对吗?每个人都在唱着自己那支小小的曲子,相信这是世界上从未被聆听过的、最动听的声音。难道你不明白吗?咱们制造了自己的荆棘丛,并且告诉自己,这是非常值得的。"[1]梅吉和拉尔夫的选择无疑最好地诠释了他们明知事情行不通且不可为却依旧遵从内心的选择。正是这样一种敢于面对矛盾和冲突的勇气,让这部小说散发着迷人的光辉。

《玛丽·班内特小姐的自立》取材于简·奥斯汀的小说《傲慢与偏见》,续写了《傲慢与偏见》中班内特家五姐妹在伊丽莎白和达西结婚二十年后的生活。在《傲慢与偏见》的结尾处,伊丽莎白对达西的误解和偏见得以消除,两人成就了一段美满幸福的姻缘,其余姐妹也得到了较好的归宿。然而,时过境迁,在《玛丽·班内特小姐的自立》中,伊丽莎白与达西的婚姻出现了危机,达西逐渐厌倦了班内特家的各种麻烦事,竟认为伊丽莎白当初嫁给他是看上了他的财富,伊丽莎白对达西的偏见再次油然而生。同样,嫁给宾利的珍妮貌似过上了幸福的生活,实则总在为生儿育女的事情操心。此时,五姐妹的母亲去世,照看了母亲十七年的妹妹玛丽从乡下回来,在多年的书香的熏陶下,她脱胎换骨,转变为一个气质淑女,原本倾心于伊丽莎白的安格斯也不禁移情于她。戏剧性的是,伊丽莎白并不知道安格斯就是她所仰慕的专栏作家阿尔戈斯。玛丽执着于写书出版,在外出搜集素材之时被掳到一个山洞给怪人神父写书,在安格斯和姐夫达西的帮助下逃脱回到家中。通过应对玛丽的危机,伊丽莎白与达西同心协力、冰释前嫌,挽救了即将破裂的婚姻。最终,玛丽在安格斯和达西的帮助下建立了一所孤儿院,并与安格斯结婚,获得了自立。

除了家世小说和浪漫的爱情小说,麦卡洛还写过几部"罗马系列"小说,《幸运的宠儿》是这一系列的第三部。在内容层面,该小说继续了这一系列前两部小说《罗马第一人》和《草冠》里的情节,涵盖了恺撒大帝称霸的一系列事件,每一个细节都向读者展示了罗马的风貌、恺撒大帝的决断和尊严以及权力的角逐和帝国的兴衰,让读者在阅读文学作品中了解历史。在"罗马系列"小说中,麦卡洛传达出了英雄和王者也受历史环境制约的理念。《恺撒大传:十月马》中的恺撒骁勇善战、风光无限,具有"摄人心魄的眼睛、玉树临风的气质,在他身上无处不闪现着无以名状的魅力。他是神的化身、英雄们的楷模,是所谓的完美者"[2]。然而,恺撒还是迎来了人生的失败,功成身死。《特洛伊之歌》同样展现了一位被命运所左右的主人公阿喀琉斯。阿喀琉斯品格高尚、勇敢而正义。然而,他的一生

---

① 考琳·麦卡洛:《荆棘鸟》,曾胡译,译林出版社,1998年,第493页。

② 考琳·麦卡洛:《恺撒大传:十月马》,龙红莲、汪树东译,长江文艺出版社,2006年,第472页。

时时刻刻被死亡的威胁所包裹,最终也战死。《特洛伊之歌》和《恺撒大传:十月马》则共同呈现了人类的求生本能与死亡恐惧的博弈过程。死亡的痛楚令读者恐惧,而悲剧人物在与死神搏击过程中迸发出的勇气及其超越精神则又令读者动容,进而具有了净化意义和德性提升功能。①

在麦卡洛众多的小说中,《幸运的宠儿》是不容忽略的一本。作者在小说细节方面下了很大功夫,"真实地再现了罗马时代的细节,包括地图和插画,还在叙述中穿插了大量她做的调查,比如妇女如何使用软木做鞋底防湿,以及家庭之间通过通婚和后代加强联系"②。事实上,"罗马系列"小说不仅仅在题材上与之前的浪漫小说有区别,麦卡洛在成书之前做的准备和调查工作也与之前的小说大有区别。麦卡洛"花了十年的时间考察历史、为'罗马系列'小说成书做准备。她花了三年时间,耗费了三万六千美元四处旅行,搜集她所需的描述服饰、小说人物喜好、罗马帝国贵族谱系、军队服饰、钱币等的信息"③。正是因为她为该小说的写作所下的功夫,小说的严谨性得到了学术界的认可,澳大利亚墨尔本大学因此授予她荣誉历史学博士称号。

国内学术界对麦卡洛的研究也取得了较大的进展,形式主要为期刊论文、硕士毕业论文等。总的来说,国内关于麦卡洛的研究从主题上对其作品中人物形象、生态、女性成长、性别、创伤、文化身份等进行了解读。

---

① 徐梅、刘久明:《考琳·麦卡洛小说的悲剧美及其净化意义》,《华中科技大学学报》(社会科学版)2018年第1期,第62页。

②③ Norma Richey: "Fortune's Favorites by Colleen McCullough", *World Literature Today*, 1994, 68(3), p. 632.

附　　录

一　澳大利亚小说年表

殖民主义时期 1788—1888

年份	历史事件和文学背景	小　说　作　品
1688	〔英〕威廉·丹皮尔登陆澳大利亚西北海岸	
1770	〔英〕詹姆斯·库克登陆澳大利亚东海岸	
1788	〔英〕亚瑟·菲利普运送流放犯,宣告澳大利亚为英属殖民地	
1792	首艘美国商船抵达悉尼	
1816	第一次土著人大屠杀	
1817	澳大利亚这个名称取代新荷兰	马修·弗林德斯:《南方大陆之行》
1824	第一份独立的报纸《澳大利亚人》创立	
1836	新南威尔士政府制定《教会法》	
1838	新南威尔士迈奥溪土著人镇压事件 英国与外国土著保护协会分会于悉尼成立	
1840	英国政府暂停向新南威尔士流放罪犯	
1843		罗克罗夫特:《殖民地的故事》
1846		罗克罗夫特:《梵第门岛的丛林强盗》
1851	爱德华·哈格里弗斯发现金矿,淘金热兴起	罗克罗夫特:《寻找殖民地的移民》
1853	流放制度全面结束	
1854		凯瑟琳·海伦·斯彭斯:《克拉拉·莫里森:南澳大利亚淘金时代的故事》
1856	南澳大利亚殖民地宪法生效	

年份	历史事件和文学背景	小　说　作　品
1857	墨尔本召开土地大会	卡罗琳·阿特金森:《移民葛特罗德》
1859	维多利亚保护局设立	卡罗琳·阿特金森:《考万达》 亨利·金斯利:《杰弗利·哈姆林的回忆》
1860		玛丽·维尔达:《本格拉》
1861	所有殖民地均已通过《选地法》	
1865		亨利·金斯利:《西里尔和伯顿两家人》
1869		亨利·金斯利:《旧游重记》
1869		马库斯·克拉克:《相距甚远》
1871		亨利·金斯利:《穿灰衣服的孩子》 《赫蒂和其他短篇小说》
1871		马库斯·克拉克:《一个年轻国家的传说》
1872		亨利·金斯利:《霍恩比·米尔斯和其他短篇小说》
1873		马库斯·克拉克:《节日高峰与其他故事》
1874		亨利·金斯利:《雷金纳德·赫瑟里吉》
1876		罗尔夫·博尔特沃德:《一位殖民主义改革者》
1877		罗尔夫·博尔特沃德:《丛林中的幼孩》 马库斯·克拉克:《四层高》
1878	凯利帮袭警	
1881		马库斯·克拉克:《少校莫里纽克斯和人声之谜》
1884		马库斯·克拉克:《无期徒刑》
1886		马库斯·克拉克:《耸人听闻的故事》
1888		罗尔夫·博尔特沃德:《武装行动》 《悉尼那边的撒克逊人》
1889 — 1890		罗尔夫·博尔特沃德:《永不》
1890		罗尔夫·博尔特沃德:《牧场主的理想——澳大利亚生活故事》 《矿工的权利》

年份	历史事件和文学背景	小　说　作　品
1893		马库斯·克拉克:《天主教的阴谋》
1898		罗尔夫·博尔特沃德:《坎沃斯镇的传奇和其他短篇》 《朴素的生活》

民族主义运动时期 1889—1913

年份	历史事件和文学背景	小　说　作　品
1880	《公报》创办	
1891	第一届联邦大会	
1896		亨利·劳森:《洋铁罐沸腾的时候》
1899		斯蒂尔·拉德:《在我们的选地上》 《老爹的命运》
1900		亨利·劳森:《在路上》
1900		亨利·劳森:《越过活动栏杆》
1901	澳大利亚联邦政府成立 联邦会议通过《移民限制法》	亨利·劳森:《乔·威尔逊和他的伙伴们》 迈尔斯·弗兰克林:《我的光辉生涯》
1903	《移民法案》实施"白色澳大利亚人政策"	约瑟夫·弗菲:《人生就是如此》 斯蒂尔·拉德:《我们的新选地》 《桑迪的选地》
1904	联邦仲裁法庭成立	
1906		斯蒂尔·拉德:《重返选地》
1908	开始实施养老金制度 昆士兰人在中东发现了第一块油田	亨利·汉德尔·理查森:《莫里斯·格斯特》
1910		亨利·汉德尔·理查森:《获得智慧》
1913		诺曼·林赛:《跻身于放荡艺术家中的一个牧师》

两次世界大战时期 1914—1945

年份	历史事件和文学背景	小　说　作　品
1914	工党在所有州成为执政党 澳大利亚宣布参加第一次世界大战	
1915		路易斯·斯通:《贝蒂·维希德》 万斯·帕尔默:《男人的世界》 《人类与诗歌世界、先驱》 凯瑟琳·普里查德:《先驱者》
1921		约瑟夫·弗菲:《里格比的罗曼史》 《黑蛋白石》
1925		马丁·博伊德:《爱神》
1926		凯瑟琳·普里查德:《干活的阉牛》
1927	联邦首都迁至堪培拉	
1928		迈尔斯·弗兰克林:《乡下》 马丁·博伊德:《蒙特福特一家》
1929	西方世界金融危机	
1930		迈尔斯·弗兰克林:《十条河奔流着》 亨利·汉德尔·理查森:《理查德·麦昂尼的命运》 诺曼·林赛:《雷德希布》 万斯·帕尔默:《通路》 万斯·帕尔默:《人是通人情的》 凯瑟琳·普里查德:《哈克斯拜的马戏团》
1931	工党政府倒台	迈尔斯·弗兰克林:《返回布尔布尔》 万斯·帕尔默:《各自的生活》
1932		诺曼·林赛:《小心翼翼的情场老手》
1933	西澳大利亚州投票退出澳大利亚联邦	诺曼·林赛:《星期六》 《客厅中的锅子》

年份	历史事件和文学背景	小 说 作 品
1934		亨利·汉德尔·理查森:《童年的结束及其他小说》 克里斯蒂娜·斯特德:《悉尼的七个穷人》《萨尔茨堡的故事》 万斯·帕尔默:《大海和三齿稃》
1936		埃莉诺·达克:《返回库拉米》 迈尔斯·弗兰克林:《自鸣得意》 戴尔·斯蒂芬斯:《流浪汉及其他故事集》 克里斯蒂娜·斯特德:《美人与泼妇》
1937		埃莉诺·达克:《红日横空》 凯瑟琳·普里查德:《熟悉的陌生人》
1938		埃莉诺·达克:《航道》 诺曼·林赛:《合法年龄》 克里斯蒂娜·斯特德:《各国之家》
1939		亨利·汉德尔·理查森:《小科希玛》 帕特里克·怀特:《幸福谷》
1940		克里斯蒂娜·斯特德:《热爱孩子的男人》 弗兰克·戴维森:《工厂中的女人》
1941		埃莉诺·达克:《永恒的土地》 帕特里克·怀特:《生者与死者》
1942	日本空袭澳大利亚达尔文港	伊芙·兰利:《摘豆工》 哈尔·波特:《短篇小说集》

当代 1945—

年份	历史事件和文学背景	小 说 作 品
1945	第二次世界大战结束 联邦移民部成立	埃莉诺·达克:《小伙伴》 诺曼·林赛:《斐济来的表亲》 克里斯蒂娜·斯特德:《仅仅为了爱》 万斯·帕尔默:《向明天致意》

年份	历史事件和文学背景	小　说　作　品
1946	西澳大利亚土著牧工罢工	克里斯蒂娜·斯特德:《莱蒂·福克斯:她的幸运》 凯瑟琳·普里查德:《咆哮的九十年代》 弗兰克·戴维森:《尘埃》 马丁·博伊德:《露辛达·布雷福特》 戴尔·斯蒂芬斯:《亨利叔叔求婚记》 约瑟夫·弗菲:《波恩地区与澳洲鹤》
1947	澳大利亚加入国际难民组织	诺曼·林赛:《中途》 约翰·莫里森:《海员属于船》
1948	工党政府首次使用澳大利亚公民概念	埃莉诺·达克:《时代的风暴》 克里斯蒂娜·斯特德:《饮茶小叙》 万斯·帕尔默:《富矿》 凯瑟琳·普里查德:《金色的里程》 帕特里克·怀特:《姨妈的故事》
1949	选举法案赋予	约翰·莫里森:《蔓延的城市》
1950	正式放弃"白澳大利亚政策",改为"限制性移民政策" 澳大利亚参加朝鲜战争	迈尔斯·弗兰克林:《醒前》 凯瑟琳·普里查德:《带翅膀的种子》 约翰·莫里森:《停泊港》
1951	《澳大利亚、新西兰和美国安全条约》通过	
1952		克里斯蒂娜·斯特德:《养狗的人》 马丁·博伊德:《卡纸皇冠》 朱达·沃顿:《没有祖国的儿子》
1953		埃莉诺·达克:《畅通无阻》
1954	《东南亚组织条约》通过 伊丽莎白二世访问澳大利亚	迈尔斯·弗兰克林:《白鹦鹉》 伊芙·兰利:《皮草帽》 朱达·沃顿:《不屈不挠的人们》
1955		万斯·帕尔默:《任鸟儿飞翔》 马丁·博伊德:《一个坎坷的年轻人》 约翰·莫里森:《黑色货物》 帕特里克·怀特:《人类之树》

年份	历史事件和文学背景	小 说 作 品
1956	非欧洲人正式被允许成为澳大利亚公民	迈尔斯·弗兰克林:《盖恩盖恩的绅士们》 伦道夫·斯托:《鬼影幢幢的土地》
1957	昆士兰棕榈岛土著反残暴官员起义	帕特里克·怀特:《沃斯》 伦道夫·斯托:《旁观者》 伊丽莎白·哈罗尔:《深陷都市》 朱达·沃顿:《刀》 《同谋》
1958	土著居民进步联邦委员会	伦道夫·斯托:《归宿》 哈尔·波特:《一把钱币》 克里斯托弗·科契:《岛上的孩子》 伊丽莎白·哈罗尔:《遥远的展望》 西·阿斯特利:《牵猴子的姑娘》
1959		埃莉诺·达克:《兰登纳巷》 万斯·帕尔默:《大亨》
1960		伊丽莎白·哈罗尔:《旋转烟火》 西·阿斯特利:《长舌妇之歌》
1961		弗兰克·哈代:《艰难之路》 帕特里克·怀特:《战车上的乘客》 哈尔·波特:《倾斜的十字架》 朱达·沃顿:《冲突的时刻》
1962	政府授予土著人选举权	约翰·莫里森:《二十三:短篇小说集》 哈尔·波特:《一个单身汉的孩子们》 西·阿斯特利:《穿着考究的探险家》
1963		弗兰克·哈代:《来自本森谷的传说》 伦道夫·斯托:《图木林》 哈尔·波特:《铸铁阳台上的旁观者》 杰西卡·安德森:《司空见惯的疯狂》
1964		帕特里克·怀特:《烧伤者》 托马斯·基尼利:《惠顿某地》 朱达·沃顿:《遥远的土地》

年份	历史事件和文学背景	小　说　作　品
1965	仲裁法庭裁决土著牧工同工同酬 澳大利亚参加越南战争	伦道夫·斯托:《海上旋转木马》 托马斯·基尼利:《惧怕》 哈尔·波特:《威尼斯的猫》 克里斯托弗·科契:《越过海墙》 西·阿斯特利:《迟钝的本地人》 柯林·约翰逊:《野猫掉下来了》
1966	孟席斯卸任联邦总理职位	帕特里克·怀特:《坚实的曼陀罗》 哈尔·波特:《文件追踪》 伊丽莎白·哈罗尔:《瞭望塔》 朱迪斯·赖特:《爱的本性》 朱达·沃顿:《青年时期》 莫里斯·卢里:《拉帕波特》
1967		克里斯蒂娜·斯特德:《佃农的英国》 伦道夫·斯托:《午夜——一个狂野的殖民地男孩的故事》 托马斯·基尼利:《招来云雀和英雄》
1968	澳大利亚艺术协会成立	弗兰克·戴维森:《白棘刺树》 托马斯·基尼利:《三呼帕拉斯勒特》 哈尔·波特:《演员——新日本的形象》 西·阿斯特利:《一船乡亲》 莫里斯·卢里:《查理·霍普的伦敦丛林历险记》
1969	澳大利亚电影发展公司成立	托马斯·基尼利:《幸存者》 莫里斯·卢里:《快乐的时代》 弗兰克·穆尔豪斯:《徒劳无益及其他动物》
1970		克里斯蒂娜·斯特德:《赫伯特小姐:一个古板的妻子》 帕特里克·怀特:《活体解剖者》 哈尔·波特:《巴特弗赖先生和其他关于新日本的传说》 杰西卡·安德森:《最后一个人的头》

年份	历史事件和文学背景	小　说　作　品
1971		弗兰克·哈代:《富尔加拉的流浪者》 托马斯·基尼利:《孝女》 哈尔·波特:《短篇小说选》 《恰如其分》 朱达·沃顿:《到此为止》
1972	澳大利亚与中华人民共和国建交	约翰·莫里森:《约翰·莫里森短篇小说选》 托马斯·基尼利:《吉米·布莱克史密斯的战歌》 西·阿斯特利:《追随者》 迈克尔·怀尔丁:《死亡过程的几个方面》 弗兰克·穆尔豪斯:《美国佬,胆小鬼》 罗德尼·霍尔:《硬币上的船》
1973	立法指定最高统治者为"澳大利亚女王" 悉尼歌剧院落成 越南战争结束 帕特里克·怀特获诺贝尔文学奖	克里斯蒂娜·斯特德:《小旅馆》 帕特里克·怀特:《风暴眼》 莫里斯·卢里:《拉帕波特复仇记》
1974		帕特里克·怀特:《白鹦鹉》 托马斯·基尼利:《罗斯姐姐,红色的血》 哈尔·波特:《弗里多·富斯热爱生活》 西·阿斯特利:《友好之杯》 彼得·凯里:《历史上的胖子》 迈克尔·怀尔丁:《生活在一起》 弗兰克·穆尔豪斯:《电的经历》 考琳·麦卡洛:《蒂姆》
1975		托马斯·基尼利:《来自森林的传闻》 哈尔·波特:《额外》 海伦·加纳:《毒瘾难戒》 杰西卡·安德森:《司令官》 迈克尔·怀尔丁:《西米德兰地铁》 《短篇使节》 莫里斯·卢里:《衣橱里面》 默里·贝尔:《当代画像和其他小说》 戴维·马洛夫:《约翰诺》 罗德尼·霍尔:《人群中的位置》

年份	历史事件和文学背景	小　说　作　品
1976		帕特里克·怀特:《树叶圈》 托马斯·基尼利:《炼狱的季节》 伊丽莎白·乔利:《五英亩处女地及其他故事》 迈克尔·怀尔丁:《戏剧性的驾驶》
1978		托马斯·基尼利:《奥罗拉的牺牲品》 哈尔·波特:《哈尔·波特便携本》 克里斯托弗·科契:《危险的岁月》 杰西卡·安德森:《河边云雀叫得欢》 莫里斯·卢里:《飞回家》 戴维·马洛夫:《一种想象的生活》
1979		帕特里克·怀特:《特莱庞的爱情》 伦道夫·斯托:《来访者》 托马斯·基尼利:《旅客》 《南派》 彼得·凯里:《战争的罪恶》 西·阿斯特利:《寻找野菠萝》 莫里斯·卢里:《运转自如》 柯林·约翰逊:《萨达瓦拉万岁》
1980	"多元文化电视"开播	伦道夫·斯托:《初出茅庐的女子》 托马斯·基尼利:《次等王国》 伊丽莎白·乔利:《银鬃马》 海伦·加纳:《名誉》 《他人的孩子》 杰西卡·安德森:《扮演者》 弗兰克·穆尔豪斯:《永远神秘的家庭及其他秘密》 默里·贝尔:《想家》 贝弗利·法默:《独处》 玛丽亚·莱维特:《春来》

年份	历史事件和文学背景	小　说　作　品
1981		哈尔·波特:《千里眼山羊和其他故事》 伊丽莎白·乔利:《克雷蒙特街的报纸》 彼得·凯里:《幸福》 莫里斯·卢里:《肮脏的朋友》 凯思·沃克:《天父与地母》 考琳·麦卡洛:《一个下流的念头》
1982	澳大利亚国家美术馆落成并开放	约翰·莫里森:《北风》 托马斯·基尼利:《辛德勒的方舟》 西·阿斯特利:《晚新闻中的一条报道》 迈克尔·怀尔丁:《太平洋公路》 朱达·沃顿:《革命生活场景》 罗德尼·霍尔:《公平的关系》
1983		伊丽莎白·乔利:《斯科比先生之谜》 《皮博迪小姐的遗产》 伊丽莎白·乔利:《灯影中的女人》 莫里斯·卢里:《给格罗斯曼的七本书》 柯林·约翰逊:《沃拉迪医生承受世界末日的良方》 贝弗利·法默:《牛奶》 布赖恩·卡斯特罗:《候鸟》
1984		约翰·莫里森:《码头故事集》 伦道夫·斯托:《地狱的边缘》 伊丽莎白·乔利:《牛奶和蜂蜜》 凯特·格雷维尔:《长胡子的女士们》 海伦·加纳:《孩子们的巴赫》 迈克尔·怀尔丁:《阅读符号》 戴维·马洛夫:《哈兰的半亩地》 莫里斯·卢里:《粗暴的行为》 阿尔奇·韦勒:《狗一般的日子》

年份	历史事件和文学背景	小　说　作　品
1985		约翰·莫里森:《如此自由》 托马斯·基尼利:《一件家庭蠢事》 克里斯托弗·科契:《两面派》 西·阿斯特利:《海滩勤务队长》 伊丽莎白·乔利:《可爱的婴儿》 海伦·加纳:《来自冲浪者的明信片》 凯特·格雷维尔:《莉莲的故事》 彼得·凯里:《魔术师》 迈克尔·怀尔丁:《巴拉圭实验》 贝弗利·法默:《在家的时间》 戴维·马洛夫:《对极》 考琳·麦卡洛:《第三个千年的信条》
1986		帕特里克·怀特:《百感交集》 伊丽莎白·乔利:《井》 凯特·格雷维尔:《梦屋》 迈克尔·怀尔丁:《一个感觉迟钝的人:精选短篇故事》 默里·贝尔:《赶牲畜人的妻子和其他小说》 凯思·沃克:《小家伙》 阿尔奇·韦勒:《回家》 玛丽亚·莱维特:《十二月不飘雪》
1987		帕特里克·怀特:《三则令人不安的故事》 托马斯·基尼利:《剧作者》 西·阿斯特利:《曼哥在下雨》 杰西卡·安德森:《来自温带的故事》 默里·贝尔:《霍尔登的表现》 罗德尼·霍尔:《敌人之吻》 考琳·麦卡洛:《迈索隆吉的妇女》
1988		托马斯·基尼利:《文雅之举》 伊丽莎白·乔利:《代理母亲》 凯特·格雷维尔:《琼创造历史》 彼得·凯里:《奥斯卡与露辛达》 迈克尔·怀尔丁:《在土星之下:四个故事》 弗兰克·穆尔豪斯:《四十与十七》

年份	历史事件和文学背景	小　说　作　品
		亚历山大·亚历克斯·米勒:《观登山者》 凯思·沃克:《虹蛇》 罗德尼·霍尔:《被俘的囚徒》
1989		托马斯·基尼利:《战线》 《向着阿斯马拉》 伊丽莎白·乔利:《我父亲的月亮》 杰西卡·安德森:《避难》 亚历山大·亚历克斯·米勒:《特温顿鹿》 默里·贝尔:《普通书写:一位作家的手记》
1990		西·阿斯特利:《到达廷河》 伊丽莎白·乔利:《幽闭烦躁症》 迈克尔·怀尔丁:《好天气》 戴维·马洛夫:《伟大的世界》 贝弗利·法默:《一片水域:一年的笔记》 《出生地》 弗兰克·穆尔豪斯:《夜场演出》 布赖恩·卡斯特罗:《波默罗伊》 考琳·麦卡洛:《罗马第一人》
1991		托马斯·基尼利:《飞行英雄阶层》 《参谋长》 彼得·凯里:《税务检查官》 莫里斯·卢里:《发疯》 柯林·约翰逊:《鬼梦大师》 迈克尔·怀尔丁:《她最奇怪的性经历》 布赖恩·卡斯特罗:《双狼》 罗德尼·霍尔:《第二个新郎》 考琳·麦卡洛:《草冠》
1992		西·阿斯特利:《消失之点》 海伦·加纳:《小天地中的大世界》 贝弗利·法默:《黑皮肤女人》 布赖恩·卡斯特罗:《追踪中国》

年份	历史事件和文学背景	小　说　作　品
1993		托马斯·基尼利:《内海的女人》 《杰科》 伊丽莎白·乔利:《乔治一家的妻子》 亚历山大·亚历克斯·米勒:《祖先游戏》 柯林·约翰逊:《昆坎》 弗兰克·穆尔豪斯:《盛大的日子》 罗德尼·霍尔:《可怕的妻子》 考琳·麦卡洛:《幸运的宠儿》
1994	《土著所有权法案》通过	西·阿斯特利:《终曲》 凯特·格雷维尔:《黑暗之地》 彼得·凯里:《特里斯坦·史密斯不寻常的生活》 杰西卡·安德森:《一只垂耳鸟》 戴维·马洛夫:《忆起了巴比伦》 布赖恩·卡斯特罗:《随波逐流》
1995		托马斯·基尼利:《河滨小镇》 克里斯托弗·科契:《通往战争的公路》 伊丽莎白·乔利:《果园窃贼》 贝弗利·法默:《亮处的房子》 亚历山大·亚历克斯·米勒:《被画者》 弗兰克·穆尔豪斯:《放荡的生活》
1996		西·阿斯特利:《雨影的多种效果》 贝弗利·法默:《短篇小说集》 戴维·马洛夫:《柯娄溪畔夜话》 罗德尼·霍尔:《心中的岛屿》 考琳·麦卡洛:《恺撒的女人》
1997		伊丽莎白·乔利:《情歌》 《同行乘客:短篇小说集》 彼得·凯里:《杰克·迈格斯》 布赖恩·卡斯特罗:《斯荅珀》 考琳·麦卡洛:《恺撒》

年份	历史事件和文学背景	小　说　作　品
1998		默里·贝尔:《桉树》 阿尔奇·韦勒:《金云之地》 迈克尔·怀尔丁:《最狂野的梦》 考琳·麦卡洛:《特洛伊之歌》
1999	澳大利亚共和国全民公投失败	西·阿斯特利:《旱土——写给世界上最后一位读者》 伊丽莎白·乔利:《善解人意的配偶》 凯特·格雷维尔:《完美的想法》 克里斯托弗·科契:《走出爱尔兰》 迈克尔·怀尔丁:《来自森林的耳语》
2000	奥林匹克运动会在悉尼举行	托马斯·基尼利:《贝特尼之书》 《澳洲天使》 彼得·凯里:《凯利帮真史》 亚历山大·亚历克斯·米勒:《信念的条件》 弗兰克·穆尔豪斯:《黑暗的宫殿》 考琳·麦卡洛:《摩根的奔跑》
2001		伊丽莎白·乔利:《天真的绅士》
2002		默里·贝尔:《伪装:故事》 亚历山大·亚历克斯·米勒:《石乡之旅》 考琳·麦卡洛:《十月的马》
2003		托马斯·基尼利:《暴君的小说》 彼得·凯里:《我的生活如同虚构》 迈克尔·怀尔丁:《学术界坚果》 布赖恩·卡斯特罗:《上海舞》 考琳·麦卡洛:《火炬》
2004		罗德尼·霍尔:《希特勒回家的那一天》 《最后的爱情故事》 考琳·麦卡洛:《安吉尔·帕斯》
2005		凯特·格雷维尔:《神秘的河流》 亚历山大·亚历克斯·米勒:《普洛秋尼克之梦》 布赖恩·卡斯特罗:《园书》

年份	历史事件和文学背景	小　说　作　品
2006		彼得·凯里:《偷窃,一个爱情故事》
2007		托马斯·基尼利:《遗孀与她的英雄》 克里斯托弗·科契:《记忆室》 迈克尔·怀尔丁:《国宝》 亚历山大·亚历克斯·米勒:《离别的风景》 罗德尼·霍尔:《无望的爱》 考琳·麦卡洛:《安东尼与克利奥帕特拉》
2008	全球金融危机	凯特·格雷维尔:《上尉》 彼得·凯里:《他的非法自我》 莫里斯·卢里:《天已亮》 默里·贝尔:《书稿》 考琳·麦卡洛:《玛丽·班内特小姐的自立》 海伦·加纳:《空余的房间》
2009	澳大利亚"黑色星期六山火":有史以来最大的山火	托马斯·基尼利:《人民的列车》 迈克尔·怀尔丁:《多余男人》 亚历山大·亚历克斯·米勒:《爱之歌》 戴维·马洛夫:《赎金》 布赖恩·卡斯特罗:《洗浴赋格》
2010	朱莉娅·吉拉德成为澳大利亚第一位女总理	考琳·麦卡洛:《遍地凶案》 《赤裸裸的凶残》
2011		凯特·格雷维尔:《萨拉·桑希尔》 亚历山大·亚历克斯·米勒:《奥藤·莱恩》 弗兰克·穆尔豪斯:《冷光》 罗德尼·霍尔:《沉默》
2012		托马斯·基尼利:《火星的女儿》 彼得·凯里:《眼泪的神秘变化》 克里斯托弗·科契:《失去的声音》 默里·贝尔:《航行》 帕特里克·怀特:《空中花园》 布赖恩·卡斯特罗:《街对街》 考琳·麦卡洛:《浪子》
2013		迈克尔·怀尔丁:《亚洲黎明》 亚历山大·亚历克斯·米勒:《煤河》

年份	历史事件和文学背景	小　说　作　品
2014		托马斯·基尼利:《耻辱与俘虏》 伊丽莎白·哈罗尔:《在某些圈子里》 彼得·凯里:《失忆症》
2015		托马斯·基尼利:《拿破仑最后的岛屿》 伊丽莎白·哈罗尔:《乡村几日游和其他故事》
2016		托马斯·基尼利:《神父的罪行》
2017	同性婚姻合法化	彼得·凯里:《远离家乡》 亚历山大·亚历克斯·米勒:《爱的通道》 迈克尔·怀尔丁:《在瓦谷》

二　小说家译名及主要作品索引

（以汉语拼音字母为序）

G

H

L

P

Q

参考文献

[1] ADELAIDE D. Australian women writers: a bibliographic guide[M].
London: Pandora,1988.

[2] ANON. Miles Franklin's triumph[N]. The Sydney morning herald,1936-12-
24.

[3] ANON. New Fiction[N]. The Sydney morning herald,1950-07-15.

[4] BALLYN S. The voice of the other: an approach to migrant writing in
Australia[J]. Critical survey,1994,6(1):91-97.

[5] BARNES J. On reading and re-reading Patrick White[J]. The Cambridge
quarterly,2014,43(3):212-213.

[6] BARRY E. Fabricating the self: the fictions of Jessica Anderson[M]. St.
Lucia: University of Queensland Press,1996.

[7] BEASLEY J. Red letter days: notes from inside an era[M]. Sydney:
Australasian Book Society,1979.

[8] BEAUMONT M. A concise companion to realism[M]. Malden, MA:
Wiley-Blackwell,2010.

[9] BESTON J. An interview with Randolph Stow[J]. World literature
written in English,1975,14(1):221-230.

[10] BLISS C. Patrick White's fiction: the paradox of fortune failure[M].
New York: Palgrave Macmillan,1986.

[11] BOWLBY R. Forward[M]//BEAUMONT M. A concise companion to
realism. Malden, MA: Wiley-Blackwell,2010.

[12] BURGESS N. The novels of Randolph Stow[J]. The Australian quarterly,
1965,37(1):73-81.

[13] CARTER A. Unhappy families[J]. London review of books,1982,4
(17):329.

[14] CRAVEN P. Robert Farquharson murder case takes Helen Garner into
the abyss[N]. The Australian,2014-08-23.

[15] DALE L. Colonial history and post-colonial fiction: the writing of Thea

Astley[J]. Australian literary studies,1999,19(1):21-30.

[16] DAVIDSON A. Welcome to the failure age! [N]. New York times,2014-11-12.

[17] DAVIES H. The children's bach[M]. Oxford: Oxford University Press, 1933.

[18] DIXON R. "The wind from Siberia": metageography and ironic nationality in the novels of Elizabeth Harrower[M]//MCMAHON E, OLUBAS B. Elizabeth Harrower: critical essays. Sydney: Sydney University Press,2017.

[19] DRUSILLA M. "A hoodoo on that book": the publishing misfortunes of an Eleanor Dark novel[J]. Southerly,1997,57(2):73-96.

[20] DUTTON G. The literature of Australia[M]. Sydney: Penguin,1964.

[21] ELDERSHAW M. Plaque with laurel, essays, reviews & correspondence [M]. St. Lucia: University of Queensland Press,1995.

[22] WRIGHT F. Stories and true stories review: the joys of heartbreak and hope with Helen Garner[N]. The Sydney morning herald,2017-12-07.

[23] FERRIER C. Gender, politics and fiction: twentieth century Australian women's novels[M]. St. Lucia: University of Queensland Press,1985.

[24] FRANKLIN M, ROE J. My congenials: Miles Franklin and friends in letters[M]. Sydney: Angus & Robertson,1993.

[25] FISCHER N. Writing a whole life: Maria Lewitt's holocaust/migration narratives in "multicultural" Australia[J]. Life writing,2014,11(4):391-410.

[26] FURPHY J. Such is life[M]. Melbourne: The Text Publishing Company,2014.

[27] GEERING R. Elizabeth Harrower's novels: a survey[J]. Southerly, 1970,30(2):131-147.

[28] GILBERT P. Coming out from under: contemporary Australian women writers[M]. Sydney: Pandora,1988.

[29] GOLDSWORTHY K. Helen Garner[M]. Melbourne: Oxford University Press,1996.

[30] GOLDSWORTHY K. Thea Astley's writing: magnetic north[J]. Meanjin, 1983,42(4):478-485.

[31] GUNEW S. What does woman mean? Reading, writing and reproduction [J]. Hecate,1983,9(1&2):111-122.

[32] GREEN H. History of Australian literature [M]. Sydney: Augus & Robertson Publisher,1961.

[33] HALL R. Popeye never told you：childhood memories of the war[M]. London：Murdoch Books UK Limited,2010.

[34] HARROWER E. The watch tower[M]. Melbourne：The Text Publishing Company,2012.

[35] JARVIS D. The development of an egalitarian poetics in the bulletin：1880—1890[J]. Australian literature studies,1981,10(1)：30.

[36] KIERNAN B. The most beautiful lies：a collection of stories by five major contemporary fiction writers：Bail, Carey, Lure, Moorhouse and Wilding[M]. Sydney：Angus & Robertson,1977.

[37] LAWSON H. The Penguin Henry Lawson：short stories[M]. Victoria：Penguin Books Australia,2009.

[38] LEE C. City bushman：Henry Lawson and Australian imagination[M]. Curtin：Fremantle Arts Centre Press,2004.

[39] LEWITT M. Come spring：an autobiographical novel[M]. Fitzroy：Scribe Publications,1980.

[40] LEWITT M. No snow in December：an autobiographical novel[M]. Melbourne：Heinemann,1985.

[41] MAKOWIECKA K. "One Long Tumultuous Inky Shout"：reconsidering Eve Langley[J]. Antipodes,2002,16(2)：181-182.

[42] MCLAREN J. Colonial mythmakers：the development of realism tradition in Australian literature[J]. Westerly,1980,25(2)：43-50.

[43] MCLAREN J. Writing in hope and fear：literature as politics in postwar Australia[M]. Melbourne：Cambridge University Press,1996.

[44] MCLEOD A. Alternative eves[J]. Hecate,1999,25(2)：164-179.

[45] MEINIG S. Filming blindness：Rodner Hall's "The Day We Had Hitler Home"[J]. Antipodes,2001,15(2)：140-141.

[46] PALMER N. Brent of Bin Bin：contemporary Australia[N]. The telegraph,1932-03-12.

[47] PALMER N. Modern Australian literature：1900—1923[M]. Melbourne：Lothian,1924.

[48] PIERCE P. The Cambridge history of Australian literature[M]. Melbourne：Cambridge University Press,2009.

[49] RICHARDS F. Sound and music in the works of Randolph Stow[J]. Antipodes,2013,27(2)：177-183.

[50] RICHEY N. Fortune's favorites by Colleen McCullough[J]. World

literature today,1994,68(3):632.

[51] RIGGS T. Reference guide to holocaust literature[M]. Farmington: St. James Press,2002.

[52] ROMEI S. This house of grief: an uneasy masterpiece [N]. The Australian,2015-08-01.

[53] SAGE L. The Cambridge guide to women's writing in English[M]. New York: Cambridge University Press,1999.

[54] SCHECKTER J. The Australian novel 1830—1980: a thematic introduction[M]. New York: Peter Lang Inc. ,1998.

[55] SHARKEY M. A blend of elegant leaps[N]. The Australian,2003-04-19.

[56] SHERIDAN S. "My Brilliant Career": the career of the "Career"[J]. Australian literary studies,2002,20(4):330-335.

[57] SHERIDAN S. Nine lives: postwar women writers making their mark [M]. St. Lucia: University of Queensland Press,2011.

[58] SHERIDAN S. Christiana Stead[M]. London: Harvester Wheatsheaf,1988.

[59] SMITH H. Virgin land: the American West as symbol and myth[M]. Cambridge, Massachusetts: Harvard University Press,1950.

[60] SMITH G. Australia's writers[M]. Melbourne: Nelson,1980.

[61] SPENDER D. Writing a new world: two centuries of Australian women writers[M]. London: Pandora,1988.

[62] STEAD C. Letty fox: her luck[M]. New York: NYRB Classics,2001.

[63] TEO H. Future fusions and a taste for the past literature, history and the imagination of Australianness[J]. Australian historical studies,2002,33 (118):127-139.

[64] WATEN J. Alien son[M]. Melbourne: Sun Books,1965.

[65] FRANKLIN M. My brilliant career[M]. Sydney: Angus & Robertson,1901.

[66] WHITE N. Hopkins: a literary biography[M]. Oxford: Clarendon,1995.

[67] WHITE P. The Twyborn affair[M]. New York: Viking Press,1979.

[68] WHITE P. Voss[M]. New York: Viking Press,1957.

[69] WILDE W, HOOTON J, ANDREWS B. The Oxford companion to Australian literature[M]. Melbourne: Oxford University Press,1985.

[70] WILLIAM C. Christina Stead: a life of letters [M]. Melbourne: McPhee Gribble,1989.

[71] WOODCOCK B. Peter Carey[M]. Manchester: Manchester University Press,1996.

[72] 阿斯特利.旱土:写给世界上最后一位读者[M].徐凯,王慧,译.上海:上海译文出版社,2010.

[73] 波特.初恋[J].江晓明,译.外国文学,1980(4):69-74.

[74] 曹萍.澳大利亚土著文学的开山作《我们要走了》[J].当代外国文学,2001(1):151-154.

[75] 陈正发,金昭敏.澳大利亚殖民主义时期小说面面观[J].淮北煤师范学院学报(社会科学版),1989,10(4):94-102.

[76] 陈正发.当代澳大利亚短篇小说三十年发展概述[J].安徽大学学报(哲学社会科学版),1993(1):74-79.

[77] 陈正发.殖民时期的澳大利亚移民小说[J].安徽大学学报(哲学社会科学版),2004(5):53-55.

[78] 邓瑶.认知诗学视角下意识流小说的心理空间网络体系特征:以小说《风暴眼》为例[J].重庆工商大学学报(社会科学版),2019,36(1):107-111.

[79] 弗兰克林.我的光辉生涯[M].黄源深,译.上海:上海译文出版社,2007.

[80] 甘恢挺.耐人寻味的指代对象换位:马洛夫的小说《忆起了巴比伦》[J].外国文学,2007(1):69-73,127.

[81] 格林伍德.澳大利亚政治社会史[M].北京编译社,译.北京:商务印书馆,1960.

[82] 葛俊丽.论澳大利亚英语的变异现象及其文化因素[J].中国外语,2008(2):36-39,45.

[83] 胡文仲.澳洲文坛巡礼[J].外国文学,1985(6):34-37.

[84] 黄源深.澳大利亚文学史[M].上海:上海外语教育出版社,1997.

[85] 黄源深.澳大利亚文学史[M].修订版.上海:上海外语教育出版社,2014.

[86] 黄源深.评澳大利亚殖民主义时期文学[J].外国文学研究,1987(3):13-19.

[87] 黄源深,彭青龙.澳大利亚文学简史[M].上海:上海外语教育出版社,2016.

[88] 基尼利.三呼圣灵[M].周小进,译.上海:上海译文出版社,2010.

[89] 孔一蕾.澳大利亚的家园建构:大卫·马洛夫和他的小说[J].外国文学动态,2013(2):7-9.

[90] 孔一蕾.澳大利亚家园建构中的"祛魅"自然观反思:解读大卫·马洛夫小说《柯洛溪边的对话》[J].苏州科技学院学报(社会科学版),2015,32(4):92-98.

[91] 刘俊梅.传统叙事的解构:《人生如此》中的叙事特征[J].世界文学评论,2013(2):144-148.

[92] 刘利生.百年诺贝尔获奖人物全传[M].长春:吉林摄影出版社,2002.

[93] 刘宁."我们都是流亡者":论马洛夫小说《约翰诺》中的流亡意识和民族身

份认同[J].当代外语研究,2010(1):12-16,61.

[94] 刘宁.此地即中心:马洛夫《一种想象的生活》中的语言流亡感和文化身份建构[J].外语与外语教学,2011(5):87-89,97.

[95] 马丽莉.流放即归家:论阿列克斯·米勒的《祖先游戏》[J].外国文学研究,2009(4):150-154.

[96] 麦金泰尔.澳大利亚文学史[M].潘兴明,译.北京:中国出版集团,2015.

[97] 麦卡洛.荆棘鸟[M].曾胡,译.北京:译林出版社,2012.

[98] 麦卡洛.恺撒大传:十月马[M].龙红莲,汪树东,译.武汉:长江文艺出版社,2006.

[99] 彭青龙.《奥斯卡与露辛达》:承受历史之重的爱情故事[J].当代外国文学,2009(22):125-132.

[100] 彭青龙.《幸福》:游离于地狱与天堂之间的澳大利亚人[J].外国文学研究,2008(5):168-173.

[101] 彭青龙.伊迪斯三部曲:弗兰克·穆尔豪斯"间断叙述"巅峰之作[J].外国文学动态,2013(4):44-46.

[102] 佘军.A.G.斯蒂芬斯:澳大利亚文学批评的奠基人[J].苏州大学学报(哲学社会科学版),2019(4):86-89.

[103] 沈忠良.西比拉的爱情收场:冲破婚姻的束缚[J].浙江万里学院学报,2017,30(3):87-90.

[104] 施云波,朱江.布赖恩·卡斯特罗:脱域的游牧舞者[J].南京师范大学文学院学报,2015(3):145-149.

[105] 唐正秋.澳大利亚文学评论集[M].石家庄:河北教育出版社,1993.

[106] 王炳钧.意志与躯体的抗衡游戏:论阿尔弗雷德·德布林的《舞者与躯体》[J].外国文学,2006(2):23-27.

[107] 王光林."异位移植":论华裔澳大利亚作家布赖恩·卡斯特罗的思想与创作[J].当代外国文学,2005(2):56-63.

[108] 王宁.后理论时代:西方理论思潮的走向[J].外国文学,2005(2):30-39.

[109] 向晓红.澳大利亚妇女小说史[M].北京:中国社会科学出版社,2011.

[110] 徐经闩.略论劳森短篇小说的主题及写作技巧[J].北京邮电大学学报(社会科学版),2000(3):54-57.

[111] 徐凯.作为隐喻的性别含混:论帕特里克·怀特的《特莱庞的爱情》[J].当代外国文学,2005(2):71-77.

[112] 徐梅,刘久明.考琳·麦卡洛小说的悲剧美及其净化意义[J].华中科技大学学报(社会科学版),2018,32(1):59-63.

[113] 徐显静.伦道夫·斯托道家思想的侨易解读[J].江苏师范大学学报,

2015,41(2):40-43.

[114] 叶胜年.多元文化和殖民主义:澳洲移民小说面面观[M].北京:中国图书出版公司,2013.

[115] 叶胜年.殖民主义批评:澳大利亚小说的历史文化印记[M].上海:上海外语教育出版社,2013.

[116] 于海,李汝成.记忆与虚构:布赖恩·卡斯特罗的《上海之舞》[J].外国文学动态,2008(7):22-23.

[117] 于金红.道家思想对伦道夫·斯托文学创作的影响研究[J].戏剧之家,2019(25):229-231.

[118] 张加生.澳大利亚丛林现实主义小说研究[M].南京:南京大学出版社,2017.

[119] 张卫红.采访托马斯·基尼利[J].外国文学,1994(6):8.

[120] 张校勤.试论亨利·劳森的心路历程[J].安徽大学学报(哲学社会科学版),2002,26(1):106-108.

[121] 周开鑫.澳大利亚短篇小说述评[J].西南师范大学学报(人文社会科学版),1987,13(3):33-39.

[122] 朱炯强.当代澳大利亚小说选[M].杭州:浙江工商大学出版社,2015.

[123] 朱炯强.花间掠影[M].杭州:浙江教育出版社,2006.

[124] 朱炯强.评《澳大利亚妇女小说史》[J].西南民族大学学报(人文社会科学版),2012,33(4):239-240.

[125] 朱炯强.剖析灵魂的手术刀:从《风暴眼》看怀特的写作特色[J].外国文学研究,1986(1):44-48.

[126] 朱明胜.战火中的异乡恋与中国情结:读《通往战争的公路》[M].上海:译林出版社,2014.

[127] 朱晓映.复调的呈现:《孩子们的巴赫》中的人物关系解构[J].当代外国文学,2008(4):114-119.

[128] 左岩.亨利·劳森和他的短篇小说[J].解放军外国语学院学报,1994,17(3):76-82.